# TRAUMA

# TRAUMA

## Erik Axl Sund

Los rostros de Viktoria Bergman 2

Traducción del francés de Joan Riambau

# R
**ROJA Y NEGRA**

**Trauma**
Título original: *Hungerelden*

Primera edición en España: junio, 2015
Primera edición en México: octubre, 2015

D. R. © 2011, Erik Axl Sund. Publicado por acuerdo con Salomonsson Agency

D. R. © 2015, de la presente edición en castellano para todo el mundo:
Penguin Random House Grupo Editorial, S. A. U.
Travessera de Gracia, 47-49, 08021, Barcelona
© 2015, Joan Riambau, por la traducción del francés

D. R. © 2015, derechos de edición mundiales en lengua castellana:
Penguin Random House Grupo Editorial, S.A. de C.V.
Blvd. Miguel de Cervantes Saavedra núm. 301,1er piso,
colonia Granada, delegación Miguel Hidalgo, C.P.11520,
México, D.F.
www.megustaleer.com

ISBN: 978-607-313-527-6

Impreso en México – *Printed in Mexico*

El papel utilizado para la impresión de este libro ha sido fabricado a partir de madera procedente
de bosques y plantaciones gestionadas con los más altos estándares ambientales, garantizando
una explotación de los recursos sostenible con el medio ambiente y beneficiosa para las personas.

Penguin
Random House
Grupo Editorial

*A nosotros los traidores*

A menudo fija la mirada y sus bellos ojos cambian. Adquieren un brillo misterioso, incomprensible. El iris se llena de llamas tristes, un fuego hambriento que busca combustible para la luz del alma, para que no se apague. Personalmente, ella hubiera preferido que no nos anduviéramos con remilgos ante la muerte: una cena de despedida y que todo acabara.

HARRY MARTINSON, *Aniara*

# Caída libre

La pesadilla viste un abrigo azul cobalto, un poco más oscuro que el cielo del anochecer sobre Djurgården y la bahía de Ladugårdsviken. Es rubia, de ojos azules, y lleva un bolso al hombro. Los zapatos rojos demasiado pequeños le hieren los talones, pero está acostumbrada a ello. Las llagas ya forman parte de su personalidad y el dolor la mantiene despierta.

Sabe que el perdón bastaría para liberarlos, a ella y a los perdonados. Durante años ha tratado de olvidar, siempre en vano.

No alcanza a verlo, pero su venganza es una reacción en cadena.

Una bola de nieve se puso en movimiento hace ya un cuarto de una vida en un cobertizo para guardar las herramientas del internado de Sigtuna y la arrastró con ella rodando hacia lo inevitable.

Cabe preguntarse qué saben hoy acerca del rodar de esa bola de nieve quienes en su día la tuvieron en sus manos. Probablemente nada. Sin duda han pasado página, simplemente. Han olvidado el acontecimiento como si se hubiera tratado solo de un juego inocente que empezó y acabó allí, en aquel cobertizo de las herramientas.

Pero la bola está en movimiento. Para ella el tiempo no cuenta, pues no cura las heridas.

El odio no se derrite. Al contrario, se endurece en cristales de hielo cortantes que rodean toda su persona.

La noche es un poco fresca y el aire se ha vuelto más húmedo tras los chubascos dispersos que se han sucedido a lo largo de la tarde. Llegan gritos de las montañas rusas, se pone en pie, se sacude el polvo y mira en derredor. Se queda un momento inmóvil, inspira profundamente y recuerda qué está haciendo allí.

Sabe qué tiene que hacer.

Al pie de la alta torre de observación en obras, ve la escena, un poco más lejos. Dos vigilantes se llevan a un hombre. A su lado corre una chiquilla llorando. Sin duda su hija.

Las bombillas de colores del parque de atracciones lanzan vivos reflejos sobre el asfalto mojado.

Comprende que se avecina el momento de actuar, aunque no sea lo que había previsto. El azar le ha facilitado las cosas. Es tan sencillo que nadie comprenderá qué ha ocurrido.

Ve al chico un poco más lejos, solo delante de la reja de la Caída Libre.

Perdonar lo perdonable no es perdonar, piensa. El auténtico perdón consiste en perdonar lo imperdonable. Algo de lo que solo Dios es capaz.

El muchacho parece perdido y ella se le acerca lentamente mientras él mira a otro lado.

Con ese gesto, el chico le ha hecho casi ridículamente fácil aproximarse a él sigilosamente, y ahora se encuentra a solo unos metros detrás de él. Sigue dándole la espalda, como si buscara a alguien con la mirada.

El verdadero perdón es imposible, loco e inconsciente, piensa. Y dado que espera que los culpables muestren arrepentimiento, nunca se podrá consumar. La memoria es y será una herida que se niega a sanar.

Agarra con firmeza al muchacho del brazo.

Él se sobresalta y se vuelve mientras ella le clava la jeringuilla en el antebrazo izquierdo.

Durante unos segundos la mira, atónito, y acto seguido le flaquean las piernas. Ella lo sostiene y lo sienta en un banco vecino.

Nadie la ha visto hacerlo.

Todo es perfectamente normal.

Saca algo del bolso y se lo coloca cuidadosamente sobre la cara.

La máscara de plástico rosa representa el hocico de un cerdo.

# Gröna Lund

La comisaria Jeanette Kihlberg sabe precisamente dónde estaba cuando se enteró del asesinato del primer ministro Olof Palme: en un taxi de camino a Farsta, al lado de un hombre que fumaba cigarrillos mentolados. Caía una fina llovizna y sentía náuseas por haber bebido demasiada cerveza.

Vio a Thomas Ravelli clasificar por los pelos en la tanda de penaltis a Suecia contra Rumanía para el mundial de 1994 en el televisor en blanco y negro de un bar de Kornhamnstorg, y el dueño invitó a una ronda.

Cuando se hundió el *Estonia*, estaba en cama debido a una gripe, viendo *El Padrino*.

Sus recuerdos más precisos son también el concierto de los Clash en el estadio de Johanneshov, un beso pegajoso por el pintalabios en una fiesta en primaria y la primera vez que abrió la puerta de la villa de Gamla Enskede diciéndose que estaba en su casa.

Pero el instante de la desaparición de Johan será para siempre un agujero negro. Cinco minutos desaparecidos. Robados por un borracho en el parque de atracciones de Gröna Lund. Por un fontanero de Flen que había ido a empinar el codo a la capital.

Un paso al lado, la mirada al cielo. Johan y Sofia suben a la góndola, y siente vértigo aunque está segura en tierra firme. Un vértigo invertido. La torre parece muy frágil, los asientos muy rudimentarios y los riesgos de un fallo técnico muy catastróficos.

Luego, de repente, se oye un ruido de cristales rotos.

Gritos.

Alguien llora. Jeanette ve la góndola que sigue elevándose. Unos hombres se empujan y Jeanette se dispone a intervenir. Echa un vistazo hacia lo alto. Las piernas de Johan y de Sofia vistas desde abajo. Colgando. Algo hace reír a Johan.

Pronto llegan arriba.

—¡Te voy a matar, cabrón!

Jeanette ve que uno de los hombres ha perdido el control. El alcohol ha hecho que sus piernas sean demasiado largas, sus miembros demasiado tensos y su sistema nervioso demasiado lento.

Tropieza y se desploma en el suelo.

La góndola se inmoviliza.

El hombre se levanta, con rasguños en la cara producidos por la gravilla y el asfalto.

Unos niños lloran.

—¡Papá!

Una chiquilla, que no tendrá más de seis años, con un algodón de azúcar rosa en la mano.

—¿Nos vamos ya? ¡Quiero volver a casa!

El hombre no contesta, mira en derredor en busca de su adversario, de alguien en quien descargar su frustración.

Por reflejo policial, Jeanette actúa sin vacilar. Agarra al hombre del brazo.

—¡Alto! —dice tranquilamente—. ¡Calma!

Quiere hacerle entrar en razón y trata de evitar parecer que se dispone a echarle una bronca.

El hombre se vuelve y Jeanette le ve los ojos turbios e inyectados en sangre. Una mirada triste y decepcionada, casi avergonzada.

—Papá… —repite la niña, pero el hombre no reacciona, con la mirada extraviada.

—¿Y tú quién eres, joder? —Se suelta—. ¡Vete a la mierda!

Su aliento apesta a alcohol y tiene los labios cubiertos de una espuma blanquecina.

—Solo quería…

En el mismo momento, allá arriba, oye desprenderse la góndola y los gritos de alegría teñida de miedo distraen un instante su atención.

Ve a Johan, con los cabellos de punta y gritando con la boca abierta.

Y ve a Sofia.

Oye a la niña.

—¡No, papá, no!

Pero no ve al hombre levantar el brazo.

La botella alcanza a Jeanette en la sien. Se tambalea. Le corre sangre por la mejilla. Pero no pierde el conocimiento, al contrario.

Con el pulso firme, le hace una llave a su adversario y lo inmoviliza en el suelo. Un vigilante del parque de atracciones acude enseguida a echarle una mano.

Es en ese momento, cinco minutos más tarde, cuando lo descubre: Johan y Sofia han desaparecido.

Trescientos segundos.

# Waldemarsudde

Como esas personas a las que se ha privado de felicidad a lo largo de toda su vida y aun así son capaces de mantener siempre la esperanza, Jeanette Kihlberg alienta en su vida profesional una hostilidad sin parangón ante la menor expresión de pesimismo.

Por eso no abandona nunca y por eso reacciona así cuando el inspector Schwarz la provoca quejándose ostensiblemente del mal tiempo, del cansancio y de la falta de progresos en la búsqueda de Johan.

Jeanette Kihlberg está furiosa.

—¡Mierda! Lárgate, vete a tu casa, ¡aquí no sirves de nada!

Efecto seguro. Schwarz retrocede, con la cola entre las piernas, y Åhlund a su lado no las tiene todas consigo. El ataque de cólera hace que le duela la herida bajo el vendaje.

Jeanette se calma un poco, suspira y con un gesto despide a Schwarz.

—¿Lo has entendido? Estás dispensado de servicio hasta nueva orden.

—Venga, vamos…

Åhlund se lleva a Schwarz del brazo.

Tras unos pasos, se vuelve hacia Jeanette y hace un esfuerzo para adoptar un aspecto positivo.

—Iremos con los demás a Beckholmen, quizá allí podremos echar una mano.

—Ve tú, pero él no. Schwarz se va a casa. ¿Entendido?

Åhlund asiente con la cabeza en silencio y acto seguido Jeanette se encuentra sola.

Con profundas ojeras, muerta de frío, espera en la esquina del museo Vasa la llegada de Jens Hurtig, quien, al tener noticia de la desaparición de Johan, ha interrumpido de inmediato sus vacaciones para sumarse a la investigación.

Al ver aproximarse lentamente un poco más tarde el vehículo de policía sin distintivos, sabe que es él, acompañado por otra persona: un testigo que afirma haber visto a un chiquillo solo junto al agua la víspera al anochecer. Por la radio, Hurtig no le ha dado muchas esperanzas, pero aun así se aferra a ellas, pase lo que pase.

Trata de serenarse y de reconstruir la cronología de esas últimas horas.

Johan y Sofia desaparecieron, de golpe. Al cabo de media hora y con todas las de la ley hizo llamar a Johan por los altavoces del parque de atracciones y esperó en la entrada, muy nerviosa. Al menor indicio que le recordaba a Johan se precipitaba y siempre volvía con las manos vacías. Unos vigilantes llegaron justo antes de que los últimos estremecimientos de esperanza acabaran con ella y emprendieron juntos una búsqueda al azar. Encontraron entonces a Sofia tendida en el suelo en una de las calles, en medio de una aglomeración a través de la cual Jeanette se abrió paso a codazos. Aquel rostro del que unos instantes antes aguardaba la salvación reforzó, por el contrario, su inquietud y su incertidumbre. Sofia estaba trastornada y Jeanette dudaba incluso de que pudiera reconocerla, así que de ningún modo podría indicarle dónde se encontraba Johan. Jeanette no permaneció a su lado, tenía que seguir buscando.

Transcurrió media hora más hasta que contactó con sus colegas de la policía. Pero ni ella, ni la veintena de agentes que dragaron la bahía junto al parque de atracciones y organizaron una batida por Djurgården encontraron a Johan. Tampoco los vehículos que patrullaron por el centro de la ciudad con su descripción.

Y la llamada a la colaboración ciudadana a través de las radios locales no había dado resultado alguno hasta tres cuartos de hora antes.

Jeanette sabe que ha actuado correctamente. Pero como un robot. Un robot paralizado por sus sentimientos. La contradicción personificada. Dura, fría y racional por fuera pero guiada por impulsos caóticos. La cólera, el mosqueo, el miedo, la angustia, la confusión y la resignación experimentados a lo largo de la noche se funden en una masa indistinta.

El único sentimiento consistente es el de su insuficiencia.

Y no solo respecto a Johan.

Jeanette piensa en Sofia.

¿Cómo estará?

Jeanette la ha llamado varias veces, sin éxito. Si supiera algo de Johan habría llamado. ¿O bien necesita hacer acopio de fuerzas para decir lo que sabe?

Mierda, no le des más vueltas a eso, piensa tratando de dejar de lado lo impensable. Concéntrate.

El coche se detiene y sale Hurtig.

—Joder, eso no tiene buena pinta —dice él señalando su cabeza vendada.

Ella sabe que parece más grave de lo que es realmente. La herida causada por la botella se la han cosido allí mismo y la venda está manchada de sangre, al igual que su chaqueta y la camiseta.

—No te preocupes, no es nada —dice—. No tenías que anular tus vacaciones en Kvikkjokk por culpa mía.

Él se encoge de hombros.

—Déjate de bobadas. ¿Qué iba a hacer allí arriba? ¿Muñecos de nieve?

Por primera vez desde hace doce horas, Jeanette sonríe.

—¿Adónde habías llegado?

—Långsele. Solo he tenido que bajar al andén y pillar un autobús hacia el sur.

Un abrazo rápido. No hay nada que añadir, ella sabe que ha comprendido su profunda gratitud.

Abre la puerta y ayuda a la anciana a salir del coche. Hurtig le ha enseñado una foto de Johan: su testimonio es vago. Ni siquiera ha sido capaz de indicar el color de la ropa de Johan.

—¿Allí es donde le ha visto?

Jeanette señala la orilla pedregosa junto al embarcadero donde está amarrado el barco-faro *Finngrund*.

La anciana asiente con la cabeza temblando de frío.

—Estaba tumbado sobre las piedras, dormía y le he sacudido. ¡Mira qué bonito!, le he dicho. Borracho, tan joven y ya…

—Sí, sí —se impacienta Jeanette—. ¿Y ha dicho algo?

—No, solo ha gruñido. Si ha hablado, no le he entendido.

Hurtig saca dos fotos de Johan y se las muestra de nuevo.

—¿Y no está segura de que se trate de este chiquillo?

—Pues no, como le he dicho tiene el cabello del mismo color pero el rostro… Es difícil decirlo. Es que estaba borracho.

Jeanette suspira y luego los precede por el sendero que bordea el arenal. ¿Borracho? ¿Johan? ¡Menuda sandez!

Divisa Skeppsholmen, al otro lado, entre la bruma gris.

Joder, ¿cómo puede hacer tanto frío?

Desciende hasta la orilla y trepa por las rocas.

—¿Estaba aquí? ¿Está segura?

—Sí —afirma la anciana—. Más o menos ahí.

¿Más o menos?, piensa Jeanette, desanimada, al verla limpiar sus gruesas gafas con la manga del abrigo.

Siente que la desesperación se adueña de ella. Todo cuanto tienen es a una viejita que ni siquiera ve bien. Jeanette tiene que aceptar que es un testigo lamentable.

Se agacha, en busca de un rastro que pruebe la presencia de Johan. Una prenda, su bolsa, las llaves de casa. Cualquier cosa.

Pero solo ve rocas lisas, pulidas por las olas y la lluvia.

Hurtig se vuelve hacia la anciana.

—¿Y luego se ha marchado? ¿Hacia Junibacken?

—No… —La mujer saca un pañuelo del bolso y se suena ruidosamente—. Se ha marchado tambaleándose. Estaba tan borracho que apenas se tenía en pie…

Jeanette pierde los estribos.

—Pero ¿se ha marchado en esa dirección? ¿Hacia Junibacken?

La anciana menea la cabeza y se suena de nuevo.

En ese momento pasa un vehículo de emergencias de camino hacia el interior de la isla, a juzgar por la sirena.

—¿Otra falsa alarma? —pregunta Hurtig mirando el rostro tenso de Jeanette, que menea la cabeza, desanimada.

Es la tercera vez que oye la sirena de una ambulancia, y ninguna de las precedentes concernía a Johan.

—Voy a llamar a Mikkelsen —dice Jeanette.

—¿A la criminal? —exclama Hurtig, sorprendido.

—Sí. Para mí es el más apto para ocuparse de este tipo de casos.

Se pone en pie y regresa a grandes zancadas a la carretera.

—¿Un crimen de un menor, quieres decir? —Hurtig parece lamentar sus palabras—. Vamos, quiero decir, aún no sabemos de qué se trata...

—Tal vez no, pero sería un error no contemplar esa hipótesis. Mikkelsen ha coordinado la búsqueda en Beckholmen, Gröna Lund y Waldemarsudde.

Hurtig asiente y la mira, compadeciéndose.

Déjalo, piensa ella apartando la mirada. No quiero que te apiades de mí. O me voy a hundir.

—Voy a llamarle.

Al coger su móvil, Jeanette se da cuenta de que está muerto y, en el mismo instante, la radio comienza a chisporrotear en el coche de Hurtig, a una decena de metros.

Siente una opresión en el pecho, sabe qué significa.

Como si toda la sangre de su cuerpo le bajara a los tobillos y quisiera inmovilizarla en el suelo.

Han encontrado a Johan.

# Hospital Karolinska

Los enfermeros creyeron que el chiquillo estaba muerto.

Lo encontraron cerca del viejo molino de Waldemarsudde, con la respiración y el pulso casi imperceptibles.

Sufría una hipotermia severa y saltaba a la vista que había vomitado varias veces durante esa noche de finales de verano inusualmente fría.

Temían que los jugos gástricos hubieran afectado a los pulmones.

Justo después de las diez, Jeanette Kihlberg subió a la ambulancia que conduciría a su hijo a los servicios de reanimación del hospital Karolinska de Solna.


La habitación está sumida en la oscuridad, pero el resplandor del débil sol de la tarde se abre paso entre las persianas y dibuja rayas naranjas sobre el torso desnudo de Johan. Con las pulsaciones de los pilotos del respirador artificial, Jeanette Kihlberg tiene la impresión de estar en un sueño.

Acaricia el dorso de la mano de su hijo y echa un vistazo a los instrumentos de medición que se hallan junto a la cama.

Su temperatura corporal se aproxima a la normal, un poco por debajo de treinta y seis grados.

Sabe que tenía mucho alcohol en la sangre: casi tres gramos al llegar al hospital.

No ha pegado ojo y siente que su cuerpo está embotado, y es incapaz de decir si el corazón que se desboca en su pecho late al mismo ritmo que en su sien. Le dan vueltas en la cabeza unos pensamientos que no reconoce, una mezcla de frustración, cólera, miedo, confusión y desánimo.

Ella era un ser racional. Hasta ese día.

Lo contempla allí tendido. Es la primera vez que su hijo está en el hospital. No, la segunda. La primera vez fue trece años atrás, al nacer. Entonces todo estaba en calma. Ella estaba tan bien preparada que anticipó la cesárea incluso antes de que los médicos tomaran la decisión.

Pero esta vez la han pillado completamente por sorpresa.

Aprieta su mano con más fuerza. Sigue estando fría, pero parece más relajado y respira apaciblemente. Y la habitación está en silencio. Solo se oye el ronroneo de las máquinas.

—Oye… —susurra, a sabiendas de que incluso inconsciente quizá pueda oírle—, creen que todo va a salir bien.

Interrumpe su intento de darle ánimos a Johan.

¿Lo «creen»? ¡Si no saben nada!

La llegada al hospital ha sido caótica. Lo primero que han hecho ha sido tumbar a Johan cabeza abajo para aspirarle las vías respiratorias.

Aspiración. Los jugos gástricos podían haber atacado las mucosas pulmonares.

En el peor de los casos.

Sus preguntas confusas, las explicaciones factuales pero vacías de los médicos.

Su cólera y su frustración siempre conducían a la misma pregunta: Joder, pero ¿cómo no saben nada?

Podían hablarle de monitorización cardíaca, de gas carbónico y de perfusión y explicarle cómo una sonda en el esófago controlaba la temperatura interna mientras la máquina corazón-pulmón trabajaba para estabilizarlo.

Podían hablar de hipotermia crítica, de los efectos en el cuerpo de una larga permanencia en el agua fría seguida de una noche de lluvia y fuerte viento.

Podían explicarle que, al dilatar las venas, el alcohol aceleraba la bajada de la temperatura y que al caer la glucemia aumentaba el riesgo de sufrir lesiones cerebrales.

Hablar, explicar.

Que creían que el peligro seguramente había pasado, que a primera vista la gasometría arterial y la radiografía pulmonar eran positivas.

¿Qué quería decir eso?

¿Gasometría arterial? ¿A primera vista? ¿El peligro seguramente había pasado?

Creen. Pero no saben nada.

Si Johan puede oír, ha oído todo lo que se ha dicho en esa habitación. No puede mentirle. Le acaricia la mejilla. Eso no es una mentira.

La llegada de Hurtig interrumpe sus pensamientos.

—¿Cómo está?

—Está vivo y saldrá de esta. Todo en orden, Jens. Vete a casa.

# Bandhagen

Los rayos alcanzan la tierra alrededor de cien veces por segundo, lo que arroja un total de ocho millones de veces al día. La tormenta más violenta del año se abate esa noche sobre Estocolmo, y a las diez y veintidós cae un rayo en dos lugares a la vez: en Bandhagen, al sur de la ciudad, y cerca del hospital Karolinska, en Sona.

El inspector Jens Hurtig se encuentra en el aparcamiento y se dispone a regresar a su domicilio cuando le suena el teléfono. Antes de contestar, se instala al volante de su coche. Ve que es el comisario principal Dennis Billing y supone que quiere tener noticias.

Se coloca el auricular y responde.

—Hurtig al habla.

—Parece que habéis encontrado al chaval de Jeanette. ¿Cómo está?

El jefe parece inquieto.

—Duerme, y ella está a su lado. —Hurtig le da al contacto—. Gracias a Dios, parece que su vida no corre peligro.

—Muy bien, en ese caso seguramente volverá al trabajo dentro de unos días. —El comisario chasquea la lengua—. ¿Y tú cómo estás?

—¿A qué te refieres?

—¿Estás cansado o tienes fuerzas para ir a echar un vistazo a algo en Bandhagen?

—¿De qué se trata?

—Quiero decir que, puesto que Kihlberg no está disponible, tienes la oportunidad de estar en primera línea. Eso será bueno para tu expediente, ¿me explico?

24

—Te explicas perfectamente. —Jens Hurtig toma el acceso norte—. ¿Qué ha pasado?

—Han encontrado a una mujer muerta, quizá violada.

—Vale, voy para allá inmediatamente.

—Ese es el tempo que me gusta. Eres un gran tipo, Jens. Hasta mañana.

—De acuerdo.

—Y otra cosa… —El comisario principal Dennis Billing traga saliva—. Dile a Nenette que me parece muy normal que se quede unos días en casa cuidando de su hijo. Entre tú y yo, creo que tendría que ocuparse más de su familia. He oído decir que Åke la ha dejado.

—¿Qué quieres decir? —Las insinuaciones de su jefe comienzan a exasperar a Hurtig—. ¿Pretendes que le diga que se quede en casa porque consideras que una mujer no tendría que trabajar, que debería ocuparse de su marido y de sus hijos?

—Joder, Jens, olvídalo. Pensaba que tú y yo nos entendíamos y…

—Que los dos seamos tíos no significa que opinemos lo mismo.

—No, por supuesto. —El comisario principal suspira—. Solo pensaba que…

—Vale. Hasta luego.

Hurtig cuelga sin darle tiempo a Dennis Billing para embrollarse aún más.

En la salida hacia Solna, divisa el puerto deportivo de Pampas Marina y sus veleros atracados.

Un barco, se dice. Voy a comprarme un barco.


Llueve a mares sobre el campo de fútbol del instituto de Bandhagen. El inspector Jens Hurtig se cubre con la capucha de su chaquetón y cierra la puerta del coche. Reconoce el lugar.

Varias veces ha asistido allí a partidos en los que Jeanette jugaba en el equipo mixto de la policía. Recuerda su sorpresa al verla jugar tan bien, mejor incluso que la mayoría de los jugadores masculinos, la más creativa de todos en su papel de centrocampista. Era ella quien iniciaba los ataques cuando veía una ocasión de jugada.

Pudo constatar el impresionante reflejo de sus características de jefe en el terreno de juego. Con autoridad, pero sin machacar a los demás.

Cuando sus camaradas protestaron violentamente una decisión del árbitro, ella intervino para calmar la situación. E incluso el árbitro la escuchó.

Se pregunta cómo está. Por mucho que él no tenga hijos, ni intención de tenerlos, comprende lo duro que debe de ser para ella. ¿Quién la cuida ahora que Åke se ha ido?

Sabe que esos casos de los muchachos asesinados la han castigado mucho.

Y lo que le ha ocurrido a su hijo le hace desear ser para ella más que un simple ayudante. Un amigo, también.

Detesta las jerarquías, aunque a lo largo de toda su vida ha obedecido órdenes. Las personas no son ni mejores ni peores y, a fin de cuentas, todo depende solo de una cosa. Del dinero. Valemos lo que vale nuestra nómina.

Piensa en los muchachos sin identificar. Carecen de valor en la sociedad sueca. Están fuera del sistema. Pero un desaparecido siempre ha desaparecido para alguien.

La sociedad de clases no ha sido abolida, las clases solo han cambiado de nombre. Nobles, curas, burgueses y campesinos o clase alta y clase baja. Obreros y capitalistas.

Hombres y mujeres. Es lo mismo.

Hoy los moderados se proclaman el nuevo partido de los trabajadores, cuando en primer lugar defienden el bolsillo de los pudientes. En lo más bajo de la sociedad se encuentran los que ni siquiera tienen cartera. Los sin papeles.

Al aproximarse a los edificios que rodean el terreno de juego, Hurtig se deprime.

Allí le esperan Schwarz y Åhlund, a cobijo en el vestuario, y le indican que se reúna con ellos.

—¡Joder, menudo tiempo de mierda!

Hurtig se enjuga los ojos.

Un rayo ilumina el cielo y se sobresalta.

—¿Tienes miedo de la tormenta, jefecillo?

Schwarz le da un puñetazo amistoso en el brazo, sonriendo.

—¿Qué ha pasado?

Åhlund se encoge de hombros.

—Tenemos una mujer muerta, sin duda violada antes de ser asesinada. De momento no se puede ver gran cosa, pero los chicos están instalando una carpa. Tenemos que esperar.

Hurtig asiente con la cabeza y se ajusta la chaqueta. Ve los grandes proyectores que rodean el campo de fútbol y piensa en enviar a alguien a buscar al conserje para que los encienda. Pero no, eso solo traería problemas. Los periodistas a buen seguro han oído el mensaje de alerta en la frecuencia de la policía y no tardarán en llegar. Y no es el mejor momento para organizar un alboroto. Lo mejor será resolver la situación con la mayor discreción posible.

—¿Quién va a venir? No será Rydén, ¿verdad?

Åhlund menea la cabeza.

—No, Billing ha dicho que vendría Ivo Andrić, puesto que ya hemos trabajado con él.

—¿No estaba de vacaciones?

La última vez que Hurtig habló con el forense bosnio, le dijo que después del caso de los muchachos asesinados iba a tomarse unas merecidas vacaciones.

Ivo Andrić se había tomado como un fracaso personal el hecho de que se archivara el caso.

—No, no lo creo. —Åhlund saca un paquete de chicles—. En cambio, he oído que presentó su dimisión cuando nos obligaron a abandonar el caso. Joder, a veces pienso que tendríamos que haber hecho lo mismo. ¿Queréis?

Ofrece los chicles.

Hurtig experimentó el mismo desánimo y la misma resignación.

La orden había llegado de arriba y comprendió que tenían que abandonar la investigación porque eran refugiados ilegales. Chiquillos sin identidad, a los que nadie reclamaba, y por esa razón menos importantes que si se hubiera tratado de rubitos de ojos azules de Mörby o Bromma. Menudos cabrones, se dijo. Una pandilla de tarados emocionales.

Aunque no se lograra dar con el asesino, por lo menos podían devolverles sus nombres. Pero todo eso costaba dinero, y esos niños no significaban nada para nadie.

*Persona non grata.*

La dignidad de la persona humana es un concepto de geometría variable.

Hurtig va a la pequeña carpa blanca de la policía científica para saber si hay noticias y regresa con un gesto de impotencia en el momento en que un violento rayo baña el campo de fútbol con un resplandor blanco.

Se pone el abrigo y frunce el ceño: no está tranquilo.

—Andrić está al caer y, según los técnicos, todo está claro. Tienen la situación controlada. Tendremos las primeras conclusiones dentro de unas horas.

—¿Qué significa que todo está claro? —pregunta Schwarz, desconcertado.

—Ya han identificado a la mujer. Tenía a su lado el bolso con su documentación. Según su permiso de conducir, se llama Elisabeth Karlsson. Todo parece indicar que fue violada antes de que la mataran. Pero Andrić podrá confirmarnos eso. —Hurtig se frota las manos heladas—. Los técnicos están haciendo su trabajo, dos patrullas caninas están rastreando toda la zona y en comisaría ya están buscando a algún familiar al que contactar. ¿Qué queda por hacer?

—¿Vamos a tomar un café?

Schwarz se dirige sin titubear hacia el coche.

El agua de la lluvia vomitada por los desagües forma grandes charcos en el suelo.

¿Cómo demonios lo hace?, se pregunta Hurtig siguiendo sus pasos.

# Bandhagen

Al entrar en el aparcamiento del instituto de Bandhagen, Ivo Andrić ve a Hurtig, Schwarz y Åhlund. Se disponen a marcharse en un coche de policía. Responde a Hurtig, que le saluda con la mano, y acto seguido aparca junto al gran edificio de ladrillo.

Antes de salir del coche, Andrić contempla el amplio campo de fútbol oscuro y encharcado. A un lado, la pequeña carpa de la policía científica, al otro una triste portería de fútbol abandonada, con la red rota. Llueve a cántaros y no parece que vaya a amainar: tiene intención de permanecer resguardado tanto tiempo como sea posible. Se siente cansado y en el fondo se pregunta qué está haciendo allí. Sabe que muchos le consideran uno de los mejores forenses del país, pero con su experiencia adquirida en el extranjero podrían confiarle otras misiones.

En el extranjero, se dice. En Bosnia. Antaño fue su país.

Y allí está, derrotado por la fatiga y con legañas en los ojos. Piensa en los últimos acontecimientos, en esos casos de muchachos asesinados.

Encontraron al primero entre unos matorrales junto a la boca del metro de Thorildsplan, casi momificado.

Luego el bielorruso de la isla de Svartsjö, al que siguió el chiquillo embalsamado junto a la pista de petanca de Danvikstull. Los tres habían sido golpeados con enorme violencia.

Y finalmente Samuel Bai, el niño soldado al que encontraron ahorcado en un desván de la zona del Monumento, cerca de Skanstull.

Durante varias semanas del verano esos cuatro casos le habían ocupado todo su tiempo e Ivo Andrić sigue convencido de que se trata de un solo y único asesino.

La investigación estuvo en manos de Jeanette Kihlberg. Nada tenía que decir acerca de ella: había hecho un buen trabajo, pero la investigación estuvo plagada de errores y negligencias y se saldó al cabo de unas semanas con un resultado nulo.

El comisario principal y el fiscal no hicieron su trabajo y los peces gordos sospechosos mintieron sobre su coartada. La ausencia de energía que había detectado y la negativa a poner en marcha los medios disponibles acabó con sus últimas ilusiones y destruyó por completo su confianza ya vacilante en el Estado de derecho.

Cuando el fiscal archivó el caso, se quedó atónito.

Ivo Andrić se cierra la chaqueta y se cubre con su gorra de béisbol. Abre la puerta, sale bajo la lluvia torrencial y corre hacia el escenario del crimen.

Elisabeth Karlsson está tumbada de lado, sobre la gravilla húmeda junto al campo de fútbol, con el brazo izquierdo formando un ángulo tan poco natural que sin duda está roto. No hay otras heridas aparentes.

Ivo Andrić lleva a cabo las constataciones habituales en el lugar del crimen. La mujer ha sido víctima de una agresión sexual, pero habrá que aguardar a estar al abrigo en el Instituto de Medicina Legal de Solna para determinar la causa de la muerte. Da la orden de transportar el cadáver y unos enfermeros lo embalan en una bolsa de plástico gris.

Ivo Andrić regresa a su coche a paso rápido.

Se le ha ocurrido una idea que quiere verificar lo antes posible.

# Vita Bergen

Sofia Zetterlund tiene grandes lagunas en su memoria. Unos agujeros en sus sueños o durante sus interminables paseos. A veces, el agujero se amplía cuando huele un perfume o cuando alguien la mira de determinada forma. Hay unas imágenes que se reconstituyen cuando oye unos zuecos sobre la grava o ve una silueta de espaldas en la calle. Entonces es como si un tornado se adentrara irremediablemente a través de ese punto que ella denomina «yo». Sabe que ha vivido algo innombrable.

Había una vez una chiquilla que se llamaba Victoria. Cuando cumplió tres años, su padre construyó dentro de ella una habitación. Una habitación desierta y helada donde solo había dolor. Con los años, la habitación se rodeó de sólidas paredes de pena, se pavimentó con deseo de venganza y se cubrió con un grueso techo de odio.

La habitación era tan hermética que Victoria nunca pudo huir de ella.

Allí se encuentra hoy.

No he sido yo, piensa Sofia. No ha sido culpa mía. Al despertar, su primer sentimiento es de culpabilidad. Todo su cuerpo está dispuesto a huir, a defenderse.

Se incorpora, tiende la mano hacia la caja de paroxetina y se traga dos comprimidos con saliva. Se deja caer de nuevo sobre la almohada y espera a que la voz de Victoria se calle. No completamente, eso no lo hace nunca, pero sí lo suficiente como para que pueda oírse a sí misma.

Oír la voluntad de Sofia.

Pero ¿qué ha pasado?

Recuerdos de olores. Palomitas de maíz, gravilla mojada. Tierra. Quisieron llevarla al hospital, pero ella se negó.

Luego ya nada más. La oscuridad absoluta. No recuerda haber regresado al apartamento y menos aún cómo volvió de Gröna Lund.

¿Qué hora debe de ser?

El móvil está sobre la mesilla de noche. Un Nokia, un viejo modelo, el teléfono de Victoria Bergman. Se va a deshacer de él. Es el último vínculo con su antigua vida.

La pantalla indica 07.33 y una llamada perdida. Pulsa para ver el número.

No lo identifica.

Al cabo de diez minutos está lo suficientemente calmada como para levantarse. El apartamento huele a cerrado y abre la ventana de la sala que da a Borgmästargatan. La calle está silenciosa y llueve. A la izquierda, la iglesia de la Reina Sofía se eleva majestuosamente sobre las alturas de Vita Bergen en medio de la fatigada vegetación de ese final de verano y, desde la plaza Nytorget, un poco más lejos, llega el olor a pan recién horneado y a tubo de escape.

Hay algunos coches estacionados.

En el aparcamiento de bicicletas de la acera de enfrente, una de las doce bicis tiene una rueda deshinchada. Ayer no lo estaba. Los detalles se graban, lo quiera ella o no.

Y si le preguntaran, podría decir por orden de qué color es cada bicicleta. De izquierda a derecha o a la inversa.

Ni siquiera tendría que pensar.

Sabe que tiene razón.

La paroxetina la alivia, calma su cerebro y le hace llevadero el día a día.

Decide tomar una ducha cuando suena su teléfono. Su teléfono profesional, esta vez.

Sigue sonando cuando se mete bajo la ducha.

El agua caliente tiene un efecto vigorizante: al secarse piensa que pronto estará sola. Libre para hacer exactamente lo que le venga en gana.

Ya hace tres semanas de la muerte de sus padres en el incendio de su casa. Estaban en la sauna: según el informe preliminar, el fuego se debió a un cortocircuito en el radiador eléctrico que la calentaba.

La casa de su infancia en Värmdö está en ruinas, y todas sus pertenencias se han convertido en ceniza.

Además del seguro de la casa, que ronda los cuatro millones de coronas y el terreno cuyo valor asciende a más de un millón, sus padres tenían ahorradas novecientas mil coronas y contaban con una cartera de valores de cerca de cinco millones.

Sofia ha encargado al abogado de la familia, Viggo Dürer, que liquide lo antes posible esas acciones y que transfiera la suma obtenida a su cuenta corriente. Pronto dispondrá de casi once millones de coronas.

Dinero suficiente para no pasar penurias hasta el fin de sus días.

Puede cerrar su consulta.

Mudarse allí donde le apetezca. Empezar de nuevo su vida. Convertirse en otra.

Sin embargo, aún no. Pronto, tal vez, pero aún no. De momento, necesita la rutina que crea el trabajo. Unas horas en las que no necesita pensar, en las que puede permanecer en vela. Tener que hacer solo lo que se espera de ella le confiere la calma necesaria para mantener a Victoria a distancia.

Una vez seca, se viste y va a la cocina.

Se prepara un café y enciende el ordenador portátil sobre la mesa de la cocina.

En las páginas amarillas ve que el número desconocido es el de la policía local de Värmdö. Se le hace un nudo en el estómago. ¿Habrán descubierto algo? ¿Y qué?

Se sirve una taza de café y decide esperar. Dejar el problema para más tarde.

Se sienta delante del ordenador, abre la carpeta VICTORIA BERGMAN y contempla los veinticinco archivos de texto.

Todos numerados, con el nombre LA CHICA CUERVO.

Sus propios recuerdos.

Sabe que estuvo enferma, que tuvo que reunir todos esos recuerdos. A lo largo de varios años. Se entrevistó con ella misma y grabó sus monólogos para luego analizarlos. Gracias a ese trabajo conoció a Victoria y se hizo a la idea de que siempre tendrían que vivir juntas.

Pero hoy, cuando sabe de lo que es capaz Victoria, no se dejará manipular.

Selecciona todos los archivos de la carpeta, inspira profundamente y finalmente pulsa BORRAR.

Un cuadro de diálogo le pregunta si está segura de querer eliminar la carpeta.

Reflexiona.

Ya le ha pasado antes por la cabeza destruir esas transcripciones de sus entrevistas con ella misma, pero nunca ha reunido el valor suficiente.

—No, no estoy segura —dice en voz alta, y acto seguido pulsa NO.

Respira aliviada.

Ahora se preocupa por Gao. El muchacho sin pasado que entró en su vida por casualidad. Pero ¿fue realmente una casualidad?

Lo encontró en un tren de cercanías, en un estado de perfecta lucidez, y vio su vulnerabilidad. Al llegar a la estación de Karlberg, se tomaron de la mano y cerraron un acuerdo sin palabras.

Desde entonces, el chico vive en la habitación secreta oculta detrás de la estantería.

Sus ejercicios cotidianos lo han hecho fuerte y resistente. Y al mismo tiempo ha desarrollado una increíble fuerza mental.

Mientras piensa, calienta una gran cazuela de gachas y llena un termo, que le lleva al chico. Está tumbado en la cama en el cuarto oscuro y acolchado. Por sus ojos, ve que se ha marchado muy lejos.

Debido a su presencia, a su absoluta abnegación y a su violenta intransigencia, Gao se ha convertido en el instrumento obediente de Victoria.

Victoria y Gao son dos cuerpos extraños implantados en ella, pero si su cuerpo acepta a Victoria, rechaza a Gao.

¿Qué va a hacer de él? Ahora es más un lastre que una baza.

Aunque ella ha limpiado durante varias horas, el olor a orina persiste aún bajo el del detergente.

En el suelo se apilan los dibujos que él hace, bien ordenados.

Deja el termo en el suelo. Delante de la cama. Tiene agua en el rincón del aseo.

Al salir, empuja la estantería que oculta la puerta y echa el pestillo. Con eso aguantará hasta la noche.

## La lengua

miente y murmura y Gao Lian, de Wuhan, tiene que desconfiar de lo que dice la gente.

Nada debe poder sorprenderle, puesto que tiene el control y no es un animal.

Sabe que los animales son incapaces de prever. La ardilla almacena avellanas para el invierno en el hueco de un tronco. Pero si el agujero se hiela, ya no contiene nada. Fuera de su alcance, las avellanas ya no existen. La ardilla abandona y muere.

Gao Lian comprende que hay que estar listo ante los imprevistos.

los ojos

ven lo prohibido y Gao tiene que cerrarlos y aguardar a que desaparezca.

El tiempo significa la espera así que no es nada.

El tiempo no es absolutamente nada. Gratuito. Nulo. Vacío.

Lo que tiene que suceder es el contrario absoluto del tiempo.

Cuando sus músculos se tensan, su estómago se cierra y su respiración rápida le llena de oxígeno, no será más que uno con el todo. Su pulso, hasta ese momento muy lento, aumentará hasta el estruendo ensordecedor y todo ocurrirá al mismo tiempo.

En ese instante, el tiempo ya no es ridículo, lo es todo.

Cada segundo tiene vida propia, una historia con un principio y un final. Una vacilación de una centésima de segundo tendrá consecuencias devastadoras. Marcaría la diferencia entre la vida y la muerte.

El tiempo es el mejor amigo del indeciso, incapaz de actuar.

La mujer le ha proporcionado lápices y papel y, durante horas, puede dibujar a oscuras. Se inspira en sí mismo, en las personas que ha conocido, las cosas que echa a faltar y los sentimientos olvidados.

Un pajarito en su nido con sus polluelos.

Cuando acaba, deja el papel a un lado y vuelve a empezar.

Nunca se detiene a contemplar lo que ha dibujado.

La mujer que lo alimenta no es ni verdadera ni falsa y, para Gao, el tiempo antes de ella ya no existe. Ya no hay antes ni después. El tiempo no es nada.

Todo en él se absorbe con el mecanismo propio de los recuerdos.

# Bar Amica

Jeanette sale de la habitación de Johan y se dirige hacia la cafetería, en la entrada principal del hospital. Es policía, y mujer: le es imposible dejar de lado su trabajo, incluso en semejantes circunstancias. Sabe que luego podrían utilizarlo contra ella.

Cuando las puertas del ascensor se abren ante el ajetreo del vestíbulo alza la vista y observa los movimientos y las sonrisas. Se llena los pulmones de ese aire lleno de vida. Le cuesta reconocerlo, pero necesita escaparse media hora de esa vigilia inquieta junto a la cama de su hijo en la atmósfera inmóvil de esa habitación de hospital.

Hurtig trae en una bandeja dos tazas de café humeantes y dos bollos de canela que deposita entre ellos antes de sentarse. Jeanette se moja los labios en el café ardiente. Eso le calienta el vientre y hace que le entren ganas de fumar.

Hurtig toma su taza sin dejar de mirarla. A ella no le gusta esa mirada crítica.

—Bueno, ¿cómo está? —pregunta Hurtig.

—Controlado. Ahora mismo, lo peor es no saber qué le ha ocurrido.

Vuelve a tener la misma sensación de cuando Johan era muy pequeño. Recuerda cuando corría hacia ella llorando, inconsolable e incapaz de explicar lo que le había ocurrido. No daba con las palabras. Pensaba que esa época ya había quedado atrás.

Pero no.

Ni siquiera Sofia había sido capaz de explicar lo que había ocurrido. ¿Cómo iba a poder Johan encontrar las palabras para contarlo?

—Lo entiendo, pero se puede esperar para hablar de ello a que se encuentre mejor y pueda volver a casa, ¿verdad?

—Sí, por supuesto. —Jeanette suspira y prosigue—: Pero estar sola en medio de este silencio me vuelve loca.

—¿Åke no ha venido? ¿O tus padres?

Jeanette se encoge de hombros.

—Åke tiene una exposición en Polonia. Quería venir, pero ahora que hemos encontrado a Johan… Ya no ve qué puede hacer. Y mis padres se han ido de viaje a China. Se han marchado dos meses.

Jeanette ve que Hurtig se dispone a decir algo, pero ella le interrumpe.

—¿Qué tal en Bandhagen?

Hurtig echa un terrón de azúcar en su café y lo remueve.

—Ivo aún no ha acabado, así que estamos a la espera.

—¿Y qué dice Billing?

—¿Aparte de que deberías quedarte en casa cuidando de Johan y que si Åke quiere divorciarse es culpa tuya?

Hurtig suspira y toma un sorbo de café.

—¿Eso ha dicho el hijoputa?

—Sí. Eso mismo.

Alza la vista al cielo.

Jeanette se siente cansada, impotente.

—Joder —murmura, y deja vagar su mirada en derredor.

Hurtig calla. Parte un pedazo de bollo y se lo lleva a la boca. Ella se da cuenta de que tiene algo más en mente.

—¿Qué te pasa? ¿Qué estás pensando?

—No te has rendido, ¿verdad? —dice, titubeando—. Se nota. Estás furiosa porque nos han quitado el caso.

Se sacude unas migas pegadas en la barba.

—¿Qué quieres decir? —Jeanette sale de su letargo.

—No te hagas la tonta. Sabes perfectamente a qué me refiero. Lundström es un cerdo, pero no ha sido él quien…

—¡Déjalo ya! —le interrumpe Jeanette.

—Pero…

Con un gesto de la mano Hurtig derrama un poco de café.

Jeanette toma maquinalmente una servilleta de papel para limpiarlo. Le viene a la cabeza la idea de que ahora quizá ya solo tendrá que ocuparse de sus propias tonterías. Olvida esa idea antes de que se instale en su mente. Se concentra.

—Oye, Jens… —reflexiona—. Estoy tan frustrada como tú y me parece asqueroso, pero no soy tan tonta como para no admitir que es económicamente injustificable…

—Unos chavales refugiados. Una mierda de chavales refugiados… es económicamente injustificable. Me dan ganas de vomitar.

Hurtig se pone en pie y Jeanette ve que está muy indignado.

—Siéntate, Jens, aún no he acabado.

La sorprende la firmeza de su tono a pesar de estar hecha polvo. Hurtig vuelve a sentarse, suspirando.

—Esto es lo que vamos a hacer… Tengo que ocuparme de Johan, y no sé cuánto tiempo llevará. Tú tienes a esa mujer de Bandhagen, y eso es prioritario, por supuesto. —Hace una pausa antes de proseguir—. Pero sabes igual que yo que nos quedará tiempo para otras cosas… ¿Entiendes lo que quiero decir?

Los ojos de Hurtig empiezan a brillar y algo se ilumina en ella. Un sentimiento casi olvidado. El entusiasmo.

—¿Quieres decir que seguimos pero sin que nadie se entere?

—Sí, eso es. Pero esto tiene que quedar entre tú y yo. Si nos descubren, lo tendremos crudo los dos.

Hurtig sonríe.

—La verdad es que ya he hecho algunas preguntas de las que espero tener respuesta esta semana.

—Bien, Jens —dice Jeanette, sonriendo ella también—. Te tengo en gran estima, pero hay que hacer esto con mucho tacto. ¿Con quién has hablado?

—Según Ivo Andrić, el muchacho de Thorildsplan tenía rastros de penicilina en la sangre además de los anestésicos y otras drogas.

—¿Penicilina? ¿Y eso qué significa?

—Que el chaval estuvo en contacto con los servicios de salud. Probablemente con un médico que trabaja con refugiados clandestinos, sin papeles. Conozco a una chica que trabaja para la iglesia sueca y que me ha prometido ayudarme dándome algunos nombres.

—Genial. Por mi parte, sigo en contacto con el ACNUR en Ginebra. —Jeanette ve que se dibujan lentamente nuevas perspectivas. El futuro existe y no solo ese presente sin fondo—. Y además tengo una idea.

Hurtig la escucha atentamente.

—¿Qué te parecería si pidiéramos un perfil del asesino?

Hurtig la mira, atónito.

—Pero ¿cómo vamos a convencer a un psicólogo para que participe oficiosamente en…? —empieza, antes de comprender—. Ah, ya veo, ¿estás pensando en Sofia Zetterlund?

Jeanette asiente con la cabeza.

—Sí, pero aún no se lo he pedido. Primero quería hablarlo contigo.

—Joder, Jeanette —dice Hurtig con una amplia sonrisa—, eres el mejor jefe que he tenido.

Jeanette sabe que es sincero.

—Me reconforta. Y ahora lo necesito más que nunca.

Piensa en Johan, en Åke, en el divorcio y en todo lo que eso implica. Por el momento, no sabe aún nada de su futuro personal. ¿Esas horas pasadas sola velando a Johan son una prefiguración de la vida que le espera? La soledad definitiva. Åke se ha instalado en casa de su nueva compañera, la galerista Alexandra Kowalska. «Conservadora», dice su tarjeta de visita. Eso hace pensar en «taxidermista». Que da apariencia de vida a un animal muerto.

—¿Salimos a fumar un cigarrillo?

Hurtig se pone en pie, como si hubiera sentido la necesidad de cortar por lo sano los pensamientos de Jeanette.

—Pero ¿tú fumas?

—A veces hay que hacer excepciones. —Saca un paquete del bolsillo y se lo ofrece—. No sé nada de cigarrillos, pero te he comprado estos.

Jeanette mira la cajetilla y se echa a reír.

—¿Mentolados?

Se ponen las chaquetas y salen fuera, frente a la puerta del hospital. La lluvia ha amainado y, en el horizonte, se ve una franja de cielo despejado. Hurtig enciende un cigarrillo para Jeanette y luego

41

otro para él. Inspira profundamente una calada, tose y saca el humo por la nariz.

—¿Te vas a quedar en la casa? ¿Te lo puedes permitir? —pregunta.

—No lo sé. Pero por Johan tengo que tratar de llegar a final de mes. Y además ahora a Åke le va bien, sus cuadros se empiezan a vender.

—Sí, leí la crítica en el *Dagens Nyheter*. Puro lirismo.

—Es un poco penoso haber patrocinado su trabajo durante veinte años y al final no recoger los frutos.

La galerista y conservadora Alexandra se puso en contacto con Åke durante el verano y luego todo fue muy deprisa. Åke se convirtió en la estrella ascendente del arte contemporáneo sueco y dejó a Jeanette por esa mujer más joven y guapa.

Nunca hubiera creído que Johan y ella contaran tan poco para él, que fuera capaz de marcharse así dándoles la espalda.

Hurtig la mira, apaga el cigarrillo y le sostiene la puerta.

—*Sic transit…*

La abraza, y ella necesita ese abrazo, aunque no ignora que las manifestaciones de ternura pueden ser tan huecas como un tronco muerto. Incapaz de distinguir lo vivo de lo muerto, se dice blindándose antes de sumergirse de nuevo en el silencio de la habitación, junto a la cama de Johan.

# Instituto de Medicina Legal

Cada acción pasada engendra miles de posibilidades de las que luego resultan otras tantas conclusiones nuevas.

Para Ivo Andrić la muerte siempre tiene el mismo aspecto, aunque lo que la ha causado siempre es único.

Ivo Andrić deja Bandhagen y se dirige a Solna. Piensa en lo que acaba de ver. La causa del fallecimiento a menudo supera incluso la imaginación más desbocada.

Según ha constatado en el lugar del crimen, cree saber lo que le ha ocurrido a esa mujer, con cierto alivio. Hubiera podido ser mucho peor.

Una vez en Solna, va rápidamente a la morgue para confirmar su hipótesis. Todo lo que necesita es una mejor iluminación.

Ivo Andrić examina el cuerpo desnudo de Elisabeth Karlsson sobre la mesa de acero inoxidable: en menos de un minuto comprende que llevaba razón.

Un motivo rojo oscuro en forma de helecho le recorre el vientre y el pecho y en su muñeca derecha observa una profunda quemadura del tamaño de una moneda de una corona. Está tan claro como el agua.

Es un auténtico caso de manual.

Elisabeth Karlsson ha batido todos los récords de mala suerte.

# Vita Bergen

Sofia Zetterlund apaga su ordenador y cierra la pantalla. Ahora que, a pesar de todo, ha decidido no borrar los archivos relativos a Victoria Bergman, se siente más liviana.

Pero ¿es felicidad lo que siente? No lo sabe.

Hace menos de un año, era feliz. Por lo menos así lo creía, ¿y no era eso lo principal?

Que todo hubiera resultado ser una ilusión no significaba que lo que sentía fuera falso. Ella era sincera y estaba dispuesta a todo por Lasse, con quien vivía. Pero Lasse desmontó pieza a pieza su vida en común, y ella solo pudo ser una espectadora impotente.

Todo se desmoronó y quedó mancillado.

Muchos de sus recuerdos son vagos y, al pensar en los seis últimos meses, solo ve imágenes sin contornos. Fotos borrosas.

Se levanta y llena el fregadero.

Lars Pettersson, su compañero durante más de diez años, su mejor amigo y el hombre al que estaban ligados todos sus sueños, Lars, el comercial que vivía una semana de cada dos en Alemania. Lasse, el hombre que transmitía seguridad y tenía que ser el padre de su hijo. El que siempre le regalaba flores.

El agua caliente le enrojece las manos, pero se obliga a mantenerlas sumergidas. Soportándolo, se pone a prueba.

Lars Pettersson, ya casado, con una casa y una familia en Saltsjöbaden. Que una semana de cada dos no se iba a Alemania sino a reunirse con ellos, y que nunca tenía tiempo para ir de vacaciones con ella.

Lars Pettersson, el padre de Mikael.

Su única razón para entablar una relación con Mikael fue vengarse de Lasse. Ahora todo eso le parece absurdo. Vacío, vano. Lasse está muerto y Mikael ha dejado lentamente pero sin remedio de interesarle, aunque aún está tentada de revelarle quién es ella en realidad.

Esos últimos meses solo se han visto esporádicamente, pues Mikael estaba muy ocupado y viajaba a menudo. El resto del tiempo, era ella quien había tenido muchas cosas que hacer y, en sus raras discusiones, se había mostrado rudo y enojado, cosa que le hace pensar que ve a otra mujer.

Voy a romper, se dice sacando finalmente las manos del fregadero. Abre el grifo del agua fría. Primero es un respiro agradable, luego se impone el frío y de nuevo se obliga a soportarlo. Hay que vencer el dolor.

Cuantas más vueltas le da, menos añora a Mikael. Soy su madrastra, se dice, y al mismo tiempo su amante. Pero es imposible revelarle la verdad.

Cierra el grifo y vacía el fregadero. Al cabo de un momento, sus manos recuperan el color normal y, en cuanto desaparece el dolor, se sienta de nuevo a la mesa de la cocina.

Tiene el teléfono frente a ella: debería llamar a Jeanette. Pero le cuesta. No sabe qué decirle. Lo que debería decirle.

La angustia le provoca un nudo en el estómago. Llevándose la mano al vientre, empieza a temblar, sufre palpitaciones, la abandonan las fuerzas como si le hubieran cortado las venas. La cabeza le arde, pierde el control, no tiene ni idea de lo que va a hacer su cuerpo.

¿Darse de cabeza contra las paredes? ¿Arrojarse por la ventana? ¿Gritar?

No, tiene que oír una voz de verdad. Una voz que atestigüe que sigue existiendo, que es tangible. Es lo único que ahora puede hacer callar los ruidos que oye. Agarra el teléfono. Jeanette Kihlberg responde tras diez tonos.

Se oye un ruido de fondo en la línea. Un chisporroteo interrumpido a veces por chasquidos.

—¿Cómo está?

Es todo cuanto a Sofia se le ocurre decir.

Jeanette Kihlberg también tiene como un chisporroteo en la voz.

—Lo han encontrado. Está vivo, acostado a mi lado. De momento, eso me basta.

Tu hijo está a tu lado, se dice. Y Gao está conmigo.

Sus labios se mueven.

—Puedo pasarme hoy —se oye decir.

—Encantada. Vente dentro de una hora.

—Puedo pasarme hoy. —Su propia voz repercute en las paredes de la cocina. ¿Se ha repetido?—. Puedo pasarme hoy. Puedo…

Johan ha desaparecido toda una noche, que Sofia ha pasado en su casa con Gao. Han dormido. Nada más. ¿O no ha sido así?

—Puedo pasarme hoy.

La incertidumbre se adueña de ella y se da cuenta en el acto de que no tiene la menor idea de lo ocurrido después de que Johan y ella se instalaran en la góndola de la Caída Libre.

A lo lejos, oye la voz de Jeanette.

—De acuerdo, hasta luego. Te echo de menos.

—Puedo pasarme hoy.

El teléfono está en silencio. Al contemplar la pantalla, constata que la conversación ha durado veintitrés minutos.

Va al recibidor, se calza sus zapatos y se pone la chaqueta. En la estantería de los zapatos, sus botas están húmedas, como si acabara de utilizarlas.

Las examina. Hay una hoja amarillenta pegada en el talón del pie izquierdo, hierba y pinaza en los agujeros de los cordones, y las suelas están llenas de tierra.

Calma, se dice. Ha llovido mucho. ¿Cuánto tiempo hace falta para que se sequen unas botas?

Coge su chaqueta. También está mojada. La observa más detenidamente.

Un desgarrón de unos cinco centímetros en una manga. En el doblez de algodón destripado encuentra algunas piedrecillas.

Algo asoma del bolsillo.

¿Qué puede ser?

Una polaroid.

Joder…

En la foto se la ve a ella, a los diez años, en una playa desierta. Hace mucho viento, sus largos cabellos rubios están casi horizontales. Una hilera de postes rotos sobresale de la arena y, a lo lejos, se ve un faro pintado con rayas rojas y blancas. Se adivinan las siluetas de las gaviotas en el cielo gris.

Su corazón se acelera. La imagen no le dice nada, ese lugar le es absolutamente extraño.

# Dinamarca, 1988

*Sin lograr conciliar el sueño, acechaba sus pasos y fingía ser un reloj. Tumbada boca abajo, eran las seis; sobre el costado izquierdo, las nueve; boca arriba, las doce de la noche. Sobre el costado derecho, las tres, y de nuevo boca abajo, las seis. Costado izquierdo, las nueve, boca arriba, medianoche otra vez. Si conseguía controlar el reloj, él se confundía de hora y la dejaba tranquila.*

Es pesado, tiene la espalda peluda, está sudado y huele a amoníaco después de haber trabajado durante dos horas en la máquina esparcidora. Sus maldiciones se oían desde el hangar hasta su habitación.

Los huesos salientes de sus caderas frotan con dureza contra su vientre mientras ella mira por encima de sus hombros estremecidos por las sacudidas.

La bandera danesa que cubre el techo es una cruz diabólica, rojo de sangre y blanco de hueso.

Es más fácil hacer lo que él quiere. Acariciarle la espalda y gemirle al oído. Eso permite ganar por lo menos cinco minutos.

Cuando los muelles de la vieja cama dejan de chirriar, en cuanto él ha salido, va al baño. Tiene que librarse de la peste a estiércol.

Es mecánico, originario de Holstebro: ella lo llama el Cerdo de Holstebro, en alusión a la raza porcina regional, excelente para la tocinería.

Ha anotado su nombre en su diario íntimo. Con todos los demás, y el primero de la lista es el cerdo de su jefe, al que se supone que tiene que estarle agradecida por dejarla vivir en su casa.

Este otro cerdo tiene estudios, es jurista, o algo parecido, y trabaja en Suecia cuando no viene a la granja a matar cerdos. A sus espaldas, lo llama el Coco.

El Coco se enorgullece de trabajar con viejos métodos avalados. El cerdo de Jutlandia hay que quemarlo y no escaldarlo para eliminarle el sebo.

Abre el grifo y se enjuaga las manos. La punta de sus dedos se ha hinchado de tanto trabajar con los cerdos. Las cerdas de la piel se clavan debajo de las uñas y provocan inflamaciones, y de poco ayuda usar guantes.

Ella los ha matado. Aturdidos con una descarga eléctrica y luego desangrados. Luego lo dejó todo impoluto, limpió los desagües y evacuó los restos. Una vez, la dejó matar uno con la pistola de sacrificio y a punto estuvo de volverla hacia él. Justo para ver si su mirada se quedaría tan vacía como la de los cerdos.

Tras lavarse someramente, se seca y regresa a su habitación.

No puedo más, se dice. Tengo que marcharme de aquí.

Mientras se viste, oye arrancar el viejo automóvil del Cerdo de Holstebro. Aparta las cortinas y mira por la ventana: el coche sale de la granja y el Coco regresa al hangar a ocuparse de la separación del estiércol.

Decide ir a pasear hacia la punta de Grisetådden y quizá llegar hasta el puente de Oddesund.

El viento cortante se mete entre su ropa. Aunque lleva un jersey debajo del anorak, ya tiembla antes incluso de llegar a la parte trasera de la casa.

Va hasta la vía del tren y sigue el talud hasta la punta. Pasa regularmente frente a las trincheras y los búnkers de la Segunda Guerra Mundial. La punta se estrecha y pronto tiene agua a uno y otro lado, y cuando los raíles giran a la izquierda hacia el puente, ve el faro a unos cientos de metros delante de ella.

Baja a la playa y descubre que está absolutamente sola. Al llegar al pequeño faro rojo y blanco, se tumba en la hierba y contempla el cielo azul. Recuerda haber estado así tumbada y haber oído voces en el bosque.

Al igual que hoy soplaba viento y lo que oía eran los gritos de alegría de Martin.

¿Por qué desapareció?

No lo sabe, pero cree que alguien lo ahogó. Desapareció junto al embarcadero en el momento en que la Chica Cuervo llegó.

Pero sus recuerdos son vagos. Hay un agujero negro.

Juguetea lentamente con una brizna de hierba entre los dedos y la observa cambiar de color al sol. En lo alto del tallo una gota de rocío y, debajo, una hormiga inmóvil. Le falta una de las patas traseras.

—¿En qué estás pensando, hormiguita? —susurra soplando suavemente sobre la brizna.

Se tumba de lado y coloca delicadamente la brizna de hierba sobre una piedra. La hormiga se mueve y se da a la fuga. El hecho de tener una pata menos no parece ser un inconveniente.

—¿Qué estás haciendo aquí?

Una sombra cae sobre su rostro al oír su voz. Una bandada de pájaros pasa volando sobre su cabeza.

Se levanta y lo acompaña hasta el búnker. En diez minutos ha acabado, no tiene mucho aguante.

Él le habla de la guerra, de los sufrimientos que padecieron los daneses durante la ocupación alemana y de las mujeres que violaron.

—Esas guarras que andaban con los alemanes —suspira—. Putas, no eran más que putas. Se follaron a miles de ellos.

Le ha hablado varias veces de esas mujeres danesas que se acostaron con soldados alemanes y, desde hace tiempo, ha comprendido que él mismo es hijo de un alemán, el Coco es un retoño del invasor.

De regreso, camina unos pasos por detrás de él ajustándose la ropa sucia. Tiene el jersey desgarrado y espera que no se encuentren con nadie. Le duele por todas partes, porque él la ha tratado con más mano dura que de costumbre y el suelo era pedregoso.

Dinamarca es el infierno en la tierra, se dice.

# Barrio de Kronoberg

A las nueve y media, suena el teléfono de Jens Hurtig: es Ivo Andrić, del Instituto de Medicina Legal de Solna.

—¡Hola, Ivo! ¿Qué noticias me traes hoy?

Le gusta el papel de jefe, aunque solo sea provisional.

—Se trata de Elisabeth Karlsson. ¿Te ocupas tú del caso?

—Sí, en ausencia de Jeanette. ¿Qué has averiguado?

Ivo Andrić respira profundamente por el auricular.

—Bueno. En primer lugar, que mantuvo una relación sexual justo antes de morir.

—¿Antes de ser asesinada, querrás decir?

—No es tan sencillo. —Hurtig le oye exhalar un suspiro—. Es más complicado que eso.

—Cuéntame.

Jens Hurtig sabe que puede confiar en Ivo Andrić. El tono serio del forense le hace entender que es algo importante.

—Así que mantuvo una relación sexual. Puede que fuera consentida, o tal vez no. De momento, no sé si…

—Pero su ropa estaba desgarrada…

—Calma. Déjame que te explique.

Lamenta haberle interrumpido. Sabe por experiencia que Ivo Andrić es siempre muy preciso, aunque se extienda en los detalles.

—Perdón —dice—. Continúa.

—¿Qué te estaba diciendo? Ah, sí. Mantuvo una relación sexual. Quizá contra su voluntad. Tiene marcas rojas como si hubiera recibido una zurra, pero es imposible saber si se trata de una violación. A veces la gente tiene ocurrencias muy raras… En todo caso, por los arañazos en su espalda y muslos, ocurrió afuera. Hemos encontrado rastro de pinaza y de gravilla. Pero ahora viene lo inverosímil.

Ivo Andrić calla.

—¿El qué? ¿Su asesinato?

—No, no. Es otra cosa, algo muy diferente. Una rareza.

—¿Una rareza?

—Exactamente. ¿Entiendes de electricidad?

—No mucho, para ser sincero.

Ivo se aclara la voz.

—Pero sin duda sabes que un pararrayos sirve para conducir la electricidad hacia el suelo para dispersar la carga.

—¿Hacia el suelo? Vale…

Hurtig tamborilea nerviosamente con la punta de los dedos sobre el borde de su mesa.

—El rayo es más peligroso cuando alcanza directamente el suelo. El ganado, las vacas, por ejemplo, se encuentra en contacto con el suelo con las cuatro patas y la tensión eléctrica en ese caso es extremadamente grave.

Pero ¿adónde quiere ir a parar?, se pregunta Hurtig, y acto seguido comprende lo que Ivo Andrić se dispone a contarle.

—Por lo general, un hombre sobrevive a un rayo si solo tiene los dos pies en contacto con el suelo —concluye el forense—. En nuestro caso, sin embargo, desgraciadamente la víctima se hallaba a cuatro patas o tumbada boca arriba, y su corazón falló de golpe.

Hurtig no puede creer lo que oye.

—¿Qué? ¿Fue violada y luego fulminada por un rayo?

—Eso me temo. Una rareza, como te he dicho. Ha tenido mala suerte, pero, ojo, porque como te he dicho es imposible saber si fue violada. En cambio, sabemos que no fue asesinada.

—En tal caso, solo podemos esperar a las conclusiones de la autopsia. ¿Me llamarás si hay alguna novedad?

—De acuerdo. Buena suerte.

Ivo Andrić cuelga.

Jens Hurtig se repantiga en su sillón y reflexiona mirando al techo.

Cuando una violación va seguida de asesinato cabe sospechar que la víctima conocía al agresor y que este la ha matado por esa razón.

Hurtig llama a la extensión de Åhlund.

—¿Quién le ha tomado declaración al marido de Elisabeth Karlsson?

Åhlund se aclara la voz.

—Schwarz se ha ocupado de eso. ¿Alguna novedad?

—Sí, en cierta medida. Ya os lo comentaré luego, pero de momento quiero que me traigáis al marido y esta vez hablaré personalmente con él.

—De acuerdo.

# Hospital Karolinska

—¡Maldita tormenta! —exclama Sofia Zetterlund al entrar en la habitación del hospital.

Luce una sonrisa titubeante. Jeanette Kihlberg la saluda con un gesto de la cabeza, con ciertas reservas. Por supuesto se alegra de volver a ver a Sofia, pero en su cara hay algo extraño, algo nuevo que no sabe cómo interpretar.

La lluvia bate contra las ventanas y la habitación se ilumina a veces con el resplandor de un rayo. Se encuentran frente a frente.

Sofia mira a Johan con inquietud y Jeanette se acerca y le acaricia la espalda.

—Hola, me alegro de verte —susurra.

Sofia responde a su gesto abrazando a Jeanette.

—¿Cuál es el pronóstico? —pregunta.

Jeanette sonríe.

—Si te refieres al del tiempo, pinta mal. —Su tono alegre se diluye—. Pero en lo que concierne a Johan, se presenta bien. Empieza a despertarse. Se ve cómo mueve los ojos debajo de los párpados.

El rostro de Johan ha recobrado por fin sus colores y ella le acaricia el brazo.

Los médicos por fin se han aventurado a dar sin ambigüedades una opinión positiva acerca de su estado y Jeanette aprecia la compañía de alguien que es más que una simple colega. Con la que no está obligada a hacer de jefe.

Sofia se relaja y vuelve a ser ella misma.

—No te hagas mala sangre por esto —dice Jeanette—. Su desaparición no es culpa tuya.

Sofia la mira muy seria.

—No, tal vez no, pero me avergüenzo de haber sido presa del pánico. Quisiera ser una persona de fiar, y evidentemente ese no es el caso.

Jeanette piensa en la reacción de Sofia. La encontró llorando, tendida boca abajo. Desesperada.

—Espero que me perdones por haberte dejado allí tirada —dice Jeanette—, pero Johan había desaparecido y…

—Por el amor del cielo… —la interrumpe Sofia—. Yo siempre me las apaño. —Mira a Jeanette a los ojos—. No lo olvides nunca, yo siempre me las apaño, no tienes que preocuparte por mí, pase lo que pase.

Jeanette está casi asustada ante la gravedad del tono y de la mirada.

—Si consigo ocuparme de esos empresarios bocazas que necesitan un coaching, bien puedo ocuparme de mí misma.

Jeanette se siente aliviada al oír bromear a Sofia.

—Como puedes ver, yo no soy capaz ni de ocuparme de un borracho —se ríe Jeanette mostrando el vendaje.

—¿Y cuál es tu pronóstico? —dice Sofia.

Ahora también sus ojos sonríen.

—Un botellazo en la cabeza. Cuatro puntos de sutura que me quitarán dentro de un par de semanas.

Un nuevo resplandor ilumina la habitación. La ventana vibra y la luz viva deslumbra a Jeanette.

Paredes blancas, techo y suelo blancos. El rostro pálido de Johan. Sus retinas se quedan impresionadas.

—Pero ¿qué te pasó?

Jeanette apenas se atreve a mirar a Sofia al preguntárselo. Los pilotos rojos del respirador parpadean. La sombra del cuerpo de Johan sobre la cama, la silueta negra de Sofia delante de la ventana. Se frota los ojos para ver mejor. Ahora distingue los rasgos de Sofia.

—Ah, eso… —Suspira alzando la vista al techo, como si buscara las palabras—. Nunca hubiera imaginado que tendría tanto miedo de morir. Simplemente.

—¿Nunca habías pensado en ello?

Jeanette la observa y, en el acto, comienza a latirle dentro del pecho su propio miedo a lo inevitable.

—Sí, pero no de esa forma. No tan fuerte. Parece que la idea de la muerte no está clara antes de haber tenido hijos, y me encontraba allá arriba con Johan y... —Sofia calla y apoya una mano sobre la pierna de Johan—. De repente, la vida tenía un nuevo sentido, me ha pillado por sorpresa. —Se vuelve hacia Jeanette y sonríe—. Quizá darme cuenta de que la vida tiene sentido me provocó un choque.

Por vez primera, Jeanette siente que Sofia no es solo una psicóloga con la que es fácil hablar.

También lleva algo dentro de sí, una carencia, un deseo, tal vez un duelo.

Ella también tiene experiencias en las que trabajar, vacíos que llenar.

Se avergüenza de no haberlo comprendido antes. Que Sofia no podía estar siempre dando.

—Ser permanentemente fuerte hace que una no viva en absoluto —logra decir después de un buen rato en brazos de Sofia, que la abraza más fuerte: ha comprendido que era para consolarla.

De repente se oye un gemido de Johan. Durante una fracción de segundo se miran antes de comprender. La piedra cae sin ruido dentro de ella. Jeanette se inclina hacia él.

—Cariño —murmura acariciándole el pecho—. Bienvenido, chavalote. Aquí está mamá, esperándote.

Llama a un médico, que le explica que es una etapa normal del despertar, pero que aún pasarán horas antes de poder comunicarse con él.

—La vida vuelve lentamente a nosotros —dice Sofia una vez que se ha marchado el médico.

—Sí, tal vez —dice Jeanette, decidiendo contarle lo que sabe—. ¿A que no adivinas quién está ingresado también aquí al lado?

—Ni idea. ¿Alguien a quien conozco?

—Karl Lundström —dice Jeanette—. Hoy mismo he pasado por delante de su habitación. Ya es extraño. A dos pasillos de aquí, Karl

Lundström está acostado sobre las mismas sábanas que Johan, y a los dos los tratan con el mismo cuidado. La vida tiene el mismo valor para todo el mundo.

Sofia sonríe.

—¿Quieres decir que se puede ser un canalla y aun así tener derecho a vivir?

—Sí, algo así.

Jeanette se arrepiente de inmediato. Menuda visión del mundo, como si no creyera en el Estado de derecho.

—Vivimos en un mundo de hombres —responde Sofia—, en el que Johan no vale más que un pederasta. En el que nadie vale más que un pederasta o un violador. Solo puedes valer menos.

Jeanette se ríe.

—¿Qué quieres decir?

—Pues que si eres una víctima, vales menos que el propio pederasta. Se prefiere proteger al presunto autor que a la presunta víctima. Es un mundo de hombres.

Jeanette asiente con la cabeza, aunque no está segura de haberlo entendido. Mira a Johan en su cama. ¿Víctima? Aún no se ha atrevido a pensarlo. ¿Víctima de qué? Piensa en Karl Lundström. No, imposible. Piensa en otra cosa.

—Pero, en el fondo, ¿cuál es tu experiencia con los hombres? —se arriesga a preguntar.

—Supongo que los odio —responde Sofia. Su mirada está vacía—. Colectivamente, quiero decir —continúa, dirigiendo de nuevo la mirada a Jeanette—. ¿Y tú?

Jeanette no está preparada para que le devuelvan así la pregunta. Mira a Johan, piensa en Åke, en sus jefes y colegas. Por supuesto hay algunos cabrones, pero no todos lo son. Su mundo no es ese del que habla Sofia.

¿Cuál es el lado oscuro de Sofia?

—Todo gira alrededor del dinero, del macho —prosigue Sofia, sin darle tiempo a responder—. Mira en tu billetera, ¿qué encuentras? Un rey, probablemente.

—¿O a Jenny Lind? ¿A Selma Lagerlöf? —sugiere Jeanette.

—Los de ellas son billetes de poco valor. Y los turistas creen que

Selma Lagerlöf es un hombre. Se preguntan a qué casa real pertenece: ¿a la de los Bernadotte?

—¿Bromeas?

Le parece tan inverosímil que Jeanette se ríe.

—No, para nada. Pero soy una arpía furiosa.

La expresión de sus ojos es difícil de descifrar.

Odio o ironía, locura o sabiduría. ¿Cuál es la diferencia?, piensa Jeanette.

—Me apetece un cigarrillo. ¿Me acompañas? —propone Sofia sacándola de sus pensamientos.

En cualquier caso con ella no se aburre. No como con Åke.

—No… Ve tú. Me quedo con Johan.

Sofia Zetterlund se pone el abrigo y se marcha.

# Estocolmo, 1987

*El serbal lo plantaron el día de su nacimiento. Una vez trató de prenderle fuego, pero el árbol se negó a arder.*

En el compartimento hace calor y está lleno de los olores de los viajeros precedentes. Victoria abre la ventana para ventilarlo, pero los olores permanecen incrustados en el terciopelo de las banquetas. La migraña que sufre desde que se ha despertado con una cuerda al cuello en el suelo del baño de un hotel en Copenhague comienza a remitir. Pero su boca aún está sensible y el diente delantero roto le da punzadas. Se pasa la lengua por encima. Se ha desprendido una esquirla y en cuanto regrese tendrá que hacérselo arreglar.

El tren traquetea y abandona lentamente la estación, mientras comienza a lloviznar.

Puedo hacer lo que me venga en gusto, se dice. Dejarlo todo atrás, no volver a verle. ¿Lo permitiría él? No lo sabe. Él la necesita, y ella a él.

En todo caso, en ese momento.

Una semana antes, con Hannah y Jessica, tomó el ferry de Corfú a Brindisi, luego el tren hacia Roma y París. Una lluvia gris a lo largo de todo el camino. Julio parecía el mes de noviembre. Dos días perdidos en París. Hannah y Jessica, sus dos compañeras del internado de Sigtuna, tenían prisa por regresar y heladas y mojadas se subieron al tren en la estación del Norte.

Victoria se acurruca en un rincón y se cubre la cabeza con su chaqueta. Después de un mes viajando en InterRail a través de Europa, esa es ya la última recta.

Durante todo el viaje, Hannah y Jessica han sido como unas muñecas de trapo. Blandas, muertas, sostenidas solo por unos hilos cosidos por otra persona. Unos sacos de tela llenos de fibra de ceiba. Se ha hartado y, en la estación de Lille, ha decidido bajarse del tren. Un camionero danés la ha llevado en autostop hasta Amsterdam. En Copenhague ha cambiado sus últimos cheques de viaje y se ha instalado en una habitación de hotel.

La voz le ha dicho lo que tenía que hacer. Pero se ha equivocado. Ha sobrevivido.

El tren se aproxima al embarcadero del ferry de Helsingør. Se pregunta si su vida hubiera podido ser diferente. Sin duda no. Pero ahora ya no importa. Ahora ya es uña y carne con su odio, como el rayo y el trueno. Como el puño cerrado y el golpe.

Su padre acuchilló su infancia y la hoja del cuchillo aún vibra.

En Victoria, ya nada sonríe.

El viaje hasta Estocolmo dura toda la noche y duerme todo el rato. El revisor la despierta justo antes de la llegada, y siente vértigo y náuseas. Ha soñado, pero no recuerda qué, su sueño solo le ha dejado ese malestar en todo el cuerpo.

Es temprano y el aire es frío. Baja del tren con su mochila y se dirige hacia el amplio vestíbulo abovedado. Como era de prever, nadie ha ido a esperarla. Toma las escaleras mecánicas para bajar al metro.

Desde Slussen, el autobús a Värmdö y Grisslinge tarda una media hora, que dedica a inventarse algunas anécdotas inocentes sobre el viaje. Sabe que él querrá saberlo todo y no se contentará con un relato sin detalles.

Victoria se apea del autobús y camina lentamente a lo largo de la calle familiar: ahí están el Árbol que se Trepa y la Roca Escalera. La pequeña colina que ella bautizó la Montaña y el arroyo antaño conocido como el Río.

A sus diecisiete años, en cierta medida, aún tiene dos años.

El Volvo blanco se halla en el camino de acceso y los ve a los dos en el jardín. Él le da la espalda mientras su madre, agachada, arranca las malas hierbas de un parterre. Victoria deja su mochila en la veranda.

En ese momento él la oye y se vuelve.

Ella le sonríe y le saluda con la mano, pero él la mira sin expresión alguna y vuelve a ponerse a trabajar.

Su madre levanta la vista del parterre y la saluda con un leve gesto de la cabeza. Victoria le responde de igual manera, coge su mochila y entra en la casa.

En el sótano, vacía en la cesta la ropa sucia. Se desnuda y se mete bajo la ducha.

Una súbita corriente de aire hace temblar la cortina de la ducha. Comprende que está allí, justo delante.

—¿Te lo has pasado bien? —dice.

Su sombra se abate sobre la cortina y ella siente que se le hace un nudo en el estómago. No quiere responder, pero, a pesar de las humillaciones a las que la ha sometido, no puede guardar ante él un silencio que lo haría salir a la luz.

—Sí, muy bien.

Se esfuerza por parecer alegre y despreocupada, como si él no estuviera a unos centímetros de su cuerpo desnudo.

—¿Y has tenido suficiente dinero para todo el viaje?

—Sí. Incluso aún me queda un poco. También tenía mis ahorros y…

—Bien, Victoria. Eres…

Él calla y lo oye sorberse los mocos.

¿Estará llorando?

—Te he echado de menos. Esto estaba vacío, sin ti. Sí, los dos te hemos echado de menos.

—Pero ahora ya he regresado.

Trata de mostrarse alegre, pero se le hace un nudo aún más fuerte en el estómago, pues sabe lo que él quiere.

—Bien, Victoria. Acaba de ducharte y vístete. Luego tu madre y yo queremos hablar contigo. Mamá está calentando agua para el té.

Se suena y se sorbe los mocos.

Sí, está llorando, se dice.

—De acuerdo, ahora mismo voy.

Espera a que se haya marchado para cerrar el agua y secarse. Sabe que puede regresar en cualquier momento, y se apresura a vestirse.

Sin tomarse la molestia de ir a por unas bragas limpias, se vuelve a poner las que ha llevado durante todo el viaje desde Dinamarca.

La aguardan en silencio, sentados a la mesa de la cocina. Todo cuanto se oye es la radio en el alféizar de la ventana. Sobre la mesa, la tetera y el plato de galletas de almendras. Su madre le sirve una taza, y huele a menta y a miel.

—Bienvenida a casa, Victoria.

Su madre le tiende el plato de galletas sin mirarla a los ojos.

Victoria trata de mirarla cara a cara. Una y otra vez.

No me reconoce, piensa Victoria.

Solo existe ese plato.

—Debes de haberlas echado en falta, unas auténticas... —Su madre pierde el hilo de la frase, deja el plato y limpia unas migas invisibles sobre la mesa—. Después de todas las cosas raras que...

—Está muy bien. —Victoria recorre la cocina con la vista y lo mira—. Teníais algo que decirme.

Moja la galleta con azúcar escarchado en su té. Un pedazo se parte y se hunde en el fondo de la taza. Fascinada, lo contempla cómo se disuelve: pronto solo queda una pila de migas en el fondo, como si el pedazo nunca hubiera existido.

—Durante tu ausencia, mamá y yo hemos estado pensando y hemos decidido marcharnos dentro de un tiempo.

Se inclina sobre la mesa y su madre asiente con la cabeza, como un eco.

—¿Marcharnos? ¿Adónde?

—Me han confiado la dirección de un proyecto en Sierra Leona. Para empezar viviremos allí seis meses y luego podremos quedarnos seis meses más, si queremos.

Une sus finas manos frente a él, parecen viejas y arrugadas.

Muy duras, apretadas. Ardientes.

Se estremece al pensar que va a tocarla.

—Pero si ya me he matriculado en la facultad en Uppsala y...

Las lágrimas se le agolpan en los ojos pero no quiere dar muestras de debilidad. Eso le daría ocasión de consolarla. Mira el fondo de la taza, remueve con la punta de la cucharilla la pasta de galleta.

—Está en el culo de África y yo...

Estará completamente a su merced. Sin conocer a nadie y sin poder huir a ningún sitio.

—Ya hemos arreglado eso. Podrás estudiar por correspondencia.

La mira con sus ojos de un azul desleído. Ya lo ha decidido y ella nada tiene que decir.

—¿Qué podré estudiar?

El diente le da una punzada y se frota el mentón con la mano.

Ni siquiera le han preguntado por su diente.

—Un curso básico de psicología. Creemos que te irá bien.

Apoya frente a él los puños cerrados a la espera de su respuesta.

Su madre se levanta y deja la taza en el fregadero. La enjuaga sin decir palabra, la seca cuidadosamente y la guarda en el armario.

Victoria no dice nada. Sabe que de nada sirve protestar.

Es mejor reservar la cólera para que crezca dentro de ella. Un día abrirá las compuertas y el fuego se extenderá por el mundo, y ese día será despiadada e inmisericorde.

Le sonríe.

—Vale, pues. Y además será solo por unos meses. Estará bien cambiar de aires.

Él asiente con la cabeza y se levanta de la mesa para poner fin a la conversación.

—Bueno, cada uno puede volver a sus ocupaciones —dice—. Victoria quizá necesite descansar un poco. Yo me vuelvo al jardín. A las seis la sauna estará caliente y podremos continuar la conversación. ¿De acuerdo?

Dirige una mirada imperiosa a Victoria y luego a la madre.

Las dos asienten con la cabeza.

Al llegar la noche, le cuesta dormirse y da vueltas en la cama.

Tiene fuertes dolores, él ha sido brutal. La piel escaldada le escuece y le duele el bajo vientre, pero sabe que se le pasará durante la noche. A condición de que él esté satisfecho y logre dormirse.

Olisquea el perrito de auténtica piel de conejo.

Anota en su interior todos los ultrajes, esperando impacientemente el día en que él y todos los otros se arrastrarán suplicándole clemencia.

# Hospital Karolinska

Matar a un hombre es sencillo. El problema es sobre todo de orden mental, y esas cuestiones pueden variar enormemente de un individuo a otro. Para la mayoría de la gente, hay que salvar un gran número de obstáculos. La empatía, la conciencia y la reflexión se alzan por lo general como obstáculos al uso de la violencia mortal.

Pero para algunos, es algo tan sencillo como abrir un tetrabrik de leche.

Es la hora de las visitas, hay mucha gente. Afuera llueve a cántaros y la tempestad azota las ventanas. Un rayo ilumina intermitentemente el cielo negro seguido de inmediato por el retumbar del trueno.

La tormenta está muy cerca.

En el ascensor hay colgado un plano del hospital. Como no quiere pedir que le indiquen el camino, comprueba que no se haya equivocado.

El suelo encerado brilla y en el pasillo flota un olor a detergente. Sosteniendo con una mano crispada un ramo de tulipanes amarillos, baja la vista para no cruzarse con ninguna mirada.

Su abrigo es muy corriente, al igual que su pantalón y sus zapatos blancos de suelas de goma flexibles. Nadie se fija en ella y si, por un casual, alguien se acordara de ella más tarde, sería incapaz de dar una descripción precisa.

Es una persona cualquiera, acostumbrada a ser ignorada. Ahora eso ya no le importa, pero antaño esa indiferencia la hizo sufrir.

Mucho tiempo atrás, estaba sola, pero ahora ya no.

En todo caso no como antes.

Al llegar a reanimación, se detiene, mira en derredor y se sienta en uno de los sillones de la entrada. Escucha y observa.

La tormenta empeora y en el aparcamiento se disparan algunas alarmas de coches. Abre prudentemente su bolso para comprobar que no ha olvidado nada, pero lo tiene todo.

Se levanta y entra con paso decidido en el servicio. Se desplaza casi sin hacer ruido gracias a sus suelas de goma. Oye voces a lo lejos. El sonido de un televisor, el ronroneo del aire acondicionado y los chasquidos esporádicos de los neones.

Mira alrededor de ella. El pasillo está desierto.

Su habitación es la segunda puerta a la izquierda. Rápidamente, entra, cierra la puerta y se detiene, al acecho. Nada inquietante.

No se oye ni un ruido. Como estaba previsto. Lo encuentra solo en su habitación.

Una lamparilla en la ventana ilumina la habitación con un resplandor amarillo febril y hace que aún parezca más pequeña.

Su ficha cuelga al pie de la cama y la consulta.

Karl Lundström.

Junto a la cama, diversos aparatos y dos perfusiones conectadas a su cuello, cerca de la clavícula. Dos sondas traslúcidas salen de su nariz y otra de su boca. Esta es verde y un poco más gruesa.

No es más que un trozo de carne, se dice.

Uno de los aparatos que lo mantienen con vida emite un pitido regular, hipnótico. Sabe que no le basta con desenchufarlos. Se dispararía la alarma y el personal se presentaría allí de inmediato.

Lo mismo si trata de ahogarlo.

Lo mira. Sus ojos se mueven debajo de los párpados cerrados. ¿Quizá es consciente de su presencia?

Tal vez incluso comprende el porqué de su presencia allí, y no puede hacer nada.

Deja el bolso al pie de la cama, lo abre, saca una jeringuilla y se dirige al portasueros.

Se oye ruido en el pasillo. Se queda inmóvil, aguza el oído, lista para esconder la jeringuilla si alguien entra, pero al cabo de medio minuto vuelve a reinar la calma.

Solo el ruido de la lluvia y del respirador.

Examina las bolsas de los sueros de las perfusiones.

MORFINA Y NUTRICIÓN.

Clava la jeringuilla en lo alto de la segunda bolsa e inyecta el contenido. Después de retirar la aguja, agita suavemente todo para que la morfina se mezcle con la glucosa.

Una vez guardada la jeringuilla en el bolso, toma el jarrón de encima de la mesita de noche y lo llena de agua en el baño.

Luego desenvuelve el ramo y lo coloca en el jarrón.

Antes de abandonar la habitación, saca su Polaroid.

El flash se dispara al mismo tiempo que un rayo, la cámara escupe la foto y esta comienza a revelarse lentamente ante sus ojos.

La observa.

El destello hace que las paredes de la habitación y las sábanas de la cama aparezcan velados, pero Karl Lundström y el jarrón de flores amarillas están perfectamente iluminados.

Karl Lundström. El que durante años abusó de su hija y no se ha arrepentido de ello.

Que quiso poner fin a su vida con una patética tentativa de ahorcamiento.

Que fracasó en algo que, sin embargo, está al alcance de cualquiera.

Como abrir un tetrabrik de leche.

Pero va a ayudarle a llevar a cabo su propósito.

A poner un punto final.

Al abrir lentamente la puerta oye cómo su respiración se vuelve más lenta.

Pronto cesará completamente y liberará muchos metros cúbicos de aire para los vivos.

# Gamla Enskede

Están sentados en silencio en el coche. Solo se oye el ruido de los limpiaparabrisas y el débil chisporroteo de la radio. Jens Hurtig conduce y Jeanette está sentada detrás con Johan. Observa que por el cristal de la ventanilla entra un poco de agua.

Hurtig toma Enskedevägen y echa un vistazo a Johan.

—Por lo que veo, ya estás mejor.

Sonríe por el retrovisor.

Johan asiente con la cabeza sin decir nada, se vuelve y mira al exterior.

¿Qué puede haberle ocurrido?, piensa Jeanette, a punto una vez más de abrir la boca para preguntarle cómo se encuentra. Pero esta vez se abstiene. No quiere atosigarlo con preguntas. Insistiendo no logrará hacerle hablar, sabe que es él quien debe dar el primer paso. Eso llevará el tiempo que sea necesario. Quizá no tiene la menor idea de lo que ocurrió, pero siente que no le ha contado todo.

El silencio en el coche es incómodo cuando Hurtig accede al camino de entrada de la casa.

—Mikkelsen ha llamado esta mañana —dice al apagar el motor del coche—. Lundström ha muerto esta noche. Quería decírtelo antes de que te enteraras por la prensa.

Algo se desmorona dentro de ella. El violento crepitar de la lluvia sobre el parabrisas le hace creer por un instante que el coche sigue en movimiento, a pesar de saber que está estacionado frente a la puerta del garaje. Su única pista en la persecución del asesino de los chavales ha muerto.

Una racha de viento barre el agua del parabrisas y aumenta la presión en el habitáculo. Jeanette bosteza para destaparse los oídos. La lluvia amaina y la ilusión de movimiento desaparece. Su pulso disminuye en cadencia con el agua que chorrea por los laterales del parabrisas.

—Espera aquí, por favor, ahora vuelvo —dice ella al abrir la puerta—. Ven, Johan, ya estamos en casa.

Johan la precede al entrar en su domicilio. Sin decir palabra, se quita los zapatos, cuelga su abrigo empapado y va a su dormitorio.

Ella se queda un instante mirándolo.

Cuando vuelve junto al garaje, la lluvia se ha convertido en un suave chirimiri. Hurtig fuma junto al coche.

—¿Se ha convertido en un vicio?

Él sonríe y le ofrece un cigarrillo.

—¿Así que Karl Lundström ha muerto esta noche de repente?

—Sí, aparentemente le han fallado los riñones.

A dos pasillos de allí. La noche en que Johan despertó.

—¿No hay nada extraño?

—No, probablemente nada. Sin duda será cosa de todos esos medicamentos con que lo atiborraban. Mikkelsen nos ha prometido un informe mañana y… eso es todo, solo quería que lo supieras.

—¿Nada más?

—Nada en particular. Salvo que recibió una visita justo antes de morir. La enfermera que lo encontró dice que le llevaron un ramo durante la tarde. Unos tulipanes amarillos. De su mujer o de su abogado. Son los únicos inscritos esa tarde en el registro de visitas.

—¿Annette Lundström? ¿No está ingresada?

—No, no ingresada en el sentido clínico. Más bien aislada. Mikkelsen dice que Annette Lundström prácticamente no ha salido de la casa de Danderyd desde hace varias semanas, salvo para visitar a su marido. Han ido esta mañana a verla para anunciárselo y… realmente olía a cerrado.

Alguien le ha regalado flores amarillas a Karl Lundström, piensa Jeanette. El color de la traición.

—¿Qué tal? —pregunta Hurtig—. Estarás contenta de estar de vuelta en casa, ¿verdad?

—Muy contenta. —Calla. Aún piensa en Johan—. ¿Soy una mala madre?

Hurtig se echa a reír, vacilante.

—¡Qué dices, anda! Johan es un adolescente. Se marchó y se encontró con alguien que le hizo beber. Se emborrachó, todo se vino abajo y ahora se avergüenza.

Eso es, dame ánimos, piensa Jeanette. Pero esto no cuadra.

—¿Es un chiste?

Ella ve enseguida que no.

—No, Johan está avergonzado. Eso se nota.

Jeanette se apoya en el capó. Quizá lleve razón, después de todo. Hurtig tamborilea sobre el techo del coche.

—¿Y cómo va con la mujer de Bandhagen? —dice, dándose cuenta de lo fácil que es recuperar su papel profesional, lo beneficioso que es concentrarse en otra cosa que no sea su inquietud.

—Schwarz le ha tomado declaración al marido, pero voy a citarlo de nuevo.

—En ese caso me gustaría estar presente.

—Por supuesto, pero no estás al corriente del caso.

—Envíame por correo electrónico todo lo que tengas, y lo leeré esta noche.

Después de despedirse, entra en la casa y va a la cocina a por un vaso de agua para Johan.

Se ha dormido. Deja el vaso sobre su mesita de noche y le acaricia la mejilla.

Luego baja al sótano y pone rápidamente una lavadora con la ropa sucia de Johan. Su chándal de entrenamiento y sus medias de fútbol. Y las camisas que Åke dejó.

Apura el detergente que queda en el fondo del paquete, cierra la puerta y se sienta frente al tambor. Los restos de una vida pasada giran delante de ella.

Piensa en Johan. Silencioso en el coche hasta casa. Sin decir ni una palabra. Sin ni una mirada. La ha descalificado. La ha apartado a conciencia.

Eso duele.

# Vita Bergen

Sofia Zetterlund ha hecho la limpieza, pagado las facturas y tratado de resolver las cuestiones prácticas.

A la hora de almorzar, llama a Mikael.

—¿Sigues viva?

Se da cuenta de que está enfadado.

—Tenemos que hablar…

—No es el mejor momento. Tengo una comida de trabajo. ¿Puedes llamarme esta tarde? Ya sabes la de cosas que tengo que hacer durante el día.

—Por la noche también estás muy ocupado. Te he dejado varios mensajes…

—Oye, Sofia… —Suspira—. ¿A qué estamos jugando? ¿No sería mejor que lo dejáramos correr?

Se queda muda y traga saliva varias veces.

—¿Qué quieres decir?

—Pues que evidentemente no tenemos tiempo para vernos. Y en tal caso, ¿de qué sirve obstinarse?

Cuando comprende lo que quiere decir, siente un gran alivio. Solo se le ha adelantado unos segundos. Quiere cortar. Simplemente. Sin más historias.

Ella suelta una carcajada.

—Mikael, justamente ese era el motivo por el que quería hablar contigo. ¿No tienes cinco minutos para hablar de ello?

Después de esa conversación, Sofia se sienta en el sofá.

Lavar la ropa. Hacer la limpieza. Pagar las facturas. Regar las plantas. Romper. Unas acciones prácticas comparables.

No piensa que vaya a echarlo en falta.

Sobre la mesa, la polaroid que encontró en su chaqueta.

¿Qué voy a hacer con ella?

No lo comprende. Se la ve a ella en la foto y, sin embargo, no es ella.

Por un lado sus recuerdos no son fiables, la infancia de Victoria Bergman aún está llena de lagunas, pero por otro se conoce lo bastante como para saber que los detalles visibles en esa foto son incontestablemente del tipo que debería despertar en ella algún recuerdo.

Lleva un anorak rojo con solapas blancas, botas de goma blancas y un pantalón rojo. Ella nunca se vestiría así. Parece que la hubieran disfrazado.

El faro al fondo también es rojo y blanco, cosa que hace pensar que la imagen se concibió en función de los colores.

No se ve gran cosa, aparte de la playa con los postes rotos. Es un paisaje desnudo, de dunas bajas con hierbas altas amarillentas.

Podría ser la isla de Gotland, la costa sur de Inglaterra o Dinamarca. ¿Escania? ¿El norte de Alemania?

Son lugares en los que ha estado, pero no de pequeña.

Parece que sea a finales de verano, quizá otoño, por sus ropas. Da la sensación de que debe de hacer viento y frío.

La chiquilla tiene una sonrisa en los labios, pero sus ojos no sonríen. Mirándolos con más atención, se ve en ellos una mirada desesperada.

¿Cómo ha ido a parar esa foto al bolsillo de mi chaqueta? ¿Lleva allí tiempo? ¿La puse yo misma en Värmdö antes de que se quemara la casa?

No, no llevaba esa chaqueta.

Victoria, se dice. Cuéntame lo que no recuerdo.

No hay reacción.

Ni un solo sentimiento.

# Barrio de Kronoberg

El asesinato es una categoría del crimen, pero su gravedad lo ha convertido merecidamente en el crimen por excelencia: por ese motivo, para la policía criminal es políticamente importante que la tasa de resolución de asesinatos sea elevada.

En Suecia se cometen alrededor de doscientos asesinatos al año y, en casi todos los casos, el autor es un allegado de la víctima.

Leif Karlsson tiene motivos para parecer triste cuando Jeanette y Hurtig se instalan frente a él en la sala de interrogatorios.

Karlsson entra en la categoría de los sospechosos «posibles», que en la práctica puede aplicarse a casi todo el mundo, y bien lo sabe Jeanette.

Abre una botella de agua, coge el magnetófono y hojea el expediente con las notas añadidas la víspera, una vez que Johan se hubo dormido.

Se miran en silencio.

Leif Karlsson tiene cuarenta años, y una altura un poco por debajo de la media. Viste una chaqueta negra y unos vaqueros desgastados que no le sientan bien.

Jeanette supone que su trabajo sedentario de profesor de francés y de inglés en un colegio, además de una debilidad por las salsas grasas y los buenos vinos, explican su naciente tripa. A primera vista, parece absolutamente inocente.

Leif Karlsson parece más capaz de abrir una ventana para que salga una mosca molesta que de matarla aplastándola con un periódico.

Sostiene la mirada fijamente sin parecer agresivo. Por experiencia, sabe que las personas que se sienten amenazadas o a punto de ser desenmascaradas adoptan a menudo una actitud agresiva. El ataque como mejor defensa cuando no hay otra salida posible.

Pero Leif Karlsson parece no tener nada que ocultar y es él quien toma la palabra.

—¿Necesito un abogado? —pregunta.

Jeanette mira a Hurtig, que se encoge de hombros.

—¿Por qué cree que podría necesitarlo? —dice Jeanette volviéndose hacia él.

—Supongo que estoy aquí a causa de Elisabeth, pero no entiendo el porqué. Uno de sus colegas, Schwarz, creo, ya me tomó declaración y no sé… —Hace un gesto de interrogación. Jeanette ve que le brillan los ojos—. Nunca he estado implicado en ningún caso criminal, ¿saben?, y no sé cómo funcionan estas cosas.

—Disponemos de nuevos elementos que nuestro colega Schwarz ignoraba.

Hurtig se sobresalta, mientras Jeanette finge leer sus papeles.

Ella asiente con la cabeza y aguarda una reacción, pero Karlsson se limita a esperar en silencio. Se da cuenta de que Hurtig comienza a impacientarse.

Jeanette alza la vista.

—¿Cómo era su relación? —comienza ella.

—¿A qué se refiere? —La mira fijamente—. ¿No lo tiene en sus papeles? —continúa, señalando el expediente.

—Por supuesto, pero me gustaría oírselo contar a usted. —Jeanette calla y reformula la pregunta—: ¿Cómo era su vida sentimental?

El hombre menea la cabeza y alza la vista al cielo con una sonrisa de desánimo.

—¿Quiere saber si nos acostábamos?

—Exacto. ¿Y bien? ¿Lo hacían?

—Sí.

—¿A menudo?

—Pero ¿esto que tiene que ver con…? —Suspira profundamente y continúa—: Sí, nos acostábamos, tan a menudo como se hace cuando se llevan quince años de vida en común.

«A menudo» es bastante relativo, piensa Jeanette.

El último año, con Åke, quizá mantuvieron relaciones una vez al mes.

A veces incluso menos.

Jeanette recuerda la época en que se conocieron. Se pasaban todo el tiempo en la cama, apenas se levantaban para comer. Pero era otra época.

Luego llegó Johan, la carrera, todas las obligaciones de la vida cotidiana, y ya no encontraron tiempo para hacerlo. Jeanette siente su corazón en un puño al pensar en lo fácil que es dejar que una relación se apague y se convierta en rutina.

Se echa hacia atrás y busca su mirada. Cuando acaba captándola, le mira al fondo de los ojos y toma aire.

—O bien explico lo que en mi opinión ocurrió, o bien lo hace usted y no hablamos más del asunto.

—¿Qué quiere decir? —responde Karlsson, y Jeanette ve lo mucho que le cuesta no pestañear.

El sudor empieza a perlar el labio superior del hombre.

—Si le hablo de la consulta para mujeres maltratadas de Södermalm a primeros de mayo, ¿eso le dice algo? —Jeanette ve que resiste: comprende que lleva razón—. O el grupo de diálogo de mujeres de Blekingegatan. Pero eso fue en marzo, ¿verdad?

Él fija en ella una mirada extraviada.

—El centro de violencia conyugal en abril y luego otra vez Blekingegatan. Y además dos visitas al hospital sur. —Espera antes de continuar—: ¿Quiere que…?

Leif Karlsson sorbe por la nariz y esconde la cara entre las manos.

—¡Basta! —suplica.

Hurtig se vuelve hacia Jeanette, meneando la cabeza, desconcertado.

Jeanette echa atrás su silla. Se levanta y recoge sus papeles.

—Creo que hemos acabado. —Mira a Hurtig—. Llama a Schwarz para que acabe su trabajo. Será mejor.

# Kungsgatan

Después de varios años de excavación a través de las colinas de Brunkeberg, Kungsgatan fue inaugurada en noviembre de 1911. Durante las obras, descubrieron los restos de un pueblo vikingo situado en el emplazamiento actual de la plaza Hötorget.

La calle, que originariamente se llamaba Helsingegathum, fue rebautizada Luttnersgatan a primeros del siglo XVIII y era una calle de mala fama bordeada de casas bajas y barracas de madera.

El escritor Ivar Lo-Johansson evocó esa calle, la bohemia alrededor de la iglesia de Santa Clara y a las prostitutas del barrio.

En los años sesenta, cuando el centro de la ciudad se desplazó más al sur hacia Hamngatan, la calle quedó en un estado decrépito hasta que la renovación de los años ochenta le devolvió parte de su lustre de antaño.

El fiscal Kenneth von Kwist baja del metro en la estación de Hötorget. Como de costumbre, le cuesta situarse. Hay muchas salidas y su sentido de la orientación no funciona bajo tierra.

Unos minutos más tarde, se encuentra delante de Konserthuset.

Llueve. Abre su paraguas y se dirige lentamente por Kungsgatan hacia el oeste.

No tiene prisa.

Más bien arrastra los pies de camino a su oficina: está preocupado. Por más vueltas que le da al problema, y haga lo que haga, es él quien va a pagar el pato.

Cruza Drottninggatan, Målargatan y Klara Norra Kyrkogatan.

¿Qué pasaría si no hiciera nada y se limitara a esconder los documentos en el último cajón de su escritorio?

Está claro que existe la posibilidad de que ella no oiga nunca hablar del asunto y, con el tiempo, llegarán nuevos casos que harán olvidar los antiguos.

Sin embargo, tratándose de Jeanette Kihlberg, es poco probable que vaya a dejarlo estar.

Se ha tomado muy a pecho el caso de los muchachos asesinados y es muy testaruda. Tiene gran dedicación a su trabajo.

No ha encontrado nada comprometedor acerca de ella.

Ni una falta profesional.

Es una policía de tercera generación. Su padre y su abuelo sirvieron en Västerort, y tampoco hay nada que destacar acerca de ellos.

Pasa por delante del teatro Oskar y del casino Kosmopol.

Todo esto es un embrollo y él es el único capaz de resolver el problema.

¿O hay algo que se le ha escapado?

¿Un enfoque que se le ha pasado por alto?

De momento, Jeanette está ocupada con su hijo, pero en cuanto se haya restablecido volverá al trabajo y, tarde o temprano, se enterará de las novedades.

No puede evitarlo.

¿O sí?

# Barrio de Kronoberg

Después del interrogatorio de Leif Karlsson, Jeanette va a esperar a Hurtig en su despacho. Está satisfecha, ha retomado el mando del grupo de investigación y, sobre todo, llevaba razón. Su brújula interior no ha fallado.

Está sorprendida de que Leif Karlsson ni siquiera haya reaccionado: después de años de ser víctima de malos tratos, su mujer muere por casualidad. Fulminada por un rayo. Sin eso, la violencia habría continuado y quizá él nunca hubiera sido detenido. Y a Jeanette le había bastado hacer algunas llamadas aquella mañana. Al hospital sur, y luego al grupo de diálogo de mujeres de Blekingegatan. Así de fácil.

Que a un tipo como Schwarz se le hubiera pasado por alto algo así, era comprensible. Pero que también Hurtig hubiera olvidado controlar el pasado de Elisabeth Karlsson era preocupante.

Se consuela pensando que todo el mundo tiene derecho a un mal momento, ella misma tiene muchos. ¿Acaso la investigación de los asesinatos de los muchachos no es en el fondo más que un amargo mal momento?

Llaman a su puerta y entra el comisario principal Dennis Billing.

Jeanette contempla su tez bronceada.

—Ah, ¿ya estás de vuelta? —pregunta él, sin resuello. Toma una silla y se acomoda—. ¿Cómo van las cosas?

Jeanette sabe que la pregunta no se refiere únicamente a su bienestar.

—La situación está controlada. Espero a que Hurtig venga a informarme del interrogatorio de Schwarz a Leif Karlsson.

—¿El marido de la mujer de Bandhagen? —Billing parece escéptico—. ¿Crees que tiene algo que ver con esto?

—Estoy segura. Y en este mismo momento le está explicando a Schwarz cómo la violó en el bosquecillo junto al campo de fútbol donde la hallamos. Sin duda ella quería abandonarlo, quizá había conocido a otro. Él la siguió, le pegó, la tiró al suelo y la violó. Luego ella murió fulminada por un rayo.

—Increíble. —Billing se agita, se levanta y se dispone a marcharse—. ¿Y ahora? —Abre la puerta del pasillo y aparece Hurtig, que se disponía a entrar—. Buen trabajo, Jens. —El comisario principal Dennis Billing le vuelve la espalda a Jeanette y le palmea el hombro a Hurtig, sorprendido—. Un trabajo rápido y bien hecho, así me gusta.

—¿Y tienes algo más para nosotros?

Jeanette se repantiga en su sillón contemplando los anchos hombros de Billing. Una gran aureola de sudor justo encima de la cintura. Señal de que pasa demasiado tiempo sentado.

—No, nada en particular. En estos momentos todo parece muy tranquilo, quizá será mejor que retoméis vuestras vacaciones.

Jeanette y Hurtig menean la cabeza al mismo tiempo, pero es Hurtig quien toma la palabra.

—Ni hablar. Mejor me tomaré las vacaciones en invierno.

—Yo también —añade Jeanette—. No soportaba estar de vacaciones.

Billing se vuelve y la observa.

—Está bien, de acuerdo. Tomáoslo con tranquilidad unos días, hasta que pase algo. Ordenad los papeles. Reinstalad Windows. Un poco de relax, vamos. Hasta luego.

Sin aguardar la respuesta, aparta a Hurtig y se marcha.

Hurtig cierra detrás de él con una pequeña sonrisa y coge una silla.

—¿Ha confesado?

Jeanette se despereza, incorpora la espalda y se lleva los brazos detrás de la cabeza.

—Caso cerrado. —Hurtig se sienta y prosigue—: Se le va a acusar de varias violaciones y violencia contra su mujer y, si mantiene su versión ante el juez, de secuestro. —Hurtig calla. Parece reflexionar—. Creo que le ha sentado bien contárnoslo.

A Jeanette le cuesta sentir compasión por un hombre como ese.

Sentirse rechazado no es excusa, se dice imaginando a Åke y Alexandra. Así es la vida.

—Perfecto. Así podemos dejarlo ya y tendremos un poco de tiempo para los chicos.

Abre un cajón de su mesa y saca una carpeta rosa que hace reír a Hurtig.

Ella sonríe.

—He aprendido a dar una apariencia poco interesante a los documentos sensibles. Nadie se tomaría la molestia de abrir esta carpeta. —Empieza a hojear los documentos—. Hay varios puntos que investigar —dice—. Annette y Linnea Lundström. Ulrika Wendin. Kenneth von Kwist.

—¿Ulrika Wendin? —Hurtig parece desconcertado.

—Sí, creo que no nos lo contó todo.

Jeanette ha hablado con ella dos veces, siempre acerca de la denuncia contra Karl Lundström.

Ulrika Wendin, que tenía en aquella época catorce años, conoció a Karl Lundström en internet y junto a una amiga concertaron una cita con él en un restaurante.

La amiga se marchó, pero Ulrika siguió a Lundström a una habitación de hotel donde aguardaban otros hombres.

Drogaron y violaron a Ulrika.

La chica pensaba que la escena fue filmada.

El fiscal abandonó la investigación preliminar a la vista de la coartada que Annette Lundström proporcionó a su marido. El fiscal Kenneth von Kwist.

Jeanette continúa:

—Quizá Ulrika Wendin pueda decirnos algo más acerca de Von Kwist y de Lundström. Habrá que echar mano de la intuición.

—¿Y Von Kwist? —Hurtig hace un gesto de impotencia.

Ese fiscal no ha dejado de ponerles palos en las ruedas en el caso de los asesinatos de los muchachos, y solo oír su nombre hace poner de mal humor a Jeanette.

—Hay algo turbio ente Von Kwist y la familia Lundström. No sé qué, pero… —Jeanette respira profundamente antes de proseguir—: Y luego hay otra persona a la que hay que vigilar.

—¿Quién?

—Victoria Bergman.

Hurtig parece perplejo.

—¿Victoria Bergman?

—Sí. La víspera de la desaparición de Johan, vino a verme un tal Göran Andersson, de la policía de Värmdö. No he podido investigarlo, por culpa de todo el caos con lo de Johan, pero me dijo que Victoria Bergman no existe.

—¿Cómo no va a existir? ¡Pero si hemos hablado con ella!

—Por supuesto, pero he verificado ese número y ya no existe. Vive, pero bajo otro nombre. Sucedió algo hace veinte años y desapareció de todos los archivos. Alguna cosa empujó a Victoria Bergman a pasar a la clandestinidad.

—¿Su padre? Bengt Bergman. Abusó de ella.

—Sí, probablemente sea culpa de él. Y algo me dice que la pista Bergman no está completamente muerta.

—¿La pista Bergman? ¿Qué relación tiene con nuestro caso?

—De nuevo, es una cuestión de intuición. Puedes pensar lo que quieras, pero me pregunto por qué nos encontramos ante nuestras narices esos dos nombres casi siempre a la vez. ¿Fatalidad? ¿Casualidad? ¡Qué más da! El vínculo entre nuestro caso y las familias Bergman y Lundström existe, pondría la mano en el fuego. Además, ¿sabes que siempre han recurrido al mismo abogado? Viggo Dürer. Eso no puede ser una casualidad. Le he pedido a Åhlund que investigue a Dürer.

Jeanette ve que Hurtig comprende la gravedad de lo que dice.

—Bengt Bergman y Karl Lundström abusaron de otros niños además de sus hijas. ¿Recuerdas la denuncia contra Bengt Bergman relacionada con los dos pequeños eritreos, el hermano y la hermana? Como de costumbre, Birgitta Bergman le proporcionó una coartada. Ocurre lo mismo con Annette Lundström, que siempre defiende a su marido, aunque este reconozca haber estado implicado en el tráfico sexual de niños del Tercer Mundo.

—Lo entiendo. Ahí tenemos una pista. La única diferencia es que Karl Lundström reconocía los hechos mientras que Bengt Bergman los negaba.

—Sí, es un buen lío pero creo que hay un punto en común. Todo eso está relacionado, y vinculado con nuestro caso. Hay un esqueleto en el armario. Se trata de peces gordos, Bergman al frente de la Agencia Sueca para el Desarrollo y la Cooperación Internacional y Lundström en la construcción en el grupo Skanska. Hay mucha pasta de por medio. Y hay que evitar la vergüenza de las familias. Estamos hablando de negligencias en las investigaciones, incluso de sabotajes premeditados.

Hurtig asiente con la cabeza.

—Y alrededor de esas familias hay personas que no existen —continúa Jeanette—. Victoria Bergman no existe. Y un niño sin nombre al que se compra por internet, al que se castra y se le esconde entre unos matorrales… ese niño tampoco existe.

—¿Crees en la teoría de la conspiración?

No se da por aludida ante la eventual ironía de Hurtig.

—No. Más bien en el holismo.

—¿El holismo?

—Creo que la totalidad es superior a la suma de las partes. Si no se comprende el contexto global, nunca se podrán comprender los detalles. ¿Me sigues?

Hurtig parece pensativo.

—Ulrika Wendin. Annette y Linnea Lundström. Viggo Dürer. Victoria Bergman. ¿Por dónde empezamos?

—Propongo que empecemos por Ulrika Wendin. Voy a llamarla ahora mismo.

Abusos de menores, se dice. No se trata más que de eso de principio a fin. Dos niños no identificados, el joven bielorruso Yuri Krylov y Samuel Bai, que fue niño soldado en Sierra Leona. Y tres mujeres que sufrieron abusos sexuales en su infancia. Victoria Bergman, Ulrika Wendin y Linnea Lundström.

Llaman a la puerta y entra Åhlund.

—Qué rápido has ido —dice ella, mirándole con interés.

—He ido rápido porque Viggo Dürer está muerto.

—¿Muerto?

—Sí, lo hallaron carbonizado con su mujer en su velero, hace dos semanas. Frente a Simrishamn.

—¿Un accidente?

—Sí, un escape en un tubo del gasóleo. El barco ardió en cuestión de segundos. No tuvieron ninguna posibilidad de salir vivos.

Åhlund le tiende un papel con un número de teléfono.

—Llama al responsable del caso. Se llama Gullberg.

Jeanette marca el número. Será mejor resolverlo cuanto antes.

Gullberg resulta ser simpático y hablador y le explica con marcado acento de Escania que los servicios de salvamento marítimo recibieron dos semanas atrás una llamada de emergencia emitida desde el teléfono de Viggo Dürer. Este comunicó que su barco se había incendiado y solicitó ayuda, pero cuando llegó la unidad de salvamento, el barco ya ardía en llamas y los dos cuerpos ya estaban casi enteramente carbonizados.

Al día siguiente hallaron en el puerto deportivo un coche a nombre de Henrietta Dürer, en el que había una maleta con los efectos personales de la pareja, entre ellos su documentación.

—Lo que ha confirmado que se trata efectivamente del matrimonio Dürer son sus alianzas. —Gullberg chasquea la lengua, satisfecho de sí mismo—. Con el nombre y la fecha. Como no tenían ningún familiar, sus cuerpos fueron incinerados después de la autopsia.

—¿Y se trata de un accidente?

—Según los técnicos, el fuego se inició en el depósito de gasóleo. Se trataba de un barco viejo. Con unos conductos en mal estado. No sospechamos que pueda tratarse de un acto criminal, si es eso lo que insinúa.

—No insinúo nada —dice Jeanette, y cuelga.

# Café Zinken

La última vez que Jeanette fue a ese pequeño bar de barrio cerca del estadio de Zinkensdamm fue con Åke, después de un partido de hockey. El tipo grande como un armario que vigilaba la puerta les impidió entrar y, encogiéndose de hombros, les explicó que estaba cerrado debido a una pelea.

Un cliente borracho se había dormido con la copa en la mano y se había desplomado. Al despertarse, convencido de que le habían pegado, se lanzó sobre el primero que se cruzó en su camino y en treinta segundos de pugilato el suelo del bar había quedado teñido de rojo y cubierto de pedazos de cristal.

Hoy el bar está abierto y el camarero, aburrido, le indica una mesita cerca de la ventana.

Tiene que esperar cuarenta y cinco minutos hasta que llega Ulrika Wendin. Jeanette observa de inmediato que la muchacha ha adelgazado mucho. Lleva el mismo jersey que en su último encuentro, pero ahora parece que le vaya varias tallas grande.

Ulrika se instala frente a Jeanette.

—¡Menudo cabrón, el revisor! —exclama al dejar su bolso—. Me he pasado media hora discutiendo con un gilipollas que no quería aceptarme el billete. Mil doscientas coronas de multa porque un conductor de autobús cretino no sabe utilizar un tampón.

—¿Qué le apetece tomar? —Jeanette dobla su periódico—. Yo voy a comer algo, ¿quiere algo? La invito.

La sonrisa en el rostro delgado de la joven parece forzada, le brilla la mirada y sus gestos denotan impaciencia.

—Lo mismo que usted.

Jeanette comprende que, aunque se haga la dura, esa chica no está bien.

—¿Y usted, la poli? ¿Cómo está?

Jeanette llama al camarero y pide la carta.

—Bien, gracias. Estoy en pleno divorcio, con el descontrol que eso supone, pero por lo demás todo va bien.

Ulrika mira la carta con aspecto ausente.

—Para mí unas patatas fritas con salsa bearnesa.

Piden y Jeanette se acomoda en su banqueta.

—¿Le importa si salimos a fumar mientras traen la comida?

Ulrika se levanta sin darle tiempo a responder a Jeanette. Todo lo que hace muestra que no está en sus cabales.

—De acuerdo.

Salen. Ulrika se sienta en el alféizar de la ventana del bar y Jeanette le ofrece el paquete de cigarrillos.

—Ulrika, sé que es difícil, pero me gustaría que habláramos de Karl Lundström. Nos dijo que quería contárnoslo todo. ¿Nos ha dicho todo lo que sabe?

Ulrika Wendin se enciende un cigarrillo y mira despreocupadamente a Jeanette a través del humo.

—¿Y qué más da, si ya está muerto?

—Eso no nos impide seguir investigando. ¿Ha hablado con alguien acerca de lo que ocurrió?

La chica da una profunda calada y suspira.

—No, como sabe la investigación preliminar se abandonó. Nadie me creía. Ni siquiera mi madre, tengo la impresión. El fiscal me cameló, me habló de las ayudas sociales para chicas como yo, pero la verdad era que lo único que quería era enviarme a un psiquiatra por comportamiento desviado. Para él no era más que una puta de catorce años. Y el cerdo del abogado…

—¿Qué ocurrió?

—Leí su informe.

Jeanette asiente con la cabeza. Aunque no sea habitual, un abogado defensor puede intervenir en la investigación preliminar.

—Sí, el informe de la defensa, continúe.

—Decía que yo no tenía ninguna credibilidad, que tenía problemas… De todo tipo, fracaso escolar, alcoholismo. Nunca me había visto pero me presentaba como a una mierda. Que no merecía nada. Me sentí tan herida que me dije que nunca olvidaría su nombre.

Jeanette piensa en Viggo Dürer y Kenneth von Kwist.

Casos archivados.

¿Hubo otros? Tendría que comprobarlo. Debería examinar detalladamente el pasado del abogado y del fiscal.

—Viggo Dürer ha muerto —dice.

—Nadie le echará de menos.

Ulrika apaga el cigarrillo contra el alféizar de la ventana.

—¿Vamos?

Sus platos las esperan. Jeanette empieza a comer mientras Ulrika hace caso omiso de su ración de patatas fritas. Mira por la ventana. Reflexiona tamborileando nerviosamente con la punta de los dedos sobre la mesa.

Jeanette no dice nada. Aguarda.

—Se conocían —dice Ulrika al cabo de un buen rato.

Jeanette deja el tenedor y mira a la chica, tratando de animarla.

—¿A qué se refiere? ¿Quiénes?

Ulrika Wendin titubea y acto seguido saca su teléfono. Un móvil de última generación, un verdadero ordenador de bolsillo.

Ulrika teclea sobre la pantalla y lo vuelve hacia Jeanette.

—He encontrado esto en Flashback. Lea.

—¿Flashback?

—Sí, léalo y lo entenderá.

En la pantalla del móvil aparece una página de internet con una serie de comentarios.

Uno de ellos da una lista de suecos que supuestamente financian la fundación Sihtunum Diaspora.

La lista incluye una veintena de nombres. Al leerla, Jeanette comprende lo que Ulrika quiere decir.

Además de los dos nombres de los que habla, Jeanette reconoce un tercero.

# Vita Bergen

Sofia Zetterlund está en el sofá de la sala, a oscuras, con la mirada fija. Desde que ha regresado, no se ha preocupado por encender la luz. La oscuridad es casi completa, aparte del resplandor del alumbrado público.

Sofia siente que ya no puede resistir más. Sabe también que es irracional tratar de rechazarlo.

Victoria y ella están obligadas a colaborar. De lo contrario, las cosas no harán más que empeorar.

Sofia se sabe enferma. Y sabe qué hay que hacer.

Victoria y ella son el producto complejo de un pasado común, pero se separaron en dos personalidades distintas en un desesperado intento de hacer frente a una vida cotidiana atroz.

Tienen maneras de defenderse y de curarse diferentes. Sofia ha mantenido la enfermedad a distancia aferrándose a la rutina. El trabajo en su consulta le ofrece un marco que adormece su caos interior.

A Victoria la guían el odio y la furia, las soluciones simples y una lógica de blanco o negro con la que puede zanjar cualquier cosa como último recurso.

Victoria odia la debilidad de Sofia, su voluntad de diluirse en la masa y adaptarse. Su obstinación en tratar de olvidar los ultrajes y su indiferente aceptación del papel de víctima.

Desde el regreso de Victoria, Sofia se desprecia y ya no sabe adónde va. Todo ha quedado a la deriva.

Todo va mal.

Dos voluntades que se oponen en todo deben satisfacerse y no formar más que una. Es una ecuación irresoluble.

Se dice que una persona está hecha de sus miedos: Sofia ha construido su personalidad sobre el miedo a ser Victoria. Victoria siempre ha estado latente en Sofia, como su contraria.

Sin Victoria, Sofia dejaría de existir, no sería más que una cáscara vacía.

Hueca.

¿De dónde viene Sofia Zetterlund?, se pregunta. No lo recuerda.

Se acaricia el brazo.

Sofia Zetterlund. Le da vueltas al nombre, sorprendida ante la idea de que ella misma sea la creación de otra persona. Que sus brazos pertenezcan en realidad a otra.

Todo empezó con Victoria.

Soy el producto de otra persona, piensa Sofia. De otro yo. La idea es vertiginosa, le cuesta respirar.

¿Dónde hallar un punto de encuentro? ¿Dónde hay dentro de Victoria una necesidad que llene a Sofia? Tiene que encontrar ese punto, pero para ello debe dejar de temer los pensamientos de Victoria. Atreverse a mirarla a la cara con la mente abierta. Ponerse al alcance de lo que ha estado huyendo toda su vida.

Para empezar, tiene que encontrar el momento en que sus recuerdos se convierten en los suyos, y no los de Victoria.

Piensa en la polaroid. Diez años, vestida con un horrible anorak rojo y blanco, en una playa. Está claro, no lo recuerda. Ese tiempo, esa secuencia pertenecen a Victoria.

Sofia se acaricia el otro brazo. Las estrías claras de las cicatrices son de Victoria. Tenía la costumbre de cortarse con hojas de afeitar o con trozos de vidrio detrás de la casa de tía Elsa en Dala-Floda.

¿Cuándo apareció Sofia? ¿En la época del internado de Sigtuna? ¿Durante el viaje en tren con Hannah y Jessica? Todos esos recuerdos son vagos y Sofia se da cuenta de que su memoria solo adopta una estructura lógica en la época de sus estudios, hacia los veinte años.

Sofia Zetterlund se matriculó en la universidad y vivió cinco años en la ciudad universitaria de Uppsala, antes de trasladarse a Estocolmo. Residente en el hospital de Nacka y luego dos años de psiquiatría forense en Huddinge.

Luego conoció a Lasse y abrió su consulta privada.

¿Qué más? Sierra Leona, naturalmente.

Su vida le parece de repente muy corta y vacía, y es culpa de una sola persona. Su padre, Bengt Bergman, que le robó la mitad de su vida y la condenó a pasar la otra prisionera de la rutina. El trabajo, el dinero, la ambición, el talento, y sus torpes intentos de tener además una vida sentimental. Mantener a distancia sus recuerdos tratando de estar siempre lo más ocupada posible.

A los veinte años, Sofia fue lo suficientemente fuerte para reemplazar a Victoria, dejarla atrás y empezar su vida.

Debía de haber echado raíces en ella desde hacía tiempo.

En la universidad ya solo era Sofia Zetterlund, que camuflaba a Victoria, olvidando los abusos de su padre. El cual, al borrar la existencia de Victoria, había perdido su control.

# Café Zinken

Tres nombres. Tres hombres.

Primero Karl Lundström y Viggo Dürer. Dos personas cuyos destinos parecen curiosamente ligados. Pero al mismo tiempo quizá no sea tan sorprendente, piensa Jeanette. Los dos eran miembros de la misma fundación, se conocían, habían cenado juntos. Cuando Lundström tenía problemas se dirigía al único abogado que conocía. Viggo Dürer. Así es como funcionan las cosas. Favores e influencias.

En la lista de los patrocinadores de esa fundación desconocida, Sihtunum Diaspora, figura también Bengt Bergman.

El padre de Victoria, recientemente desaparecido.

Jeanette siente que el espacio a su alrededor se encoge.

—¿Cómo ha encontrado esto?

Jeanette mira a la joven frente a ella.

Ulrika Wendin sonríe.

—En Google, simplemente.

Debo de ser una mala policía, se dijo Jeanette.

—¿Flashback? ¿Esa página es de fiar?

Ulrika se ríe.

—Sí, es verdad, tiene mucho cotilleo pero también hay cosas que son ciertas. Se trata sobre todo de chismes sobre las meteduras de pata de los famosos. Se los cubre de mierda citándolos por su nombre y luego la prensa sensacionalista hace lo mismo con la excusa de que ya está en internet. A veces cabe preguntarse si no son los propios periodistas los que empiezan.

Jeanette se dice que la chica lleva razón.

—¿Y qué es esa organización? ¿Sihtunum Diaspora?

Ulrika coge su tenedor y empieza a picotear de su plato de patatas fritas.

—Una fundación cualquiera. No he encontrado gran cosa sobre ella…

Tiene que haber algo, piensa Jeanette. Haré que Hurtig lo investigue.

Ulrika levanta la vista del plato.

—¿Cómo murió Viggo Dürer?

—Su barco se incendió. Un accidente. La policía de Escania lo encontró delante de Simrishamn.

—¿Sufrió?

—No lo sé. Probablemente.

—¿Y es seguro?

—Sí. Él y su mujer fueron incinerados y enterrados.

Jeanette observa la delgadez de la muchacha. Su mirada está vacía, como si viera a través del plato, mientras con la punta de una patata dibuja rayas en la bearnesa.

Esta chica necesita ayuda.

—Eh… ¿Ha pensado en ir a terapia?

Ulrika mira a Jeanette y se encoge de hombros.

—¿Terapia? ¡Qué más quisiera!

—Tengo una amiga psicóloga que ha trabajado con jóvenes. Sé que hay cosas que le duelen. Se le nota. —Jeanette hace una pausa y continúa—: ¿Cuánto pesa? ¿Cuarenta y cinco kilos?

Ulrika vuelve a encogerse de hombros despreocupadamente.

—No, cuarenta y ocho. —Ulrika sonríe y despierta la simpatía de Jeanette—. No sé si es para mí. Debo de ser muy tonta para que me ayuden así.

Te equivocas, piensa Jeanette. Te equivocas completamente.

A pesar de sus heridas, Jeanette adivina que esa muchacha es fuerte. Saldrá de esta, si le tienden la mano.

—La psicóloga se llama Sofia Zetterlund. Podría verla a partir de la semana próxima, si lo desea. —Es un farol, pero conoce lo suficiente a Sofia para saber que podrá contar con ella. Si Ulrika da ese paso—. ¿Quiere que le dé su número?

Ulrika se retuerce en su silla.

—Vale, vale… pero nada de líos, ¿eh?

Jeanette se ríe.

—No, se lo prometo. Es muy seria.

# Vita Bergen

Sofia va a mirarse en el espejo de la entrada. Sonríe ante su reflejo, al descubrir el diente que Victoria se rompió en una habitación de hotel en Copenhague. El cuello al que ató el nudo corredizo. Nudoso, musculado.

Se desabrocha la blusa y se acaricia con las manos por debajo. Siente su cuerpo de mujer madura, recuerda las caricias de Lasse, de Mikael, de Jeanette.

Su mano vacilante corre sobre su piel. Cierra los ojos y entra dentro de ella. Está vacía. Se quita la blusa y se mira. Sigue su contorno en el espejo.

El fin del cuerpo es definitivo. Allí donde acaba la piel empieza el mundo.

Todo lo que hay en el interior, soy yo.

Yo.

Se cruza de brazos sobre el pecho y se agarra los hombros con las manos, como si se abrazara. Sus manos ascienden a sus mejillas, sus labios. Cierra los ojos. Una náusea se apodera de ella. Un sabor agrio en la boca.

A la vez familiar y extraño.

Lentamente, Sofia se quita el pantalón y las bragas. Se mira en el espejo. Sofia Zetterlund. ¿De dónde has salido? ¿Cuándo te dio el relevo Victoria?

Sofia examina su piel como un mapa de la vida de Victoria y de la suya.

Se toca los pies, los talones doloridos, cuya callosidad nunca es lo bastante gruesa para impedir que se le despellejen de nuevo.

Son los talones de Sofia.

Sus manos se deslizan a lo largo de los tobillos y se detienen en las rodillas. Toca las cicatrices y siente la gravilla contra la que se desollaron cuando Bengt la tomó por detrás y la aplastó con todo su peso en el camino de acceso a la casa.

Las rodillas de Victoria, se dice.

Los muslos. Suaves al tacto de su mano. Cierra los ojos y sabe qué aspecto tenían, después. Los moratones que trató de ocultar. Siente en el interior los ligamentos dolorosos, como cuando la agarraba de ahí en lugar de por las piernas.

Los muslos de Victoria.

Remonta, hacia la espalda, y descubre unas irregularidades que nunca había notado.

Cierra los ojos y rememora un olor a tierra caliente, ese olor tan particular que solo desprende la tierra roja de Sierra Leona.

Sofia se acuerda de Sierra Leona, pero no de esas cicatrices en su espalda, no comprende el mensaje que Victoria trata de enviarle. A veces hay que contentarse con símbolos, se dice al recordar su despertar en el fondo de un hoyo cubierto, convencida de que los niños soldados que sembraban el terror iban a enterrarla viva. Siente ese peso en ella, las tinieblas amenazadoras, el olor de la tela enmohecida. Logró salir de allí.

Hoy considera aquello como una proeza sobrehumana, pero entonces no tuvo conciencia de enfrentarse a lo imposible.

Fue la única que sobrevivió.

La única que supo franquear el abismo y volver a engancharse a la realidad.

# Sierra Leona, 1987

*Cuando iban en bicicleta a la playa, le preguntaban en qué portaequi-*
*pajes quería subirse. ¿Con él o con ella?*
*Ella no quería herir a nadie y se echaba a llorar.*

—Acábate el plato, Victoria. —La mira fijamente desde el otro
lado de la mesa del desayuno—. Luego podrás ir a echar una pastilla de cloro a la piscina. Me daré un chapuzón cuando acabe la reunión de esta mañana.

Afuera ya hace más de treinta y cinco grados y se enjuga la frente. Ella responde asintiendo con la cabeza mientras tritura la papilla
humeante, asquerosa. Cada bocado se hincha en su boca. Detesta la
canela azucarada que él la obliga a espolvorear sobre la papilla.
Pronto llegarán sus colegas de la Agencia Sueca para el Desarrollo
y la Cooperación Internacional y se levantará de la mesa. Entonces
podrá tirar el resto.

—¿Cómo van tus estudios?

Ella no le mira a la cara, pero sabe que la está observando.

—Bien —responde con voz apagada—. Estamos leyendo a Maslow.
Habla de las necesidades, de la motivación.

No cree que él conozca a Maslow y espera que su ignorancia le
cierre la boca.

Lleva razón.

—La motivación —murmura él—. La vas a necesitar.

Aparta la mirada y se concentra de nuevo en su plato.

La necesidad, piensa ella.

Hay que satisfacer las necesidades primarias para que el hombre pueda realizarse.

Parece algo evidente, pero ella no comprende la meta que hay que alcanzar.

Al mismo tiempo, sabe por qué no lo comprende. Es culpa suya.

Mientras finge acabarse la papilla, piensa en lo que ha leído acerca de la jerarquía de las necesidades, que comienza por las necesidades fisiológicas. Necesidades como la alimentación o el sueño, del que él la priva sistemáticamente.

Luego viene la necesidad de seguridad, luego la necesidad afectiva y de pertenencia, luego la necesidad de estima. Todo aquello de lo que la ha privado y continúa privándola.

En la cúspide de la jerarquía, la necesidad de realización de una misma, un término que ni siquiera tiene capacidad para comprender. No sabe quién es ni qué quiere, su realización personal está fuera de su alcance porque se encuentra más allá de ella misma, es externa a su yo. Él la ha privado de todas sus necesidades.

La puerta de la veranda se abre y entra una muchacha, unos años más joven que Victoria.

—¡Ah, aquí estás! —exclama con una gran sonrisa volviéndose hacia la criada.

Desde el primer día, Victoria la tiene en gran estima.

Bengt también se ha encandilado de esa chiquilla enclenque y alegre, y la corteja con cumplidos y comentarios zalameros.

La primera noche, a la hora de cenar, él decidió que, por cuestiones prácticas, ella dejaría los locales comunes y se instalaría en la casa grande. Desde entonces, Victoria duerme más tranquila que nunca y su madre también parece satisfecha con esas disposiciones.

Vaca burra y ciega. Un día todo eso caerá sobre ti y pagarás por haber cerrado los ojos.

La chiquilla entra en la cocina. Primero parece asustada, pero se calma un poco al ver a Victoria y Birgitta.

—Tú recogerás la mesa —continúa él, vuelto hacia ella, pero un ruido de motor y de neumáticos sobre la gravilla le interrumpe—. ¡Vaya, ya están aquí!

Se levanta, se acerca a la chiquilla y le acaricia el cabello.

—¿Has dormido bien?

Victoria adivina que probablemente no habrá pegado ojo en toda la noche. Tiene los ojos hinchados e inyectados en sangre, y parece inquieta cuando él la toca.

—Siéntate y come.

Le guiña un ojo a la chiquilla y le da un billete que ella hace desaparecer de inmediato antes de sentarse a la mesa al lado de Victoria.

—Mira qué bien comes —dice antes de salir—. Podrías darle una lección a mi Victoria sobre el apetito.

Señala su plato con la cabeza y desaparece riendo por el vestíbulo.

Victoria sabe que la noche será espantosa. Cuando está de tan buen humor a primera hora de la mañana, el día suele acabar como una terrible pesadilla.

Se comporta como un colonialista de mierda, se dice. ¿La Agencia Sueca para el Desarrollo y la Cooperación Internacional, los derechos del hombre? No son más que la tapadera para pasearse como un cerdo esclavista.

Mira a la chiquilla enclenque, ahora pendiente de su desayuno.

¿Qué le ha hecho? Tiene equimosis en el cuello y una pequeña herida en el lóbulo de la oreja.

—Bueno, ¿sabéis qué os digo…? —suspira la madre—. Voy a ocuparme de la colada. ¿Os portaréis bien?

Victoria no responde. ¿Sabéis qué os digo? Tú nunca dices nada. Eres una sombra muda, ciega, sin contorno.

La chiquilla se ha acabado su plato y Victoria le pasa el suyo. Su rostro se ilumina y Victoria sonríe al verla lanzarse sobre la papilla gris que flota sobre la leche tibia.

—¿Me echas una mano con la piscina? Te enseñaré cómo hay que hacerlo.

La chiquilla la mira por encima del plato y asiente de inmediato.

En cuanto acaba, salen al jardín. Victoria le enseña dónde están las pastillas de cloro.

La humanitaria Agencia Sueca para el Desarrollo y la Cooperación Internacional dispone de varias casas en los alrededores de

Freetown. Ellos viven en una de las más grandes, pero la más aislada. El edificio blanco de tres plantas está rodeado por un muro y la entrada está custodiada por hombres armados y uniformados.

En el interior, un gran jardín con altas palmeras y frondosos rododendros.

Delante de la amplia veranda embaldosada hay una piscina en forma de judía.

Un pequeño sendero desciende hacia el ángulo sudeste, donde se encuentran los locales comunes en los que se aloja el personal: un cocinero, una gobernanta y un jardinero.

Victoria oye las voces en la casa. La reunión se ha trasladado allí porque en esos momentos Freetown no es un lugar seguro.

—Rompe la esquina del envoltorio —ordena Victoria—. Y ahora echa con cuidado la pastilla al agua.

Ve un titubeo en los ojos de la chiquilla y recuerda que está estrictamente prohibido que el personal doméstico utilice la piscina.

—Te he dicho que puedes hacerlo —insiste Victoria—. La piscina también es mía y te digo que puedes.

La chiquilla exhibe la sonrisa triunfal de quien, por unos instantes, es autorizado a acceder al sanctasanctórum. Con un gesto ampuloso, mete la mano en el agua. La sumerge varias veces antes de soltar la pastilla, que sigue con la mirada mientras se hunde lentamente hacia el fondo. Saca su mano mojada y la mira.

—¿Está buena? —pregunta Victoria. Le responde con un prudente asentimiento con la cabeza—. ¿Nos damos un baño antes de que llegue él? —continúa.

La chica titubea y al cabo de un momento menea la cabeza balbuciendo que está prohibido. A Victoria aún le cuesta entender su acento y su manera de mezclar el inglés con su lengua materna.

—Conmigo, está permitido —dice mirando de reojo a la casa mientras empieza a desnudarse—. No tenemos que preocuparnos por ellos, ya les oiremos cuando acaben.

Se lanza a la piscina y da unas brazadas bajo el agua.

Allí se siente segura, su vientre roza el fondo, expulsa el aire de sus pulmones y deja que su cuerpo se hunda.

Se imagina en el interior de una campana de inmersión depositada en el fondo, llena de una bolsa de aire tranquilizadora que sería la única en poder respirar.

Flota unos instantes justo sobre el fondo y disfruta de la presión del agua en sus oídos.

El agua entre ella y el mundo exterior constituye una muralla compacta.

Cuando empieza a faltarle el oxígeno, vuelve a bucear y al acercarse al borde ve que la chiquilla ha sumergido una pierna. Victoria emerge al lado de ella, bajo el sol deslumbrante. La muchacha está sentada en la escalera y sonríe a contraluz.

—*Like fish* —dice señalando a Victoria, que ríe a su vez.

—Métete en el agua. Diremos que te he obligado. —Se apoya en el borde de la piscina y se impulsa hacia atrás—. ¡Vamos, ven!

La chiquilla baja un peldaño, pero no parece querer lanzarse al agua.

—*Cannot swim* —dice, como si sintiera vergüenza.

Victoria da media vuelta y regresa hacia el borde.

—¿No sabes nadar? Pues tendré que enseñarte.

La muchacha se deja convencer rápidamente, pero se niega a bañarse solo en bragas y sujetador como Victoria.

—Quítate las sandalias y ponte esto.

Le arroja su camiseta de tirantes.

Mientras la chiquilla se apresura a quitarse el vestido y ponerse la camiseta, Victoria alcanza a ver que tienes unos grandes moratones en el vientre y los riñones. Una extraña sensación se apodera de ella.

Primero cólera por lo que él ha hecho, y luego alivio por no haber sido golpeada ella.

Luego llega la vergüenza, creciente, mezclada con un sentimiento desconocido hasta entonces. Se avergüenza de ser hija de su padre, pero eso no es todo. Algo le quita las ganas de enseñarla a nadar.

Mira a esa criatura sonriente de pie junto al borde de la piscina, chapoteando con su camiseta con los colores del internado de Sigtuna.

Verla meterse así en el agua con su camiseta la incomoda de repente. Victoria trata de comprender qué le encuentra su padre a esa muchacha. Es guapa y está intacta, es más joven y no hace las cosas a regañadientes, como ella ha empezado a hacer.

¿Quién te has creído para tratar de reemplazarme?, piensa.

La chiquilla avanza ahora con más seguridad, el agua le llega hasta el pecho y la amplia camiseta asciende a la superficie. Con una risa nerviosa, trata en vano de bajársela.

—Ven aquí.

Victoria se esfuerza en parecer amable, pero aquello más parece una orden.

Le viene a la memoria un recuerdo: un niño al que quería pero que la traicionó y luego se ahogó. Qué fácil sería, piensa.

—Déjate caer hacia delante, yo te sostengo. —Victoria se coloca junto a la muchacha, que titubea—. Vamos, no seas cobarde. Yo te aguanto.

Lentamente, se hunde en el agua.

Parece ligera como un bebé en brazos de Victoria.

La chiquilla mueve los brazos y las piernas siguiendo las instrucciones pero, en cuanto Victoria la deja flotar, cesa de nadar de inmediato y comienza a agitarse. Eso hace enfadar a Victoria, pero no dice nada. Lenta pero segura, la guía hacia la parte más honda.

Aquí ya no hace pie, piensa Victoria, que flota moviendo las piernas.

Y entonces la suelta.

# Barrio de Kronoberg

—¿Sihtunum Diaspora? ¿Qué significa?

Jens mira a Jeanette perplejo.

—Es Sigtuna en sueco antiguo y la palabra griega que significa dispersión, exilio. Se refiere a la asociación de antiguos alumnos del internado de Sigtuna.

—¿Qué es ese internado? ¿Es en el que estuvo Jan Guillou?

—No, otro. En el que estudió el rey. El liceo clásico de Sigtuna es el internado más grande y de mayor renombre de Suecia. En su época estudiaron allí Olof Palme y Peter y Marcus Wallenberg, si esos nombres te dicen algo.

Jeanette y Hurtig intercambian unas miradas de complicidad.

Cierra la puerta del despacho y se sienta frente a ella.

—¿Quieres decir que el rey financia esa fundación?

—No, no todos los nombres de la lista son tan famosos, pero estoy segura de que por lo menos conoces a tres.

Hurtig silba al ojear la lista de donantes.

—Dürer, Lundström y Bergman aportan aparentemente grandes sumas desde mediados de los años setenta —continúa Jeanette—. Pero, cosa extraña, esa asociación no está registrada en la administración regional.

—¿Algo más?

—Tenían una propiedad en Dinamarca, pero que luego vendieron. El único bien de valor era el *Gilah*, el velero donde murieron Dürer y su esposa.

—¿Cómo has averiguado todo eso?

—Principalmente gracias a Ulrika Wendin. ¿Conoces Flashback?

Hurtig asiente con la cabeza.

—¿La web basura?

—Ulrika ha hablado de ella en términos muy parecidos. Si quieres saber si tu vecino es pedófilo, o qué famoso la tiene más larga, seguro que encontrarás la respuesta… —La risa de Hurtig la interrumpe—. ¿Qué te hace tanta gracia?

—Liam Neeson la tiene larga. Brad Pitt pequeña. Ya lo he consultado.

—Joder, eres peor que un niño. —No puede evitar sonreírle. Simplemente había elegido un ejemplo al azar—. Vale. Ya sabes que hay muchos chismorreos, pero también verdades. Los usuarios de Flashback publican información aún confidencial sobre crímenes en curso de instrucción. Incluso atestados de interrogatorios, que no deberían estar allí para nada. Uno de los usuarios se interesaba particularmente por Karl Lundström y subió varias informaciones durante la investigación. Entre otras, la lista de donantes de la fundación y una descripción de sus actividades. A ese usuario le preocupaba qué podían estar haciendo todos esos con un pederasta como Lundström.

—Interesante. ¿Y qué dicen los estatutos de esa fundación?

Jeanette toma un papel y lee en voz alta.

—El objetivo de la fundación es combatir la pobreza y promover la mejora de las condiciones de vida de los niños de todo el mundo.

—¿Un pedófilo que ayuda a los niños?

—Dos pedófilos, por lo menos. La lista contiene veinte nombres, dos de los cuales son con seguridad de pedófilos. Bergman y Lundström. Eso representa un diez por ciento. Los otros no los conozco, aparte de Dürer, el abogado. ¿Podría haber otros nombres interesantes? ¿Entiendes a qué me refiero?

—Entiendo. ¿Algo más?

—Nada que no supiera ya. —Jeanette se acerca a él y baja la voz—. Parece que tú conoces esa web, Hurtig, y sabes más que yo de informática. ¿Crees que se puede seguir el rastro de un usuario? ¿Podrías hacerlo?

Hurtig sonríe, sin responder a la pregunta.

—No por ser hombre sé más de informática.

Ella supone que, tras haber insistido durante años en la igualdad de sexos, él quiere hacerle ver sus propias contradicciones.

—No, no es porque seas un hombre. Es porque eres más joven. Pero si aún te gustan los videojuegos...

Hurtig parece incómodo.

—¿Videojuegos? ¿Yo?

—¡No me vengas con cuentos! Por la calle te detienes frente a los escaparates de las tiendas de videojuegos y tienes callos en la punta de los dedos, a veces hasta ampollas. Un día, comiendo, comentaste que el pizzero se parecía a tu personaje en GTA. Eres un jugador empedernido, Hurtig, y punto.

Él se echa a reír, casi relajado.

—Vale, de acuerdo, pero se trata de mi vida privada, ¿no? Y además, que me gusten los videojuegos no quiere decir que sea bueno en informática...

—Te pasas el día delante del ordenador —le interrumpe Jeanette.

Hurtig está desconcertado.

—¿Cómo lo sabes?

Jeanette se encoge de hombros.

—Me lo ha dicho un pajarillo. Te he oído hablar de informática con Schwarz. Entre otras cosas, decías que nuestro sistema de registro de las horas extra era prehistórico.

—Vale, pero... —Titubea—. ¿Seguirle el rastro a un usuario? ¿No es una violación de la ley de protección de datos?

—Nadie tiene por qué saberlo. Con una dirección IP quizá encontraremos un nombre y eso tal vez nos permitirá avanzar, o no. No es para tanto. No se trata de acoso ni de espionaje. Lo único que quiero es un nombre.

—Todo esto no es muy católico.

Y contrario a la ley, piensa Jeanette. Pero el fin a veces justifica los medios.

—De acuerdo, lo intentaré —prosigue Hurtig—. Si no funciona, conozco a alguien que igual puede ayudarnos.

—Perfecto. Luego está la lista de donantes. Compruébala también ya que estás en ello, y yo me ocuparé de localizar a Victoria Bergman.

En cuanto Hurtig se marcha, introduce «Victoria Bergman» en el archivo de la policía: sin resultado alguno, como era de prever.

Sí hay dos Victorias Bergman, pero sus edades no corresponden.

El siguiente paso consiste en comprobar el estado civil. Jeanette se conecta al registro de la administración fiscal, en el que están censados todos los suecos vivos.

Localiza a treinta y dos Victorias Bergman.

La mayoría con la ortografía más común, Viktoria, hecho que sin embargo no basta para descartarlas. La ortografía puede variar. Jeanette piensa en una compañera del colegio que de un plumazo cambió sus *s* por *z*: la banal Susanne se convirtió en Zuzanne, más exótica. Unos años después, Zuzanne murió de una sobredosis de heroína.

Continúa su investigación y obtiene las declaraciones de renta de las personas concernidas.

Solo falta una.

La vigesimosegunda de la lista, una Victoria Bergman censada en Värmdö.

La hija del violador Bengt Bergman.

Jeanette busca un año antes, pero sucede lo mismo. Esa Victoria Bergman de Värmdö aparentemente no presenta su declaración de renta.

Remonta diez años atrás: nada.

No hay ningún dato.

Solo un nombre, un número de teléfono y una dirección en Värmdö.

Intrigada, Jeanette rebusca en todos los archivos y registros a su disposición, pero todo confirma lo que le había dicho Göran Andersson, de la policía de Värmdö.

Victoria Bergman siempre ha vivido en la misma dirección, nunca ha ganado ni gastado ni una corona, no tiene impuestos pendientes de pago ni ha sido atendida en ningún hospital desde hace casi veinte años.

Decide que a lo largo del día se pondrá en contacto con la agencia tributaria para comprobar si puede tratarse de un error.

Luego recuerda haberle comentado a Hurtig la posibilidad de encargar un perfil del asesino, y piensa en Sofia.

Quizá sea el momento.

Lo que al principio no era más que una idea, al fin y al cabo quizá no sea una tontería. Por lo que sabe, Sofia tiene la experiencia necesaria para establecer un perfil provisional.

Al mismo tiempo, concentrarse en una única descripción y confiar ciegamente en un peritaje psicológico puede ser catastrófico.

Jeanette piensa en el caso de Niklas Lindgren, apodado el Hombre de Haga, en el que la investigación se vio entorpecida por un perfil psicológico completamente disparatado.

Varios de los mejores expertos del país consideraron que tenía que tratarse de un marginado. De un lobo solitario.

Al ser detenido por ocho agresiones, violaciones y tentativas de asesinato, resultó ser un padre de familia corriente.

Así que nunca hay que bajar la guardia ni dejarse influir por Sofia Zetterlund.

De una manera o de otra, nada tiene que perder. Y además tiene que hablarle de Ulrika Wendin. Descuelga, marca el número de la consulta y se acerca a la ventana.

Afuera, el parque Kronoberg está desierto, aparte de un joven que pasea distraídamente al perro mientras teclea su teléfono. Jeanette observa al perro, que no para de engancharse con la correa en una papelera, tratando desesperadamente de llamar la atención de su dueño.

Ann-Britt responde y transfiere inmediatamente la llamada.

—Sofia Zetterlund al habla. —Jeanette se alegra de oír su voz. Le gusta su timbre dulce y grave—. ¿Diga?

—Hola, soy yo —dice Jeanette entre risas—. ¿Eres buena para los perfiles criminales?

—¿Qué? —Sofia ríe a su vez. A Jeanette le parece serena y relajada—. ¿Eres tú, Jeanette?

—Claro, ¿quién va a ser?

—Debería haberlo sospechado. Al grano, como de costumbre. —Sofia calla y Jeanette la oye echarse hacia atrás. Su sillón chirría—. ¿Los perfiles criminales? —prosigue—. La verdad es que no son mi fuerte, pero supongo que se estudian las características demográficas, sociales y de comportamiento más probables del asesino. Luego se concentra la investigación en el grupo concernido y con un poco de suerte…

—¡Has dado en el blanco! —la interrumpe Jeanette, contenta de que Sofia haya empezado especulando—. La verdad es que en la actualidad se conoce como análisis del caso. Suena más árido que perfil, pero está menos cargado de esperanza. —Reflexiona antes de desarrollarlo—. El objetivo, como bien has dicho, es reducir el número de sospechosos esperando poder orientar la investigación hacia una persona en concreto.

—¿Nunca descansas? —exclama Sofia.

Apenas han pasado unos días desde que Johan salió del hospital y Jeanette ya se dedica en cuerpo y alma al trabajo. ¿A eso se refiere? ¿A que es racional y tiene sangre fría? ¿Y qué otra cosa podría hacer?

—Ya me conoces —acaba respondiendo, sin saber si debe sentirse ofendida o halagada—. Pero en eso necesito verdaderamente tu ayuda. Por diversas razones, no puedo dirigirme a nadie más.

Sabe que hay que poner las cartas sobre la mesa. Es cierto, si Sofia no se ocupa de ello Jeanette no tiene otra solución a mano.

—De acuerdo —responde Sofia con cierto titubeo—. Supongo que todo esto se basa en la teoría de que todo lo que hacemos en nuestra vida es acorde a nuestra personalidad. Por ello, normalmente una persona maníaca tendrá siempre un despacho impecablemente ordenado y rara vez llevará una camisa arrugada.

—Exactamente —responde Jeanette—. Y al reconstruir cómo se ha ejecutado un asesinato se pueden sacar conclusiones acerca del autor del mismo. Se ha observado que las personas con desviaciones cometen los crímenes de una manera conforme a su personalidad.

—Supongo que además podéis recurrir a las estadísticas.

Jeanette está fascinada ante la agilidad mental de Sofia y su rápida capacidad de análisis.

—Claro.

—¿Y quieres que te ayude?

—Se trata de un presunto asesino en serie y tenemos algunos nombres. Algunas descripciones y dos o tres cosas más. —Hace una pausa retórica para subrayar la importancia de lo que va a decir a continuación–. El analista tiene que evitar examinar a los sospechosos. Eso crea un filtro que enturbia su visión de conjunto.

Jeanette oye a Sofia respirar más hondo, sin decir nada.

–¿Podemos vernos más tarde en casa para hablar de ello? –propone Jeanette para atraer la atención de Sofia, por si aún está dubitativa–. Y hay otra cosa que quisiera pedirte.

–Ah, ¿qué?

–¿Lo hablamos esta noche, si te va bien?

–De acuerdo. Ahí estaré –responde Sofia en un tono súbitamente desprovisto de todo entusiasmo.

Cuelgan y Jeanette está una vez más desconcertada: no sabe nada acerca de Sofia.

Sus repentinos cambios de humor.

Al teléfono, es muy huidiza.

Sentirse atraído por una persona puede llevar dos minutos, y años conocerla.

A medida que Jeanette trata de acercarse a Sofia, la tarea le parece inabarcable.

Es como observar el cielo y aprender lentamente a reconocer las constelaciones, sus nombres, su historia.

Solo se sentirá tranquila después.

Pero no quiere rendirse. Por lo menos quiere intentarlo.

Decide llamar a la madre de Åke para que Johan pase el fin de semana con los abuelos. En su casa se siente a gusto y eso es lo que necesita en estos momentos. Que le dediquen tiempo y atenciones. Todo cuanto ella no puede darle.

La madre de Åke está contenta de poder hacer ese favor, e irá a buscar a Johan a última hora de la tarde.

Ahora, a informarse acerca de Victoria Bergman.

El servicio telefónico de la agencia tributaria no se anda con chiquitas y la comisaria Jeanette Kihlberg aguarda educadamente su turno.

Una voz artificial metálica, amable pero insobornable, indica que en esos momentos hay treinta y siete agentes a su servicio y su turno es el 29. El tiempo de espera estimado es de catorce minutos.

Jeanette pulsa el altavoz y aprovecha para regar las flores y vaciar la papelera mientras la voz monótona prosigue su cuenta atrás.

Su turno es el 22. Tiempo de espera, once minutos.

Alguien debió de grabar un día todos los números, piensa en el momento en que Hurtig, tras llamar a la puerta, entra en su despacho.

Al oír la voz por el altavoz hace señas indicando que no quiere molestar, pero Jeanette le da a entender que no hay problema.

—Me marcho enseguida a casa, solo pasaba por si había noticias —murmura reculando hacia el pasillo.

—¡Espera! —dice, y él se sienta—. Esta noche Sofia Zetterlund vendrá a mi casa. Ha prometido que nos ayudaría a establecer un perfil.

—¿Es oficial?

—No, es por iniciativa propia, y es algo solo entre tú y yo.

—No sé de qué me hablas. —Se echa a reír y prosigue—: Me gusta tu manera de pensar, Jeanette. Esperemos que dé algún fruto.

—Ya veremos. Es la primera vez, pero confío en ella, y creo que eso contribuirá a abrirnos nuevas perspectivas.

Un pitido en el teléfono, seguido de un chisporroteo.

—Buenos días, ¿qué desea?

Jeanette se presenta, el funcionario se disculpa por la espera y pregunta por qué no ha utilizado la línea directa. Jeanette explica que ignoraba la existencia de la misma y que al fin y al cabo eso le ha permitido recogerse un rato en la contemplación.

El funcionario de la agencia tributaria se ríe y le pregunta en qué puede ayudarla. Le pide toda la información disponible acerca de Victoria Bergman, nacida en 1970, censada en Värmdö. Le ruega que espere.

Regresa unos minutos después. Parece desconcertado.

—¿Supongo que se trata de Victoria Bergman, 700607?

—Sin duda. Espero.

—En ese caso, hay un problema.

—¿Ah? ¿De qué tipo?

—Pues lo único que he encontrado es una referencia al juzgado de Nacka. Nada más.

—Sí, pero ¿qué dice exactamente esa referencia?

El funcionario se aclara la voz. De conformidad con la decisión del juzgado de Nacka, esa persona cuenta con una identidad protegida. Cualquier pregunta que la concierna debe, por lo tanto, dirigirse a la mencionada autoridad.

—¿Eso es todo?

—Sí. —El funcionario suspira lacónicamente.

Jeanette le da las gracias, cuelga, llama a la telefonista y pide que la pongan con el juzgado de Nacka. Si es posible, por la línea directa.

El secretario judicial no es tan servicial como el funcionario, pero promete enviarle cuanto antes todo lo relativo a Victoria Bergman.

Maldito burócrata, piensa Jeanette mientras le desea al secretario judicial buenas tardes, y le cuelga.

A las cuatro y veinte recibe un correo electrónico del juzgado.

Jeanette Kihlberg abre el documento adjunto. Para su decepción, constata que la información proporcionada por el juzgado de Nacka se reduce a tres líneas:

VICTORIA BERGMAN, 1970-XX-XX-XXXX
CONFIDENCIAL.
TODOS LOS DATOS TACHADOS.

# Gamla Enskede

Fijar un perfil es particularmente útil cuando se trata de crímenes en serie. La idea es analizar lo que se sabe de las víctimas y de los lugares del crimen en busca de cuanto pueda revelar una característica del asesino.

¿Cómo se ha cometido el asesinato? ¿Cómo se ha tratado a la víctima antes y después de su muerte? ¿Hay indicios de una dimensión sexual o ritual? ¿Cabe suponer que el asesino conocía a la víctima?

A partir de los elementos recopilados por la policía científica, se utilizan los datos de la psicología y la psiquiatría forense para establecer un retrato del criminal que podrá ser de utilidad a lo largo de la investigación.

Jeanette oye llegar el coche, que toma el camino de acceso y aparca al lado de su Audi.

Una puerta se cierra, luego pasos sobre la gravilla y el timbre resuena en el recibidor.

Se le hace un nudo en el estómago, está nerviosa.

Antes de abrir a Sofia, se arregla un poco el cabello ante el espejo.

Quizá habría tenido que maquillarme, se dice. Pero como es algo que no acostumbra a hacer, habría parecido extraño. Y además no tiene mucha mano para pintarse. Un poco de lápiz de labios y colorete, y basta.

Abre, y Sofia Zetterlund entra y cierra a su espalda.

—Buenas noches, y bienvenida.

Jeanette abraza a Sofia, pero no demasiado tiempo. No quiere parecer demasiado demostrativa.

¿Demostrativa de qué?, piensa al soltarla.

—¿Te apetece una copa de vino?

—Sí, gracias. —Sofia la mira con una ligera sonrisa—. Te he echado de menos.

Jeanette responde con una sonrisa preguntándose de dónde le viene esa angustia. Observa a Sofia y le parece que sus rasgos están tensos. Siente inquietud, pues siempre ha visto a Sofia impecable.

Jeanette va a la cocina, seguida de Sofia.

—¿Dónde está Johan?

—Pasará el fin de semana con los abuelos —responde Jeanette—. La madre de Åke ha venido a buscarle y se ha marchado con ella sin decirme ni adiós. Aparentemente, soy la única a la que no le habla.

—Paciencia, ya se le pasará, créeme.

Sofia observa la cocina, como si quisiera evitar tener que mirar a Jeanette a los ojos.

—¿Sabes algo más acerca de lo que pasó en Gröna Lund?

Jeanette suspira y descorcha una botella de vino.

—Dice que conoció a una chica que le invitó a tomar cerveza. Luego no recuerda nada. En todo caso, eso dice.

Jeanette tiende una copa a Sofia.

—¿Y le crees? —dice al aceptarla.

—No lo sé. Pero ahora está muchísimo mejor y he decidido no ser una madre aguafiestas. Insistiendo, no voy a descubrir nada. Estoy muy contenta de que esté de vuelta en casa.

Jeanette la invita a sentarse a la mesa de la cocina.

—¿Y qué dice Åke?

Sofia se sienta y apoya los brazos sobre la mesa.

—Nada —dice Jeanette meneando la cabeza—. Está convencido de que es el comienzo de su crisis de la adolescencia.

—¿Y tú qué crees?

Sofia mira a Jeanette a los ojos al preguntárselo.

—No lo sé. Pero sé que ahora no es momento de remover eso. Lo que Johan necesita es estabilidad.

Sofia parece pensativa.

—¿Quieres que le organice una entrevista con un psicólogo?

—No, para nada. Pondría el grito en el cielo. Me refiero a que necesita normalidad, por ejemplo una madre que esté en casa cuando él regrese del colegio.

—¿Así que Johan y tú estáis de acuerdo en que todo es culpa tuya? —dice Sofia.

Jeanette se detiene en mitad de su gesto. Culpa mía, se dice paladeando las palabras. Tiene un sabor amargo, sabor a fregadero que desborda y a suelo sucio. Un sabor a madre que se cae de sueño, a sudor rancio, tabaco frío y pañales sucios.

Mira a Sofia y se oye preguntarle qué quiere decir.

Sonriendo, Sofia apoya su mano sobre la de Jeanette.

—No te preocupes —la consuela—. Lo que ha ocurrido quizá sea una reacción ante vuestro divorcio y te achaca a ti la responsabilidad porque eres la más cercana.

—¿Quieres decir que cree que le he traicionado?

—Sí —responde Sofia con el mismo tono de voz dulce—. Pero, claro está, es irracional. Es Åke quien cometió la traición. Quizá Johan os considera a ti y a Åke como un todo. Sois los padres en bloque quienes le habéis traicionado. La traición de Åke se convierte en vuestra traición como padres… —Hace una pausa y prosigue—: Discúlpame. Parece como si me lo tomara a guasa.

—No hay problema. Pero ¿qué se puede hacer para salir de esta situación? ¿Cómo se perdona una traición?

Jeanette bebe un trago largo de vino y deposita su copa con un gesto de desánimo.

La dulzura desaparece del rostro de Sofia y su voz se endurece.

—La traición no se perdona, solo se aprende a vivir con ella.

Se quedan en silencio y Jeanette mira a Sofia a los ojos.

Jeanette comprende, a su pesar. La vida está hecha de traiciones y, si no se aprende a sobrellevarlas, se vuelve imposible de vivir.

Jeanette se echa hacia atrás y exhala un profundo suspiro para eliminar la tensión y la inquietud acumuladas a lo largo de todo el día acerca de Johan.

Inspira profundamente y su cerebro se pone en funcionamiento.

—Ven, vamos arriba —dice.

Sofia le sonríe.

Enseguida están en la cama, desnudas. La sangre circula por su cuerpo de una manera nueva y, sin embargo, muy familiar. Es una sensación pura y original de liberación, de deseo colmado.

¿Qué pasa?, piensa Jeanette. Es como si sus gestos se llevaran a cabo solos, sin que ella los controlara. Ocurre, eso es todo.

Explora a Sofia con los ojos cerrados. Deja que sus manos, sus labios y su piel vean por ella. El cuello de Sofia está caliente y se estremece bajo sus labios. Sus senos son suaves y salados. Es un cuerpo sólido, un cuerpo poderoso que quiere hacer suyo. El vientre se alza y baja lentamente y, con la punta de los dedos, palpa una suave pelusilla más tupida debajo del ombligo.

Su lengua entra dentro de ella y las venas en el hueco de sus muslos se sacuden.

Siente vértigo. Como si todo flotara, y el cerebro cede al cuerpo y no a la inversa. El espacio en derredor ya no existe.

Sus gestos son suaves y evidentes. Se sumerge en ese calor. Apenas se da cuenta cuando Sofia rueda sobre su costado y se vuelve hacia ella.

Acércate.

Sofia comprende. Todos los músculos de su cuerpo comprenden.

Todo chorrea y se funden en un solo corazón que palpita, un solo ser que hierve.

Cree llorar.

Lágrimas de liberación, de gratitud, y el tiempo cesa de existir. Más tarde, recordará una noche a la vez eterna y breve como un parpadeo.


Luego, la cama está caliente y húmeda. Jeanette aparta la sábana. La mano de Sofia acaricia su vientre con un movimiento lento y dulce.

Baja la vista hacia su cuerpo desnudo. Está mejor tumbada que de pie. Su vientre es más liso, la cicatriz de la cesárea queda más disimulada.

Entrecerrando los ojos no está nada mal. Pero si se mira de cerca solo se ven pecas, varices y celulitis.

Le faltan palabras para describir su cuerpo.

Solo parece haber sido muy utilizado.

El de Sofia es más firme, casi el de una adolescente, y resplandece de sudor. En sus brazos y en la espalda, Jeanette observa unas pequeñas marcas blancas, como cicatrices.

—Oye —aventura Jeanette prudentemente—, me gustaría que visitaras a una chica que conozco… Mejor dicho, le he prometido que podrías verla, quizá haya sido una tontería por mi parte, pero…

Se interrumpe para esperar a la aprobación de Sofia y la ve asentir con la cabeza.

—Esa chica se encuentra en un estado lamentable, y no creo que sea capaz de salir sola de esa situación.

—¿Qué tipo de problemas tiene?

Sofia se vuelve en la cama y mete los brazos bajo la almohada. El contorno de sus muslos desnudos distrae a Jeanette.

—No los conozco al detalle, pero cayó en manos de Karl Lundström.

—¡No me digas! —replica Sofia—. Bueno, con eso me basta. Mañana consultaré mi agenda y te diré.

El rostro de Sofia es misterioso. Su sonrisa es casi tímida.

—Eres una buena persona —dice Jeanette, a quien la disponibilidad de Sofia no la sorprende: cuando se trata de hacer un favor, nunca falla.

—Supongo que Lundström ya no es sospechoso de los crímenes, dado que quieres que se elabore un perfil.

Jeanette se ríe.

—Claro, en primer lugar está muerto, pero en el fondo creo que no era más que un chivo expiatorio. ¿Qué sabes acerca de los criminales sexuales?

—Una vez más, directa al grano y sin zarandajas. —Sofia se tumba boca arriba, reflexiona y prosigue—: Hay dos tipos. Los organizados y los caóticos. Los organizados proceden de entornos sociales ordenados, por lo menos en apariencia, y en general no tienen el perfil de un asesino. Planean sus crímenes y dejan pocos rastros. Atan y torturan a sus víctimas antes de matarlas, y van a buscarlas a lugares en los que nada permite localizarlos a ellos.

—¿Y los otros?

—Los criminales sexuales caóticos, por lo general procedentes de entornos más difíciles, matan al azar. A veces incluso conocen a sus víctimas. ¿Te acuerdas del Vampiro?

—No, la verdad es que no.

—Mató a sus dos cuñadas, se bebió su sangre y creo que incluso se comió… —Sofia calla, hace una mueca de asco y prosigue—: Por supuesto, hay muchos asesinos que tienen rasgos de los dos tipos, pero la experiencia demuestra que esta división es en la mayoría de los casos pertinente y supongo que cada tipo de asesino deja rastros diferentes en el lugar del crimen.

De nuevo la impresiona la vivacidad de Sofia.

—¡Eres increíble! ¿De verdad que nunca has hecho perfiles?

—Nunca. Pero sé leer, he estudiado psicología, he trabajado con psicópatas y muchas más cosas…

Se echan a reír. Jeanette siente lo mucho que quiere a Sofia. Sus repentinos cambios de la seriedad a la broma.

Su capacidad de tomarse la vida tan en serio que hasta es posible reírse de ella. Reírse de todo.

Piensa en la apariencia taciturna de Åke, en su postura grave: ¿de dónde le viene, a alguien que nunca había asumido ninguna responsabilidad?

Observa los rasgos de Sofia.

El cuello delgado, los pómulos altos.

Los labios.

Mira sus manos de uñas con una cuidadosa manicura, pintadas de un color claro de reflejos nacarados. Muy limpias, se dice, con la sensación de haber pensado ya en eso.

Está acostada delante de ella, abierta. Adónde llevará eso, el futuro lo dirá.

—¿Y cómo trabajáis?

Sofia interrumpe el hilo de sus pensamientos y Jeanette se sonroja.

—El equipo estudia todas las pistas, todo lo que se sabe de la escena del crimen, el informe de la autopsia, los interrogatorios, el pasado de las víctimas, con el objetivo de reunir suficientes elementos para reconstruir el crimen. Para comprender con la mayor exactitud posible lo que ocurrió antes, durante y después.

Sofia acaricia la frente de Jeanette.

—¿Y qué tenéis?

Jeanette reflexiona, se dice que preferiría hablar de otra cosa, pero necesita la ayuda de Sofia.

—Aparte de Samuel, a otros tres muchachos asesinados. El primero fue hallado en un parterre cerca de la Escuela de Magisterio, momificado.

—¿Lo conservaron encerrado en algún sitio?

—Sí, otro estaba en la isla de Svartsjö, era bielorruso. Al tercero lo encontraron cerca de Danvikstull.

—¿Eran inmigrantes ilegales? ¿Todos, excepto Samuel?

A Jeanette la sorprende la frialdad de Sofia. Samuel seguía una terapia con ella y, sin embargo, no muestra emoción alguna. Ni pena ni preocupación por no haber hecho lo suficiente por él.

Deja de lado su malestar y prosigue:

—Sí, y otro punto en común es que los tres fueron violentamente golpeados y los atiborraron de anestésico.

—¿Algo más?

—Tenían marcas de latigazos en la espalda.

# Alemania, 1945

*Sacaron a empujones de las barracas a un montón de criaturas que ya casi no tenían aspecto humano.*

El autobús blanco marcado con una cruz roja no garantizaba el paso, pues ya no existía ninguna ley internacional. Una cruz roja sobre el techo blanco de un camión constituía un blanco fácil para la aviación británica que controlaba completamente el espacio aéreo. Por el contrario, los controles alemanes en las carreteras no eran un problema, dado que la columna de vehículos estaba escoltada por la Gestapo.

Gilah Berkowitz era más fuerte que la mayoría de los otros detenidos, una de los pocos que aún estaba consciente.

Al salir de Dachau, eran cuarenta y cuatro hombres, cuarenta y cinco contándola a ella. Al menos cuatro habían muerto y otros agonizaban. Todos padecían furúnculos, heridas infectadas y diarrea crónica: si no llegaba rápidamente el avituallamiento, iban a morir muchos.

Ella también estaba muy mal. Tenía cuatro grandes ántrax en el cuello, el vientre completamente descompuesto y la infección que sufría desde hacía varias semanas en el bajo vientre la preocupaba. Tenía unas ulceraciones azuladas en la ingle, como una gangrena, pero no podían curarla en aquel autobús puesto que su bajo vientre no era como el de los demás.

Nadie tenía que saberlo. El único que lo sabía probablemente no sobreviviría a la guerra.

Si su secreto había estado tan bien guardado durante su estancia en el campo era gracias a un oficial que de inmediato se había encaprichado de ella. O de él, según se mirara. Al guardián gordo le gustaban los hermafroditas, o forficúlidos, como los llamaba, y aprovechó la ocasión de disponer de su forficúlido personal a cambio de un poco de comida, de vez en cuando.

Fue el gordo el que le hizo las heridas en el bajo vientre, pero, a pesar de la vergüenza, nunca trató de escapar del campo. En cambio, ahora que se hablaba de liberarlos, estaba dispuesta a hacer un esfuerzo para huir. La libertad nunca se ofrece en bandeja, es uno mismo quien tiene que elegirla.

Tomarla.

# Gamla Enskede

La velada con Jeanette Kihlberg reserva otras sorpresas. No solo el hecho de que Jeanette le confíe la tarea de establecer el perfil psicológico, lo que le permitirá acceder a toda la información acerca de los asesinatos de los muchachos.

Se siente también cada vez más atraída por Jeanette y entiende el porqué. Es una atracción física. Contradictoria. Sabe que Jeanette ha adivinado su lado oscuro.

Sofia está en el sofá, sentada al lado de una persona que le gusta. Tranquila al adivinar los latidos de su corazón bajo su jersey fino, pero incapaz de comprender quién es Jeanette Kihlberg y qué busca. Jeanette la sorprende, la desafía y a la vez parece respetarla sinceramente. De ahí la atracción.

Sofia inspira profundamente y los perfumes llenan sus pulmones. La respiración de Jeanette se mezcla con el ruido de la lluvia contra el alféizar de la ventana.

Ha aceptado instintivamente cuando Jeanette le ha propuesto ayudarla en su investigación, pero ya se arrepiente de ello.

Desde un punto de vista puramente racional, la proposición de Jeanette debería aterrorizarla, lo sabe. Pero a la vez quizá haya alguna manera de aprovechar la situación. Lo sabrá todo acerca de la investigación policial y estará en condiciones de inducirlos a error.

Jeanette expone con calma y objetividad los detalles de los asesinatos.

Así le hace sentir quién es, quién no debería ser.

Quién no quiere ser.

—Tenían marcas de latigazos en la espalda.

En lo más hondo de su conciencia se abren puertas. Recuerda las marcas en su propia espalda.

Quiere dejar atrás sus antiguos yos, desnudarse completamente.

Sofía sabe que nunca podrá fusionarse con Victoria mientras no acepte lo que esta ha hecho. Tiene que comprender, considerar los actos de Victoria como suyos.

—También fueron mutilados. Les cortaron los genitales.

Sofía querría huir, así sería más fácil, cerrarle la puerta a Victoria, encerrarla a cal y canto en lo más hondo de ella misma esperando que se apagara poco a poco.

Ahora tiene que hacer como el actor que lee un guión y deja que lentamente el personaje madure en su interior.

Y para ello necesita más que empatía.

Se trata ni más ni menos que de «convertirse» en otra persona.

—Uno de los muchachos estaba desecado, pero otro estaba embalsamado de una forma casi profesional. Le habían vaciado la sangre y la habían sustituido por formol.

Permanecen un momento en silencio. Sofía tiene las manos húmedas. Se las enjuga sobre los muslos y habla.

Las palabras le vienen solas. Las mentiras se le ocurren automáticamente.

—Tengo que estudiar toda esa información pero, a primera vista, se trata de un hombre de entre treinta y cuarenta años. El acceso al anestésico sugiere que trabaja en el sector de la medicina: médico, enfermero, veterinario o similar. Pero, insisto, tengo que analizar todo esto con mayor detenimiento. Luego hablaremos.

Jeanette la mira con gratitud.

# Tvålpalatset

Sofia Zetterlund almuerza en su consulta. Al haberla convencido Jeanette Kihlberg de aceptar a Ulrika Wendin, tiene la agenda del día muy llena.

Mientras arroja en la papelera los restos de su comida rápida, se abre una ventana de diálogo en la pantalla de su ordenador portátil.

Acaba de recibir un correo electrónico.

Entre una montaña de spam sin abrir y un saludo impersonal de Mikael, en cabeza de la lista aparece un mensaje que la sobresalta.

¿Annette Lundström?

Abre el correo.

> Buenos días. Sé que se entrevistó con mi marido en dos ocasiones. Necesito hablar con usted de Karl y Linnea y le agradeceré que se ponga en contacto conmigo lo antes posible llamando al número siguiente.
>
> Cordialmente,
>
> ANNETTE LUNDSTRÖM

Interesante, se dice consultando su reloj. La una menos cinco. Ulrika no tardará en llegar, pero a pesar de ello toma el teléfono y marca el número.

Una chica delgada espera en el sofá leyendo una revista.

—¿Ulrika?

La chica asiente con la cabeza, deja la revista y se levanta.

Sofia observa el cuerpo enclenque de Ulrika, su postura vacilante, y advierte que no se atreve a levantar la vista al pasar frente a ella para entrar en la consulta.

Sofia cierra la puerta detrás de ella.

Ulrika se sienta con las piernas cruzadas, los brazos sobre los reposabrazos y las manos juntas sobre las rodillas. Sofia la imita.

Se trata de crear un efecto de espejo, de copiar las señales físicas como los gestos o las expresiones del rostro. Ulrika Wendin tiene que reconocerse en Sofia, sentir que está de su parte. Así, la propia Ulrika podrá a su vez reflejarse en Sofia y, mediante imperceptibles modificaciones de su lenguaje corporal, conseguirá que la joven se relaje un poco.

De momento, tiene las piernas y los brazos cerrados, con los codos apuntando agresivamente a las paredes, como espinas.

Su cuerpo entero transpira la falta de confianza en sí misma.

Uno no se puede proteger más, piensa Sofia descruzando las piernas e inclinándose hacia delante.

—Buenos días, Ulrika —comienza—. Bienvenida.

El objetivo de la primera entrevista es ganarse la confianza de Ulrika. De entrada. Sofia la deja llevar la conversación libremente a los terrenos en que se siente más segura.

Sofia escucha, echada hacia atrás, interesada.

Ulrika le explica que casi nunca ve a nadie.

A veces se siente sola, pero cada vez que se encuentra en compañía el pánico se apodera de ella. Se matriculó en un curso para adultos en la universidad. Fue allí el primer día, encantada con la idea de aprender y hacer amigos, pero, a la puerta del centro, su cuerpo dijo no.

Nunca se ha atrevido a entrar.

—No sé cómo me he atrevido a venir hasta aquí —dice Ulrika, con una carcajada nerviosa.

La chica se ríe para atenuar la gravedad de lo que acaba de decir.

—¿Recuerda lo que ha pensado al abrir la puerta para entrar aquí?

Ulrika reflexiona seriamente acerca de la pregunta.

—«Ya veremos adónde nos lleva esto», creo —dice, sorprendida—. Pero me parece muy raro, ¿por qué iba a pensar eso?

—Es usted la única que puede decirlo —dice Sofia con una sonrisa.

Tiene ante ella a una chica que ha tomado una decisión.

Que no quiere seguir siendo una víctima.

Por lo que cuenta Ulrika, Sofia deduce que tiene una serie de problemas. Pesadillas, pensamientos obsesivos, ataques de vértigo, rampas, trastornos del sueño, desórdenes alimentarios.

Ulrika dice que lo único que logra tragar sin problemas es la cerveza.

Esa chica necesita un apoyo regular y sólido.

Alguien tiene que abrirle los ojos para mostrarle que hay otra vida posible, ahí, al alcance de su mano.

Idealmente, Sofia querría verla dos veces por semana.

Si transcurre demasiado tiempo entre dos sesiones, hay un riesgo elevado de que comience a ponerlas en cuestión y a vacilar, y ello complicaría notablemente el proceso.

Pero Ulrika se niega.

Por mucho que Sofia le diga, Ulrika no acepta más de una sesión cada quince días, a pesar de que ella le promete que no le hará pagar.

Al marcharse, Ulrika dice algo que inquieta a Sofia.

—Hay una cosa…

Sofia alza la vista de sus notas.

—¿Sí?

Ulrika parece muy pequeña.

—No sé… A veces me cuesta… saber qué ocurrió verdaderamente.

Sofia le pide que cierre la puerta y vuelva a sentarse.

—La escucho —dice con tanta delicadeza como le es posible.

—Yo… a veces creo que fui yo quien los incitó a humillarme y a violarme. Sé que no es verdad, pero a veces, al despertarme por la mañana, estoy segura de haberlo hecho. Siento mucha vergüenza… y luego comprendo que no es verdad.

Sofia mira fijamente a Ulrika.

—Está bien que me lo cuente. Es normal sentir eso cuando se ha vivido lo que usted ha vivido. Asume la culpabilidad. Comprendo que decirle que es normal no hace que las cosas sean menos desagradables, pero confíe en mí. Y, sobre todo, tiene que confiar en mí cuando le digo que no ha hecho nada malo.

Sofia espera una reacción de Ulrika, pero esta permanece en su silla y asiente despacio con la cabeza.

—¿Seguro que no quiere volver la semana próxima? —intenta de nuevo Sofia—. Tengo dos sesiones libres, una el miércoles y la otra el jueves.

Ulrika se pone en pie. Mira al suelo, azorada, como si hubiera metido la pata.

—No, creo que no. Tengo que marcharme.

Sofia se contiene de asirla del brazo para subrayar la gravedad de la situación. Aún es demasiado pronto para ese tipo de gestos. Inspira profundamente y se serena.

—De acuerdo. Llámeme si cambia de opinión. Mientras, le reservaré esas horas.

—Hasta luego —dice Ulrika al abrir la puerta—. Y gracias.

Ulrika desaparece. Sofia se queda en su despacho y la oye entrar en el ascensor, que desciende ronroneando.

El «gracias» prudente de Ulrika la convence: ha logrado su objetivo. Con esa sola palabra, Sofia adivina que Ulrika no está acostumbrada a que la vean como es realmente.

Sofia decide llamarla al día siguiente para saber si ha reflexionado acerca de la situación y estaría dispuesta a pesar de todo a regresar la semana siguiente. Si eso no funciona, siempre puede proponerle a Jeanette que vaya a verla durante la semana. No hay que perder el contacto con ella.

Sofia quiere ayudar a que una nueva vida nazca de esas cenizas.

Sofia se rodea con los brazos y palpa las cicatrices irregulares de su espalda.

Las cicatrices de Victoria.

# Sierra Leona, 1987

*Agarró los cabellos del muchacho, con tanta fuerza que le arrancó un mechón. En su mano, los cabellos eran como hilillos. Le golpeó en la cabeza, en la cara y en el cuerpo, mucho rato. Desorientada, se puso en pie, salió del embarcadero y fue a por una piedra grande junto a la orilla. No soy yo, dijo al dejar que el cuerpo del niño se hundiera en el agua. Ahora, a nadar…*

La chiquilla empieza de inmediato a agitar los brazos y las piernas, pero se ahoga y se hunde.

Victoria se aleja un metro para mirar.

Dos veces la chiquilla sale a la superficie tosiendo y vuelve a hundirse tras intentar en vano llegar al borde. Se enreda con la camiseta que le va demasiado grande, empapada, y que le impide remontar a la superficie.

Pero justo entonces, Victoria nada calmadamente hacia ella, la agarra por debajo de los brazos y le saca la cabeza del agua. No consigue tranquilizarse y tose convulsivamente. Victoria comprende que debe de haber tragado mucha agua y se apresura a sacarla de la piscina.

La chica no se sostiene sobre sus piernas y se desploma sobre las losas que rodean la piscina. Se tiende de costado, presa de un vómito repentino. Primero el agua clorada y luego los filamentos grises y pegajosos de la papilla que ha comido para desayunar.

Victoria mantiene su mano sobre la frente de ella.

—Vas a ponerte bien. Finalmente te he podido sacar de ahí.

Al cabo de unos minutos, la chiquilla se calma y Victoria la acuna en sus brazos.

–Entiéndeme… –dice Victoria–. Me has dado una patada tan fuerte que he estado a punto de desmayarme.

La chiquilla solloza y, al cabo de un momento, susurra un «perdón» silencioso.

–No tiene importancia –dice Victoria, abrazándola–, pero no tienes que contárselo a nadie.

La chiquilla asiente con la cabeza.

–*Sorry* –repite, y el odio de Victoria se aplaca.

Diez minutos después, Victoria limpia las losas con la manguera. La chiquilla está vestida en la tumbona, bajo la sombrilla de la veranda. Su cabello corto ya se le ha secado y, al sonreírle a Victoria, parece avergonzada. Como si se arrepintiera de haber hecho una tontería.

Golpear y acariciar. Primero proteger y luego destruir. Él me lo ha enseñado.

En el salón ya no se oyen voces, las ventanas están cerradas y Victoria espera que nadie haya oído nada. Se oye cerrarse la puerta y cuatro hombres se suben al gran Mercedes negro aparcado en el camino de acceso. Su padre se queda en las escaleras de la entrada y contempla cómo el coche desaparece por la verja. Cabizbajo y con las manos en los bolsillos, desciende los escalones y se dirige a la piscina. Parece decepcionado.

Ella cierra el grifo y recoge la manguera alrededor del cilindro metálico fijado a la pared de la veranda.

–¿Qué tal la reunión?

Ella percibe el tono insolente de su voz.

Él no responde y se desviste en silencio. La chiquilla aparta la mirada cuando se quita los calzoncillos y se pone el bañador. Victoria no puede evitar reírse al ver esa reliquia de los años setenta ceñida y floreada de la que se niega a desprenderse.

De repente se vuelve y da dos pasos hacia ella.

Ve en sus ojos lo que va a suceder.

Una vez ya intentó golpearla, pero esquivó el golpe. Ella agarró una cazuela y le golpeó en la cabeza. Desde entonces, no lo ha intentado de nuevo.

Hasta ese día.

No, no en la cara, piensa Victoria antes de que todo se vuelva rojo y caiga de espaldas contra la pared de la veranda.

Otro golpe la alcanza en la frente, el siguiente en el vientre. Unos destellos ante los ojos y se dobla sobre sí misma.

Tendida sobre las losas de piedra, oye el chirrido del recogedor de la manguera, luego le quema la espalda y suelta un grito. Él permanece sin decir palabra detrás de ella, y ella no se atreve a hablar. El calor se extiende a su rostro y su espalda.

Oye sus pasos pesados al pasar junto a ella y descender hacia la piscina. Siempre ha sido demasiado miedoso para saltar al agua, así que utiliza la escalera para entrar en la piscina. Sabe que como de costumbre nadará diez largos, ni más ni menos: cuenta en silencio sus brazadas y el gemido sordo que profiere cada vez que da media vuelta. Al acabar, sale del agua y regresa junto a ella:

—¡Mírame!

Ella abre los ojos y vuelve la cabeza. Su cuerpo gotea sobre su espalda y, bajo ese calor, la sensación es agradable. Se agacha a su lado y le levanta suavemente la cabeza.

Él suspira al acariciarle la espalda. Nota que la boca de la manguera le ha abierto una larga herida debajo del omoplato izquierdo.

—¡Menuda herida tienes! —Se levanta y le tiende la mano—. Ven, te voy a curar.

Una vez que se ha ocupado de su herida, ella se queda en el sofá, cubierta con su toalla con la que oculta su sonrisa. Golpear, acariciar, proteger y destruir, repite sin hacer ruido mientras él le cuenta que las negociaciones han fracasado y que por ese motivo pronto tendrán que marcharse.

Ella se alegra del fracaso del proyecto en Freetown.

Nada ha funcionado.

Él dice que se debe a la inflación galopante y a la caída de las exportaciones de diamantes.

El contrabando de divisas fuertes como el dólar mina la economía local. Se utilizan los billetes como papel higiénico, es más barato.

Dice que el dinero desaparece, que la gente desaparece y que el

126

eslogan del nacionalismo constructivo y de un nuevo orden suena tan vacío como la caja del Estado.

Le cuenta que el fracaso del proyecto de irrigación de la Agencia Sueca para el Desarrollo y la Cooperación Internacional en el norte del país se les ha ido de las manos.

Treinta personas han muerto envenenadas, se habla de sabotaje y de maldición. El proyecto se ha interrumpido y se ha adelantado casi cuatro meses el regreso.

Al salir él de la estancia, ella contempla su colección de fetiches.

Veinte esculturas de madera, cuerpos de mujeres, su colección alineada sobre la mesa de trabajo, lista para ser embalada.

Colonialista, piensa Victoria. Ha venido aquí para coleccionar trofeos.

También hay una máscara de tamaño natural. Una máscara temné, que recuerda la cara de su joven criada.

Mientras acaricia con los dedos la superficie rugosa, imagina ese rostro vivo. Resigue los párpados, la nariz y la boca. La madera se calienta bajo sus dedos y las fibras se convierten en verdadera piel con su tacto.

Ya no está enojada con la criada, porque ha comprendido que no hay rivalidad alguna entre ellas.

Lo ha comprendido cuando él la ha golpeado en el suelo, junto a la piscina.

Ella es la que más cuenta para él, su criada no es más que un juguete, una muñeca de madera o un trofeo.

Él se llevará la máscara a Suecia.

La colgará en algún sitio, tal vez en la sala.

Será una pieza exótica que mostrará a sus invitados.

Pero, para Victoria, esa máscara de madera será más que un cachivache decorativo. Con sus manos, le puede dar vida y alma.

Si él se lleva la máscara, de igual manera ella podría llevarse a la chiquilla. No tiene derechos, es casi una esclava. Nadie la echará de menos, porque además es huérfana.

La chiquilla le ha contado a Victoria que su madre murió en el parto y su padre fue ejecutado, declarado culpable del robo de una gallina tras la prueba del agua roja.

Se trata de una práctica ancestral: en ayunas, le obligaron a ingurgitar una gran cantidad de arroz y luego le hicieron beber media barrica de agua mezclada con corteza de nuez de kola. Vomitar agua roja es signo de inocencia, pero él fue incapaz. Lo mataron a palos.

Aquí no tiene a nadie que pueda ocuparse de ella, se dice Victoria. Irá con ellos a Suecia y se llamará Solace.

Que significa «consuelo». Con Solace, compartirá su enfermedad.

También se llevará otra cosa a Suecia.

Una semilla plantada en ella.

# Gamla Enskede

Las luces están apagadas: Jeanette Kihlberg comprende que Johan aún no ha regresado. El fin de semana en casa de los abuelos no ha cambiado demasiado las cosas. Sigue encerrado en sí mismo y ella se siente completamente desamparada. Es como si no quisiera reconocer el problema. Muchos adolescentes se sienten a disgusto, pero no su chiquillo.

Al ver la casa sumida en la oscuridad, primero se preocupa y luego recuerda que por la mañana le ha dicho que había olvidado un videojuego en casa de un amigo.

Aparca en el camino de acceso, exhala un profundo suspiro y se dice que quizá no sea malo que aún no esté de vuelta. Eso le da un momento para reflexionar.

Tiene que andarse con cuidado con lo que le dice a Johan.

Acerca de lo ocurrido cuando desapareció. Acerca de Åke y del divorcio.

En ese momento está tan frágil que cualquier malentendido podría destruirlo completamente. Probablemente aún no ha podido asimilar que Åke y ella se separan de verdad: siempre han estado a su lado.

Apaga el motor y se queda en el coche un instante.

¿Es culpa de ella? ¿Ha trabajado demasiado, como insinuó Billing, y dedicado poco tiempo a la familia?

Piensa en Åke, que ha aprovechado la oportunidad de abandonar una vida gris, sin historias, con esposa e hijo, en los suburbios de la ciudad.

No, se dice. No es culpa mía.

Saca el paquete de cigarrillos de la guantera y baja la ventanilla. La primera calada la hace toser. No tiene para nada un buen sabor: apaga el cigarrillo sobre la hierba antes de haber fumado la mitad.

Unas gotas caen sobre el parabrisas y, mientras piensa en qué va a decirle a Johan, la lluvia redobla.

Una vez a cubierto, enciende las luces y va a la cocina a calentar la sopa de guisantes de la víspera. Los puntos de sutura comienzan a cicatrizar y le pican mucho.

Se sirve un vaso de cerveza y abre el periódico.

Lo primero que ve es una fotografía del fiscal Von Kwist, que firma un artículo de opinión sobre la falta de seguridad en las cárceles suecas.

Menudo payaso, se dice al cerrar el periódico para sentarse a la mesa.

En ese momento se abre la puerta de entrada. Johan ha regresado.

Deja la cuchara y va a su encuentro. Está empapado de la cabeza a los pies. Incluso después de descalzarse sigue chapoteando en calcetines.

—Pero, Johan… Quítate los calcetines. Vas a dejar ahí un charco. —No refunfuñes, se dice—. Bah, no importa, ya me ocuparé de eso. ¿Has comido?

Él asiente con la cabeza con aire cansino, se quita los calcetines y pasa rápidamente frente a ella para ir al baño.

Ella abre la puerta de entrada para escurrir los calcetines fuera y luego los tiende en el radiador detrás del zapatero y va a por una bayeta. Una vez todo recogido, vuelve a la cocina, se calienta de nuevo la sopa y se sienta para seguir comiendo. Su vientre se retuerce de hambre.

Al cabo de diez minutos, que consume entre la sopa y el periódico, se pregunta qué estará haciendo Johan en el baño. No se oye el ruido de la ducha, nada.

Llama a la puerta.

—¿Johan?

Le oye moverse en el interior.

—¿Qué estás haciendo? ¿Ocurre algo?

Acaba hablando, pero tan bajo que no alcanza a oírle.

—¿No puedes abrir, Johan? No te oigo.

Unos segundos después, descorre el pestillo, sin abrir la puerta. Un muro entre nosotros, piensa ella. Como de costumbre.

Cuando ella abre finalmente, se lo encuentra acurrucado sobre la taza del váter. Ve que tiene frío y lo cubre con una toalla.

—¿Qué me decías?

Se sienta en el borde de la ventana.

Él respira profundamente y ella comprende que ha estado llorando.

—Es muy rara —dice en voz muy baja.

—¿Rara? ¿Quién?

—Sofia.

Johan aparta la mirada.

—¿Sofia? ¿Qué te hace pensar en ella?

—Nada en particular, pero se puso muy rara —continúa—. Allá arriba, en lo alto de la Caída Libre, empezó a gritarme llamándome Martin…

Sofia fue presa del pánico, piensa Jeanette. Nada más. Arregla la toalla, que se ha deslizado de los hombros estrechos de Johan.

—¿Y luego qué ocurrió?

—Lo último que recuerdo es ese tipo que te golpeó con la botella. Luego creo que Sofia se marchó corriendo y se cayó… Y me desperté en el hospital.

Mira a su hijo.

—Johan, es bueno hablar de ello.

Lo abraza con fuerza y se echan a llorar los dos a la vez.

# Edsviken

El sol de la tarde desaparece detrás de la mansión de principios del siglo anterior al abrigo de las miradas junto al agua. Un camino de gravilla bordeado de arces desciende hacia la casa. Sofia Zetterlund aparca el coche en el patio, apaga el motor y observa a través del parabrisas. El cielo es de un gris plomizo y la lluvia torrencial se ha calmado un poco.

¿Así que aquí vive la familia Lundström?

La gran mansión de madera ha sido renovada recientemente. Pintada de rojo con los ángulos blancos, dos plantas, una veranda acristalada y una torre en el ala este, donde se halla la puerta de entrada. Un poco más lejos, ve un cobertizo para barcos entre los árboles. En el terreno hay otro edificio y una piscina rodeada por una valla alta. La casa parece desierta, como si nunca nadie se hubiera instalado allí. Sofia echa un vistazo a su reloj para comprobar que no ha llegado antes de hora, pero no es el caso, incluso llega unos minutos tarde.

Sale del coche y, mientras asciende la escalinata de piedra, la luz se enciende en el recibidor de la torre, se abre la puerta y una mujer baja y delgada envuelta en una manta oscura aparece en el umbral.

—Entre y cierre la puerta —dice Annette Lundström—. Puede dejar sus cosas en la habitación de la izquierda.

Sofia abre la puerta mientras Annette Lundström cruza el vestíbulo titubeando y toma a la derecha. Por todas partes se apilan cajas de mudanza. Sofia cuelga su abrigo y, con el bolso bajo el brazo, la sigue.

Annette Lundström tiene cuarenta y tantos años pero aparenta más de sesenta. Tiene el cabello despeinado y parece cansada, derrengada sobre un sofá cubierto de ropa.

—Tome asiento —le dice en voz muy baja señalándole un sillón al otro lado de la mesa.

Sofia observa con perplejidad la pantalla de lámpara que hay sobre el mismo.

—Sí, deje eso en el suelo —dice Annette, tosiendo—. Disculpe el desorden, voy a mudarme.

Hace frío. Sofia comprende que ya han cortado la calefacción.

Piensa en la situación de la familia Lundström. Imputación por pederastia y pornografía infantil y luego tentativa de suicidio. Incesto. Karl Lundström se cuelga en su celda. Acaba en coma y fallece. Negligencia médica, se murmura.

Los servicios sociales se ocupan de la hija.

Sofia observa a la mujer ante ella. Debió de ser guapa, antes de hundirse.

Sofia aparta la pantalla del sillón.

—¿Le apetece un café?

Annette tiende la mano hacia la cafetera medio llena sobre la mesa.

—Sí, gracias.

—En esa caja hay tazas.

Sofia se inclina. En una caja bajo la mesa hay vajilla desparejada embalada sin demasiado cuidado. Encuentra una taza desportillada que le tiende a Annette.

El café apenas es bebible. Está completamente frío.

Sofia hace como si no ocurriera nada, bebe unos sorbos y deposita la taza sobre la mesa.

—¿Por qué quería verme?

Annette tose de nuevo y se ajusta la manta con la que se cubre.

—Como le dije por teléfono… Quisiera hablarle de Karl y de Linnea. Y además tengo que pedirle un favor.

—Un favor.

—Luego. ¿Leche?

—No, gracias, tomaré el café solo.

—Pues vayamos al grano… —La mirada de Annette se vuelve más penetrante—. Sé cómo funciona la psiquiatría forense. La muerte no anula el deber de confidencialidad. Karl ha muerto, pero si le preguntara qué le dijo no serviría de nada. No obstante, me preguntaba si… Después de su entrevista, él me dijo algo, como si usted le hubiera comprendido. Que usted había comprendido su… sí, su problema.

Sofia se estremece. En esa casa hace verdaderamente frío.

—Nunca he comprendido su problema —continúa Annette—, y ahora que ha muerto, ya no necesito defenderle. Pero no lo entiendo. Para mí solo ocurrió una vez. En Kristianstad, cuando Linnea tenía tres años. Fue un error, y sé que le habló de ello. Que tuviera esas películas horribles era una cosa, quizá yo podía soportarlo. Pero no que él y Linnea… Quiero decir, Linnea le quería. ¿Cómo hizo usted para comprender su problema?

Sofia siente la presencia de Victoria.

Annette Lundström la pone nerviosa.

Si Karl Lundström y Bengt Bergman eran el mismo tipo de hombre, Annette Lundström y Birgitta Bergman eran el mismo tipo de mujer. Solo había una diferencia de edad.

Sé que estás aquí, Victoria, piensa Sofia. Pero déjame ocuparme de esto sola.

—Ya he visto cosas así —acaba respondiendo—. A menudo. Pero no saque demasiadas conclusiones de lo que le dijo. Solo le vi dos veces, y no estaba muy bien de la cabeza. Lo más importante ahora es Linnea. ¿Cómo está?

Annette Lundström parece muy débil.

—Perdóneme.

Sus mejillas tiemblan flácidas al toser, sus ojeras son de un tono azul oscuro y su cuerpo está derrengado.

Hay una diferencia esencial entre Annette Lundström y Birgitta Bergman. La madre de Victoria era gorda, mientras que esta mujer no tiene más que piel y huesos.

De tanto adelgazar, acabará destruyéndose.

Sofia rara vez olvida un rostro y de golpe está segura de haber visto a Annette Lundström en algún sitio.

—¿Cómo está Linnea? —repite Sofia.

—Eso era justamente lo que quería pedirle.

—¿El favor?

Su mirada se fija de nuevo.

—Sí… Si usted ha comprendido el problema de Karl, quizá comprenda lo que está ocurriendo con Linnea. Espero, en todo caso… Se me la han llevado, actualmente está ingresada en psiquiatría infantil en Danderyd. No quiere saber nada de mí y casi no me dan noticias suyas. ¿Podría tratar de verla? Seguro que usted tiene contactos.

Sofia reflexiona, pero sabe que es imposible mientras no lo solicite la propia Linnea.

La chica está a cargo de los servicios sociales y, cuando los psicólogos de Danderyd consideren que se halla en condiciones, será confiada a una familia de acogida.

—No puedo presentarme por las buenas y pedir hablar con ella —dice Sofia—. Solo podría hablar con ella si ella lo solicitara y, francamente, no veo cómo eso sería posible.

—Iré a hablar con ellos —dice Annette.

Sofia ve que lo dice en serio.

—Hay otra cosa… —continúa Annette—. Algo que quiero enseñarle. —Se levanta del sofá—. Espere aquí, ahora mismo regreso.

Annette sale de la sala. Sofia la oye rebuscar en las cajas del recibidor.

Al cabo de un minuto, regresa con una cajita que deja sobre la mesa.

Se sienta y abre la tapa, en la que está escrito con tinta el nombre de su hija.

—Esto… —Annette saca unas hojas amarillentas—. Esto no lo he entendido nunca…

Aparta la cafetera y alinea tres dibujos sobre la mesa.

Los tres dibujados con lápices de colores, firmados «Linnea» con una caligrafía infantil.

Linnea a los cinco años, Linnea a los nueve años y Linnea a los diez años.

A Sofia la impresiona la riqueza de los detalles y el realismo inhabitual a esa edad.

—Tiene talento —constata de inmediato.

—Lo sé. Pero no se los enseño por ese motivo —responde Annette—. Obsérvelos un rato con tranquilidad. Mientras, iré a hacer más café.

Annette se levanta, suspira y se aleja arrastrando los pies.

Sofia toma el primer dibujo.

Está firmado «Linnea 5 años», con un cinco al revés, y representa a una chica rubia en primer plano, al lado de un perro grande. De la boca del perro cuelga una lengua gigantesca que Linnea cubrió de puntitos. Papilas, piensa Sofia. Al fondo, una gran casa y, delante, algo que parece una pequeña fuente. El perro está atado a una larga cadena y Sofia observa en particular la meticulosidad de la chiquilla en el dibujo de los eslabones, cada vez más pequeños hasta desaparecer detrás de un árbol.

Linnea escribió algo junto al árbol, pero Sofia no alcanza a ver de qué se trata.

Desde allí, una flecha que señala el árbol, detrás del cual aparece un jorobado sonriente con gafas.

En una de las ventanas de la casa se ve a un personaje vuelto hacia el jardín. Cabello largo, boca alegre y una agraciada naricita. Contrariamente al resto del dibujo, rico en detalles, Linnea no le ha provisto de ojos.

Por lo que sabe acerca de la familia Lundström, a Sofia no le cuesta adivinar que el personaje en la ventana representa a Annette Lundström.

Que no ha visto nada. Que no quiere ver.

Por ello la escena del jardín aún es más interesante.

Linnea quiso mostrar lo que Annette Lundström no veía, pero ¿qué era?

¿Un hombre jorobado con gafas y un perro con una gran lengua cubierta de manchas?

Ahora puede ver lo que está escrito: U1660.

¿U1660?

# Estocolmo, 1988

*Jugaremos en el bosque mientras el lobo no está, porque si el lobo aparece a todos nos comerá, pero como no está no nos comerá.*

En la casa de Värmdö, Victoria Bergman observa los fetiches en la pared de la sala.

Grisslinge es una cárcel.

No sabe qué hacer con todas las horas muertas del día. El tiempo la atraviesa como un río irregular.

Algunos días ni siquiera recuerda haber despertado. Otros, haberse dormido. Ciertos días desaparecen.

Otros días estudia sus libros de psicología, da largos paseos, desciende hasta la orilla o va hasta la rotonda de la autovía y luego vuelve sobre sus pasos. Esos paseos la ayudan a pensar, el aire frío en sus mejillas le recuerda los límites de su ser.

No abarca el mundo entero.

Descuelga la máscara que se parece a Solace, de Sierra Leona, y se la pone sobre la cara. Huele mucho a madera, como un perfume.

La máscara encierra una promesa de otra vida, en otro lugar, que Victoria sabe que siempre le será inaccesible. Está encadenada a él.

Apenas ve a través de los agujerillos de los ojos. Oye su propia respiración, su calor se convierte en una película húmeda sobre las mejillas. En el recibidor, se sitúa frente al espejo. La máscara le reduce la cabeza. Como si a los diecisiete años tuviera el rostro de una niña de diez años.

—Solace —dice Victoria—. Solace Aim Nut. Ahora tú y yo somos gemelas.

La puerta se abre en ese instante. Él ha regresado del trabajo.

Victoria se quita de inmediato la máscara y se refugia en la sala. Sabe que no tiene permiso para tocar sus cosas.

—¿Qué estás haciendo?

Parece contrariado.

—Nada —responde ella colgando la máscara en su lugar.

Oye chirriar el zapatero y el entrechocar de las perchas de madera. Luego sus pasos en la entrada. Ella se instala en el sofá y toma un periódico de la mesa baja.

Entra en la sala.

—¿Hablabas con alguien?

Inspecciona la estancia con la mirada y se sienta al lado de ella.

—¿Qué estás haciendo? —pregunta de nuevo.

Victoria se cruza de brazos y lo mira fijamente. Sabe que eso le pone nervioso. Se alegra al ver cómo el pánico se apodera de él: tamborilea exasperado sobre el brazo del sofá y se retuerce sin decir palabra.

Al cabo de un momento, sin embargo, siente cómo aumenta su inquietud. Observa que su respiración se acelera. Parece como si su rostro se rindiera. Se decolora y se disuelve.

—¿Qué vamos a hacer contigo, Victoria? —dice con desánimo, ocultando la cara entre las manos—. Si el psicólogo no te pone pronto en forma, no sé qué más hacer —suspira.

No responde.

Ve que Solace les observa en silencio.

Ella y Solace se parecen.

—¿Puedes bajar a encender la sauna? —dice su padre con tono decidido, poniéndose en pie—. Mamá está a punto de llegar. Pronto cenaremos.

Victoria se dice que debe de haber alguna manera de salvarse. Que de repente aparezca un brazo para sacarla de allí, arrancarla de ese lugar, o que sus piernas sean lo bastante fuertes para llevarla lejos. Pero ha olvidado qué hay que hacer para marcharse, ya no recuerda cómo tener un objetivo.

Después de cenar, oye a su madre en la cocina. Siempre está limpiando, quitando el polvo u ordenando las cosas. Por mucho que limpie, todo queda como antes.

Victoria sabe que todo eso crea una burbuja tranquilizadora en la que su madre puede acurrucarse para no ver qué ocurre alrededor de ella, y que cuando Bengt está en casa hace entrechocar las cazuelas más que de costumbre.

Baja al sótano. Su madre no ha barrido los peldaños de la escalera y en las juntas aún quedan agujas del árbol de Navidad.

Bengt lo cortó en la reserva natural de Nacka, que le parecía una sandez, tan cerca de una ciudad. Frena la producción, impide el desarrollo de infraestructuras y la explotación del territorio. Cuesta un dineral y constituye un estorbo en un período de alta coyuntura.

Ir allí a por un abeto fue un acto de protesta.

Baja a la sauna, se desnuda y le espera.

Afuera hace el frío de febrero, pero allí la temperatura ha alcanzado casi noventa grados. Es gracias al nuevo radiador de la sauna, muy eficaz, que se pavonea de haber conectado ilegalmente a la red eléctrica: un amigo le explicó cómo hacerlo. Les está bien empleado a esos comunistas que no comprenden que hay que liberalizar la industria eléctrica.

Como la sanidad y los transportes.

Pero su destello de genio apesta.

La tubería del desagüe de la cocina pasa justo por delante de la sauna y el calor del nuevo radiador aumenta el olor a cloaca.

Una peste a cebolla y a diversos desechos alimentarios, tocino, remolachas y crema de leche mezclada con un olor que recuerda al de la gasolina.

Luego se reúne con ella. Parece triste. Al otro lado de la tubería, su madre friega los platos mientras él se quita la toalla.

Cuando ella abre los ojos, está en la sala con una toalla alrededor del cuerpo. Comprende que ha sucedido una vez más. Siente la quemazón en el bajo vientre y tiene los brazos doloridos. Se alegra de haber estado ausente durante esos minutos o esas horas.

Solace cuelga en su lugar en la pared de la sala y Victoria sube sola a su habitación. Se sienta en el borde de la cama, arroja la toalla al suelo y se desliza bajo el edredón.

Las sábanas están frescas, se acuesta de lado y mira hacia la ventana. El frío glacial de febrero hace que casi se rompan los cristales: oye gemir el cristal bajo su violento impulso. Quince grados bajo cero.

Una ventana dividida en seis cristales. Seis cuadros enmarcados en los que ha visto cambiar las estaciones desde su regreso. Por los dos cristales de arriba ve la copa del árbol; en los dos del medio, la casa de los vecinos, el tronco y las cadenas de su viejo columpio. En los cristales de abajo, la nieve blanca y el asiento de plástico rojo del columpio mecido por el viento.

Ese otoño, había hierba amarillenta y luego hojas secas. A partir de noviembre, un manto de nieve diferente cada día.

Solo el columpio no cambia nunca. Cuelga de sus cadenas detrás de los seis pequeños cristales de la ventana que parecen barrotes cubiertos de hielo.

# Glasbruksgränd

El otoño barre el lago de Saltsjö y cubre Estocolmo con un pesado manto frío y húmedo.

Desde Glasbruksgatan, en lo alto de Katarinaberg, al pie de Mosebacke, apenas se avista la península de Skeppsholmen a través de la lluvia, y Kastellholmen, un poco más lejos, se pierde entre una bruma gris.

Son poco más de las seis.

Se detiene bajo una farola, saca el papel del bolsillo y vuelve a comprobar la dirección.

Sí, se encuentra en el lugar indicado y no tiene más que esperar.

Sabe que él acaba a las seis y regresa a su casa un cuarto de hora más tarde.

Por supuesto, igual tiene que hacer un recado de camino, pero ella no tiene prisa. Ha esperado tanto tiempo que una hora más o menos...

¿Y si no la dejara entrar? Todo se basa en el supuesto de que la invitará a entrar y se maldice por no haber pensado en un plan B.

Llueve con más fuerza, cierra su abrigo azul cobalto y salta sobre uno y otro pie para entrar en calor, mientras los nervios le hacen un nudo en el estómago.

¿Qué hacer si tiene que ir al baño? Mira en derredor, pero no hay ningún bar en los alrededores. Aparte de algunos coches aparcados, la calle está completamente desierta.

Mientras repasa su plan visualizando lo que va a hacer, un coche negro se acerca a poca velocidad. Tiene los vidrios ahumados, pero a través del parabrisas adivina a un hombre solo. El coche se detiene a su altura y aparca marcha atrás en una plaza libre. Treinta segundos más tarde, se abre la puerta y sale del coche.

Reconoce de inmediato a Per-Ola Silfverberg y se aproxima a él. La mira, se detiene y se protege los ojos con una mano para ver mejor.

Sus inquietudes resultan infundadas: le sonríe.

La sonrisa de Per-Ola Silfverberg reaviva recuerdos. Una gran casa en Copenhague, una granja en Jutlandia y un matadero de cerdos. La peste a amoníaco y su sólida manera de empuñar el cuchillo cuando le enseñó cómo clavarlo subiendo al bies para llegar al corazón.

—¡Cuánto tiempo! —La saluda calurosamente con un fuerte abrazo—. ¿Estás aquí por casualidad o has hablado con Charlotte?

Se pregunta si su respuesta cambiará alguna cosa, y concluye que no. No podrá comprobarlo.

—Casualidad, por así decirlo —dice ella mirándole a los ojos—. Estaba por los alrededores y me he acordado de que Charlotte me dijo que os trasladabais aquí, así que me he acercado para ver si había alguien.

—¡Pues me alegro mucho de que lo hayas hecho! —Se ríe, la toma del brazo y empieza a cruzar la calle—. Desgraciadamente, Charlotte no regresará hasta dentro de unas horas, pero sube a casa y tomaremos un café.

Sabe que ahora es presidente del consejo de administración de una gran empresa de inversiones, un hombre acostumbrado a ser obedecido sin discusión. No hay razón para no seguirlo a su casa, eso lo hace todo más fácil que si hubiera tenido que proponerlo ella misma.

—Bueno, no tengo ningún compromiso, así que adelante.

Su contacto y el olor de su loción para después del afeitado le dan ganas de vomitar.

Siente que sus intestinos se retuercen, antes que nada tendrá que ir al baño.

Teclea el código de acceso, le abre la puerta y la sigue por la escalera.

El apartamento es inmenso. Mientras se lo muestra, cuenta siete habitaciones antes de llegar a la sala. Está decorada con gusto, un diseño escandinavo luminoso, unos muebles caros pero discretos.

Dos grandes ventanales con vistas sobre Estocolmo y a la derecha un amplio balcón donde caben por lo menos quince personas.

–Discúlpame, pero tengo que ir al baño –dice.

–Por supuesto. En la entrada, a la derecha –le indica–. ¿Un café? ¿O prefieres otra cosa? ¿Una copa de vino, quizá?

Ella se dirige hacia la entrada.

–Vino, gracias. Pero solo si tú también vas a tomar.

–Claro, iré a buscarlo.

Entra en el baño, siente latir su corazón, y en el espejo sobre el lavabo ve el sudor que perla su frente.

Se sienta en la taza y cierra los ojos. Los recuerdos vienen a su mente, el rostro sonriente de Per-Ola Silfverberg, no la sonrisa amable del empresario que acaba de mostrarle, sino la otra, fría y vacía.

Piensa en que con ese hombre ha lavado los intestinos de los cerdos antes de hacer con ellos morcillas o salchichas. Recuerda cómo le enseñó con su insensible sonrisa a preparar el paté de cabeza.

Al acabar, y mientras se lava las manos, oye un timbre en el apartamento.

La higiene es el alfa y la omega de la carnicería, y memoriza todo lo que toca. Luego limpiará todas las huellas digitales.

Per-Ola Silfverberg está en medio de la estancia y menea la cabeza gruñendo, con el teléfono al oído. Ella se planta ante uno de los grandes lienzos de la sala y finge examinar atentamente el cuadro mientras escucha la conversación.

Si es Charlotte, todo se habrá echado a perder.

Sin embargo, comprende enseguida que se trata de una relación comercial.

Lo único que la preocupa es que ha dicho que tenía una visita y que volvería a llamar más tarde.

Guarda el teléfono en el bolsillo, sirve el vino y le ofrece una copa.

—Ahora cuéntame qué te trae por aquí y dónde has estado todos estos años.

Ella levanta su copa y se la acerca a la nariz. Un chardonnay, sin duda.

El hombre al que odia la contempla beber un pequeño sorbo sin apartar la mirada. Ella chasquea la lengua y deja que el líquido se llene de oxígeno para que desprenda mejor sus aromas.

—Supongo que hay una razón para venir a vernos después de tanto tiempo —dice el hombre que le hizo daño.

Ella saborea el carácter del vino. Afrutado con notas de melón, melocotón, albaricoque y limón. Adivina también un leve perfume de mantequilla.

Lentamente, voluptuosamente, lo traga.

—¿Por dónde quieres que empiece?

*Subiendo al bies hacia la derecha…*

# Glasbruksgränd

La alarma suena en la comisaría de policía de Kungsholmen justo antes de las nueve.

Una mujer grita por teléfono que acaba de llegar a su casa y se ha encontrado a su marido muerto.

Según el agente de guardia, la mujer, entre sollozos, ha empleado la palabra «carnicería» para describir lo que tenía ante sus ojos.

Jens Hurtig se halla de camino a casa cuando oye la alarma, pero, como no cuenta con ningún proyecto concreto para la velada, se dice que así tendrá un poco de compañía.

Le sentará bien pasar un par de semanas en un país cálido: ha decidido tomarse las vacaciones cuando allí haga peor tiempo.

Aunque el invierno en Estocolmo suele ser bastante templado, sin comparación con el infierno de nieve de su infancia en Kvikkjokk, cada año hay varias semanas en las que no soporta más la capital real.

Al tratar de describir el clima de Estocolmo a sus padres, que nunca han viajado al sur de Boden, les dijo que no se parecía a nada.

No es el invierno, pero tampoco es otra cosa.

Solo es horrible. Frío, lluvioso y, para más inri, con el viento glacial que llega del Báltico.

Están a cinco grados, pero parecen cinco bajo cero.

Es debido a la humedad. A toda esa maldita agua.

La única ciudad del mundo donde quizá el invierno es peor es San Petersburgo, al otro lado del Báltico, en el fondo del golfo de Finlandia, sobre una ciénaga. Los suecos fueron los primeros que instalaron allí una ciudad, antes de que los rusos tomaran el relevo. Tan masoquistas como los suecos.

Hay que disfrutar de la propia desgracia.

La circulación en el puente central está congestionada, como de costumbre. Pone su sirena para abrirse paso, pero, pese a mostrar la mejor voluntad del mundo, la gente no tiene adónde apartarse para cederle el paso.

Conduce en zigzag hasta la salida hacia el puerto, donde gira a la izquierda y toma Katarinavägen. La circulación es menos densa y acelera, pisando a fondo.

Al pasar delante de La Mano, el monumento a los suecos caídos en la guerra de España, va a más de ciento cuarenta.

Disfruta de la velocidad, uno de los privilegios de su profesión.

La lluvia incesante hace que la calzada esté muy deslizante: en la plaza Tjärhovsplan los neumáticos sufren el efecto aquaplaning y a punto está de perder el control del vehículo. Reduce la marcha y, cuando nota que los neumáticos se adhieren de nuevo al firme, gira a la derecha en Tjärhovsgatan. La calle es de sentido único, como Nytorgsgatan, pero la toma en dirección contraria confiando en que no se encontrará con nadie.

Aparca frente a la puerta, donde ya hay estacionados dos coches patrulla con los girofaros encendidos.

En la entrada, se cruza con un colega al que no conoce. Con la gorra en su mano crispada, está lívido. Blanco tirando a verde: Hurtig se aparta para permitirle llegar a la calle antes de vomitar. A medio camino, en la escalera, oye los hipidos desde la cuneta.

Pobre tío, se dice. La primera vez nunca es divertido. Mierda, la verdad es que nunca es divertido. Uno nunca se acostumbra. Quizá puedas llegar a blindarte un poco, pero eso no te convierte en mejor policía, aunque facilite las cosas.

La costumbre y la jerga que la acompaña, vistas desde fuera, pueden parecer insensibilidad, pero también es una estrategia para guardar las distancias.

Al entrar en el apartamento, Jens Hurtig se alegra de tener esa costumbre.

Diez minutos más tarde comprende que tiene que llamar a Jeanette Kihlberg para pedirle ayuda. Cuando le pregunta qué ocurre, le describe la escena del crimen como la peor mierda de todas las mierdas que ha visto en su mierda de carrera.

# Gamla Enskede

Por favor, Johan, piensa ella. Los adultos actuamos mal, pero eso no es el fin del mundo.

Se arreglará, ya verás.

—Lo siento. Nunca lo he deseado… —Se inclina y le besa en la mejilla—. Tienes que saber que nunca te abandonaré. Siempre estaré a tu lado, y Åke también, te lo prometo.

No está muy convencida de ello, pero en el fondo de sí misma no cree que Åke pueda dejar de lado a Johan. No es capaz de ello, para nada.

Se levanta despacio de la cama y, antes de cerrar la puerta, se vuelve para mirarlo.

Ya se ha dormido. Aún está pensando en cómo comportarse con él cuando suena el teléfono.

Jeanette descuelga y constata con decepción que es Hurtig. Por un momento, esperaba que fuera Sofia.

—Dime, ¿qué pasa ahora? Espero que sea importante o…

Hurtig la interrumpe en el acto.

—Sí, es importante.

Calla, y Jeanette oye al fondo unas voces excitadas. Según Hurtig, Jeanette debe ir cuanto antes a la ciudad.

Lo que ha visto es inhumano.

—¡Un loco ha apuñalado al tipo por lo menos cien veces, luego lo ha cortado en pedazos y finalmente ha pintado todo el apartamento con rodillo!

Joder, piensa ella. Ahora no.

—Iré enseguida. Dame veinte minutos.

147

Y una vez más deja de lado a Johan.

Cuelga y le escribe una nota a su hijo, por si se despertara durante la noche. Como a veces tiene miedo a la oscuridad, enciende todas las luces y se marcha a Södermalm.

Un asesinato a cuchilladas. Solo faltaba eso. Como si no bastara con ocuparse de Johan. Sin contar con la investigación abandonada.

Y sobre todo Victoria Bergman. En ese caso, el tribunal de Nacka lo había parado todo.

La lluvia ha empezado a amainar, pero quedan grandes charcos y no se atreve a circular muy rápido. El aire es frío. El termómetro del astillero de Hammarby indica once grados.

Las hojas de los árboles adquieren colores otoñales, y cuando la ciudad asoma ante sus ojos desde lo alto del puente de Johanneshov, la vista le parece de una belleza que deja sin resuello.

# Edsviken

–¿Un poco más?

Annette Lundström tose y derrama casi todo el café.

–Sí, gracias.

Annette se sienta y le sirve.

–¿Qué opina?

–No lo sé…

Sofia examina los otros dos dibujos. Uno representa una habitación en la que hay tres hombres, una chiquilla tendida en una cama y un personaje que vuelve la cabeza. El otro es más abstracto y más difícil de interpretar, pero aparece dos veces el mismo personaje. En el centro está representado sin ojos, rodeado de un montón de rostros, y en la esquina inferior izquierda está desapareciendo del dibujo. Solo se ve medio cuerpo, pero no la cara.

Compara con el primer dibujo. El mismo personaje sin ojos contempla desde una ventana una escena en un jardín. Un perro grande y un hombre detrás de un árbol. ¿U1660?

–¿Qué es lo que no entiende de estos dibujos? –pregunta Sofia por encima de su taza de café.

Annette Lundström sonríe, titubeante.

–Es ese personaje sin ojos. Una vez se lo enseñé a Linnea y le comenté que había olvidado dibujar los ojos, pero me respondió que era a propósito. Supongo que se trata de un autorretrato, que esa figura es ella. Pero no comprendo qué quiere decir. Debe de haber algo. No sé si era su forma de decir que no quería saber lo que ocurría.

¿Es ciega o qué?, se dice Sofia. Esa mujer se ha pasado la vida cerrando los ojos. ¿Y ahora imagina poder compensarlo explicándole a una psiquiatra que ve algo raro en los dibujos de su hija? Es una manera de confirmar tibiamente que ella también ve, pero que estaba en las nubes. Le echa toda la culpa a su marido.

—¿Y sabe qué significa esto? —pregunta Sofia señalando la inscripción junto al tronco del árbol en el primer dibujo—. ¿U1660?

—Sí, no entiendo gran cosa pero esto, por lo menos, sí. En esa época, Linnea no sabía escribir, así que copió su nombre. Es el del personaje un poco jorobado, detrás del árbol.

—¿Y quién es?

Sonrisa crispada de Annette.

—No pone U1660, sino VIGGO. Es Viggo Dürer, el marido de una amiga. Linnea dibujó la casa de Kristianstad. A menudo venían a vernos allí, pues en esa época vivían en Dinamarca.

Sofia cae en la cuenta. El abogado de sus padres.

*No te fíes de él.*

De repente, Annette parece triste.

—Henrietta, una de mis mejores amigas, estaba casada con Viggo. Creo que Linnea tenía un poco de miedo de él y por eso no quiere verlo en el dibujo. También le tenía miedo al perro. Era un rottweiler, en el dibujo se parece mucho. —Annette toma el dibujo para observarlo más de cerca—. Y esa es la piscina que teníamos en el terreno. —Señala lo que Sofia había tomado primero por una fuente—. ¿Verdad que dibujaba bien?

Sofia asiente con la cabeza.

—Pero si cree que el personaje sin ojos que está en la ventana es Linnea, ¿quién es la chica que está junto al perro?

Annette sonríe en el acto.

—Debo de ser yo. Llevo mi vestido rojo. —Deja el primer dibujo y coge el segundo—. Y ahí estoy tumbada en la cama mientras los hombres están de fiesta.

Se ríe, un poco incómoda ante ese recuerdo.

Al mirarla, Sofia se siente asqueada. Su mirada está vacía detrás de esa risa y su delgadez recuerda a un pajarillo descarnado. Un avestruz que esconde la cabeza bajo la tierra.

Para Sofia, el tema de los dibujos de Linnea está más claro que el agua. Annette Lundström cambia su lugar por el de su hija y cree que Linnea es ese personaje sin ojos, que vuelve la cabeza y huye.

Annette Lundström es incapaz de ver lo que ocurre ante ella.

Pero Linnea lo comprendió todo desde los cinco años.

Sofia sabe que tendrá que hablar con Linnea Lundström, con o sin la ayuda de su madre.

—¿Puedo fotografiar esos dibujos? —Sofia saca el móvil de su bolso—. Quizá más tarde se me ocurra alguna idea.

—Sí, por supuesto.

Sofia hace algunas fotografías con su teléfono y se pone en pie.

—Tengo que irme. ¿Quería hablarme de algo más?

—La verdad, no —dice Annette—. Pero, como le decía, me hubiera gustado que conociera a Linnea.

Sofia se vuelve hacia ella.

—Verá lo que haremos. Iremos juntas a Danderyd. La doctora jefe de psiquiatría es una vieja conocida. Le explicaremos la situación y quizá me dejará ver a Linnea, si sabemos utilizar nuestras cartas.


Cuando Sofia Zetterlund toma Norrtäljevägen son casi las seis. La visita a Annette Lundström ha durado más de lo previsto, pero ha sido muy fructífera.

¿Viggo Dürer? ¿Por qué no logra acordarse de él? Hizo con él el inventario por teléfono tras la muerte de sus padres. El recuerdo de su loción para después del afeitado. Old Spice y aguardiente. Nada más.

Pero Sofia comprende que Victoria conoció a Viggo Dürer. Eso debe de ser.

Pasa por delante del hospital de Danderyd y cruza el puente de Stocksund. En Bergshamra tiene que frenar en seco en un embotellamiento provocado por unas obras en la carretera. Los coches avanzan muy despacio.

Se impacienta, enciende la radio. Una dulce voz femenina habla de un trastorno alimentario. La incapacidad de comer y beber por miedo a tragar, una fobia provocada por un trauma. Unos reflejos de base cortocircuitados. Parece muy sencillo.

Sofia piensa en Ulrika Wendin y Linnea Lundström.

Dos chicas cuyos trastornos están causados por el mismo hombre, al que ha examinado recientemente en el hospital de Huddinge. Karl Lundström.

Ulrika Wendin no come. Linnea Lundström está muda.

Ulrika y Linnea son las consecuencias de los actos de un hombre del que pronto le contarán la continuación de la historia.

La voz dulce de la radio y los faros de los coches que avanzan despacio en la niebla nocturna sumen a Sofia en un estado casi hipnótico.

Ve dos rostros demacrados con las órbitas vacías y la delgada silueta de Ulrika se confunde con la de Annette Lundström.

Comprende entonces de repente quién es Annette Lundström. O mejor, quién era.

Fue casi veinte años atrás. Su rostro era más redondo, ella reía.

# Las conchas

en el fondo de sus oídos escuchan las mentiras. No debe dejar entrar lo falso, puesto que enseguida llegaría al vientre y envenenaría el cuerpo.

Ha aprendido a no hablar, y ahora intenta aprender a no escuchar las palabras.

De pequeño iba a menudo a la pagoda de la Grulla Amarilla, en Wuhan, para escuchar a un monje.

Todo el mundo decía que el viejo estaba loco. Hablaba una lengua que nadie entendía, olía mal y estaba sucio, pero a Gao Lian le gustaba porque hacía suyas sus palabras.

El monje le daba sonidos que se volvían suyos al llegar a sus oídos.

Cuando la mujer rubia hace sus sonidos dulces sobre bellas melodías, piensa en el monje y su corazón se llena entonces de un calor agradable que es solo suyo.

Gao dibuja un gran corazón negro con las tizas que ella le ha dado.


el vientre
digiere las mentiras si uno no presta atención, pero ella le ha enseñado a protegerse mezclando los jugos gástricos con los otros líquidos corporales.

Gao Lian, de Wuhan, prueba el agua y está salada.

Se quedan mucho rato cara a cara y Gao le da su propia agua.

Al cabo de un momento no produce más. Ahora le mana sangre del cuello, un sabor rojo un poco azucarado.

Gao busca un sabor agrio, luego amargo.

Cuando ella le deja solo, se queda sentado en el suelo y hace rodar una tiza entre sus dedos hasta que le queda la piel negra.

Cada día hace nuevos dibujos y se da cuenta de que cada vez consigue transcribir mejor sus imágenes interiores sobre el papel. Su mano y su brazo ya no son obstáculos. Su cerebro ya no necesita decir a la mano lo que debe hacer. Esta obedece sin discutir sus instrucciones. Es así de fácil. Solo hace desplazar por el brazo y la mano las imágenes de un punto en el fondo de su imaginación hasta el papel.

Aprende a utilizar las sombras negras para reforzar el blanco y crea nuevos efectos mediante el encuentro de esos contrarios.

Dibuja una casa en llamas.

# Instituto de Medicina Legal

El cuerpo parcialmente descuartizado reposa sobre una camilla de acero inoxidable. Unas incisiones abiertas a lo largo de los brazos y las piernas indican dónde Ivo Andrić ha extraído partes del esqueleto de Per-Ola Silfverberg para determinar con mayor precisión la naturaleza de sus heridas.

En las manos y las palmas de Per-Ola Silfverberg hay unos cortes profundos que muestran que trató de defenderse agarrando la hoja y está claro que luchó para salvar su vida frente a un adversario más fuerte.

Aquel o aquellos que lo mataron le cortaron las venas del antebrazo derecho, y en su cuerpo hay un elevado número de cuchilladas, como si se hubieran encarnizado con él.

La autopsia muestra numerosos morados, e Ivo Andrić halla señales de estrangulamiento.

Un golpe violento le rompió varias falanges y los pequeños hematomas en la caja torácica sugieren que el agresor lo inmovilizó en el suelo.

Probablemente lo mató y luego lo descuartizó.

La manera en que ha sido vaciado el abdomen y se han extraído los órganos y los intestinos sugiere una persona con conocimientos de anatomía. A la vez, hay señales de un encarnizamiento ciego.

El cuerpo ha sido descuartizado con un objeto cortante, como un cuchillo grande de un solo filo. El sentido de las cuchilladas sugiere claramente que el descuartizamiento ha sido realizado por lo menos por dos personas.

Ante semejante desencadenamiento de violencia, solo cabe pensar en un individuo con inclinaciones sádicas.

En su informe a Jeanette Kihlberg, Ivo Andrić escribe: «Sadismo, en ese contexto, significa que un individuo es estimulado por el hecho de infligir al prójimo dolor y humillaciones. Hay que añadir que la experiencia forense muestra que los asesinos de ese tipo tienen una fuerte tendencia a repetir su acto de una manera más o menos idéntica en víctimas comparables. Tratándose de un caso tan grave y tan raro, hay que estudiar cuidadosamente los antecedentes y eso lleva tiempo. Volveremos sobre ello más adelante».

Ivo Andrić piensa en el descuartizamiento de Catherine da Costa. Uno de los sospechosos había trabajado allí, en Solna, e incluso el antiguo jefe de Ivo le dirigió la tesis.

Dos personas con conocimientos de anatomía diferentes.

# Barrio de Kronoberg

INDUSTRIAL SALVAJEMENTE ASESINADO. Debajo del titular, Jeanette lee un resumen completo de la vida y de la carrera de Per-Ola Silfverberg. Nacido en el seno de una familia acomodada, al acabar el bachillerato estudió economía industrial y chino y pronto vio el beneficio de la exportación a los mercados asiáticos.

Se instaló en Copenhague, donde llegó a ser director general de una fábrica de juguetes.

Tras una investigación criminal que finalmente fue abandonada, se mudó a Suecia con su esposa. Eso fue trece años atrás y en ningún lugar se indicaba de qué había sido sospechoso. En Suecia pronto adquirió una reputación de buen empresario y se le confiaron funciones directivas cada vez más prestigiosas.

Entra Jens Hurtig, con Schwarz y Åhlund pisándole los talones.

—Ivo Andrić ha enviado su informe y esta mañana he podido leerlo.

Hurtig le tiende un montón de papeles.

—Bueno, en tal caso podrás resumirnos todas las cosas interesantes que cuenta.

Schwarz y Åhlund son todo oídos. Hurtig se aclara la voz antes de comenzar. A Jeanette le parece que tiene un aspecto un poco derrotado. Por su parte, se siente aliviada al saber que la víctima es un hombre adulto y no otro niño.

—Para empezar, Ivo Andrić describe el apartamento, pero ya estuvimos allí, así que me lo salto. —Calla, cambia el orden de los papeles y prosigue–: Veamos, aquí, cito: «En la matanza del cerdo se hunde el cuchillo en un ángulo especial, para llegar a las grandes arterias que rodean el corazón».

–Todos los hombres son cerdos, ¿no crees? –se ríe Schwarz, y al oírlo Hurtig se vuelve hacia Jeanette y aguarda su comentario.

–Estoy de acuerdo con Schwarz en que parece tratarse de un crimen simbólico, pero dudo que su sexo sea la falta principal de Per-Ola Silfverberg. Pienso más bien en la expresión «cerdo capitalista», pero no nos cerremos en esa dirección.

Jeanette indica a Hurtig con un gesto de la cabeza que prosiga la lectura.

–La autopsia de Per-Ola Silfverberg muestra otro tipo de herida inusual, a la altura del cuello. El cuchillo fue clavado bajo la piel y lo giraron, con lo que la piel se retiró hacia abajo. –Mira al equipo reunido–. Ivo no lo había visto nunca. La manera de cortar las venas del brazo de la víctima también es inusual y todo ello sugiere ciertos conocimientos anatómicos.

–Quizá no se trate de un médico, pero eventualmente podría ser un cazador o un carnicero –aventura Åhlund.

Hurtig se encoge de hombros.

–Ivo también sugiere que tal vez haya más de un autor. La cantidad de cuchilladas y el hecho de que algunas parezcan propinadas por un diestro y otras por un zurdo así lo hacen pensar.

–¿Así que podría tratarse de un agresor con buenos conocimientos anatómicos y otro sin? –pregunta Åhlund mientras toma notas en un cuaderno.

–Tal vez –titubea Hurtig volviéndose hacia Jeanette, que asiente en silencio.

No son más que conjeturas, piensa ella.

–¿Qué dice su mujer? –pregunta–. ¿Tiene la impresión de que Per-Ola Silfverberg estuviera amenazado?

–Ayer no pudimos sacarle nada –responde Hurtig–. Hablaremos con ella más tarde.

–¿Tiene coartada?

–Sí. Tres amigas que afirman que estaban con ella en el momento del crimen.

—En todo caso, la cerradura estaba intacta, así que es posible que fuera alguien a quien conocía —comienza Jeanette, interrumpida por unos golpes en la puerta.

Tras unos segundos de silencio, Ivo Andrić entra en la estancia.

Jeanette ve a Hurtig suspirar aliviado después de la atención creada por ese resumen.

No le conocía esa faceta.

—Pasaba por aquí —dice Ivo.

—¿Tienes algo más? —pregunta Jeanette.

—Sí, una idea un poco más clara, espero —suspira Ivo al quitarse al gorra de béisbol antes de sentarse al lado de Jeanette—. Suponed que Silfverberg se encuentra con su agresor en la calle y luego entra por voluntad propia en su casa en su compañía. Dado que el cuerpo de la víctima no muestra ningún rastro de ataduras, debe de tratarse de un encuentro normal que degeneró.

—Degenerar es lo menos que cabe decir —añade Schwarz.

Ivo Andrić ignora el comentario y prosigue:

—Creo, sin embargo, que el crimen fue planeado.

—¿Qué te hace pensar eso? —Åhlund levanta la nariz de su cuaderno.

—El autor no muestra ninguna señal de ebriedad ni de enfermedad mental. En el lugar del crimen encontramos dos copas de vino, las dos minuciosamente limpias.

—¿Y qué puedes decir del descuartizamiento en sí? —continúa Åhlund.

Jeanette escucha en silencio. Observa a sus colegas.

—El descuartizamiento posterior al asesinato no es un descuartizamiento clásico para transportar el cuerpo. Probablemente se llevó a cabo en la bañera.

Ivo Andrić describe detalladamente el orden en el que fueron amputadas las partes y la manera en que el asesino las dispuso en el apartamento. Cómo, a lo largo de toda la noche, habían registrado el apartamento hasta el último rincón para hallar el menor indicio significativo. Se había inspeccionado el sifón del lavabo, así como el desagüe de evacuación del baño.

—Lo más notable es la manera en que el muslo ha sido separado de la cadera con muy pocas cuchilladas, con la misma habilidad que la tibia de la rodilla.

Ivo calla y Jeanette concluye lanzando dos preguntas al aire.

—¿Qué nos dice el descuartizamiento acerca del estado mental del criminal? ¿Volverá a hacerlo?

Jeanette los mira uno por uno, a los ojos.

Se quedan mudos de impotencia en la atmósfera asfixiante de la estancia.

# Lago Klara

A pesar de su nombre que evoca un agua límpida, el lago Klara es una ciénaga insalubre, inutilizable tanto para la pesca como para el baño.

Los grandes vertidos de aguas residuales, las industrias de los alrededores y el tráfico en la autovía de Klarastrand han causado una importante polución: tasas elevadas de azufre, fósforo, numerosos metales pesados y alquitrán. La transparencia es casi nula, exactamente como en el despacho del fiscal, justo al lado.

Una investigación tiene una jerarquía. Hay un jefe, cierto número de investigadores y, para cada caso, el fiscal dirige la investigación preliminar y determina el grado de transparencia.

Kenneth von Kwist ojea las fotos del cuerpo de Per-Ola Silfverberg.

Es demasiado, piensa. Ya no puedo más.

Si el fiscal tuviera la capacidad de transformar su sentimiento en imagen simbólica, se vería a sí mismo roto en pequeños pedazos como las esquirlas de un espejo alcanzado por una bala. Pero no tiene esa capacidad, y se limita a inquietarse por haberse rodeado de malas compañías.

Sin Viggo Dürer, hubiera podido quedarse tranquilamente en su puesto a la espera de la jubilación.

Primero Karl Lundström, luego Bengt Bergman y ahora Peo Silfverberg. Viggo Dürer se los presentó a todos, pero el fiscal nunca los consideró como amigos cercanos. Había tenido trato con ellos y eso bastaba.

¿Le bastaba a un periodista curioso? ¿O a una investigadora puntillosa como Jeanette Kihlberg?

Por experiencia, sabe que las únicas personas fiables son los perfectos egoístas. Siempre siguen un esquema determinado, siempre se sabe a qué atenerse.

Pero cuando se da con alguien como Jeanette Kihlberg, con sus grandes ideas de justicia, la situación se vuelve mucho menos previsible. A los únicos a quienes hay muchas posibilidades de poder engañar son los egoístas de pura cepa.

Por ello no puede reducir a Jeanette Kihlberg al silencio con el método habitual. Solo hace falta que haga lo necesario para que nunca tenga acceso a los documentos ante los que está sentado y sabe que lo que se dispone a hacer está considerado como un acto delictivo.

Saca del cajón inferior de su mesa un dossier de más de treinta años de antigüedad y pone en marcha el triturador de documentos, que arranca con un silbido. Antes de alimentar la máquina, lee lo que declaró el defensor danés de Per-Ola Silfverberg.

> Las acusaciones son numerosas, imprecisas y por ello difícilmente refutables. La parte esencial de la acusación se basa en la declaración de la chica y la credibilidad que a esta se le pueda conceder.

Desliza lentamente el papel en la máquina, que lo mastica ruidosamente y escupe unas finas tiras ilegibles.

Hoja siguiente.

> La otra prueba presentada por la acusación tanto puede apoyar como debilitar la credibilidad de las declaraciones de la chica. En su declaración, evocó ciertos actos supuestamente cometidos contra ella por Per-Ola Silfverberg. Sin embargo, no pudo concluir su declaración. Consecuentemente, algunas de sus afirmaciones solo pudieron ser consideradas a partir de la grabación en vídeo de su declaración.

Y otra remesa de tiras de papel.

> La defensa ha hecho observar, al respecto de esa grabación, que las preguntas planteadas por la policía son tendenciosas y las respuestas

forzadas. Además, que la chica tiene un motivo para señalar a Per-Ola Silfverberg como autor de los hechos. Si la chica lograra que se reconociera a Per-Ola Silfverberg como causante de su deteriorado estado mental, podría abandonar a su familia de acogida y regresar a Suecia.

A su casa, en Suecia, piensa el fiscal Kenneth von Kwist al apagar el triturador de documentos.

# Estocolmo, 1988

*No hay ninguna buena razón para empezar de nuevo, dijo. Siempre me has pertenecido, y siempre me pertenecerás. Ella se sentía como dos personas. Una que le amaba y otra que le odiaba.*

El silencio es un vacío.

Respira ruidosamente por la nariz durante todo el trayecto hacia Nacka y ese ruido concentra toda su atención.

Al llegar al hospital, apaga el motor.

—Hemos llegado —dice, y Victoria sale del coche.

La puerta se cierra con un ruido sordo y sabe que él va a permanecer solo en el silencio.

Sabe también que se va a quedar allí, no necesita volverse para asegurarse de que la distancia entre los dos aumenta. Su paso se vuelve más ligero a medida que se aleja de él. Sus pulmones se hinchan y se llenan de un aire muy diferente al que había en su presencia. Más fresco.

Sin él no estaría enferma, piensa.

Sin él no sería nada, lo sabe, pero evita llegar al fondo de esa idea.

La terapeuta que la recibe ha superado ya la edad de la jubilación.

Sesenta y siete años, una mirada inteligente. Tras un inicio laborioso, a Victoria le resulta cada vez más fácil confiarse.

Al entrar en su consulta, lo primero que ve Victoria son sus ojos.

Son lo que busca ante todo. En ellos puede apoyarse.

Los ojos de esa mujer ayudan a Victoria a comprenderse a sí misma. No tienen edad, lo han visto todo, se puede confiar en ellos.

No son presa del pánico, no le dicen que está loca, pero tampoco que lleva razón ni que la comprenden.

Los ojos de esa mujer no engañan.

Esa es la razón por la que puede mirarlos y sentirse en calma.

—¿Cuándo te has sentido bien por última vez?

Cada vez empieza con una pregunta que le da el tono de toda la sesión.

Victoria cierra los ojos, como le han dicho que haga cada vez que no logra responder inmediatamente a las preguntas que le plantean.

Reflexiona, adéntrate en ti misma, di lo que sientes, no trates de responder bien.

No hay bien. No hay mal.

—La última vez que planché las camisas de papá dijo que estaban perfectas.

Victoria sonríe, porque sabe que no quedaba ni una arruga y que los cuellos estaban perfectamente almidonados.

Esos ojos le ofrecen una atención total, están ahí solo para ella.

—Si pudieras escoger qué hacer hasta el fin de tu vida, ¿elegirías planchar camisas?

—¡No, claro que no! —exclama Victoria—. ¡Planchar camisas es muy aburrido! —Y en el acto se da cuenta de lo que acaba de decir, por qué lo ha dicho y qué debería haber dicho—. Desordeno su mesa y sus cajones —continúa—, para ver si se da cuenta de algo cuando regresa a casa. Casi nunca se fija en nada, ni siquiera la vez que ordené todas sus camisas en una escala de grises. De blanco a negro, pasando por toda la gama de grises.

Los ojos la observan atentamente.

—Interesante. Pero, en todo caso, te dedicó un cumplido la última vez que le planchaste las camisas.

—Sí, eso sí.

—¿Y cómo van tus estudios? —La vieja cambia de tercio sin reaccionar a la respuesta de Victoria.

—¡Buf! —Victoria se encoge de hombros.

—¿Qué nota sacaste en tu último examen?

Victoria vacila.

Se acuerda de ello, por supuesto, pero no sabe cómo decirlo. Le parece muy ridículo.

La mujer espera su respuesta, Victoria inspira el aire de la habitación, el oxígeno circula en su sangre y despierta progresivamente cada parte de su cuerpo.

Siente sus piernas, sus brazos, los músculos que se mueven cuando se aparta de la frente un mechón de cabello.

—Ponía «Perfecto» —dice con ironía—. «Una notable comprensión de los procesos neuronales, y unas apasionantes reflexiones personales que nos gustaría ver desarrolladas en un trabajo más ambicioso.»

La terapeuta la observa con los ojos muy abiertos y une las manos.

—Es fantástico, Victoria, ¿no estás contenta de que te devuelvan el examen con un comentario como ese?

—¿Y qué más da? —dice Victoria—. Es mentira.

—Victoria —dice muy seria la psicóloga—, sé que me has hablado de tu dificultad para distinguir lo que es mentira de lo que es verdad, como tú dices, o lo que es importante para ti y lo que no lo es, como digo yo... Si piensas en ello, ¿no sería esto precisamente un ejemplo? Dices que te sientes bien cuando planchas camisas, pero en el fondo no quieres hacerlo. Y en los estudios, que te gustan, obtienes excelentes resultados, pero... —levanta un dedo para atraer la atención de Victoria— no te permites alegrarte cuando te felicitan por lo que te gusta hacer.

Esos ojos, piensa Victoria. Ven todo lo que ella no ha visto nunca, solo presentido. La agrandan cuando trata de reducirse y le muestran precavidamente la diferencia entre lo que ella imagina ver, oír y sentir y lo que se produce verdaderamente en la realidad de los demás.

A Victoria le gustaría ver con ojos antiguos, sabios. Como la psicóloga.


El alivio que siente en el despacho de la psicóloga solo dura a lo largo de los veintiocho peldaños hasta la salida.

Él la espera en el coche.

Su rostro es impasible, grave, y también ella se petrifica al verlo.

Luego el silencio del regreso.

Las calles, las casas y las familias desfilan.

Atraviesan Hjortängen y Backaböl.

Ve a las personas evidentes.

Aquellas que caminan por la calle como si tuvieran el derecho innato a estar allí.

Ve a una chica de su edad del brazo con su madre.

Parecen muy a gusto.

Yo hubiera podido ser esa chica, piensa Victoria.

Se da cuenta de que hubiera podido ser cualquiera.

Pero se ha convertido en esto.

Maldice el orden de las cosas, maldice el azar, pero aprieta los dientes y trata de evitar respirar su olor.

—A la hora de comer celebraremos un consejo familiar —dice él al salir del coche.

Se sube el pantalón tan arriba que se nota el contorno de su paquete. Victoria aparta la vista y se dirige hacia la casa.

A la izquierda, el serbal que plantaron cuando nació ella. Las bayas están maduras, de un rojo provocador, como para clamar que el árbol es el vencedor y Victoria la derrotada.

La casa es un agujero negro que aniquila a todos los que entran en ella. Abre la puerta y se deja engullir.

A su llegada, la madre no dice nada, pero la comida está lista. Se sientan a la mesa. El padre, la madre y Victoria.

Sentados así, parecen una familia.

El entumecimiento se expande lentamente por todo su cuerpo. Espera que llegue al corazón antes de que él tome la palabra.

—Victoria —empieza mientras su corazón aún late.

Apoya las manos entrelazadas de venas marcadas sobre la mesa. Sea lo que sea lo que diga, no será un consejo sino una orden.

—Creemos que te sentará bien un cambio de aires —prosigue—, y mamá y yo hemos llegado a la conclusión de que lo mejor sería aunar lo útil y lo agradable.

La madre asiente con la cabeza ante su mirada imperiosa y le sirve más patatas.

—¿Te acuerdas de Viggo? —le pregunta el padre a Victoria.

Se acuerda de Viggo.

Un danés que acudía regularmente a su casa cuando ella era pequeña.

Nunca cuando su madre estaba allí.

—Sí, me acuerdo de él. ¿Qué le pasa?

No comprende cómo logra formular palabras, frases, pero algo se despierta en ella.

—A eso iba. Viggo tiene una granja en Jutlandia y necesita a alguien que se ocupe de la casa. No es un trabajo difícil, dado tu estado actual.

—¿Mi estado actual?

Siente en ese momento que la cólera cubre su entumecimiento con una trama fluorescente.

—Ya sabes qué queremos decir —dice alzando la voz—. Hablas sola. Tienes amigos imaginarios, a los diecisiete años. ¡Sufres ataques de cólera y te comportas como una cría!

Ella aprieta los dientes y mira fijamente la mesa.

Él exhala un suspiro de desánimo ante su silencio.

—Eso es, quien calla otorga. Pero solo queremos tu bien, y Viggo tiene contactos en Ålborg que podrán ayudarte. Te vas a instalar en su casa esta primavera, y no hay más que hablar.

Se quedan en silencio mientras él bebe un té para acabar la comida. Atrapa un terrón de azúcar entre los labios y hace pasar el té a través del mismo, hasta que se disuelve.

Ellas guardan silencio mientras bebe. Ruidosamente, como siempre.

—Es por tu bien —concluye, y se pone en pie y va a enjuagar la taza en el fregadero dándoles la espalda. Cierra el grifo, se seca las manos y se apoya en el fregadero—. Aún no eres mayor de edad. Somos responsables de ti. No hay nada que discutir.

Eso ya lo sé, piensa ella. No hay nada que discutir, nunca lo ha habido.

# Barrio de Kronoberg

Cuando Ivo Andrić, Schwarz y Åhlund abandonan la sala de reuniones, Hurtig se inclina sobre la mesa y se dirige a Jeanette en voz baja.

—Antes de continuar con Silfverberg, ¿cómo tenemos nuestro antiguo caso?

—Hay calma chicha. En todo caso, por lo que a mí concierne. ¿Y tú? ¿Alguna novedad?

Le ve iluminarse. Orgulloso de su trabajo. Útil.

Algo en su mirada delata una fingida despreocupación que ella sabe que es un signo de impaciencia.

Nueva confirmación de que es el compañero que necesitaba.

—Tengo buenas y malas noticias —dice—. ¿Por cuáles quieres que empiece?

—En todo caso, no empieces con un tópico —le interrumpe Jeanette. Él parece ofendido y ella le dirige una amplia sonrisa—. Perdona, es broma. Empieza por las malas. Ya sabes que lo prefiero.

—De acuerdo. Primero la carrera jurídica de Dürer y Von Kwist. Aparte de cinco o seis casos archivados en los que los dos intervinieron, no hay nada raro. Y además eso no tiene nada de sorprendente, puesto que se ocupaban del mismo tipo de crímenes. He visto que había otros abogados defensores en casos en los que Von Kwist era el fiscal. Puedes comprobarlo, pero creo que por ahí no vas a encontrar nada.

Jeanette asiente con la cabeza.

—Continúa.

—La lista de donantes. La fundación Sihtunum Diaspora está financiada por un grupo de antiguos alumnos del internado de

Sigtuna, empresarios y políticos, gente que ha triunfado y con pasados inmaculados. Pocos de ellos tienen un vínculo directo con el internado, pero cabe suponer que conocerán a algún antiguo alumno o tendrán algún otro tipo de contacto.

De momento, nada, piensa Jeanette indicando con una señal a Hurtig que prosiga.

—En cuanto a la dirección IP, ha sido un poco complicado. El internauta que publicó la lista de donantes no había publicado nada más y me ha llevado trabajo identificarlo. ¿Adivina adónde nos conduce?

—¿A un callejón sin salida?

Él hace un gesto de impotencia.

—Un 7-Eleven de Malmö. Supongo que debe de tratarse de un callejón sin salida, puesto que sabes tan bien como yo que no conservan sus cintas de videovigilancia de un día para otro si no ha ocurrido algo anormal. Con veintinueve coronas, no hay nada más fácil que comprar un tíquet en una máquina expendedora e instalarse una hora frente a un ordenador.

—Pero en todo caso sabemos el momento exacto en que la persona que colgó la lista se encontraba en Malmö. Algo es algo, ¿no? ¿Ya has acabado con las malas noticias?

—Sí.

—¿Puedes dejarme todo el dossier sobre la mesa mañana por la mañana? Quisiera hacer algunas verificaciones, para estar tranquila. No te lo tomes a mal, sabes que confío en ti, pero cuatro ojos ven mejor que dos y dos cerebros piensan mejor que uno solo.

—Naturalmente.

—¿Y las buenas noticias?

—Per-Ola Silfverberg era uno de los donantes.


Antes de que Jeanette Kihlberg salga de la comisaría de policía, Dennis Billing la informa de la financiación de la investigación del caso Silfverberg. Una vez en el coche, se dice que el presupuesto inicial prometido por Billing es diez veces superior al que se le concedió para la investigación de los asesinatos de los muchachos.

Unos niños sin papeles tienen menos valor que un pez gordo sueco con una abultada cuenta en el banco, constata mientras crece su cólera.

Solo con que Billing le hubiera concedido la partida para establecer un perfil correcto del asesino, no hubiera tenido que ocuparse de ello con los recursos que tenía a mano.

Sofia está obligada a hacer el trabajo sin remuneración ni reconocimiento y eso desagrada a Jeanette. Decide no meterle prisas a Sofia, concederle tanto tiempo como sea necesario.

Piensa en los factores que finalmente deciden el valor de una vida humana.

¿El número de personas que asiste al entierro, la suma dejada a los herederos, el interés mediático suscitado por el fallecimiento?

¿La influencia social del difunto? ¿Su origen o el color de su piel?

¿O la suma de recursos policiales que participan en la investigación criminal?

La muerte de la ministra de Asuntos Exteriores Anna Lindh se saldó con un gasto de quince millones de coronas cuando el Tribunal Supremo condenó a su asesino Mijailo Mijailović a internamiento psiquiátrico: los medios policiales lo consideran de forma unánime como una suma moderada, comparada con los trescientos cincuenta millones que el asesinato del primer ministro Olof Palme ha costado a la sociedad hasta el momento.

# Vita Bergen

Al despertar, el cuerpo de Sofia Zetterlund sufre unas agujetas como si hubiera corrido kilómetros mientras dormía. Se levanta y va al baño.

Mierda, menudo careto, piensa al verse en el espejo.

Tiene el cabello alborotado y ha olvidado desmaquillarse antes de acostarse. Se le ha corrido el rímel y le ha dejado los ojos morados y el lápiz de labios cubre el mentón con una película rosa.

¿Qué pasó anoche?

Abre el grifo y deja correr el agua fría sobre sus manos antes de formar con ellas una copa para lavarse la cara.

Se acuerda de estar en casa viendo la televisión. ¿Y luego?

Se seca la cara, se vuelve y aparta la cortina de la ducha. La bañera está llena de agua hasta la mitad. En el fondo hay una botella de vino vacía, y la etiqueta que flota en la superficie atestigua que es el rioja carísimo que llevaba varios años esperando en el mueble bar.

Yo no bebo, se dice. Es Victoria.

¿Qué ha ocurrido además de beber unas botellas y tomar un baño? ¿He salido esta noche?

Abre la puerta y mira en la entrada. Nada anormal.

En la cocina, sin embargo, encuentra una bolsa de plástico delante del armario del fregadero y, antes incluso de abrirla, comprende que no contiene basura.

Prendas de ropa empapadas que saca una a una de la bolsa.

Su jersey negro, una camiseta negra y su pantalón de jogging gris oscuro. Con un largo suspiro de desánimo, los extiende sobre el suelo de la cocina para examinarlos con mayor detalle.

Esa ropa no está sucia, pero desprende un olor agrio. Sin duda porque ha pasado toda la noche dentro de la bolsa de plástico. La escurre en el fregadero sobre una palangana.

El agua que sale es de un color marrón sucio y cuando la prueba le sabe un poco salada, sin poder decir si es de sudor o de haber estado en agua de mar.

Comprende que no logrará saber lo que ha hecho durante la noche, recoge la ropa y la pone a secar, luego vacía la bañera y tira la botella vacía.

Vuelve a su habitación, abre las persianas y echa un vistazo al despertador. Las ocho menos cuarto. Tranquilidad. Diez minutos bajo la ducha, otros diez delante del espejo y luego un taxi hasta su consulta. Primer cliente a las nueve.

Linnea Lundström tiene que ir a la una, ¿y hay alguien más antes? No lo sabe.

Cierra la ventana y respira hondo.

Eso no funciona. No puede seguir así. Victoria tiene que marcharse.


Media hora más tarde, Sofia Zetterlund se encuentra en el taxi. Inspecciona su rostro en el retrovisor mientras el vehículo desciende Borgmästargatan.

Está satisfecha de lo que ve.

Tiene la máscara en su sitio, pero detrás de ella está conmocionada.

Se da cuenta de que nada ha cambiado.

La única diferencia es que ahora tiene conciencia de sus agujeros de memoria.

Antes, esos blancos eran una parte de ella misma tan evidente que su cerebro ni siquiera dejaba constancia de ellos. Simplemente no existían. Ahora están ahí, unos agujeros negros e inquietantes en su vida.

Comprende que tiene que aprender a sobrellevarlo. Aprender de nuevo a vivir, conocer a Victoria Bergman. La niña que fue. La mujer adulta en la que luego se ha convertido, a espaldas del mundo y de ella misma.

Los recuerdos de la vida de Victoria, de su infancia en el seno de la familia Bergman, no están ordenados como un archivo fotográfico en el que basta extraer una carpeta con determinada fecha o una mención de determinado acontecimiento y contemplar las imágenes. Los recuerdos de su infancia le vienen a la mente despacio, se inmiscuyen en ella cuando menos lo espera. A veces le vienen a la cabeza solos, otras veces es un objeto o una palabra en la conversación lo que la proyecta al pasado.

Diez minutos antes, mientras esperaba el taxi, ha pelado una naranja en la cocina. El olor de la fruta le ha recordado el zumo de naranja que bebió un verano en Dala-Floda cuando tenía ocho años. Era el Mundial de fútbol de Argentina. Su padre la había dejado tranquila porque Suecia jugaba un importante partido de clasificación, pero tras la derrota se había quedado tan frustrado que ella se vio obligada a calmarlo con las manos. De repente, recordó que su padre se puso a horcajadas sobre ella en el suelo de la cocina mientras ella tiraba de su cosa hasta que ya no hubo más jugo y que aquello tenía un sabor asqueroso, como de aceitunas.

El taxi se detiene en un semáforo en Folkungagatan y Sofia Zetterlund piensa en Annette Lundström. Otro recuerdo surgido por casualidad.

En el rostro delgado de Annette Lundström, Sofia ha reconocido a una chiquilla del primer curso de Victoria en el internado de Sigtuna. Una muchacha dos años mayor que ella, una de las que murmuraba a sus espaldas, que la miraba de reojo por los pasillos.

Está segura de que Annette Lundström recuerda los hechos del cobertizo de las herramientas. De que se rió de ella. Y también tiene la certeza de que Annette sabe a buen seguro que la mujer a la que ha solicitado una entrevista terapéutica con su hija es aquella de la que antaño se burló.

Se dispone a hacerle un favor a esa mujer. A ayudar a su hija a superar el trauma. El mismo trauma que ella ha sufrido y que sabe que no puede borrarse.

Sin embargo, se aferra a la esperanza de que sea posible, que podrá evitar tener que enfrentarse a esos recuerdos y reconocerlos como propios. Su cerebro ha tratado de preservarla evitándoselo. Pero en vano. Sin esos recuerdos, no es más que una cáscara vacía.

Y eso no se arregla. Al contrario.

Cuando el taxi sigue por Folkungagatan, Sofia se pregunta si no habrá llegado el momento de recurrir a métodos más drásticos. La regresión, el regreso mediante hipnosis a los recuerdos antiguos podría ser una solución, pero ese método requiere la intervención de un terapeuta y ve enseguida que eso no es posible. Es demasiado arriesgado en la medida en que no tiene la menor idea de los hechos cometidos por Victoria, es decir, los suyos, tanto los antiguos como los de los últimos meses.

Piensa en todas las conversaciones mantenidas con Victoria ante el magnetófono, esas sesiones que no son más que una terapia bajo autohipnosis, pero sabe también que ese método es incontrolable. Los monólogos de Victoria Bergman tienen vida propia, y para descubrir verdaderamente lo que Victoria ha vivido tiene que ser ella, Sofia Zetterlund, quien guíe las entrevistas.

Por más vueltas que le dé al problema, la única solución es que Victoria Bergman y Sofia Zetterlund se fundan en una única persona, en una única conciencia que tenga acceso a los recuerdos y pensamientos de la otra.

Comprende también que eso es imposible mientras Victoria la rechace y desprecie esa parte de ella misma que es Sofia Zetterlund. Y Sofia por su parte se echa atrás ante la idea de reconocer los actos de violencia cometidos por Victoria. Son dos personas sin ningún denominador común.

Aparte de compartir el mismo cuerpo.

# Barrio de Kronoberg

—¡Tienes visita! —grita Hurtig a Jeanette cuando sale del ascensor—. Charlotte Silfverberg está en tu despacho. ¿Quieres que vaya yo también?

Jeanette esperaba tener que ponerse en contacto con Charlotte Silfverberg y no al contrario. Justo después del asesinato, Charlotte estaba demasiado conmocionada para poder hablar con ella, pero al parecer hoy algo la preocupa.

—No, ya me encargo yo.

Jeanette declina el ofrecimiento con un gesto de la mano y avanza por el pasillo. La puerta de su despacho está abierta.

Charlotte Silfverberg, de espaldas, mira por la ventana.

—Buenos días. —Jeanette se instala a su mesa—. Me alegra que haya venido. Iba a llamarla. ¿Cómo se encuentra?

Charlotte Silfverberg se vuelve, pero se queda cerca de la ventana. No responde.

Jeanette la ve titubear.

—Siéntese, si lo desea.

Jeanette le indica la silla junto a ella.

—No es necesario. Prefiero quedarme de pie. No voy a alargarme mucho.

—Bueno… ¿Quiere hablarme de algo en particular? Si no es así, tengo algunas preguntas para usted.

—Adelante.

—Sihtunum Diaspora —dice Jeanette—. Su marido era uno de los donantes. ¿Qué sabe acerca de esa fundación?

Charlotte se agita.

—Nada, aparte de que es un club de hombres que se reúnen una vez al año para hablar de obras de beneficencia. Personalmente, creo que se trata sobre todo de un pretexto para beber buenos aguardientes y hablar de los viejos tiempos. Era una tradición, todos los años organizaban una salida al mar a bordo del *Gilah*. Su velero.

—¿Nunca fue usted?

—No, nunca nos preguntaban si queríamos ir. Era, por así decirlo, una cosa de chicos.

—Sabrá usted seguramente que Viggo y su esposa sufrieron un accidente hace unas semanas…

—Sí, lo leí en el periódico. El *Gilah* se quemó.

Jeanette piensa en Bengt y Birgitta Bergman. También calcinados. Se considera que fue un accidente.

Algo se le escapa.

—¿Sabe si alguien podía desear la muerte de los Dürer? ¿O de Viggo en particular?

—Ni idea. Apenas le conocía.

—¿Y no sabe nada más acerca de esa fundación?

—No, la verdad. No parecía interesar mucho a Peo, y varias veces dijo que dejaría de darles dinero.

—¿Donaba mucho dinero?

—No, algunos miles al año. Máximo diez mil, creo.

Jeanette supone que esa mujer no sabe más de lo que dice.

—De acuerdo… ¿Y de qué quería hablarme? —prosigue.

—Hay algo que debo decirle. —Charlotte se interrumpe, traga y cruza los brazos—. Creo que es importante.

—De acuerdo. —Jeanette hojea su cuaderno hasta encontrar una página en blanco—. Cuénteme.

—Verá —comienza Charlotte, titubeante—. Hace trece años, el año antes de instalarnos aquí, Peo fue acusado de una cosa. Quedó libre de toda sospecha y todo se arregló…

Acusado de una cosa, piensa Jeanette recordando el artículo que había leído en el periódico. ¿Algo comprometedor? Está a punto de interrumpir a Charlotte, pero decide dejarla continuar.

—Desde entonces… Bueno, no muy a menudo… Y no creo que Peo se diera cuenta de nada.

177

¡Vamos, dilo ya!, piensa Jeanette, esforzándose para disimular su impaciencia.

Charlotte se apoya en el alféizar de la ventana.

—A veces he sentido que me seguían —acaba diciendo—. Y he recibido algunas cartas.

—¿Cartas? —Jeanette no logra guardar silencio—. ¿Qué tipo de cartas?

—No lo sé a ciencia cierta. Era raro. La primera llegó justo después de que acabaran las acciones judiciales contra Peo. Imaginamos que se trataba de alguna feminista indignada al no ser procesado Peo.

—¿Qué decía esa carta? ¿La conservó?

—No, era un batiburrillo incoherente y la tiramos. Al pensarlo retrospectivamente, fue una tontería.

Joder, piensa Jeanette.

—¿Qué le hizo pensar que se trataba de una feminista? ¿De qué se le acusaba?

Charlotte Silfverberg parece repentinamente hostil.

—Eso puede averiguarlo por sí misma, ¿verdad? No quiero hablar de ello. Para mí, es agua pasada.

Jeanette siente que Charlotte la considera una enemiga. Una policía, por descontado, pero que no está de su parte. O bien precisamente por eso, piensa asintiendo con la cabeza.

Será mejor no atosigarla.

—¿No tiene la menor idea del origen de esa carta? —dice Jeanette con una sonrisa amable.

—No. Como le he dicho, quizá se tratara de alguien a quien no le gustaba que Peo quedara libre de toda sospecha. —Calla, respira profundamente y continúa—: Hace una semana recibimos una carta. La tengo aquí.

Charlotte saca de su bolso un sobre blanco y lo deja sobre la mesa.

Jeanette toma unos guantes de látex del cajón inferior y se los pone rápidamente. Por supuesto, la carta la han tocado Charlotte Silfverberg y numerosos carteros, pero es un acto reflejo.

Con el corazón latiendo aceleradamente, coge la carta.

178

Es un sobre blanco, absolutamente ordinario. De los que se compran por decenas en los supermercados.

Franqueado en Estocolmo, dirigido a Per-Ola Silfverberg, en mayúsculas, con tinta negra, y una caligrafía infantil. Jeanette frunce el ceño.

Abre delicadamente el sobre con el dorso del índice.

La carta es un papel A4 blanco corriente. De los que se pueden encontrar en cualquier parte en paquetes de quinientos.

Jeanette lo desdobla y lee. Las mismas mayúsculas en tinta negra: EL PASADO SIEMPRE NOS ATRAPPA.

Qué frase tan original, piensa Jeanette suspirando. Mira a Charlotte Silfverberg.

—Veo que hay una falta de ortografía —observa—. ¿Le dice algo eso?

—No tiene por qué ser una falta —dice Charlotte—. Podría también ser danés.

—¿Sabe que esto es una pieza de convicción? ¿Por qué ha esperado una semana?

—La verdad es que no estaba en mi sano juicio. Hasta ahora no he tenido el valor de volver al apartamento.

La vergüenza, piensa Jeanette. La vergüenza siempre anda de por medio.

Las sospechas que cayeron sobre Per-Ola Silfverberg tenían que estar relacionadas con algo vergonzoso.

—La entiendo. ¿Se le ocurre algo más que pudiera ser importante?

—No… En todo caso, nada concreto. —Charlotte señala la carta con la cabeza—. La semana pasada recibí dos llamadas. Nadie contestó. Silencio, y luego colgaron.

Jeanette menea la cabeza.

—Discúlpeme —dice, descolgando su teléfono.

Marca la extensión de Hurtig.

—Per-Ola Silfverberg —dice cuando Hurtig descuelga—. Esta mañana me he puesto en contacto con la policía de Copenhague acerca de las diligencias abiertas contra él y que fueron archivadas. ¿Puedes comprobar si he recibido un fax?

Jeanette cuelga y se repantiga en su silla.

Charlotte Silfverberg tiene las mejillas coloradas.

—Me preguntaba si… —comienza con voz temblorosa. Se aclara la voz y prosigue—: ¿Sería posible contar con algún tipo de protección policial?

Jeanette comprende que es necesario.

—Haré lo que esté en mi mano, pero no puedo asegurarle que sea a partir de hoy mismo.

—Gracias.

Charlotte Silfverberg parece aliviada. Recoge rápidamente sus cosas y se dirige ya hacia la puerta cuando Jeanette añade:

—Quizá necesitaré hablar de nuevo con usted. Tal vez mañana mismo.

Charlotte se detiene en el umbral de la puerta.

—De acuerdo —dice, dándole la espalda a Jeanette en el momento en que Hurtig entra con una carpeta marrón.

Saluda a Charlotte con la cabeza, pasa junto a ella, deja la carpeta sobre la mesa de Jeanette y luego sale.

Jeanette oye los pasos de Charlotte alejarse hacia el ascensor.

Antes de sumergirse en el expediente, va a por un café.

La investigación preliminar del caso Per-Ola Silfverberg comprende exactamente diecisiete páginas.

Lo primero que llama la atención de Jeanette es que Charlotte, además de haber callado acerca del objeto de esa investigación, ha omitido un detalle importante.

Charlotte y Per-Ola Silfverberg tienen una hija.

# Tvålpalatset

Un insomne a las nueve, un anoréxico a las once.

Sofia apenas recuerda sus nombres cuando repasa en su despacho la agenda de sesiones.

Tiene mal cuerpo después del agujero negro de la noche. Las manos húmedas y heladas, la boca seca. Unos trastornos que se acentúan a medida que se acerca la visita de Linnea Lundström. Dentro de unos minutos, Sofia se va a encontrar consigo misma a los catorce años. La adolescente de catorce años a la que le ha dado la espalda.

Linnea llega a la consulta a la una, acompañada de un auxiliar de enfermería de la unidad de psiquiatría infantil de Danderyd.

Parece más madura de lo que correspondería a su edad. Su cuerpo y su cara no son los de una chiquilla de catorce años. Forzada desde demasiado pronto a convertirse en adulta, lleva ya dentro de sí un infierno que durante toda su vida tratará de controlar.

Sofia la saluda con su voz más animosa y hace que se siente.

—Puede esperar en la sala leyendo el periódico —dice a su acompañante—. Tenemos para tres cuartos de hora.

El auxiliar de enfermería sonríe y sale cerrando la puerta.

—Hasta luego, Linnea —dice, pero la chica no responde.

Al cabo de un cuarto de hora, Sofia comprende que no será fácil.

Esperaba una chica llena de pensamientos sombríos y de odio, postrada en el mutismo, pero también sujeta a veces a explosiones impulsivas autodestructivas. En ese caso, Sofia habría sabido a qué atenerse.

Pero es completamente diferente.

Linnea Lundström elude sus preguntas, tiene una actitud esquiva y no la mira nunca a los ojos. Está sentada medio vuelta a un lado y juguetea con una muñeca Bratz que le sirve de llavero. Sofia se sorprende de que el psiquiatra al frente de Danderyd haya logrado que acepte esa visita.

En el momento en que Sofia se dispone a preguntarle a Linnea qué espera de esa visita, la chica se le adelanta con una pregunta que la sorprende.

—¿Qué le dijo mi padre?

La voz de Linnea es pasmosamente clara y firme, pero su mirada no se aparta del llavero. Sofia no se esperaba una pregunta tan directa, y titubea. No puede dar una respuesta que permita a la muchacha adoptar una postura completamente distanciada.

—Confesó cosas —comienza Sofia—. Muchas resultaron ser falsas, otras más o menos verídicas.

Hace una pausa para estudiar la reacción de Linnea. La muchacha permanece impasible.

—Pero ¿qué dijo de mí? —dice al cabo de un momento.

Sofia piensa en los tres dibujos que le enseñó Annette. Tres escenas dibujadas por Linnea en su infancia, que probablemente describan abusos sexuales.

—Lo mismo que a la policía. No sé más que ellos.

—En ese caso, ¿por qué quiere verme? —pregunta Linnea mirándola por primera vez, aunque sea solo un vistazo—. Annette ha dicho que usted comprendía… comprendía a papá. Se lo dijo a Annette. Que usted le comprendía. ¿Es cierto?

Una nueva pregunta directa. Sofia se alegra al ver que la chica empieza a interesarse y replica con una pregunta que trata de pronunciar con la mayor suavidad posible.

—Si piensas que por comprender a tu padre estarás mejor, se te puede ayudar. ¿Quieres ayuda?

Linnea no responde de inmediato. Se remueve un momento en su asiento. Titubea.

—¿Puede ayudarme? —acaba diciendo, mientras se guarda el llavero en el bolsillo.

—Eso creo. Tengo mucha experiencia con hombres como tu padre. Pero también voy a necesitar tu ayuda. ¿Puedes ayudarme a ayudarte?

—Quizá —dice la muchacha—. Depende.

Al acabar la sesión, que se ha alargado diez minutos de más, Sofia siente un gran alivio. La espalda de Linnea desaparece en el ascensor. Aunque se había encerrado en su cascarón desde que llegó con el auxiliar de enfermería, Sofia la ha visto abrirse durante la sesión. Sabe que aún es demasiado pronto para esperar algo, pero, después de la desconfianza inicial, tiene esperanzas de conseguir acercarse a la muchacha, por lo menos si ha visto a la verdadera Linnea y no una cáscara vacía.

Cierra la puerta y se instala frente a su mesa de trabajo para consultar sus notas.

Sabe, por experiencia, que no puede repararlo todo. Siempre hay algo que lo impide.

# Barrio de Kronoberg

Jeanette acaba de mantener una larga conversación con Dennis Billing. Sus dotes de persuasión le han permitido arrancarle dos policías destinados a la protección de Charlotte Silfverberg.

Tras colgar el teléfono, comienza a leer de inmediato el expediente de la investigación danesa sobre Per-Ola Silfverberg.

La denunciante es la hija adoptiva de Per-Ola y de Charlotte.

Acogida desde su nacimiento en la familia Silfverberg, en los suburbios de Copenhague.

El motivo de su entrega a una familia de acogida no queda precisado.

Dado que el sumario es público, se ha censurado el nombre de la denunciante, pero Jeanette sabe que puede averiguar fácilmente el nombre de la chica.

Para eso está en la policía.

Pero lo que más la interesa, de momento, es comprender quién es Per-Ola Silfverberg. O más precisamente quién era.

La cosa empieza a tomar cuerpo.

Jeanette ve errores, negligencias, vacíos en la investigación y manipulaciones. Policías y fiscales que no hicieron su trabajo, personas influyentes que mintieron o tergiversaron los hechos.

Todo cuanto lee transpira una falta de energía, de voluntad o de competencia para llegar al fondo de la cuestión. Hicieron cuanto estuvo en sus manos para no investigar acerca de Per-Ola Silfverberg.

Jeanette sigue hojeando el expediente y, cuanto más lee, más crece su desánimo.

Se ocupa de casos criminales, pero se siente literalmente rodeada de delincuentes sexuales.

Un desfile.

Muertos y vivos.

Violencia y sexualidad, piensa.

Dos comportamientos que deberían estar absolutamente separados pero que parecen ir de la mano.

Al final de su lectura está agotada, pero tiene que poner a Hurtig al día de las novedades. Toma sus notas y se dirige arrastrando los pies hacia el despacho de él.

Encuentra a Hurtig sumido en la lectura de un expediente parecido al que ella acaba de leer.

—¿Qué es eso? —se sorprende Jeanette, señalando los papeles.

—Los daneses han enviado más documentos y me he dicho que si los leía ganaríamos tiempo. —Hurtig le sonríe y prosigue—: ¿Quién empieza, tú o yo?

—Yo —dice Jeanette, tomando asiento—. Per-Ola Silfverberg, o Peo, como le llaman, fue sospechoso hace trece años de haber abusado de su hija adoptiva, que entonces tenía siete años.

—Acababa de cumplir siete años —puntualiza Hurtig.

—Vale. ¿Sabes quién lo denunció? No aparece en mis papeles.

—Tampoco en los míos, pero sin duda alguien de la escuela de su hija.

—Probablemente. —Jeanette consulta sus notas—. En todo caso, su hija describió con todo detalle, y cito, «los castigos corporales utilizados por Per-Ola con fines educativos, y otros actos violentos sufridos, pero le resultó difícil evocar violencias sexuales». —Jeanette deja los papeles, recobra el aliento y constata—: Sin embargo, manifestó una fuerte repulsión y describió los actos de Per-Ola como anormales.

Hurtig menea la cabeza.

—¡Menudo cerdo! Si a una chiquilla de siete años le parece que su papá…

Calla y Jeanette prosigue.

—La niña describió la violencia física ejercida por Peo, los besos con lengua que le exigía y la limpieza profunda de sus partes íntimas de la que era objeto…

185

—Por favor… —casi le suplica Hurtig, pero Jeanette quiere acabar y sigue sin contemplaciones.

—La niña dio detalles precisos y describió minuciosamente sus reacciones emotivas durante las visitas nocturnas que Peo habría hecho a su habitación. La descripción contenida en la declaración de la niña sobre su comportamiento en la cama sugiere que se entregó con ella a relaciones anales y vaginales.—Hace una pausa—. A grandes rasgos, eso es todo.

Hurtig se acerca a la ventana.

—¿Puedo abrirla? Necesito aire fresco.—Sin aguardar la respuesta, aparta el jarrón de flores y abre la ventana—. ¿Relaciones? —dice mirando al parque—. Tratándose de una niña, ¿no se puede calificar eso de entrada de violación, mierda?

Jeanette carece de fuerzas para responder.

La corriente de aire hace temblar los papeles y el ruido de los juegos infantiles se mezcla con el de los teclados que crepitan y el ronroneo del aire acondicionado.

—¿Por qué se abandonó la investigación?

Hurtig se vuelve hacia Jeanette.

Ella suspira y lee:

—«Considerando que no se ha podido practicar examen alguno a la niña, no cabe excluir sin embargo que pueda dudarse de la veracidad de los hechos».

—¿Qué? ¿«No cabe excluir que pueda dudarse de la veracidad de los hechos»? —Hurtig da un manotazo sobre la mesa—. ¿Qué es toda esa palabrería?

Jeanette se ríe.

—Está claro que no creyeron a la niña. Y el defensor de Peo no dudó en subrayar que, en la declaración preliminar, el investigador orientaba las declaraciones con sus preguntas y tendía a forzar las respuestas, así que… —Suspira—. No se puede probar el delito. Caso archivado.

Hurtig abre su carpeta y hojea en busca de un documento. Cuando lo encuentra, lo deja sobre la mesa.

Se dispone a leer cuando en el parque vecino un niño rompe a gritar y a llorar. Se interrumpe y se rasca la oreja a la espera de que alguien lo consuele o, por lo menos, lo haga callar.

—¿Qué te pasa? ¿Hay algo más? —Jeanette saca un cigarrillo y acerca su silla a la ventana—. ¿Te molesta si fumo?

Hurtig menea la cabeza, vacía un portalápices de hojalata y se lo ofrece como cenicero.

—Sí, hay algo más.

—Cuéntame.

Jeanette enciende el cigarrillo y exhala el humo por la ventana abierta, pero se da cuenta de que la mayor parte vuelve a entrar.

—Después de esa investigación, los Silfverberg, Per-Ola y Charlotte, se sintieron señalados y acosados y no quisieron volver a oír hablar de esa chiquilla. Los servicios sociales daneses la colocaron en una familia de acogida. En ese caso también en la región de Copenhague.

—¿Y qué fue de ella?

—No lo sé, pero en mi opinión no puede estar peor.

—Hoy debe de tener unos veinte años —constata Jeanette, y Hurtig asiente con la cabeza.

—Pero hay una cosa curiosa. —Se incorpora—. Los Silfverberg se instalaron en Suecia, en Estocolmo. Compraron el apartamento de Glasbruksgränd y todo les iba de maravilla.

—¿Pero…?

—Por una razón desconocida, la policía de Copenhague quiso llevar a cabo un interrogatorio complementario y se puso en contacto con nosotros.

—¿Cómo?

—Y lo citamos.

—¿Quién estuvo presente?

Hurtig deja el documento sobre la mesa y lo desliza hacia ella señalando la última línea.

Jeanette lee encima del dedo.

«Responsable del interrogatorio: Gert Berglind, unidad de violación e incesto.»

Los niños del parque y los teclados de la estancia contigua callan.

Solo quedan el aire acondicionado y la rápida respiración de Hurtig.

El índice de Hurtig.

Su uña impecable, perfilada.

«Abogado defensor: Viggo Dürer.»

Jeanette lee y comprende que detrás de un velo muy fino yace otra verdad. Otra realidad.

«Asistente: Kenneth von Kwist, fiscal.»

Pero esa realidad es infinitamente más horrible.

# Dinamarca, 1988

*A ella no le gustaba la gente vieja y ajada. En la sección de lácteos se le acercó demasiado un viejo con su olor dulzón a orina, suciedad y grasa.*

*La mujer de la carnicería que acudió con un cubo de agua le dijo que no pasaba nada y recogió el vómito de todo lo que había desayunado.*

—¿Lo notas? —El sueco la mira, muy excitado—. ¡Vamos, mete un poco más el brazo! ¡No tengas miedo!

Los chillidos de la cerda hacen titubear a Victoria. Ya ha metido casi hasta el codo.

Unos centímetros más y siente por fin la cabeza del cochinillo. El pulgar debajo de la mandíbula, el índice y el corazón sobre el cráneo, detrás de las orejas. Como Viggo le ha enseñado. Luego tira, despacio.

—¡Bien! ¡Ya sale! ¡Sácalo!

Creen que es el último. Sobre la paja, alrededor de la madre, diez cochinillos amarillentos y manchados temblequean y luchan por las ubres. Viggo ha asistido al parto. El sueco se ha ocupado de los tres primeros, los otros siete han salido solos.

Los músculos de la vulva aprietan con fuerza el brazo de Victoria y, por un momento, cree que la marrana tiene una contracción. Pero al tirar más fuerte, los músculos se distienden y, en menos de un segundo, el lechón ya casi ha salido. Un segundo más y está sobre la paja ensangrentada y sucia.

Su pata trasera tiembla, luego se queda inmóvil.

El sueco se ríe, aliviado.

—¿Ves? ¡No es tan difícil!

Esperan. Viggo se agacha y acaricia los lomos de los cochinillos.

—Buen trabajo —dice con marcado acento dirigiendo una sonrisa sesgada a Victoria.

Los lechones siempre se quedan inmóviles unos treinta segundos después de nacer. Parecen muertos, luego de golpe se ponen a patalear a ciegas en busca de las ubres de la marrana. Pero a ese último lechón le ha temblado una pata y a los demás no.

Ella cuenta en silencio y, al llegar a treinta, se preocupa. ¿Lo ha agarrado demasiado fuerte? ¿Ha tirado mal de él?

La sonrisa de Viggo desaparece mientras examina el cordón umbilical.

—¡Ay! Está muerto…

¿Muerto?

Claro que está muerto. Lo he estrangulado. Eso debe de ser.

Viggo baja sus gafas y la mira muy serio.

—No pasa nada. El cordón está roto. No es culpa tuya.

Oh, sí, claro que es culpa mía. Y la marrana pronto se lo va a comer. En cuanto nos hayamos marchado, se va a atiborrar, comerá cuanto pueda.

Devorará a su propio hijo.


Viggo Dürer posee una granja muy grande cerca de Struer y, después del parto, Victoria tiene por única compañía, aparte de sus libros escolares, a treinta y cuatro cerdos de raza danesa, un toro, siete vacas y un caballo mal cuidado. La granja es un edificio de entramado visto muy decrépito en un paisaje triste y llano castigado por el viento, como Holanda, pero más feo. Un patchwork de campos inhóspitos, ventosos y siniestros se extiende hasta el horizonte, donde se entrevé una delgada banda azul, el golfo de Venø.

Ella está allí por dos motivos, estudiar y distraerse.

Los verdaderos motivos también son dos.

Aislamiento y disciplina.

Él llama a eso distraerse, piensa al levantarse de la cama. Pero se trata de estar aislada. De quedar apartada de los demás, con disciplina. Permanecer en un marco estricto. Trabajo doméstico y estudio. Limpiar, cocinar y estudiar.

Trabajar con los cerdos. Y los puercos que regularmente visitan su habitación.

Lo que cuenta para ella son sus estudios. Ha elegido matricularse por correspondencia en psicología en la Universidad de Ålborg: su único contacto con el mundo exterior es su tutor, que de vez en cuando le envía comentarios escritos e impersonales sobre sus trabajos.

Reúne sus libros sobre su mesa y trata de ponerse a leer. Pero le resulta imposible. Los pensamientos giran en su cabeza y enseguida cierra el libro.

La distancia, piensa. Encarcelada en una granja en medio de la nada. Alejada de su padre. Alejada de la gente. Estudiando un curso de psicología a distancia, encerrada consigo misma en una habitación en casa de un ganadero de cerdos con título universitario.

El abogado Viggo Dürer fue a buscarla a Värmdö siete semanas atrás y condujo casi mil kilómetros con ella a través de una Suecia nocturna y una Dinamarca apenas despierta.

Victoria contempla por la ventana empañada el patio de la granja donde se encuentra estacionado el coche. Es muy ridículo. Al aparcarlo parece que se tire un pedo, gima y se hunda en una sumisa genuflexión.

Viggo tiene un aspecto asqueroso, pero sabe que su interés por ella disminuye a diario. A medida que crece. Él quiere que se depile, pero ella se niega.

—¡Ve a depilar a los cerdos! —le dice ella.

Victoria baja la cortina. Solo quiere dormir, aunque sabe que tendría que estudiar. Lleva retraso, no por falta de motivación sino porque tiene la sensación de que el curso se alarga. Un tema tras otro. Conocimientos superficiales, sin una reflexión profunda.

No quiere apresurarse y por ello se sumerge en sus lecturas, divaga y se ensimisma.

¿Nadie se da cuenta de lo importante que es? No se puede tratar de la psique humana en un examen. Una redacción de doscientas palabras sobre la esquizofrenia o el trastorno delirante es algo ridículo. Así no se puede demostrar que se ha entendido.

Se acuesta de nuevo en la cama y piensa en Solace. La muchacha que hizo soportable su estancia en Värmdö. Solace le sirvió de sucedáneo a su padre durante casi seis meses. Ahora hace siete semanas ya de su marcha.

Victoria se sobresalta al oír cerrarse la puerta exterior en la planta baja. Enseguida oye voces en la cocina y constata que es Viggo con otro hombre.

¿El sueco, de nuevo?, piensa. Sí, seguramente.

No entiende ni una palabra, el sonido de las voces queda deformado por el grosor del viejo suelo de madera, que lo amortigua todo, pero reconoce la melodía de la lengua.

Claro que es el sueco. Por tercera vez esa semana.

Se levanta despacio de la cama, vacía el vaso de agua en la maceta y lo coloca en el suelo, pegado a su oreja.

Primero solo oye su propio pulso, pero cuando empiezan a hablar de nuevo distingue claramente lo que dicen.

—¡Olvídalo!

Es la voz de Viggo. Aunque el sueco lleva muchos años viviendo en Dinamarca, aún tiene dificultades con el dialecto de Jutlandia y Viggo siempre le habla en sueco.

Ella detesta el sueco de Viggo, su acento suena forzado y habla lentamente, como si se dirigiera a un niño o a un tonto.

Las primeras semanas le hablaba en sueco también a ella, hasta que decidió responderle sistemáticamente en danés.

Ella nunca le dirige la palabra.

—¿Y por qué?

El sueco parece irritado.

Viggo calla unos segundos.

—Es demasiado arriesgado. ¿Lo entiendes?

—Confío en el ruso, y Berglind responde de él. Si confías en mí y en Berglind, también puedes confiar en el ruso. Joder, ¿qué te preocupa?

¿El ruso? ¿Berglind? No entiende de qué están hablando.

El sueco continúa.

—Y además, ¿quién vendrá a reclamar a un mocoso ruso?

—Chitón. Hay una mocosa arriba que puede oír lo que dices.

—A propósito… —El sueco se ríe de nuevo e, ignorando las advertencias de Viggo, sigue hablando muy fuerte—. ¿Cómo fue en Ålborg? ¿Está todo listo para la criatura?

Viggo calla antes de responder.

—Los últimos papeles estarán listos esta semana. No te preocupes, tendrás tu criatura.

Victoria está desconcertada. ¿Ålborg? Pero si fue allí donde…

Los oye moverse abajo, pasos y luego la puerta al cerrarse. Al apartar la cortina, los ve dirigirse hacia los establos.

Toma el diario de su mesita de noche, se acurruca en la cama y espera. Se queda acostada despierta como siempre con su mochila lista a los pies de la cama.

El sueco se queda en la granja hasta la madrugada. Se marchan al alba. Son las cuatro y media cuando oye el ruido de los coches al alejarse.

Sabe que van a Thisted, al otro lado de Limfjorden, y que Viggo tardará varias horas en regresar.

Se levanta, mete su diario en el bolsillo exterior de la mochila, lo cierra y mira la hora. Las cinco menos cuarto. No regresará antes de las diez como muy pronto y ella ya estará lejos.

Antes de salir, abre el armario de la sala.

Hay una caja de música del XVIII que Viggo hace admirar a menudo a sus visitas. Decide comprobar si es tan valiosa como dice.

Bajo el sol de la mañana, camina hasta Struer, donde la recogen en autostop hacia Viborg.

Allí, toma el tren de las siete a Copenhague.

# Tvålpalatset

Le lleva menos de un minuto localizar con el ordenador de la consulta una foto de Viggo Dürer. El corazón le late desbocado cuando ve su rostro y comprende que Victoria trata de decirle algo. Sin embargo, ese viejo de rostro delgado no le dice nada, aparte del malestar que le provoca y el recuerdo de una loción para después del afeitado.

Guarda la imagen en el disco duro y la imprime en alta resolución. Luego se concede diez minutos, sentada a su mesa frente a la foto en color, tratando de recordar.

Es un retrato de busto. Observa cada detalle del rostro y de la ropa. Es pálido, con poco cabello y debe de tener unos setenta años, pero no está especialmente arrugado. Su rostro es más bien liso. Tiene varios lunares grandes, labios carnosos, nariz fina y mejillas hundidas. Viste traje gris, corbata negra y luce en el ojal una insignia con el emblema de su bufete de abogados.

Nada más.

Ningún recuerdo concreto. Victoria no le proporciona ninguna imagen, ninguna palabra, solo vibraciones.

Deja la foto sobre el clasificador de documentos, exhala un suspiro de desánimo y mira la hora. Ulrika Wendin llega con retraso.


La joven delgada responde al saludo de Sofia con una leve sonrisa.

Cuelga su abrigo en el respaldo de la silla y toma asiento.

—He venido tan pronto como he podido.

Tiene ojeras. Debe de llevar varios días borracha, piensa Sofia.

—¿Cómo está?

Ulrika esboza una sonrisa y parece incómoda, pero no duda en contárselo.

—El sábado pasado estaba en un bar, me encontré con un tío que parecía guay y me lo llevé a casa. Nos bebimos una botella de Rosita y nos acostamos.

Sofia no ve adónde pretende ir a parar y se limita a asentir con la cabeza mientras espera la continuación.

Ulrika se ríe.

—No sé si lo hice de verdad. Me refiero a ligar, así. Tengo la sensación de que lo hizo otra persona, pero al mismo tiempo estaba muy borracha.

Ulrika hace una pausa y saca un paquete de chicles del bolsillo. A la vez salen varios billetes de quinientas coronas. Se apresura a guardarlos de nuevo, sin hacer comentario alguno.

Sofia la observa en silencio.

Sabe que Ulrika está en paro y que no debe de manejar mucha pasta.

¿De dónde sale ese dinero?

—Con él pude relajarme —continúa Ulrika sin mirarla—, porque no era yo quien se acostaba con él. Padezco vestibulitis vulvar. Es muy molesto, ¿sabe? Me cuesta mucho dejar que entre nadie ahí abajo, pero con él pude hacerlo porque no era yo quien estaba allí tendida.

¿Vestibulitis? ¿Que no era ella quien estaba allí tendida? Sofia piensa en la violación de Ulrika por Karl Lundström. Sabe que una de las supuestas causas de la vestibulitis es el aseo demasiado frecuente de la zona vaginal. La mucosa se seca y se vuelve frágil, los capilares nerviosos y los músculos padecen lesiones y el dolor es permanente.

Recuerdos de horas pasadas bajo la ducha humeante frotándose. La esponja y el olor a jabón, sin lograr nunca deshacerse de su peste.

—Todo era perfecto —continúa Ulrika—. A la mañana siguiente ya no estaba allí. Ni siquiera le vi marcharse.

—¿Le dio dinero?

Sofia señala el bolsillo de Ulrika. Es una pregunta indiscreta, y se da cuenta de ello de inmediato.

–No. –Ulrika mira de reojo a su bolsillo y aprieta el cordón del mismo–. Nada de eso. No hago esas cosas. Había algo en mí que lo deseaba de verdad.

Estar obligada a ser otra para sentir deseo y gozar de la intimidad. Para poder ser normal. Quedar destruida para siempre, porque un hombre ha hecho con ella lo que le apetecía. Sofia hierve en su interior.

–Ulrika… –Se inclina sobre la mesa para reforzar su pregunta–. ¿Puede decirme qué es el placer?

La chica se queda un momento en silencio antes de responder.

–El sueño.

–¿Cómo es su sueño? ¿Puede contármelo?

Ulrika exhala un profundo suspiro.

–Vacío. No hay nada.

–¿Así que, para usted, gozar es no sentir nada? –Sofia piensa en sus talones desollados, en el dolor que necesita para sentirse en paz–. ¿Así que el placer no es nada?

Ulrika no responde. Se incorpora y dice furiosa, con una mirada torva:

–Desde que esos cerdos me violaron en aquel hotel, bebí a diario durante cuatro años. Luego traté de recuperarme, pero ¿para qué? Siempre los mismos problemas de mierda. –La expresión en el rostro de Ulrika trasluce su odio–. Todo empezó en esa habitación de hotel, por supuesto, pero desde entonces el infierno no ha hecho más que continuar.

–¿Qué problemas?

Ulrika se repantiga en el sillón.

–Es como si mi cuerpo no me perteneciera, o que de él emane algo que hace creer a los demás que pueden hacerme lo que quieran. La gente puede pegarme, follárseme, haga yo lo que haga o diga lo que diga. Les digo que me duele, pero no les importa una mierda.

La vestibulitis, piensa Sofia. Relaciones sin consentimiento y mucosa seca. Ahí tiene a una chica que nunca ha aprendido a querer, solo a esperar poder escaparse. Evidentemente, encontrarse en el vacío que el sueño ofrece es para ella una liberación.

Quizá el comportamiento de Ulrika en el bar contiene un elemento importante. Una situación en la que ella es quien decide y quien tiene el control. Ulrika está tan poco acostumbrada a actuar por decisión propia que simplemente no se ha reconocido.

Podría pensarse erróneamente que se trata de disociación, pero la disociación no se desarrolla en la adolescencia, es un mecanismo de defensa de la niñez.

Se trata más bien de un comportamiento de confrontación, piensa Sofia, a falta de un término más preciso. Una especie de autoterapia cognitiva.

Sofia sabe que, durante su violación en el hotel, la muchacha estuvo drogada con productos que paralizaron los músculos de su bajo vientre y le impidieron controlar los esfínteres.

Comprende que el estado de Ulrika, con una posible anorexia, asco de sí misma, alcoholismo probablemente avanzado y propensión a coleccionar novios que le pegan y la explotan, viene sin duda de un único acontecimiento, ocurrido siete años atrás.

Todo es culpa de Karl Lundström.

Ulrika palidece de repente.

—¿Qué es eso?

Sofia no comprende a qué se refiere. La chica mira fijamente algo sobre la mesa.

Cinco segundos de silencio. Luego Ulrika se levanta y toma la hoja depositada sobre el clasificador de documentos. El retrato de Viggo Dürer.

Sofia no sabe cómo reaccionar. Mierda, piensa. ¿En qué estaría yo pensando?

—Es el abogado de Karl Lundström. —Es cuanto se le ocurre decir—. ¿Le conoce?

Ulrika mira la imagen unos segundos y vuelve a dejarla.

—No, nada, olvídelo. Nunca he visto a ese tipo. Lo he confundido con otro.

La chica trata de sonreír, pero a Sofia le parece que no lo logra.

Ulrika Wendin conoció a Viggo Dürer.

# Gamla Enskede

—Bueno, ¿y qué hacemos con la chica?

Hurtig mira a Jeanette.

—Está claro que nos interesa, y mucho. Averigua cuanto puedas acerca de ella. Nombre, dirección, etcétera. Todo eso, ya sabes, ¿no?

Hurtig asiente con la cabeza.

—¿Lanzo un aviso de búsqueda?

Jeanette reflexiona.

—No, aún no. Esperemos a ver qué encontramos acerca de ella. —Se levanta y se dispone a regresar a su despacho—. Llamaré a Von Kwist y le propondré que quedemos mañana, ¡a ver si averiguamos de una vez qué ocurrió, mierda!

Hurtig mira su reloj.

—¿Comemos algo antes de marcharnos?

—No, comeré en casa. Así igual podré ver un rato a Johan antes de que se marche a casa de un amigo o se encierre en su habitación.

Después de una breve conversación con el fiscal, durante la cual fijan una cita para hablar de la investigación abandonada acerca de Peo Silfverberg, Jeanette coge su coche para regresar a su casa.

Estocolmo le parece más gris y húmeda que de costumbre. Un crepúsculo deslucido. Una ciudad en blanco y negro. Descolorida.

Pero en el horizonte se desgarran las nubes, irisadas de sol, y entreví retazos de cielo azul. Sale del coche y la envuelve el olor a hierba mojada y lombrices.

Jeanette se encuentra a Johan frente al televisor a su regreso justo después de las cinco, y, en la cocina, constata que ya ha comido. Va a darle un beso.

—Hola, jovencito. ¿Has tenido un buen día?

Él se encoge de hombros y no responde.

—¿Qué te apetece hacer esta tarde?

—Olvídalo —refunfuña mientras dobla las rodillas para agarrar el mando a distancia—. El abuelo y la abuela han enviado una postal. La he dejado sobre la mesa de la cocina.

Sube el volumen.

Jeanette va a ver la postal. La Muralla China, unas montañas altas y un paisaje ondulado y verde.

Le da la vuelta. Están bien, añoran Suecia. Las frases manidas. Todo controlado. Pega la postal en la puerta del frigorífico, recoge el fregadero, llena el lavavajillas, y luego sube a darse una ducha.

Al bajar, Johan ha desaparecido en su habitación y juega con su ordenador.

Ella ha intentado varias veces interesarse, pero siempre ha tenido que abandonar ante unos juegos demasiado complicados y violentos.

Con Åke habían sopesado prohibirle los juegos más sanguinarios, y luego comprendió que no serviría de nada. Todos sus amigos los tienen, así que ¿de qué serviría? Recuerda que Johan, a los ocho años, después de dormir en casa de un amigo, regresó muy orgulloso de haber visto *El resplandor*. Una película que ni Åke ni ella le habrían dejado ver.

Y los padres de su amigo eran profesores en la escuela de Johan.

¿Lo ha protegido demasiado? De repente, se le ocurre una idea. ¿Cuál era ese juego que pedía últimamente? El que todos tenían y él no. Va a la cocina y llama a Hurtig.

—Hola, ¿puedes echarme una mano?

Hurtig suena exhausto.

—Por supuesto, ¿de qué se trata? ¿O prefieres que te llame luego? Me estoy muriendo en mitad de la escalera.

Su voz resuena y ella comprende que se encuentra en la escalera de su edificio. Seis pisos sin ascensor.

—Es una pregunta fácil. Puedes contestarla con los ojos cerrados. ¿Cuál es el juego más popular en estos momentos?

Hurtig se ríe.

—¿Te refieres a los Juegos Olímpicos de Pekín, a los juegos de PC, a los de la Xbox o a cuáles?

—PC.

—Assassin's Creed —responde de inmediato.

—No.

—¿Cómo que no? Me has preguntado qué juego…

—Ese no —le interrumpe—. Otro.

Oye un ruido de llaves.

—¿Call of Duty?

—No.

—¿Counter Strike?

Jeanette reconoce ese nombre.

—No. Si no recuerdo mal, no era un juego de acción.

Hurtig respira hondo a través del teléfono y luego se oye la puerta al cerrarse.

—¿Te refieres a Spore? —propone finalmente.

—Sí, eso es. ¿Es violento?

—Eso depende del camino que elijas. Es un juego de evolución en el que tienes que desarrollarte desde el estado de célula al de amo del mundo, y para ello a veces la violencia funciona.

Evolución. Vale, era eso, se dice Jeanette.

—Interesante. ¿Cómo puedo conseguirlo?

—Puedes comprarlo. Pero la primera versión tiene bugs, un problema de número de serie erróneo, y la protección antipiratería de última generación bloquea el juego continuamente.

Jeanette exhala un suspiro de decepción.

—Vale, olvídalo.

—Pero hay otra posibilidad —añade Hurtig—. Podría prestarte mi versión crackeada. ¿Es el cumpleaños de Johan?

—No. Pero ¿qué quiere decir crackeada? ¿Es una copia pirata?

—Bueno, digamos que es un software modificado.

En ese momento cesa el ruido de ordenador en la habitación de Johan, que sale y se calza sus zapatos. Jeanette le pide a Hurtig que aguarde un momento, le pregunta a Johan adónde va, pero por toda respuesta obtiene un portazo.

Una vez que Johan se ha marchado, sonríe, desanimada, al volver a ponerse al teléfono.

—Hoy he regresado más temprano porque tenía miedo de que Johan estuviera encerrado en su cuarto o se hubiera marchado a casa de un amigo. Y ya ves, desde que he llegado he logrado las dos cosas.

—Entiendo —dice Hurtig—. ¿Y ahora le quieres dar una sorpresa?

—Exacto. Disculpa mi ignorancia, pero ¿si me prestas el juego puedo copiarlo en el ordenador de Johan y luego devolvértelo?

Hurtig no responde de inmediato. A ella le da la impresión de que se está riendo.

—Oye —dice acto seguido—. Esto es lo que vamos a hacer… Iré a verte ahora mismo e instalaré el juego, así Johan tendrá la sorpresa hoy mismo.

Si ella se ha podido sentir ofendida al reírse él de su incapacidad, lo olvida en el acto.

—Eres un tío muy legal. Si aún no has comido, te invito a una pizza.

—Encantado.

—¿Cuál prefieres?

Se ríe.

—Bueno, depende de cuál sea ahora la más popular.

Ella comprende el guiño.

—¿Provenzal?

—No.

—¿Cuatro estaciones?

—Tampoco —dice Hurtig—. No quiero una pizza esnob.

—¿Así que quieres una Vesuvio?

—Sí, eso es, una Vesuvio.


Esa noche, Jeanette se queda dormida en el sofá de la sala. En pleno sueño, le lleva unos segundos darse cuenta de que está sonando el teléfono. Se levanta.

—¿Diga? —responde adormilada, mientras contempla las dos cajas de pizza vacías sobre la mesa.

Claro, ha venido Hurtig, hemos comido pizza y me he quedado dormida mientras él instalaba el juego.

—Hola, soy yo. ¿Todo bien?

El tono falsamente jovial de Åke la molesta.

—Pero ¿qué hora es? —Retuerce el cuello para ver el reloj de la cadena de música y gime al ver que son las cuatro menos cinco—. Åke, espero que sea importante.

—*Sorry* —le responde riendo—. He olvidado la diferencia horaria. Estoy en Boston. Quería charlar un rato con Johan.

¿Qué coño le está contando?

—¿En Boston? ¿No estabas en Cracovia? No me vengas con sandeces. ¿Has bebido? De todas formas, Johan está durmiendo y no tengo intención de… —Calla al ver luz bajo la puerta de su habitación—. No cuelgues.

Deja el teléfono y de puntillas entreabre la puerta.

Dándole la espalda, Hurtig y Johan están absortos ante una especie de ácaro azul que nada en la pantalla del ordenador.

Están tan cautivados que ni siquiera se dan cuenta de su presencia.

—¡Cógelo! ¡Cógelo! —susurra Hurtig, visiblemente excitado, y le da una palmada en el hombro a Johan cuando el ácaro se traga lo que parece una espiral roja y peluda.

El primer impulso de Jeanette es preguntarles qué están haciendo a las cuatro de la madrugada y ordenarles que se vayan a la cama, pero al abrir la boca se contiene.

¡Qué diablos! Deja que jueguen.

Los observa un momento y se da cuenta de que es la primera vez desde hace mucho tiempo que Johan parece estar a gusto bajo el mismo techo que ella, dejando de lado que cree que está durmiendo. Cierra suavemente la puerta y vuelve a la sala.


—Bueno, Åke, cuéntame —dice sintiendo que se está acercando al punto en el que se va a enfadar, cosa de la que luego se arrepentirá o se calmará con un nudo asfixiante en el estómago.

—Iba a hacerlo, pero te has puesto como una moto y no me has dejado abrir la boca. Y además he estado casado contigo el tiempo suficiente para saber cuándo no escuchas. Estamos de vacaciones desde ayer. Nos dio la ventolera.

—¿La ventolera? ¿Largarse a Boston sin ni siquiera decírselo a Johan o a mí?

Åke suspira.

—Ayer llamé a Johan. Me dijo que te avisaría de que iba a estar aquí una semana.

—Vale, de acuerdo, pero no me ha dicho nada. No importa. Diviértete. Adiós.

—Yo...

Jeanette cuelga. No vale la pena discutir.

Esconde la cara entre las manos.

No llora, pero unos sollozos ahogados le suben a la garganta.

Se acurruca de nuevo en el sofá, se cubre con la manta y trata de dormirse.

¿El trabajo de Åke es más importante que el mío?, piensa. ¿Custodia compartida?

Åke considera a Johan un lastre y yo me irrito ante su silencio.

¿Se puede pensar mal del propio hijo? A veces, naturalmente.

Se vuelve sobre el vientre mientras le llegan risas ahogadas desde el cuarto de Johan. Le da las gracias a Hurtig en silencio, pero a la vez la sorprende que sea tan irresponsable como para no entender que un adolescente necesita dormir. Mañana tiene colegio y luego entrenamiento. Cómo se las apañará Hurtig para estar en condiciones de trabajar es su problema, pero Johan estará como un zombi.

Comprende enseguida que es inútil tratar de dormir. Sus pensamientos zumban como un enjambre de abejas en cuanto cierra los ojos. Se tumba boca arriba y mira fijamente al techo.

Aún pueden verse las tres letras que Åke pintó en una noche de borrachera. La capa de pintura que le dio al día siguiente no lo arregló y, al igual que tantas otras cosas que prometió que iba a hacer, se quedó así. De un blanco un poco más oscuro que el resto del techo, se adivinan una H, una I y una F, como el club de fútbol Hammarby IF.

Si tenemos que vender la casa, tendrá que ayudarme, se dice.

Un montón de documentos y los agentes inmobiliarios regateando acerca del estado de la casa. Pero no, Åke se larga a Polonia, bebe champán y vende sus antiguos cuadros que habría destruido mucho tiempo atrás si yo no se lo hubiera impedido.

Y se marcha de vacaciones. A Boston, con Alexandra.

El plazo de seis meses de reflexión antes del divorcio se le antoja de repente a Jeanette como un limbo al que seguirá el infierno del reparto de los bienes. Pero no puede evitar sonreír al pensar que tiene derecho a la mitad de sus recursos. ¿Y si se divirtiera metiéndole miedo a Åke reclamando su parte, solo para ver su reacción? En el fondo, cuantos más cuadros venda antes del divorcio, más dinero habrá para ella.

Oye reír de nuevo en el dormitorio de Johan. Por muy contenta que Jeanette esté por él, se siente sola y hubiera preferido que fuera Sofia y no Åke quien hubiera llamado. Mientras esperaba las pizzas, la ha llamado dos veces, al móvil y a su casa, sin respuesta.

Por favor, Sofia, ven pronto a verme, se dice arrebujándose bajo la manta.

Sueña con sentir la espalda de Sofia contra su vientre, añora sus manos que le apartan los cabellos de la frente.

Jeanette se queda mucho rato acurrucada. Poco a poco sus sollozos cesan, como les ocurre a los niños.

## Vita Bergen

Sofia toma el magnetófono, se pone frente a la ventana y contempla la calle. Ha dejado de llover. Una mujer con un border collie blanco y negro de la correa pasa por la acera de enfrente. El perro le hace pensar en Hannah, a la que, poco después de su regreso de su viaje en tren, la mordió con tanta rabia un perro de esa raza que tuvieron que amputarle un dedo. Y, sin embargo, siguieron gustándole locamente los perros.

Sofia pone en marcha el magnetófono y empieza a hablar.

*¿Qué es lo que no funciona en mí?*

*¿Por qué soy incapaz de sentir ternura y amor hacia los animales, como todo el mundo?*

*De pequeña, sin embargo, lo intenté a menudo.*

*Primero fueron los insectos palo, porque era mucho más práctico que las carpas doradas y le convenía a él, que era tan alérgico que Esmeralda tuvo que marcharse a casa de alguien que soportara a los gatos. Luego un intento de tener un animal en vacaciones, y fue un conejito que se murió en el coche porque a nadie se le ocurrió darle de beber; luego la cabra prestada todo un verano, que parecía estar esperando crías y de la que no quedó más recuerdo que las cagarrutas que dejaba por todas partes y que se pegaban a las suelas de los zapatos como canicas. Después la gallina que a nadie le gustaba, luego el caballo del vecino, antes el conejo que era fiel, alegre, obediente y cálido, del que se ocupaban a sol y sombra y al que le daban de comer antes de ir a la escuela y de que al conejo le mordiera el pastor alemán del vecino, que seguramente en el fondo no era malo, pero todos aquellos a los que se maltrata siempre acaban atacando a los más débiles...*

Esta vez no se cansa de su propia voz. Sabe quién es.

Está de pie frente a la ventana, mira a través de las persianas bajadas y deja que su cerebro trabaje.

*El conejo no se pudo escapar porque había nieve en todos los lugares donde hubiera podido esconderse y el perro le mordió la nuca, como antes había atacado al niño de tres años que le dio helado. Como el perro detestaba todo, también debía de detestar el helado y mordió al crío en toda la cara, pero en el fondo a nadie le importaba, le cosieron como buenamente pudieron y ya se las apañaría. Luego fueron de nuevo los caballos, las clases de equitación y los ponis y los corazones en el diario íntimo dedicados a un muchacho mayor que ella que le hubiera gustado que la quisiera o por lo menos la mirara cuando se pavoneaba por los pasillos con sus senos que le acababan de crecer y sus vaqueros ceñidos. Capaz de tragarse el humo sin toser ni vomitar como cuando había tomado Valium o demasiado alcohol y había sido tan tonta como para regresar a casa y desplomarse en la entrada y su madre se ocupaba de ella y solo hubiera querido quedarse de rodillas y hacerse tan pequeña como era en realidad y sentir sus mimos y el olor a cigarrillo que disimulaba porque también ella tenía miedo de él y fumaba a escondidas…*

Apaga el magnetófono y va a sentarse a la cocina.

Rebobina y extrae la cinta. Ahora hay una considerable cantidad de recuerdos alineados en la estantería de su despacho.

Los pasos ligeros, casi inaudibles de Gao y el chirrido de la puerta oculta detrás de la estantería de la sala.

Se levanta y se reúne con él en su habitación secreta, mullida y tranquilizadora.

Él dibuja, sentado en el suelo, y ella se sienta en la cama e introduce una cinta virgen en el magnetófono.

Esa habitación es una cabaña, un refugio donde puede ser ella misma.

# Lago Klara

Kenneth von Kwist suelta un chorro de palabras evocando sus intervenciones en el interrogatorio complementario de Peo Silfverberg. Jeanette observa que en ningún momento consulta sus notas. Von Kwist conoce todos los detalles de memoria, parece recitar una lección aprendida de memoria.

Es por la mañana, en el despacho del fiscal con vistas sobre el lago Klara, donde algunos piragüistas desafían el tiempo gris otoñal y reman por el estrecho canal. ¿Cómo logran maniobrar unos cacharros tan inestables con ese viento?, se pregunta mientras aguarda a que Von Kwist continúe.

El fiscal entorna los ojos y la mira de arriba abajo con aire crítico, como si tratara de averiguar qué busca ella.

Se echa hacia atrás, seguro de sí mismo, con las manos unidas detrás de la cabeza.

—Recuerdo que la policía de Copenhague me llamó de madrugada —prosigue—. Querían que participara en calidad de fiscal en la entrevista con Silfverberg. El interrogatorio lo dirigió el antiguo jefe de policía Gert Berglind, y Per-Ola Silfverberg contaba con su abogado, Viggo Dürer.

—¿Así que eran cuatro?

Von Kwist asiente y respira hondo.

—Sí, hablamos durante dos horas y negó todas las acusaciones. Afirmó que su hija adoptiva siempre había tenido una imaginación desbordante. Por supuesto, la cría no había tenido una vida fácil. Recuerdo que nos explicó que fue abandonada al nacer por su madre biológica y entregada a la familia Silfverberg. Recuerdo que estaba muy afectado y se sentía extremadamente herido por haber sido acusado de esa manera.

Cuando Jeanette le pregunta cómo puede recordar tantos detalles de hechos tan lejanos, le responde entre risas que tiene una excelente memoria y la mente muy clara.

—¿Había motivos para creerle? —aventura Jeanette—. Quiero decir, Per-Ola y su esposa se marcharon de Dinamarca en cuanto quedó libre y, a mi entender, parece que tenían algo que esconder.

El fiscal exhala un profundo suspiro.

—Creímos su declaración, y punto.

Jeanette menea la cabeza, desanimada.

—¿A pesar de que su hija afirmaba que él le había hecho todas esas cosas? Para mí es absolutamente incomprensible que fuera liberado tan fácilmente.

—No para mí. —Los ojos del fiscal se reducen a dos rayas detrás de sus gafas. Una leve sonrisa despunta en la comisura de sus labios—. Me ocupo de ese tipo de casos desde hace tanto tiempo que sé que siempre hay errores y negligencias.

Jeanette se da cuenta de que no conseguirá nada y cambia de tema.

—¿Y qué puede decir acerca del caso de Ulrika Wendin?

Su sonrisa se desvanece y Von Kwist, víctima de un repentino ataque de tos, se disculpa y abandona unos momentos la estancia. Regresa con dos vasos y una jarra de agua. Deja los vasos sobre la mesa, los llena y ofrece uno a Jeanette.

—¿Qué quiere saber acerca de Ulrika Wendin? —Bebe un buen trago de agua—. Eso fue hace siete años —dice acto seguido.

—Sí, pero con su buena memoria seguro que recuerda que fue ese mismo jefe de policía, Gert Berglind, quien dirigió la investigación acerca de Lundström, un caso que también fue archivado. ¿No vio la relación?

—No, nunca pensé en ello.

—Cuando Annette Lundström le proporcionó una coartada a Karl para la noche en que Ulrika Wendin fue violada, usted aparcó el caso. Sin ni siquiera comprobar sus afirmaciones. ¿Es así?

Jeanette siente cómo su cólera va en aumento, pero trata de reprimirla. No puede enojarse. Debe mantener la calma, a pesar de lo que piense acerca del fiscal.

—Fue una elección —responde con calma—. Muy meditada a partir de los elementos de los que me hallaba en posesión. El interrogatorio trataba de establecer la presencia de Lundström en el lugar de los hechos. Y el interrogatorio demostró que no se hallaba allí. Es así de fácil. No tenía razón alguna para sospechar que fuera mentira.

—En la actualidad, ¿no cree que habría habido que profundizar un poco más?

—La declaración de Annette Lundström no era más que una parte de la información de la que disponía, pero, por descontado, hubiéramos podido profundizar. Y también hubiéramos podido ir más lejos en todo lo demás.

—¿Y no fue así?

—No.

—¿Y les dijo a Gert Berglind y a los investigadores que había que seguir indagando?

—Por supuesto.

—Y, sin embargo, ¿no fue así?

—Seguramente sabían lo que hacían.

Jeanette ve sonreír a Von Kwist. Su voz es la de una serpiente. El día menos pensado vas a caer en tus propios tejemanejes.

# Jutas Backe

La reforma de la psiquiatría que entró en vigor el 1 de enero de 1995 y que consistía en integrar en la sociedad a las personas que padecen enfermedades mentales fue una mala reforma. El hecho de que su principal instigador, Bo Holmberg, presidente de la Comisión de Asuntos Sociales del Parlamento, fuera personalmente víctima de ello debe ser considerado como una ironía del destino.

En efecto, su esposa, la ministra de Asuntos Exteriores Anna Lindh, fue asesinada por un hombre al que el tribunal había considerado un enfermo mental y que por tanto debería haber estado internado.

En lugar de eso, el asesino, Mijailo Mijailović, se encontraba en libertad y utilizaba las calles de Estocolmo como campo de batalla donde enfrentarse a sus demonios.

Aunque en los años setenta se cerraron muchos hospitales psiquiátricos, cabe preguntarse qué habría ocurrido si la Comisión de Asuntos Sociales hubiera tomado otra decisión.

En Estocolmo, los albergues disponen de unas dos mil camas: para los cinco mil vagabundos, que a menudo arrastran problemas de alcohol y drogas, encontrar un techo es una guerra permanente.

Como la mitad de ellos sufren además trastornos psiquiátricos, frecuentemente se producen peleas por las camas disponibles, y por esa razón muchos eligen otros lugares donde dormir.

En los grandes subterráneos excavados en la roca bajo la iglesia de San Juan, en el barrio de Norrmalm, se han creado colonias enteras que tienen en común mantenerse al margen de la protección habitual de la sociedad.

En esas salas chorreantes de humedad, con apariencia de catedral, han hallado por lo menos algo parecido a un refugio.

Unas pequeñas carpas de plástico o de lona comparten el espacio con cajas de cartón o un simple saco de dormir.

La calidad del hábitat varía enormemente y algunos alojamientos pueden ser considerados como lujosos.


En lo alto de la cuesta de Jutas Backe, toma Johannesgatan a la izquierda y sigue el muro del cementerio.

Cada paso la acerca a algo nuevo, a un lugar donde podría quedarse y ser feliz. Cambiar de nombre, cambiar de ropa y dejar atrás su pasado.

Un lugar donde su vida podría tomar otro camino.

Saca el gorro del bolsillo de su abrigo y, al ponérselo, esconde bien su cabello rubio.

Su estómago descompuesto le manda un aviso y, como la última vez, se pregunta qué hará si necesita ir al baño.

Entonces todo salió bien, ya que la víctima no le puso ningún problema para entrar, incluso la invitó a pasar. Per-Ola Silfverberg fue muy ingenuo, demasiado confiado, cosa que le parece rara en un hombre que había triunfado en el mundo de los negocios.

Per-Ola Silfverberg le daba la espalda cuando ella sacó su cuchillo y le cortó las venas del antebrazo derecho. Cayó de rodillas, se volvió y la contempló, casi atónito. Primero a ella, y luego el charco de sangre que se iba formando sobre el suelo de madera clara. Su respiración era ronca, pero a pesar de ello trató de ponerse en pie, y ella le dejó hacer puesto que de todas formas no tenía ninguna oportunidad. Cuando sacó la polaroid, pareció sorprendido.


Necesitó casi dos semanas para localizar a la mujer en esa cavidad bajo la iglesia. Un mendigo en la plaza Sergel Torg le contó que, aunque en la actualidad se hallara en esa situación, ella seguía hablando y comportándose como la aristócrata que aún creía ser.

A pesar de sus orígenes, Fredrika Grünewald había acabado en la calle, donde, en esos últimos diez años, se hacía llamar la Condesa. A causa de las azarosas inversiones de Fredrika, la familia Grünewald había perdido toda su fortuna.

Durante un tiempo, dudó en vengarse de Fredrika, pues ya conocía el infierno, pero tenía que terminar lo que había empezado.

Estaba decidido. No había más que hablar. No había motivo para la piedad. Daba igual si era una vagabunda marginada o una dama de la alta sociedad.

Le vienen a la mente los recuerdos de Fredrika Grünewald.

Se acuerda de un suelo sucio y oye las respiraciones. Olor a sudor, a tierra mojada y a aceite de motor.

Aunque Fredrika Grünewald hubiera sido instigadora o una simple ejecutora, era culpable. No hacer nada también es un delito.

Quien calla otorga.

Toma a la izquierda en Kammarkargatan y luego de nuevo a la izquierda en Döbelnsgatan. Se halla ahora al otro lado del cementerio, allí donde se supone que se encuentra la entrada. Aminora la marcha y busca la puerta de hierro de la que le había hablado el mendigo.

Una pareja de edad avanzada pasa por la misma acera y ella se echa el gorro sobre la frente. Una cincuentena de metros más abajo, una silueta oscura se halla de pie bajo un árbol. Al lado, una puerta metálica entreabierta de la que sale un vago murmullo.

Por fin ha encontrado el subterráneo.

—Joder, ¿quién eres tú?

Un hombre sale de la sombra.

Está borracho y mejor así, puesto que sus recuerdos de ella serán imprecisos o incluso inexistentes.

—¿Conoces a la Condesa?

Ella le mira a los ojos, pero como el hombre bizquea mucho le cuesta saber dónde fijar la mirada.

La mira de arriba abajo.

—¿Por qué?

—Soy amiga suya, y tengo que verla.

El hombre se ríe.

—¿Así que la vieja tiene amigos? No lo sabía. —Saca un paquete de cigarrillos arrugado y se enciende uno—. ¿Y qué gano yo, quiero decir, si te llevo hasta ella?

Ya no está tan segura de que esté borracho. La súbita claridad de su mirada la asusta. ¿Y si se acordara de ella?

—¿Qué quieres a cambio?

Ella baja la voz, casi susurra. No quiere que oídos extraños sorprendan su conversación.

—Doscientas, diría. Sí, me parece razonable.

El hombre sonríe.

—Te daré trescientas si me muestras dónde está. ¿Trato hecho?

El hombre asiente con la cabeza y chasquea la lengua.

Ella saca su billetero y le tiende tres billetes de cien, que él contempla con un rictus de satisfacción antes de aguantarle la puerta e indicarle que entre.

Una peste dulzona, asquerosa, se le mete en la garganta y saca un pañuelo de su bolsillo. Lo sostiene sobre su nariz para no vomitar, mientras su reacción hace que su guía se carcajee.

La escalera es larga, y cuando sus ojos se han acostumbrado a la oscuridad, ve un débil resplandor abajo.

—Cuidado con caerse. Esto es muy resbaladizo.

El hombre la agarra suavemente del brazo y ese contacto la sobresalta.

—¡Vale, vale! —exclama él—. Ya lo he pillado. Tengo la lepra, ¿verdad?

Suelta la presa, sinceramente herido.

Asqueroso. No eres más que un nido de infecciones.

Al entrar en la gran sala, al principio no cree lo que ven sus ojos. Es grande como un pequeño campo de fútbol, con una altura de por lo menos diez metros. Hay un batiburrillo de tiendas de lona, cajas de cartón y barracas en torno a braseros, con un montón de gente tumbada o sentada frente a los fuegos.

Pero lo más impresionante es el silencio.

Solo se oye un débil rumor de susurros y ronquidos.

Reina una atmósfera respetuosa. Como si los que allí viven tuvieran un acuerdo tácito, no molestar y dejar a los otros en paz.

El hombre pasa delante de ella y lo sigue entre las sombras. Nadie parece fijarse en ella.

El hombre aminora el paso y se detiene.

—Ahí está la vieja. —Señala una barraca hecha con bolsas de basura negras, suficientemente grande para al menos cuatro personas. La entrada está cerrada con una manta azul—. Me largo. Si te pregunta quién te ha indicado el camino, dile que ha sido Börje.

—De acuerdo, gracias.

El hombre se vuelve sobre sus talones y se marcha por donde han venido.

Al agacharse, ve que algo se mueve en el interior. Despacio, se quita el pañuelo de delante de la boca y se atreve a respirar. El aire es pesado, asfixiante y trata de inspirar solo por la boca. Saca la cuerda de piano y la esconde en su mano.

—¿Fredrika? —susurra—. ¿Estás ahí? Tengo que hablar contigo.

Se aproxima a la entrada, saca la polaroid de su bolso y aparta lentamente la manta.

Si la vergüenza tiene olor, es lo que le pica en la nariz.

# Tvålpalatset

Ann-Britt anuncia por la línea interna que Linnea Lundström acaba de llegar y Sofia Zetterlund sale a recibirla en la sala de espera.

Como con Ulrika Wendin, Sofia prevé un método en tres etapas para la psicoterapia de Linnea.

La primera etapa del tratamiento tiene exclusivamente por objeto estabilizarla y hacer que sienta confianza. Apoyo y estructura son las palabras clave. Sofia espera que no sea necesaria medicación, ni para Ulrika ni para Linnea. Pero, una vez más, no se puede excluir por completo. La segunda etapa consiste en rememorar, elaborar, discutir y revivir el trauma sexual. Finalmente, en la última fase, las experiencias traumáticas deben diferenciarse de la sexualidad actual y futura.

Sofia se ha visto superada por el relato que Ulrika le ha hecho de su encuentro en el bar con un desconocido, un asunto puramente sexual que visiblemente le ha sentado bien.

Ha sufrido repetidas violaciones y padece vestibulitis. Un encuentro con un desconocido la ha ayudado a relajarse y, consciente o inconscientemente, ha experimentado por sí misma el vínculo entre intimidad y sexualidad.

Luego Sofia recuerda la reacción de Ulrika al ver la foto de Viggo Dürer. Viggo Dürer tuvo un papel central en la infancia de Linnea.

¿Qué papel desempeñó en la vida de Ulrika?

Linnea Lundström se acomoda en el sillón.

—Tengo la sensación de que acabo de marcharme de aquí. ¿Estoy tan enferma como para tener que venir todos los días?

Sofia se alegra de ver que Linnea está tan relajada que hasta puede bromear.

—No, no se trata de eso. Pero al principio es bueno verse a menudo, eso permite que nos conozcamos rápidamente.

Los diez primeros minutos de la conversación son vacilantes. Hablan del estado general de Linnea, físico y psíquico.

Poco a poco, Sofia orienta la entrevista hacia el tema que motiva verdaderamente esas sesiones: las relaciones de la niña con su padre.

Sofia preferiría que Linnea abordara ella misma el tema, como hizo la víspera, y enseguida ve satisfecho su deseo.

—Ha dicho que se trata de ayudarse mutuamente —dice Linnea.

—Sí, es una condición necesaria.

—¿Cree que puedo comprenderme mejor a mí si le comprendo mejor a él?

Sofia demora su respuesta.

—Quizá… Primero quiero estar segura de que me consideras la persona adecuada con quien hablar.

Linnea parece sorprendida.

—Ah, porque ¿hay otras? ¿Como mis amigas o así? Me moriría de vergüenza…

Sofia sonríe.

—No, no necesariamente tus amigas. Pero hay otros terapeutas.

—Usted habló con él. Es la más adecuada, en todo caso eso dice Annette.

Sofia mira a Linnea y constata que la mejor palabra para describirla es la arrogancia. No puedo perderla ahora, se dice.

—Lo entiendo… Volvamos a tu padre. Si quieres hablar de él, ¿por dónde quieres empezar?

Linnea extrae un papel arrugado del bolsillo de su chaqueta y lo deja sobre la mesa. Parece que bromee.

—Ayer le oculté una cosa. —Linnea titubea y luego empuja el papel hacia Sofia—. Es una carta que papá me escribió la primavera pasada. ¿Puede leerla?

Sofia contempla el papel. La carta parece haber sido leída varias veces.

Una hoja doblada arrancada de un cuaderno cuadriculado, cubierta con una caligrafía contorneada, minúscula.

—¿Quieres que la lea ahora?

Linnea asiente con la cabeza y Sofia toma la carta.

La caligrafía es bonita, pero difícil de descifrar. La carta ha sido escrita en avión durante unas violentas turbulencias, está fechada en Niza-Estocolmo el 3 de abril de 2008 y, por lo que cuenta Karl Lundström, Sofia deduce que asistió a un congreso de empresarios en la Costa Azul. La carta fue escrita, pues, justo unas semanas antes de su arresto.

Arranca con meros piropos. Luego el texto se vuelve más fragmentario e incoherente.

El talento es paciencia y temor a la derrota. Tú posees las dos características, Linnea, así que tienes todo lo necesario para triunfar, aunque de momento no te lo parezca.

Pero para mí todo ha terminado. En la vida hay heridas que devoran el alma solitaria como una lepra.

¡No, tengo que buscar la sombra! Sana y viva, acércate a ellos, síguelos temblorosa y hazlos amables, yo voy a buscar dónde vivir en la casa de las sombras.

Sofia reconoce la expresión. En su entrevista en el hospital de Huddinge, Karl Lundström habló de la casa de las sombras. Dijo que era una metáfora para designar un lugar secreto, prohibido.

Echa un vistazo a Linnea por encima del papel.

La muchacha titubea antes de sonreír, baja de nuevo la vista y Sofia retoma la lectura.

Todo está en ese libro que tengo conmigo. Se trata de ti y de mí.

Está escrito que no hago más que desear lo que miles, tal vez millones incluso hicieron antes que yo, y que por tanto mis actos están sancionados por la historia. Las pulsiones que me empujan hacia ese deseo no habitan en mi conciencia, sino que son el contragolpe de la interacción colectiva con los demás. Con el deseo de los demás.

Hago solo como los demás y mi conciencia puede estar en paz. Sin embargo, ¡me dice que hay algo que no está bien! ¡No lo entiendo!

Podría preguntar al oráculo de Delfos, a la Pitia, la única mujer que nunca miente.

Gracias a ella, Sócrates comprendió que es sabio quien sabe que no sabe nada. El ignorante cree saber algo que no conoce, y resulta ser doblemente ignorante, ¡puesto que no sabe que no sabe! ¡Pero yo sé que no sé nada!

¿Y, sin embargo, soy sabio?

Siguen unas líneas ilegibles, luego una gran mancha roja oscura que Sofia supone que debe de tratarse de vino tinto. Mira de nuevo a Linnea y arquea una ceja en señal de interrogación.

—Lo sé —dice la chica—. Es un poco lioso, seguramente estaría borracho.

Sofia sigue leyendo en silencio:

Al igual que Sócrates, soy un criminal acusado de corromper a la juventud. Pero ¿él era pederasta, verdad, y quizá sus acusadores tenían razón? El Estado venera a sus dioses y a nosotros se nos reprocha adorar a demonios.

¡Sócrates era igual que yo! ¿Estamos equivocados? ¡Todo está en ese libro! A propósito, ¿sabes qué pasó en Kristianstad cuando eras pequeña? ¿Viggo y Henrietta? ¡Está en ese libro!

Viggo y Henrietta Dürer, piensa Sofia. Annette Lundström habló del matrimonio Dürer y Viggo está representado en los dibujos de Linnea.

Sofia reconoce la ambivalencia de Karl Lundström ante el bien y el mal ya constatada en Huddinge, las piezas del rompecabezas se colocan en su sitio. Lee, aunque esa carta la indigne.

El gran sueño. Y la ceguera. Annette es ciega y Henrietta era ciega, como corresponde a las chicas bien educadas en el internado de Sigtuna.

El internado de Sigtuna, piensa Sofia. ¿Henrietta? ¿Quién es? Interrumpe la lectura y deja la carta. Algunos puntos la han hecho reaccionar violentamente.

Comprende que Henrietta Dürer fue compañera de clase de Annette Lundström. Ella también llevaba una máscara de cerdo, gruñía y reía. Tenía otro apellido, corriente, ¿Andersson, Johansson? Pero era una de ellas, enmascarada y ciega.

Y se casó con Viggo Dürer. Sofia siente un nudo en el estómago.

Linnea interrumpe sus reflexiones.

—Papá dijo que usted le había comprendido. Creo que de quien habla en su carta es de alguien como usted, una pitonisa, como dice… pero es muy raro.

—¿Qué recuerdos tienes de Viggo Dürer? ¿Y de Henrietta?

Linnea no responde y se hunde en su sillón, con la mirada extraviada.

—¿Qué es ese libro al que se refiere?

Linnea suspira de nuevo.

—No lo sé… Leía mucho, pero hablaba a menudo de un libro que se llama *Los preceptos de la Pitia*.

—¿*Los preceptos de la Pitia*?

—Sí, pero nunca me lo enseñó.

—Y menciona Kristianstad. ¿En qué te hace pensar?

—No lo sé.


En menos de una semana ha conocido a dos chicas destrozadas por un mismo hombre. Aunque Karl Lundström esté muerto, tratará de que sus víctimas obtengan una reparación.

¿Qué es la debilidad? ¿Ser una víctima? ¿Una mujer? ¿Explotada? No, la debilidad es no revertirlo en beneficio propio.

—Puedo ayudarte a recordar —dice.

Linnea la mira.

—¿Eso cree?

—Lo sé.

Sofia abre el cajón de su mesa y saca los dibujos que Linnea hizo a los cinco, nueve y diez años.

# Subterráneo de San Juan

El nombre Juan procede del hebreo Jehohanan, «Dios es misericordioso». La Orden de San Juan existe desde el siglo XII, al servicio de los pobres y los enfermos.

Por ello es de una lógica providencial que el subterráneo excavado debajo de la iglesia de San Juan en Estocolmo sirva de refugio a los pobres y a los excluidos.

En la puerta del subterráneo, un adhesivo desleído que se parece mucho a la bandera danesa: el escudo de la Orden de San Juan, una cruz de Malta en negativo, blanca sobre fondo rojo, que alguien debió de pegar allí para significar que en ese lugar cualquiera, fuera quien fuera, se encontraba seguro.

Por el contrario, que ese mensaje de seguridad suene hoy como una llamada de socorro entre las paredes rocosas de esa cripta no es una lógica providencial, sino más bien una ironía del destino.

Dennis Billing despierta a Jeanette Kihlberg a las seis y media, y le ordena que vaya de inmediato al centro de la ciudad: han hallado a una mujer asesinada en el subterráneo de San Juan.

Garabatea deprisa una nota para Johan y la deja junto con un billete de cien sobre la mesa de la cocina, se marcha de puntillas y se monta en su coche.

Llama a Jens Hurtig. Ya le han avisado y, si el tráfico lo permite, estará en el lugar del crimen en un cuarto de hora. Por lo que le han dicho, hay un gran alboroto en el subterráneo, así que deciden encontrarse en la superficie.

Un camión ha sufrido un reventón en el túnel del cinturón de ronda sur, y la circulación está prácticamente parada. Comprende que llegará tarde y llama a Hurtig para decirle que baje sin ella.

El atasco se desbloquea en el puente central y, cinco minutos más tarde, toma el túnel Klara, sale por Sveavägen y pasa junto a Konserhuset. Al ser Kammarkargatan de sentido único, rodea por Tegnérgatan y luego vuelve a subir a la derecha por Döbelnsgatan.

Una aglomeración bloquea la calle. Aparca sobre la acera y sale del coche.

Hay tres coches patrulla, con los girofaros encendidos, y una decena de policías tratan de controlar la entrada al subterráneo.

Jeanette se dirige hacia Åhlund. Schwarz está un poco más lejos, delante de una gran puerta metálica.

—¿Cómo van las cosas? —Se ve obligada a gritar para que la oigan.

—Hay un jaleo brutal. —Åhlund hace un gesto de impotencia—. Han evacuado a todo el mundo, hay casi cincuenta personas. Imagínate qué panorama… —Señala la multitud—. Joder, no tienen adónde ir.

—¿Habéis avisado a la misión municipal?

Jeanette se aparta para dejar pasar a un colega que se dispone a ocuparse de una de las personas más agresivas.

—Claro, pero están al completo, de momento no pueden ayudarnos.

Åhlund aguarda sus instrucciones. Jeanette reflexiona y prosigue:

—Esto es lo que vamos a hacer. Haz venir lo antes posible un autobús urbano. Podrán calentarse en el interior mientras esperan y podremos hablar con aquellos que tienen algo que contar. Pero supongo que la mayoría no serán muy habladores, como de costumbre.

Åhlund asiente con la cabeza y empuña su walkie-talkie.

—Lo intentaré. Esperemos que no tarden mucho en poder bajar de nuevo.

Jeanette se dirige a la puerta metálica, donde Schwarz la detiene y le ofrece una máscara blanca.

—Creo que será mejor que te la pongas.

Frunce la nariz.

La pestilencia es realmente insoportable. Jeanette se coloca las gomas elásticas alrededor de las orejas y comprueba que la máscara sea estanca alrededor de la nariz antes de adentrarse en la oscuridad.

La gran sala está bañada por el vivo resplandor de los proyectores alimentados por un ruidoso grupo electrógeno.

Jeanette se detiene para contemplar esa extraña ciudad subterránea.

Un chabolismo igual que el de los arrabales de Río de Janeiro. Unas viviendas de fortuna construidas con materiales recuperados en la calle, algunas elaboradas con visible inquietud estética y otras como simples cabañas infantiles. A pesar del desorden, hay allí una forma de organización.

Un subyacente deseo de estructura.

Hurtig la saluda a una veintena de metros de allí. Se reúne con él saltando prudentemente por encima de sacos de dormir, bolsas de basura, cajas de cartón y ropa. Cerca de una tienda de lona, hay una pequeña estantería de libros. Una pancarta de papel anuncia que los libros están en régimen de libre servicio, pero hay que devolverlos.

Sabe que los prejuicios sobre los sin techo retrasados e incultos son falsos. Basta sin duda un poco de mala suerte, algunas facturas impagadas o una depresión para caer ahí.

Hurtig la espera junto a una barraca de bolsas de plástico. Una manta vieja azul cuelga a la entrada y adivina que hay alguien tendido detrás.

—Bueno, ¿qué ha pasado?

Jeanette se inclina y trata de ver el interior de la barraca.

—La mujer que se encuentra ahí debajo se llama Fredrika Grünewald, conocida como la Condesa, pues se supone que es de familia aristocrática. Lo estamos comprobando.

—Muy bien. ¿Algo más?

—Algunos testigos dicen que un tal Börje vino ayer aquí en compañía de una desconocida.

—¿Han localizado a ese Börje?

—No, aún no, pero es muy famoso por aquí, así que no será difícil dar con él. Hemos decretado su búsqueda.

—Bien, bien.

Jeanette se acerca a la abertura de la barraca.

—Se halla en un estado lamentable. Tiene la cabeza casi separada del cuello.

—¿Cuchillo?

Se incorpora.

—No lo creo. Hemos encontrado esto. —Hurtig le tiende una bolsita de plástico que contiene un largo cable metálico—. Sin duda se trata del arma del crimen.

Jeanette asiente con la cabeza.

—¿Y no lo ha hecho alguien de aquí?

—No lo parece. Si la hubieran golpeado y luego robado, en ese caso… —Hurtig parece perplejo—. Pero esto es otra cosa.

—¿No le han robado nada?

—No. Su billetera está ahí, con casi dos mil coronas en efectivo y una tarjeta de transporte.

—Vale. ¿Qué piensas?

Hurtig se encoge de hombros.

—Una venganza, quizá. Después de matarla, el asesino la ha cubierto de excrementos. Sobre todo alrededor de la boca.

—¡Qué horror!

—Ivo verificará si se trata de su mierda, pero, con un poco de suerte, será la del asesino.

Hurtig señala hacia el interior de la tienda, donde Ivo Andrić y dos colegas introducen el cadáver en una bolsa gris para trasladarlo a Solna.

Los técnicos de la policía científica levantan las bolsas de plástico y Jeanette observa el conjunto de la vivienda. Un pequeño hornillo de alcohol, algunas latas de conservas y un montón de ropa. Coge una prenda delicadamente y constata que es un vestido de Chanel. Casi nuevo.

Mira las conservas aún intactas. Varias son productos de importación: mejillones, foie gras, paté. No son de las que se encuentran en el supermercado de la esquina.

¿Por qué Fredrika Grünewald se escondía allí? No parece que no tuviera dinero. Debe de haber otra razón. Pero ¿cuál?

Jeanette observa sus efectos personales. Algo no cuadra. Falta algo. Entorna los ojos, lo borra todo y trata de ver el conjunto sin prejuicios.

¿Qué es lo que no veo?, se pregunta.

—Ah, Jeanette. —Ivo Andrić le da una palmada en la espalda—. Solo una cosa antes de marcharme. Lo que tiene en la cara no son excrementos humanos. Es caca de perro.

En el mismo momento, ella lo ve.

No es algo que falte.

Es una cosa que no debería estar allí.

# Dinamarca, 1988

*¿Hoy vas a ser capaz, cobarde de mierda? ¿Eres capaz? ¿Eres capaz?*
*¡No, no eres capaz! ¡No eres capaz! ¡Tienes demasiado miedo!*
*¡Qué patética eres! ¡No me sorprende que no le importes una mierda a nadie!*

Las aceras de Istedgade están bordeadas de fachadas desconchadas, hoteles, bares y sex-shops. Sonríe al reconocer la calle transversal un poco más tranquila por la que se adentra, Viktoriagade. Estuvo allí apenas un año atrás y recuerda que el hotel se halla muy cerca, en la manzana siguiente a la izquierda después del cruce, al lado de una tienda de discos.

Un año antes, eligió cuidadosamente ese hotel. En Berlín, durmió en Kreuzberg, en Bergmannstrasse, y allí se cerraba el círculo. Viktoriagade era un lugar lógico para morir.

Al empujar la vieja puerta de madera de la recepción, observa que el rótulo de neón aún está roto. Allí sigue el mismo hombre de la última vez, aburrido. Entonces fumaba, ahora masca un mondadientes. Parece estar a punto de quedarse dormido.

Le da la llave y ella paga con unos billetes arrugados que ha encontrado en una lata de galletas en la cocina de Viggo.

Tiene casi dos mil coronas danesas y más de novecientas suecas. Le bastarán para unos días. La caja de música que le ha robado a Viggo le permitirá obtener quizá unos cientos más.

La habitación número 7, donde el verano anterior intentó ahorcarse, se encuentra un piso más arriba.

225

Al subir los peldaños crujientes de la escalera de madera, se pregunta si habrán reparado el lavabo. Antes de decidir colgarse, rompió una botella de perfume contra el lavabo y agrietó el esmalte hasta el fondo.

Luego todo sucedió sin dramatismo.

El gancho del techo se soltó y ella despertó en el suelo del baño con su cinturón alrededor del cuello, el labio partido y un diente delantero roto. Limpió la sangre con una camiseta.

Era como si nada hubiera ocurrido, aparte del lavabo agrietado y del gancho arrancado del techo. Un acto casi invisible, absurdo.

Abre y entra en la habitación. La misma cama estrecha contra la pared de la derecha, el mismo armario a la izquierda, los cristales de la ventana que dan a Viktoriagade igual de sucios. Olor a tabaco y a moho. La puerta del minúsculo baño está abierta.

Se descalza, deja su bolso sobre la cama y abre la ventana para ventilar.

Fuera se oye el rumor del tráfico y ladridos de los perros callejeros.

Va al baño. El agujero del techo ha sido enyesado y la grieta del lavabo tapada con silicona no es más que una raja sucia.

Cierra la puerta del baño y se tumba en la cama.

No existo, piensa, y se echa a reír.

Toma un bolígrafo, saca el diario de su bolso y escribe.

*Copenhague, 23 de mayo de 1988*

Dinamarca es un país de mierda. No hay más que cerdos y campesinos, guarras que se acostaban con los alemanes y retoños de los invasores.

No soy más que un agujero, una raja y unos actos absurdos. Viktoriagade o Bergmannstrasse. Violada entonces por unos alemanes en suelo danés. En el Festival de Roskilde, por cuatro jóvenes alemanes.

Hoy mancillada por un danés hijo de alemán en un búnker construido por los alemanes en Dinamarca. Dinamarca, Alemania. Viggo es las dos. El hijo danés de una puta que se follaba a los alemanes.

Se ríe ruidosamente.

—Solace Aim Nut. Consuélame, estoy loca.

¿Cómo se puede una llamar así?

Luego deja su diario. Ella no está loca. Los demás sí.

Piensa en Viggo Dürer. El Coco.

Merece que lo estrangulen y lo arrojen al fondo de un búnker del Oddesund.

Nacido de un coño danés y muerto en un agujero de mierda alemán. Así se lo podrían comer los cerdos.

Retoma su diario.

Se detiene y lo hojea hacia atrás. Dos meses, cuatro meses, seis meses.

Lee.

*Värmdö, 13 de diciembre de 1987*

Solace no se despierta después de lo que él ha hecho en la sauna. Tengo miedo de que se esté muriendo. Respira con los ojos abiertos pero está completamente ausente. Ha sido duro con ella. Su cabeza golpeaba contra la pared mientras él lo hacía y luego ella parecía los palos del mikado, desparramada sobre la banqueta de la sauna.

Le he humedecido la cara con un paño mojado, pero no quiere despertarse.

¿Está muerta?

Le odio. La bondad y el perdón no son más que otras formas de la opresión y de la provocación. El odio es más puro.

Victoria avanza unas cuantas páginas.

Solace no estaba muerta. Se despertó, pero no dijo nada, solo tenía dolor de vientre y empujaba como si fuera a dar a luz. Entonces él subió a nuestra habitación.

Al vernos, primero pareció compungido. Luego se sonó sobre nosotras. Con un dedo se tapó un agujero de la nariz, ¡y se sonó sobre nosotras!

¿No podría por lo menos haber escupido?

Apenas reconoce su propia escritura.

Solace se niega a quitarse la máscara. Su rostro de madera empieza a cansarme. No hace más que estar tumbada gimiendo. Cruje. La máscara debe de habérsele pegado a la cara como si las fibras de la madera la hubieran roído.

Es un pelele. Ahí tendida, muda y muerta, y su rostro de madera cruje porque en la sauna hay mucha humedad.

Los peleles no tienen hijos. Se limitan a hincharse con la humedad y el calor.

¡La odio!

Victoria cierra el diario. Por la ventana, oye una carcajada.

Por la noche, sueña con una casa con todas las ventanas abiertas. Tiene que cerrarlas, pero en cuanto cierra la última se abre otra. Extrañamente, es ella quien ha decidido que todas las ventanas no pueden cerrarse al mismo tiempo, sería demasiado fácil. Cerrar, abrir, cerrar, abrir, y así hasta que ella se cansa y se agacha para orinar en el suelo.

Cuando se despierta, su cama está tan mojada que la orina se ha filtrado hasta el suelo a través del colchón.

No son más de las cuatro de la madrugada, pero decide levantarse. Se lava, recoge sus cosas, sale de la habitación con las sábanas, que echa en una papelera en el pasillo, y baja a la recepción.

Se sienta en la pequeña cafetería y enciende un cigarrillo.

Es la cuarta o quinta vez en menos de un mes que se despierta porque se ha orinado en la cama. Eso ya le había sucedido, pero no tan seguido ni en relación con unos sueños tan vívidos.

Saca unos libros de su mochila.

Su manual de psicología y varias obras de Robert J. Stoller. Le parece un nombre curioso para un psiquiatra. Y que la edición de bolsillo de los *Tres ensayos sobre teoría sexual* de Freud, que también lleva consigo, es ridículamente delgada.

Su ejemplar de *La interpretación de los sueños* se cae a pedazos de tanto haberlo leído. Contrariamente a lo que creía a priori, se muestra totalmente opuesta a las teorías freudianas.

¿Por qué los sueños serían la expresión de deseos inconscientes y de conflictos interiores ocultos?

¿Y qué sentido tiene ocultarse a uno mismo las propias intenciones? Sería como si fuera una persona cuando sueña y otra despierta: ¿qué lógica tendría?

Los sueños son simplemente el reflejo de sus pensamientos y de sus fantasías. Contienen sin duda una simbología, pero no cree que vaya a aprender a conocerse mejor indagando en su significado.

Parece estúpido querer resolver los problemas de la vida real interpretando los sueños y cree que eso incluso puede ser peligroso.

¿Y si se les da una interpretación que no tienen?

Más interesante es el hecho de que tenga sueños lúcidos, y lo ha comprendido leyendo un artículo sobre el tema. Es consciente de que sueña cuando duerme y puede intervenir en los acontecimientos que tienen lugar en sus sueños.

Se echa a reír al constatar que cada vez que se ha meado encima mientras dormía ha sido una elección voluntaria por su parte.

Aún es más divertido pensar que la investigación psicológica atribuye al soñador lúcido una capacidad cerebral superior a la media. Así pues, se mea encima porque su cerebro es mucho más refinado y desarrollado que el de los demás.

Apaga su cigarrillo y saca otro libro. Es una introducción a la teoría del apego, las consecuencias que la relación del recién nacido con su madre tiene en la vida futura del niño. Aunque ese libro no entre en el programa de su curso y además la deprima, no puede evitar leerlo de vez en cuando. Página tras página, capítulo tras capítulo, trata de lo que le han robado y de lo que ella misma se priva.

De las relaciones con otras personas.

Su madre lo destruyó todo desde su nacimiento y su padre veló tiernamente sobre las ruinas musgosas de su vida relacional prohibiéndole cualquier contacto con los demás.

Deja de sonreír.

¿Acaso siquiera lo echa en falta? ¿Una relación, alguien?

En cualquier caso, no tiene amigos y no echa de menos tener a alguien que la eche de menos.

Hannah y Jessica quedaron olvidadas tiempo atrás. ¿También la han olvidado ellas? ¿Han olvidado las promesas que se hicieron? ¿La fidelidad eterna y todo eso?

Pero hay una persona a la que echa de menos desde que ha llegado a Dinamarca. Y no es Solace. Sin ella se las apaña.

Echa de menos a la vieja psicóloga del hospital de Nacka.

Si hubiese estado allí, habría comprendido que Victoria había regresado a ese hotel por una única razón: revivir su muerte.

Al mismo tiempo, ha comprendido lo que le quedaba por hacer.

Si no llega a morir, puede convertirse en otra, y sabe cómo.

Primero tomará el barco a Malmö, luego el tren para regresar a Estocolmo y finalmente el autobús hasta Tyresö, donde vive la anciana.

Y esta vez se lo contará todo, absolutamente todo lo que sabe acerca de ella misma.

Tiene que hacerlo.

Si quiere que Victoria Bergman muera de una vez.

# Instituto de Medicina Legal

La última vez que Ivo Andrić vomitó fue durante el asedio de Sarajevo, más de quince años atrás, tras un ataque serbio en los arrabales de la ciudad, cuando formó parte de un grupo de voluntarios que se ocupó de reunir lo que quedaba de la decena de familias que tuvieron la desgracia de cruzarse en el camino de los escuadrones de la muerte.

Después de apenas quince minutos de trabajo con el cuerpo de Fredrika Grünewald, Ivo Andrić interrumpe la autopsia y se dirige al baño más próximo.

El ayer y el hoy son iguales. Odio, envilecimiento y represalias.

Al regresar a la sala de autopsias, trata de no pensar en la chiquilla a la que sacó del edificio de Ilidža.

—*Jebiga!* —maldice al entrar y oler de nuevo la pestilencia del cadáver.

Olvida Ilidža, se dice poniéndose de nuevo la mascarilla.

Es una mujer gorda, no una chiquilla.

Olvídala.

Ivo Andrić no tiene por costumbre llorar y no se da cuenta de que está haciéndolo.

Su cerebro no le dice que enjuga sus lágrimas con el dorso de la mano mientras con la otra aparta la sábana que cubre el cuerpo desnudo de Fredrika Grünewald.

Coge su cuaderno y anota con asco que la pobre mujer probablemente se ha ahogado con la mierda de perro que la han obligado a tragarse.

En la boca y en las vías respiratorias hay también restos de vómito de gambas y vino blanco.

¿Por qué me dedico a este oficio?, piensa cerrando los ojos.

Contra su voluntad, sus pensamientos han vuelto a la chiquilla que había ido a ver a sus primos en Ilidža.

Se llamaba Antonija. Era su hija pequeña.

# Tvålpalatset

Linnea Lundström está en el sillón del paciente al otro lado de la mesa. Sofia se sorprende ante la rapidez con la que ha logrado inspirarle confianza.

Le muestra a Linnea las fotos de los tres dibujos.

Linnea a los cinco, nueve y diez años, dibujada con lápices de colores.

−¿Esa de ahí eres tú? −pregunta Sofia señalando con el dedo−. Y la de allí, ¿es Annette?

Linnea parece sorprendida pero no dice nada.

−Y ese, ¿es un amigo de la familia? −Sofia señala a Viggo Dürer−. De Escania. De Kristianstad.

Sofia tiene la impresión de que la chica se siente aliviada.

−Sí −suspira−, pero los dibujos son muy malos. No se parecía en nada. Era mucho más delgado.

−¿Cómo se llamaba?

Linnea vacila un momento y acaba susurrando:

−Es Viggo Dürer, el abogado de mi padre.

−¿Quieres hablarme de él?

La respiración de la chica se vuelve más superficial y entrecortada, como si se ahogara.

−Usted es la primera persona que entiende mis dibujos −dice.

Sofia piensa en Annette Lundström, que se ha equivocado en todo.

−Sienta bien que alguien te comprenda −continúa Linnea−. ¿Es usted como esa de la que hablaba mi padre en su carta? ¿Una pitonisa que comprende?

—Puedo ser la que comprende —sonríe Sofia—, pero no sin tu ayuda. ¿Quieres hablarme de lo que significan esos dibujos?

La respuesta es rápida, sorprendentemente directa, aunque no diga nada del propio contenido de las imágenes:

—Él era… le quería cuando era pequeña.

—¿A Viggo Dürer?

Mira al suelo.

—Sí… Era bueno, al principio. Luego, cuando tuve unos cinco años, podía ser muy extraño.

Es la propia Linnea quien toma la iniciativa de hablar de Viggo Dürer, y Sofia comprende que la segunda fase de la terapia ha comenzado. Rememorar y elaborar el trauma.

—¿Quieres decir que fue bueno contigo hasta los cinco años?

—Eso creo.

—¿Tienes recuerdos más precisos de esa época?

Linnea aparta la mirada del suelo y la dirige a la ventana.

—Precisos no sé. En todo caso, recuerdo que me caía bien antes de lo que pasó en Kristianstad… Cuando vino a vernos.

Sofia piensa en el dibujo de Viggo Dürer con su perro en el jardín de los Lundström en Kristianstad. El propio Karl Lundström menciona los hechos en la carta que Linnea le ha enseñado. Linnea desprecia a su padre, pero tiene miedo de Viggo. Hizo lo que le decía Viggo. Annette y Henrietta estaban ciegas. Cerraban los ojos ante lo que ocurría delante de sus narices.

Como de costumbre, se dice Sofia.

Karl Lundström escribió luego que Viggo era doblemente ignorante: en su carta le reprocha equivocarse y no saberlo.

Solo queda una pregunta, constata Sofia. ¿En qué consiste la doble ignorancia de Viggo Dürer?

Está segura de haber comprendido el objetivo de Karl Lundström. Se inclina y mira a Linnea a los ojos.

—¿Quieres contarme lo que pasó en Kristianstad?

# Lago Klara

El fiscal Von Kwist solo tiene de noble el apellido. Se limitó a añadir una partícula a su nombre para hacerse el interesante en el instituto. Siempre es extremadamente vanidoso y vela celosamente por su reputación y su apariencia.

Kenneth von Kwist tiene un problema que le preocupa mucho. Sí, está tan preocupado por la conversación que acaba de tener con Annette Lundström que se le ha despertado su úlcera de estómago.

La benzodiacepina, piensa. Una sustancia tan adictiva que hay que poner seriamente en duda el testimonio de un hombre al que se le ha administrado. Sí, eso debe de ser. El fuerte tratamiento médico debió de conducir a Karl Lundström a inventárselo todo de cabo a rabo.

Kenneth von Kwist contempla el montón de documentos apilados sobre su mesa.

5 miligramos de Stesolid, lee. 1 miligramo de Xanor y finalmente 0,75 miligramos de Halcion. ¡A diario! ¡Completamente increíble!

El síndrome de abstinencia debió de ser tan violento que Lundström confesaría cualquier cosa con tal de obtener otra dosis, se dice leyendo el atestado de su interrogatorio.

Es muy largo, casi quinientas páginas mecanografiadas.

Pero el fiscal Von Kwist duda.

Hay mucha gente implicada. Gente a la que conoce personalmente o a la que por lo menos creía conocer.

¿Ha sido el tonto de turno que ayudaba a un grupo de pederastas y de violadores a escapar de la justicia?

¿La hija de Per-Ola Silfverberg tenía motivo para acusar a su padre adoptivo de haber abusado de ella?

¿Y Ulrika Wendin fue realmente drogada por Karl Lundström, conducida a un hotel y violada?

La verdad deforma el rostro de Kenneth von Kwist con una mueca. Simplemente se ha dejado utilizar. Pero ¿cómo salir de esa con las manos limpias sin traicionar a sus supuestos amigos?

Mientras lee, descubre referencias recurrentes a una entrevista que tuvo lugar en el departamento de psiquiatría forense de Huddinge. Evidentemente, Karl Lundström se vio allí en dos ocasiones con la psicóloga Sofia Zetterlund.

¿Será posible tapar todo eso?

Kenneth von Kwist se toma un Alka-Seltzer, llama a su secretaria y le pide que localice el número de Sofia Zetterlund.

# Tvålpalatset

Después de la marcha de Linnea Lundström, Sofia se queda un buen rato tomando notas de la entrevista.

Tiene por costumbre utilizar dos bolígrafos, uno rojo y otro azul, para diferenciar el relato del cliente de sus propias reflexiones.

Al volver la séptima hoja A4 cuadriculada y disponerse a tomar una octava, es presa de un cansancio paralizador. Tiene la impresión de haber dormido.

Retrocede unas cuantas páginas para refrescar la memoria y empieza a leer al azar la quinta página.

Es el relato de Linnea, escrito con bolígrafo azul.

El rottweiler de Viggo siempre está atado a algún sitio. A un árbol, a la barandilla de las escaleras de entrada, a un radiador que gorgotea. El perro ataca a Linnea y ella da rodeos para evitarlo. Viggo va al dormitorio de ella por la noche, el perro monta guardia en el recibidor. Linnea recuerda el reflejo de sus ojos en la oscuridad. Viggo le muestra a Linnea un álbum con fotos de niños desnudos, de su edad, y ella recuerda los destellos en la oscuridad y que ella lleva un sombrero negro y un vestido rojo que le ha dado Viggo. El padre de Linnea entra en la habitación, Viggo se enfada, discuten, y el padre de Linnea sale y los deja solos.

Sofia se ha quedado sorprendida de ver a Linnea verter un torrente de palabras. Como si su relato ya existiera de forma latente, formulado desde hacía mucho tiempo, y por fin pudiera fluir libremente ahora que tenía a alguien con quien compartir sus experiencias.

Linnea tiene mucho miedo de estar a solas con Viggo. Es bueno de día y malo de noche, y ya le ha hecho una cosa que casi le impide caminar sin ayuda. Pregunto lo que le ha hecho Viggo y Linnea responde que cree «que era su mano y su caramelo, y luego me fotografió y no dije nada a papá ni a mamá».

Sofia sabe lo que significa el eufemismo «caramelo».

Linnea repite «sus manos, su caramelo, luego flashes», luego dice que Viggo quiere jugar a policías y ladrones, que ella es la ladrona y tiene que esposarla. La marca de las esposas y el caramelo rugoso le duelen toda la mañana mientras Linnea duerme, pero no duerme de verdad debido a los destellos rojos en el interior de sus párpados cuando cierra los ojos. Y todo está fuera y no dentro, como una mosca que zumba en la cabeza…

Sofia respira más hondo. Ya no reconoce esas frases.
Descubre que el resto del texto está escrito con tinta roja.

… una mosca que zumba y que puede escaparse si se da de cabeza contra la pared. Entonces la mosca podrá huir por la ventana y así saldrá también la peste rancia de las manos del Coco que huelen a cerdo, y por mucho que la lave su ropa apesta a amoníaco y su caramelo sabe a crin y tendrían que cortárselo y echarlo a los cerdos…

La interrumpe alguien que llama a su puerta.
—Adelante —dice en un tono ausente, mientras sigue hojeando.
Entra Ann-Britt, haciendo un gesto que indica que se trata de algo urgente.
—Tienes que hacer una llamada. El fiscal Von Kwist ha pedido que le llames en cuanto tengas un momento.
Sofia recuerda una casa rodeada de campos.
Desde la ventana sucia del piso superior tenía la costumbre de observar las evoluciones de las aves marinas en el cielo.
El mar no estaba lejos.

–De acuerdo. Dame el número y le llamaré ahora mismo.

Y recuerda el metal frío en sus manos cuando sostenía la pistola de sacrificio. Hubiera podido matar a Viggo Dürer.

De haberlo hecho, el relato de Linnea sería diferente.

Ann-Britt le tiende el post-it, con aspecto preocupado.

–¿Seguro que estás bien? No pareces muy en forma –apoya la mano sobre la frente de Sofia con una sonrisa maternal–, pero en todo caso no parece que tengas fiebre.

Los recuerdos palidecen. Como una sensación de *déjà-vu*. Primero todo está muy claro, se sabe lo que va a pasar o a decirse, luego la sensación desaparece y de nada sirve tratar de retenerla. Como un cubito de hielo que se derrite más deprisa a medida que se aprieta fuerte en la mano.

–Oh, es que no he dormido muy bien. –Se impacienta y aparta suavemente la mano de su frente–. Ahora, déjame. Llamaré al fiscal dentro de diez minutos.

Ann-Britt asiente brevemente con la cabeza y sale del despacho apesadumbrada.

Mira de nuevo sus notas. Las tres últimas páginas son las palabras de Victoria. Victoria Bergman que habla de Viggo Dürer y de Linnea Lundström.

… sus vértebras prominentes se ven a través de su ropa, incluso con traje. Fuerza a Linnea a desnudarse y a jugar a sus juegos con sus juguetes en el dormitorio de la chiquilla, cuya puerta está siempre cerrada salvo la vez en que Annette, a menos que se tratara de Henrietta, les sorprendió. Tuvo vergüenza de estar medio desnuda a cuatro patas mientras él, vestido, explicaba que la cría había querido enseñarle que sabía hacer el spagat y entonces quisieron que volviera a hacerlo y cuando hubo hecho el spagat y luego el puente los dos la aplaudieron, pero era muy malsano porque ella tenía doce años y el pecho casi como una adulta…

Sofia reconoce parte del relato de Linnea, pero las palabras están mezcladas con los recuerdos de Victoria. Sin embargo, el texto no despierta ningún recuerdo en ella.

Las hojas cuadriculadas están cubiertas de letras dispersas.

Echa un vistazo a la última página y decide consultar esas notas más tarde. Marca el número del fiscal.

—Von Kwist al habla.

La voz es aguda, casi femenina.

—Soy Sofia Zetterlund. Me ha llamado. ¿Qué desea?

El fiscal le resume brevemente su pregunta: Karl Lundström recibía benzodiacepina en su tratamiento, ¿cuál es su posición a ese respecto?

—No tiene mucha importancia. Aunque Karl Lundström hiciera su declaración bajo la influencia de medicamentos fuertes, sus afirmaciones han sido finalmente confirmadas por su hija. Ahora es ella la que cuenta.

—¿Medicamentos fuertes? —El fiscal se ríe—. ¿Sabe qué es el Xanor?

Sofia reconoce el tono de superioridad masculino y empieza a sentirse mal.

Se obliga a hablar serena y lentamente, con pedagogía, como si se dirigiera a un niño.

—Es bien sabido que en los pacientes tratados con Xanor se desarrolla a largo plazo una forma de dependencia. Por ese motivo está considerado como estupefaciente. Desgraciadamente, no todos los médicos lo tienen en cuenta. —Aguarda al fiscal, pero como este no dice nada continúa—: Hay mucha gente que tiene graves problemas por culpa de ese medicamento. El síndrome de abstinencia es difícil de superar y uno se siente tan mal sin tomarlo como se sentía bien al tomarlo. Uno de mis clientes me ha descrito el Xanor como jugar al yoyó entre el cielo y el infierno.

Oye al fiscal inspirar profundamente.

—Bien, bien. Veo que se sabe muy bien la lección. —Ríe y trata de limar asperezas—. Sin embargo, no puedo evitar pensar que lo que dijo haber hecho a su hija es falso…

Se interrumpe en mitad de la frase.

—¿Quiere decir que tendría motivos para no dar crédito a sus declaraciones?

Ahora ella parece muy furiosa.

—Algo parecido, sí.

El fiscal calla.

—No solo creo que se equivoca. Además lo sé.

Sofia piensa en todo lo que le ha dicho Linnea.

—¿Qué quiere decir? ¿Tiene alguna prueba, además de las alegaciones de su hija?

—Un nombre. Tengo un nombre. Linnea ha hablado varias veces de un tal Viggo Dürer.

En el mismo instante en que pronuncia el nombre del abogado, Sofia se arrepiente de haberlo hecho.

# Glasbruksgränd

Lo que ha llamado la atención de Jeanette en la barraca de Fredrika Grünewald es un ramo de tulipanes amarillos, y no solo ha reaccionado debido al color, sino también al ver una tarjeta de felicitación enroscada alrededor de uno de los tallos.

En la iglesia de Catarina suenan seis sordas campanadas. Una vez más, Jeanette tiene mala conciencia por estar siempre trabajando y no en casa con Johan.

Pero tras el descubrimiento del cadáver de Fredrika Grünewald, hay que actuar deprisa. Por esa razón ella y Hurtig se presentan a la puerta del lujoso apartamento de la familia Silfverberg. Han llamado previamente para concertar la cita.

Charlotte Silfverberg les abre y les hace entrar.

Flota un olor a pintura fresca y el suelo aún está cubierto de lonas manchadas. Jeanette comprende que el apartamento ha sido completamente renovado, algo necesario a la vista del estado en que se encontraba la última vez. Sangre por todas partes y el cadáver descuartizado de Per-Ola Silfverberg.

Pero ¿por qué sigue viviendo allí?, piensa Jeanette al saludar a Charlotte con la cabeza. Sabe que Charlotte y ella tienen casi la misma edad, pero supone que una vida sin problemas, una alimentación sana y algunas operaciones estéticas explican por qué esa mujer parece mucho más joven.

—Supongo que es acerca de Per-Ola.

Su tono es casi autoritario.

—Sí, por supuesto.

Jeanette mira en derredor en el recibidor.

Charlotte Silfverberg les precede al entrar en el salón, Jeanette se aproxima al gran ventanal acristalado, atónita ante la magnífica vista sobre Estocolmo.

Justo enfrente, el Museo Nacional y el Gran Hotel. A la derecha el *Af Chapman*, el barco-albergue de juventud: tiene sin duda ante sus ojos una de las mejores vistas de la ciudad. Jeanette se vuelve: Jens se ha sentado en un sillón y Charlotte se ha quedado de pie.

—Supongo que será breve. —Charlotte se sitúa detrás del otro sillón y ase el respaldo con las dos manos, como para mantener el equilibrio—. ¿No les apetece nada? ¿Ni un café?

Jeanette menea la cabeza y decide al mismo tiempo esperar antes de mencionar la tarjeta con su extraña fórmula. Podrá ser útil guardársela en la manga si Charlotte Silfverberg se niega a responder a las preguntas.

—No, no, gracias, está bien así. —Tratando de parecer amable, para que se relaje y sea cooperativa. Jeanette toma asiento—. Para empezar, me gustaría saber por qué no me habló de su hija. —Lo dice como de pasada, se inclina y saca su cuaderno—. O más precisamente, su hija adoptiva.

Charlotte Silfverberg se sobresalta, suelta el respaldo, rodea el sillón y toma asiento.

—¿Madeleine? ¿Le ha ocurrido algo?

Así que se llama Madeleine, piensa Jeanette.

—¿Por qué no me habló de ella, la última vez que nos vimos? ¿Y de sus acusaciones contra Per-Ola?

Charlotte Silfverberg responde sin titubear.

—Porque para mí ella es un capítulo cerrado. Se ha extralimitado una vez más y su presencia ya no es bienvenida en esta casa.

—¿A qué se refiere?

—Se lo diré en pocas palabras. —Charlotte Silfverberg inspira profundamente antes de lanzarse—. Madeleine llegó a nuestro hogar justo después de nacer. Su madre, muy joven, padecía una grave enfermedad psíquica y era incapaz de ocuparse de ella. Así que llegó y la quisimos como a nuestra propia hija. Sí, y a pesar de que fue una niña difícil. A menudo estaba enferma y se quejaba mucho. No sé cuántas noches pasé en su dormitorio cuando no dejaba de llorar. Era simplemente inconsolable.

—¿Nunca intentó saber qué le pasaba?

Hurtig se inclina hacia delante, con las manos apoyadas en la mesa baja.

—¿Saber qué? Esa niña era… cómo decirle, defectuosa.

Charlotte Silfverberg hace una mueca de asco y a Jeanette le entran ganas de darle un bofetón.

¿Defectuosa?

Eso se dice cuando se maltrata a una criatura hasta el punto de que se defiende de la única manera de que dispone. Llorando.

Jeanette no aparta la mirada de ella, algo asustada ante lo que ve. Charlotte Silfverberg no es solo una mujer de duelo. Es también una mala mujer.

—En resumidas cuentas, creció y empezó el colegio. La niña de los ojos de su papá. Ella y Per-Ola estaban juntos todo el día y eso sin duda era lo que no funcionaba. Una niña no debe estar tan apegada a su padre.

El silencio se hace alrededor de la mesa. Jeanette comprende que en ese momento los tres están pensando en la afirmación de la niña de que su padre abusó de ella, pero antes de que Jeanette tenga tiempo de hablar Charlotte Silfverberg prosigue:

—Desarrolló tal dependencia de él que Peo estimó que había llegado el momento de marcarle unos límites claros. Entonces se sintió traicionada y empezó a inventar todo tipo de historias sin pies ni cabeza acerca de él, para vengarse.

—¿Historias sin pies ni cabeza? —Jeanette no puede contener su cólera—. ¡Pero, por Dios, si la chiquilla dijo que Per-Ola la violó!

—Me gustaría que cuidara su lenguaje en mi presencia. —Charlotte Silfverberg alza las dos manos para hacerla callar—. No quiero hablar más de ello. Se acabó la conversación.

—Lo siento, pero aún no hemos terminado. —Jeanette deja su cuaderno—. Comprenderá que sobre ella recae la sospecha del asesinato de su marido.

Charlotte Silfverberg parece entenderlo solo en ese momento y asiente con la cabeza en silencio.

—¿Sabe dónde está en la actualidad? —continúa Jeanette—. ¿Y puede describirnos a Madeleine? ¿Tiene algún rasgo particular?

La mujer menea la cabeza.

—Supongo que debe de seguir en Dinamarca. Cuando nuestros caminos se separaron, fue recogida por los servicios sociales e internada en una institución psiquiátrica, y luego no sé qué fue de ella.

—De acuerdo. ¿Algo más?

—Ya debe de ser adulta y…

De pronto, Charlotte Silfverberg parece muy cansada, y Jeanette se pregunta si va a echarse a llorar. Pero, tras reponerse, continúa:

—Es rubia y de ojos azules. Vamos, si no se ha teñido. De niña era muy guapa y es probable que se haya convertido en una mujer muy guapa. Pero, evidentemente, no sé nada…

—¿Algún rasgo particular?

Charlotte Silfverberg menea enérgicamente la cabeza.

—Ah, sí —murmura—. Claro.

—¿Qué? —Jeanette mira a Hurtig, que se encoge de hombros.

La mujer alza la vista.

—Es ambidiestra.

Jeanette se siente azorada al no comprender el significado de la palabra, pero Hurtig se echa a reír.

—¡Menuda casualidad! ¡Yo también!

—¿Qué es eso? —dice Jeanette frustrada por no poder saber si es un detalle importante o no.

—Es el hecho de ser a la vez zurdo y diestro.

Hurtig toma su bolígrafo y escribe algo en el cuaderno. Primero con la mano izquierda y luego con la derecha. Luego arranca la hoja y se la tiende a Jeanette.

—Jimi Hendrix lo era, al igual que Shigeru Miyamoto.

Jeanette lee. Hurtig ha escrito su nombre dos veces, con idéntica caligrafía. No le conocía esa habilidad.

—¿Shigeru Miyamoto?

—El genio de los videojuegos de Nintendo —explica Hurtig—. El creador de Donkey Kong.

Jeanette descarta esos detalles con un gesto de la mano.

—¿Así que Madeleine utiliza indiferentemente las dos manos?

—Eso es —responde Charlotte Silfverberg—. A menudo dibujaba con la mano izquierda y escribía con la derecha.

Jeanette piensa en lo que Ivo Andrić ha dicho acerca del descuartizamiento de Silfverberg. Que el ángulo de las cuchilladas sugería la presencia de dos asesinos.

Un zurdo y un diestro.

Dos personas con conocimientos distintos de anatomía.

—Ya veo —dice con aire ausente.

Hurtig mira a Jeanette. Ella le conoce: se está preguntando si ha llegado el momento de mostrar la tarjeta y, tras su discreto asentimiento con la cabeza, saca una bolsita de plástico que contiene la pieza de convicción.

—¿Esto le dice algo?

Tiende la bolsita a Charlotte Silfverberg, que observa desconcertada la tarjeta de felicitación que contiene. Representa a tres cerditos y en ella puede leerse ¡FELICIDADES EN ESTE GRAN DÍA!

—¿Qué es esto? —Toma la bolsa y la vuelve para mirar el reverso de la tarjeta. Primero sorprendida, luego se echa a reír—. ¿De dónde han sacado esto?

Deja la tarjeta sobre la mesa y los tres miran la fotografía pegada en el reverso.

Jeanette señala la foto.

—¿Qué es esta tarjeta?

—Soy yo, el día que acabé el bachillerato. Todas las que aprobaban recibían unas tarjetas con su foto, para intercambiar con las demás.

Charlotte Silfverberg sonríe al reconocerse en la foto. A Jeanette le parece que adopta un aire nostálgico.

—¿Puede hablarnos de la escuela a la que asistió, de su instituto?

—¿Sigtuna? —exclama—. Pero ¿qué dicen? ¿Qué podría tener que ver Sigtuna con la muerte de Peo? ¿Y dónde han encontrado esa tarjeta? —Frunce el ceño y mira primero a Jeanette, luego a Hurtig—. Sí, porque han venido por esto, ¿verdad?

—Exactamente. Pero por diversas razones tendríamos que saber más sobre su época de estudiante en Sigtuna.

Jeanette trata de captar la mirada de la mujer, pero esta permanece vuelta hacia Hurtig.

—¡No soy sorda! —Charlotte Silfverberg alza la voz y acaba mirando a Jeanette fijamente a los ojos—. ¡Y tampoco soy tonta! Así que, si quieren que les hable de mis años en Sigtuna, tendrán que explicarme qué desean saber y por qué.

Jeanette se dice que van por mal camino, así que decide dar un paso prudente hacia ella.

—Perdón, seré más clara.

Jeanette busca la ayuda de Hurtig, pero este se limita a alzar la mirada con aire socarrón. Jeanette sabe lo que piensa. Joder con esta tía de mierda.

Jeanette inspira profundamente y continúa:

—Para nosotros esto no es más que una manera de explorar nuevas pistas. —Hace una breve pausa—. Estamos investigando otro asesinato y se trata de una mujer que resulta tener alguna relación con usted. Por eso necesitamos saber más acerca de sus años de estudiante en Sigtuna. Se trata de una de sus antiguas compañeras de clase. Fredrika Grünewald. ¿Se acuerda de ella?

—¿Fredrika ha muerto?

Charlotte Silfverberg parece sinceramente conmocionada.

—Sí, y hay algunos indicios que parecen indicar que podría tratarse del mismo asesino. La tarjeta estaba al lado del cadáver.

Charlotte Silfverberg exhala un profundo suspiro y ajusta el tapete sobre la mesa.

—No hay que hablar mal de los muertos, pero Fredrika no era buena persona, y eso ya se veía en aquella época.

—¿Qué quiere decir? —Hurtig se inclina hacia delante, con los codos sobre las rodillas—. ¿Por qué no era buena persona?

Charlotte Silfverberg menea la cabeza.

—Fredrika es realmente la persona más repugnante que he conocido en mi vida, y la verdad es que no puedo decir que lamente su muerte. Más bien al contrario.

Charlotte Silfverberg calla, pero sus palabras resuenan entre las paredes recién pintadas.

¿Qué le ocurre a esta mujer?, se pregunta Jeanette. ¿Por qué tanto odio?

Reflexionan los tres en silencio. Charlotte se impacienta y se retuerce en su asiento mientras Jeanette pasea la mirada por el espacioso salón.

Una capa de un milímetro de pintura blanca camufla la sangre de su marido.

A Jeanette le cuesta respirar y empieza a tener ganas de marcharse.

Por la ventana ve que ha empezado de nuevo a llover y espera estar de regreso a tiempo para ver a Johan antes de que se acueste.

Hurtig se aclara la voz.

—Cuéntenos.

Charlotte Silfverberg les habla de sus años en Sigtuna, sin que Jeanette ni Hurtig la interrumpan.

Jeanette la considera sincera, puesto que desvela incluso acontecimientos que no hablan en su favor. No oculta haber sido la lugarteniente de Fredrika Grünewald ni haber participado en gamberradas contra alumnos y profesores.

Durante más de media hora, escuchan a Charlotte Silfverberg. Al acabar, Jeanette repasa sus notas.

—Resumiendo: recuerda a Fredrika Grünewald como una intrigante manipuladora. Que la empujó a hacer cosas contra su voluntad. Usted y otras dos chicas, Regina Ceder y Henrietta Nordlund, eran sus mejores amigas. ¿Es así?

—Se puede decir que sí —afirma Charlotte.

—Y un día sometieron a otras tres chicas a una novatada muy humillante, por decirlo de forma suave. ¿Y todo ello siguiendo las órdenes de Fredrika?

—Sí.

Jeanette observa a Charlotte Silfverberg y le parece ver en ella vergüenza. Esa mujer siente vergüenza.

—¿Recuerda los nombres de esas chicas?

—Dos dejaron la escuela, nunca llegué a conocerlas bien.

—¿Y la tercera? ¿La que continuó?

—De ella me acuerdo bastante bien. Hizo como si no hubiera ocurrido nada. Era glacial, y cuando nos la cruzábamos por los pasillos parecía casi orgullosa. Después de lo ocurrido, nadie volvió a hacerle nada. Quiero decir que el director estuvo a punto de denunciarnos a la policía, así que la mayoría de nosotras comprendimos que nos habíamos extralimitado. La dejábamos en paz.

Charlotte Silfverberg calla.

—¿Y cómo se llamaba?

Jeanette cierra su cuaderno, dispuesta a regresar por fin a su casa.

—Victoria Bergman —dice Charlotte Silfverberg.

Hurtig profiere un gemido, como si hubiera recibido un puñetazo en el vientre, y Jeanette siente que su corazón cesa de latir y deja caer el cuaderno al suelo.

# Abiyán

Regina Ceder sale del consulado general a última hora de la tarde y pide al chófer que la conduzca directamente al aeropuerto. La sombra de los rascacielos del centro de la ciudad, los vidrios ahumados de la limusina y el aire acondicionado le proporcionan por fin un poco de frescor. Desde el comienzo de la primera reunión, después del almuerzo, ya no podía más. El calor era insoportable y esperaba que ninguno de los diplomáticos y miembros del gobierno se percatara de los cercos de sudor en su blusa. No había tenido tiempo de ir al baño antes de las cinco, debido a los trapicheos que habían alargado las discusiones.

Aquí no se respetan los horarios, se dice. Ni a las mujeres con poder, a juzgar por cómo la habían tratado los emisarios del gobierno. Incluso el ministro de Asuntos Exteriores, por lo general cortés con ella, se había sumado al desprecio de los demás riéndose ruidosamente mientras ella leía el expediente.

En lo que se refiere a insultos, son expertos. En cuanto al derecho internacional, les cuesta más entenderlo.

Regina Ceder mira por la ventanilla estirando las piernas debajo del asiento del conductor. A pesar de que ha estado casi todo el día en el interior, su pantalón de tela clara está casi gris debido a la contaminación.

Como de costumbre, el tráfico es muy denso y ruidoso, y sabe que le llevará por lo menos una hora llegar al aeropuerto. El avión a París, con transbordo a Estocolmo, despega a las siete y media, con facturación una hora antes. Mira el reloj y constata que es casi imposible llegar a tiempo. Pero probablemente su pasaporte diplomático la ayudará. En el peor de los casos, retendrán el vuelo. No sería la primera vez.

El claxon de un camión al pasar junto al coche la saca de sus pensamientos.

—¡A la izquierda! —grita al chófer, que está a punto de equivocarse de desvío.

Gira de golpe justo antes de que el semáforo se ponga en rojo.

¡Joder!, piensa. Se ha perdido, y eso que debe de haber hecho este trayecto un centenar de veces.

Al cabo de media hora, el tráfico se vuelve más fluido y el chófer toma la carretera que conduce a la puerta de los Elefantes, una columna de cuatro elefantes de piedra blanca erguidos sobre las patas traseras, a diez kilómetros de allí, que indica la salida hacia el aeropuerto internacional de Abiyán.

Se siente completamente agotada.

Ha sido una semana catastrófica, pero ha mantenido la cabeza alta y se ha comportado de manera ejemplar. Ha superado sistemáticamente los obstáculos burocráticos, aguantado los sarcasmos de los bedeles y otros subalternos y, en resumidas cuentas, soportado un mes más en ese país. Ahora que por fin puede relajarse, la fatiga cae sobre ella como un pesado manto de modorra tropical.

Cinco años…

Regina Ceder exhala un profundo suspiro. Cinco años con gente intratable, de falta de respeto y de profesionalidad, de incompetencia generalizada y pura tontería. Joder, para Año Nuevo lo dejo, se dijo. Si todo va bien conseguiré ese puesto en Bruselas.

Se detienen en un semáforo en rojo delante de un anuncio de un dentífrico importado. El tráfico está parado de nuevo y permanecen un rato rodeados de taxis rojos.

Bostezando, contempla el cartel, al otro lado de la calle: una mujer rubia sonriente vestida de rosa blandiendo un tubo de dentífrico bicolor sobre fondo rojo. Debajo del anuncio, un chiquillo ha instalado una mesa con tres jaulas de aves. Sostiene por las patas a dos pollos que se debaten y que trata de vender a los transeúntes.

En el momento en que un gran pájaro negro alza el vuelo delante del cartel para posarse en el marco del mismo, su móvil vibra en el bolsillo de la chaqueta.

Ve que se trata del número de su madre y se inquieta.

Ha ocurrido algo, piensa instintivamente.

Es como si todo se detuviera.

El chófer enciende la radio. Las noticias en francés. El teléfono en la mano, el anuncio con la mujer sonriente y el chaval que vende pollos. El conjunto forma una instantánea que nunca olvidará.

La voz al otro lado del teléfono le comunica que su hijo ha muerto.

Un accidente en la piscina.

El chaval y el anuncio desaparecen detrás de los taxis que hacen sonar las bocinas y el chófer se vuelve hacia ella.

—¿Por qué lloras?

Mira fijamente por la ventanilla, sin responder.

No tiene palabras para explicarlo.

## Escalera de Sista Styvern

El azar es un factor despreciable cuando se trata de asesinatos. Jeanette Kihlberg lo sabe muy bien, después de muchos años de investigaciones criminales complejas.

Al explicar Charlotte Silfverberg que Victoria Bergman, hija del violador Bengt Bergman, había ido a su misma escuela, Jeanette ha comprendido que no se trataba de una coincidencia.

Delante del domicilio de la familia Silfverberg, en Glasbruksgränd, le propone a Hurtig acompañarlo a su casa puesto que está lloviendo, pero este declina el ofrecimiento: puede ir perfectamente andando hasta el metro.

—Y además, ¿quién sabe si ese cacharro nos puede llevar siquiera a Slussen?

Señala riendo el viejo Audi rojo oxidado y se despide dirigiéndose hacia la escalera de Sista Styvern. Ella se sienta al volante y, antes de arrancar, le envía un SMS a Johan para decirle que llegará en un cuarto de hora.

De camino, Jeanette piensa en la curiosa conversación que mantuvo por teléfono con Victoria Bergman unas semanas atrás. Llamó a Victoria con la esperanza de que pudiera ayudarles en el caso de los muchachos asesinados, dado que su padre aparecía involucrado en varios casos de violación y abusos sexuales infantiles. Pero Victoria se mostró evasiva y arguyó que no mantenía contacto con sus padres desde hacía veinte años.

Ha transcurrido tiempo desde esa conversación telefónica, por supuesto, pero Jeanette recuerda que Victoria le transmitió una profunda sensación de resentimiento y sugirió que su padre también había abusado de ella. En todo caso, una cosa está muy clara: hay que localizarla.

La lluvia arrecia, la visibilidad es muy mala y, al pasar a la altura de Blåsut, ve tres coches en la cuneta. Uno de ellos está muy abollado y Jeanette supone que se ha producido una colisión en cadena. Al lado están aparcados los vehículos de emergencias y un coche de policía con el girofaro encendido. Un agente va desviando a los vehículos, que aminoran la velocidad para circular por un único carril. Comprende que llegará por lo menos veinte minutos tarde.

¿Qué hacer con Johan?, se pregunta. ¿Quizá a pesar de todo habrá que hablar con un psicólogo?

¿Y por qué Åke no da señales de vida? Podría asumir un poco su responsabilidad, por una vez. Pero, como de costumbre, está haciendo realidad sus sueños y no tiene tiempo de ocuparse de nada más que de sí mismo.

Nunca está a la altura, piensa, bloqueada a cincuenta metros de la salida hacia Gamla Enskede.


La cola de la cantina de la comisaría quizá no sea el lugar ideal para abordar el tema, pero como Jeanette Kihlberg sabe que el jefe de policía Dennis Billing rara vez está disponible, aprovecha la ocasión.

—¿Qué opinión tienes de tu predecesor, Gert Berglind? —A Jeanette le parece molesto, y tiene de inmediato la sensación de haber tocado un punto sensible—. Trabajaste unos años directamente a sus órdenes, ¿verdad? —añade—. Entonces yo era inspectora y apenas me crucé con él.

—El señor Sabelotodo —dice él al cabo de un momento, y se da la vuelta para servirse una cucharada de puré.

Ella aguarda la continuación y, al no llegar, le da una palmada en el hombro.

—¿El señor Sabelotodo? ¿Qué quieres decir?

Dennis Billing sigue sirviéndose el plato. Unas albóndigas, salsa de crema de leche, pepinillos y, para acabar, una cucharadita de mermelada de arándanos.

—Más universitario que poli —continúa él—. Entre tú y yo, un mal jefe que rara vez estaba ahí cuando se le necesitaba. Siempre demasiado ocupado. Con reuniones aquí y allá, y luego todas esas conferencias.

—¿Conferencias?

Se aclara la voz.

—Sí, así es… ¿Nos sentamos? —Elige una mesa al fondo de la sala: el jefe de policía prefiere la discreción—. Socio del Rotary Club y de muchas fundaciones —dice entre un bocado y otro—. Miembro del Movimiento por la Templanza, religioso, por no decir mojigato. Daba conferencias sobre temas de ética por todo el país. Fui a escucharle en un par de ocasiones, y debo reconocer que era bastante convincente, aunque al pensar en ello luego te dabas cuenta de que no era más que pura charlatanería. Pero así funcionan esas cosas, ¿verdad? La gente quiere que le repitan lo que ya sabe.

Se ríe y, aunque su tono cínico la exaspera, Jeanette insiste.

—¿Has dicho fundaciones? ¿Recuerdas cuáles?

Billing menea la cabeza mientras moja alternativamente una albóndiga en la salsa y en la mermelada.

—Creo que eran religiosas. Era muy devoto, algo de sobra conocido, pero entre tú y yo te diré que sin duda no era tan puro como quería aparentar.

Jeanette aguza el oído.

—Cuéntame. Te escucho.

Dennis Billing deja sus cubiertos y bebe un trago de cerveza light.

—Te lo digo en confianza y no me gustaría que te hicieras ilusiones, aunque sé que así será, puesto que aún no has pasado página del caso Karl Lundström.

Ay, piensa Jeanette tratando de aparentar indiferencia, mientras se le hace un nudo en el estómago.

—¿Lundström? Pero si está muerto, ¿por qué iba a preocuparme por él?

Él se acomoda en la silla y le sonríe.

—Se nota con solo mirarte. No logras olvidar el caso de los chavales inmigrantes, y no me sorprende. No hay problema mientras no interfiera en tu trabajo, pero si descubro que haces algo a mis espaldas haré que te caiga un buen paquete.

Jeanette le sonríe a su vez.

—¡No hace falta que me lo digas! Ya tengo suficiente trabajo. Pero ¿qué relación hay entre Berglind y Lundström?

—Berglind le conocía —dice Billing—. Se conocieron a través de una fundación en la que Berglind tenía responsabilidades y sé que se veían varias veces al año en reuniones en Dinamarca. En un pueblo de Jutlandia.

Jeanette siente que su pulso se acelera. Si se trata de la fundación en la que está pensando, quizá sea una pista.

—Visto así, retrospectivamente —continúa Billing—, después de haber conocido las inclinaciones de Lundström, creo que los rumores que circulaban acerca de Berglind quizá tuvieran un fondo de verdad.

—¿Rumores?

Jeanette trata de hacer preguntas breves, para que su voz no delate su excitación.

Billing asiente con la cabeza.

—Se murmuraba que frecuentaba prostitutas, y varias colegas hablaron de insinuaciones sexuales e incluso de acoso. Pero nunca se supo a ciencia cierta y murió de repente. Un ataque al corazón, un bonito entierro y, en un santiamén, se convirtió en un héroe recordado por haber sentado las bases de una nueva policía, con preocupaciones éticas. Se le celebró por haber combatido el racismo y el sexismo en la policía, pero sabes tan bien como yo que no es más que una fachada.

Jeanette asiente. De repente, Billing empieza a caerle simpático. Nunca han hablado tan abiertamente.

—¿Se frecuentaban también en privado? Me refiero a Berglind y a Lundström.

—A eso iba… Berglind tenía una foto colgada en el tablón de su despacho, que desapareció unos días antes de que se interrogara a Lundström por el caso de la violación en el hotel. ¿Cómo se llamaba la chica? ¿Wedin?

—Wendin. Ulrika Wendin.

—Eso es. Era una foto de vacaciones de Berglind y Lundström sosteniendo cada uno un pez enorme. Una excursión de pesca en Tailandia. Cuando le dije que no estaba en condiciones de dirigir el interrogatorio de la chica, negó que conociera a Lundström más que superficialmente. Podía ser recusado, lo sabía, pero hizo cuanto pudo por esconderlo. La foto de las vacaciones desapareció y, de un día para otro, Lundström no era más que un conocido.

Dennis Billing sorprende a Jeanette.

¿Por qué le cuenta todo eso? Si no quiere que continúe con la investigación sobre Lundström, Wendin y los asesinatos archivados de los muchachos, no tiene por qué hacerlo.

¿O quizá tiene tan mala opinión de su predecesor que vería con buenos ojos que alguien lo pillara, incluso seis años después de su muerte?

—Gracias por esta conversación tan interesante —dice Jeanette.

Esa fundación, piensa. Claro que es la misma que financiaban Lundström, Dürer y Bergman. Sihtunum Diaspora.

# Svavelsö

Jonathan Ceder resbaló en el borde de la piscina, se dio un golpe en la cabeza y perdió el conocimiento antes de caer al agua. Sus pulmones estaban llenos de agua y solo se pudo constatar que había muerto ahogado.

Beatrice Ceder, la abuela de Jonathan, se maldice por haberlo dejado jugar solo mientras ella iba a tomarse un café en el bar de la piscina. Tener que decirle a su hija Regina que su hijo había muerto ha sido el momento más difícil de su vida.

Piensa en lo mucho que Jonathan lloró al separarse de Regina en el aeropuerto de Abiyán. Su único hijo, lo era todo para ella. Beatrice Ceder se sirve otro whisky y va a mirar por la ventana.

En el exterior de la mansión de Svavelsö, la noche es fría y oscura. La niebla ha invadido el camino de acceso y devora el césped, apenas distingue el contorno de su coche estacionado a veinte metros de allí.

Solo quedan Regina y ella. Jonathan ya no está y es culpa suya. Ni siquiera ha sido capaz de ocuparse de él una semana.

Contempla el columpio rojo que cuelga de un árbol del jardín y no comprende por qué lo colgó ahí para él. ¿Qué le importa a un adolescente de trece años un columpio? ¡Los columpios son para los niños!

Ha sido una mala abuela, que no veía suficientemente a menudo a su único nieto. Él se alejó de ella al crecer. Para ella, seguía teniendo seis o siete años, se veían como mucho dos veces al año, por lo general por Navidad o Año Nuevo, o como esta última vez, cuando había ido a visitarlos a Abiyán. No sabe si a Jonathan le apetecía realmente regresar con ella a Suecia. Pero no era más que por una semana y Regina tenía que reunirse luego con ellos para marcharse los tres juntos dos o tres semanas de vacaciones a Lanzarote.

Pero eso no se hará realidad. En lugar de ello, Regina Ceder llega a medianoche al aeropuerto de Arlanda y Beatrice estará allí en menos de media hora para esperar a su hija sin saber qué decirle.

¿Qué decir?

¿Lo lamento, es culpa mía? No debería haber… No tendría que haberle dejado… Él, que siempre era tan prudente…

¿Por qué no había habido nadie para socorrerlo?, piensa la abuela de Jonathan Ceder.

Nadie vio lo que ocurrió. Sin embargo, cuando ella lo dejó había por lo menos otros tres niños en la piscina y una mujer en una tumbona junto al agua.

Cuando habló de esa mujer a la policía no le concedieron la menor importancia.


Beatrice Ceder no fuma desde hace casi diez años, pero se enciende un cigarrillo. Lo primero que hizo al saber lo que le había ocurrido a su nieto fue comprarse un paquete en el quiosco de la piscina. Hizo lo mismo diez años atrás, cuando los médicos le anunciaron que el marido de Regina se moría de un cáncer de pulmón. Compró un paquete en el hospital Karolinska.

Mira el reloj de la cocina. Pronto serán las once.

El tictac del reloj le recuerda que el tiempo seguirá avanzando, pase lo que pase.

Un niño muerto no cambia nada.

Ni la madre hundida que verá dentro de una hora, ni ella misma.

El taxi llegará en un cuarto de hora. ¿Qué le dirá al taxista si le pregunta adónde se marcha? Pues claro, mentirá, diciendo que se marcha de vacaciones a Lanzarote con su hija y su nieto. Así lo que podría haber sido existirá por lo menos para ese extraño que la llevará al aeropuerto. Para él, ella será solo una abuela que se alegra de ir a pasar dos semanas al sol.

Tengo que hacer el quipaje, se dice. Maleta y bolsa de mano. Apaga el cigarrillo y sube al primer piso.

Bragas, bañador, neceser, crema solar. Toalla, pasaporte, tres libros de bolsillo y ropa. Camisetas, dos vestidos ligeros y un pantalón por si refresca por las noches.

Beatrice Ceder se rinde, se sienta en la cama y se echa a llorar.

# Barrio de Kronoberg

Fredrika Grünewald fue asesinada por alguien a quien conocía, piensa Jeanette Kihlberg. En todo caso, debemos trabajar a partir de esa hipótesis.

El examen del cadáver de la víctima no ha revelado señales de resistencia y su miserable barraca se hallaba en el estado que cabía esperar. Por lo tanto, el asesinato no estuvo precedido por una pelea: Fredrika Grünewald recibió al asesino, que acto seguido la atacó por sorpresa. La víctima, además, estaba en malas condiciones de salud. Aunque solo tuviera cuarenta años, esos diez años de vagabundeo le habían dejado secuelas.

Según Ivo Andrić, su hígado estaba en tan mal estado que como mucho le quedaban dos años de vida: así que el asesino se había tomado muchas molestias para nada.

Pero si, según Hurtig, se trataba de una venganza, el principal objetivo no era matarla sino humillarla y torturarla. Y, desde ese punto de vista, el asesino había triunfado en toda regla.

Las primeras constataciones mostraban que la agonía había durado entre treinta minutos y una hora. La cuerda de piano penetró tan profundamente en el cuello que la cabeza solo se sostenía por las vértebras cervicales y algunos tendones.

Había restos de cola alrededor de su boca, que según Ivo Andrić se trataba sin duda de una banal cinta adhesiva. Eso explicaba cómo todo había ocurrido sin un solo grito.

Luego estaban las observaciones del forense acerca del modus operandi, que tenían cierto interés. Ivo Andrić había descubierto una anomalía en la ejecución de ese crimen.

Jeanette toma el informe de la autopsia y lee:

> Si se trata de un único asesino, es físicamente muy fuerte o ha actuado bajo el efecto de una potente descarga de adrenalina. Además, es muy hábil utilizando simultáneamente las dos manos.

Madeleine Silfverberg, piensa Jeanette, pero ¿era lo bastante fuerte, y por qué atacaría a Fredrika Grünewald?
Continúa la lectura.

> Otra posibilidad sería que se tratara de dos asesinos, cosa que parece más verosímil. Una persona que estrangula y otra que agarra la cabeza de la víctima y la atiborra de excrementos.

¿Dos personas?
Jeanette Kihlberg hojea los testimonios que le han enviado. Los interrogatorios de los habitantes del subterráneo bajo la iglesia de San Juan no han sido fáciles. Pocos de ellos eran habladores, y entre los que han hablado, la mayoría no eran creíbles debido a su consumo de alcohol o drogas, o a su estado mental.

La única pista que Jeanette ha considerado válida es la indicación coincidente de varios testigos que afirman haber visto a la hora del crimen a un tal Börje bajar al subterráneo acompañado de una desconocida. Se ha dictado una orden de búsqueda para localizar a Börje, pero hasta el momento no ha ofrecido resultado alguno.

Respecto a la mujer que lo acompañaba, los testimonios son vagos. Algunos afirman con seguridad que llevaba una especie de capucha, otros hablan de que tenía el cabello rubio o moreno. En las declaraciones de los testigos, su edad oscila entre veinte y cincuenta y cinco años, y lo mismo sucede con su estatura y su corpulencia.

¿Una mujer?, piensa Jeanette. Parece inverosímil. Hasta el momento, nunca se ha encontrado con una mujer que cometa ese tipo de crimen premeditado y brutal.

¿Dos asesinos? ¿Una mujer ayudada por un hombre?

Para Jeanette es una explicación más convincente, pero está segura de que ese Börje no ha participado en el crimen. Es muy conocido desde hace años en el mundo subterráneo y no es en absoluto violento. Aunque el dinero puede llevar a la mayoría de la gente a perpetrar cualquier acto, descarta la posibilidad de que le hayan pagado para cometer el asesinato. Ese tipo de atrocidad es propia de puros psicópatas. No, ese tipo debió de recibir unos billetes por conducir a la asesina hasta Fredrika Grünewald, y debió de irse rápidamente a bebérselos.

En el pasillo, de camino al despacho de Jens Hurtig, Jeanette se hace una pregunta retórica.

¿Se trata del mismo asesino que en el caso de Silfverberg, el empresario descuartizado?

No es imposible, se dice al entrar en el despacho sin llamar a la puerta.

Jens Hurtig está junto a la ventana, pensativo. Se vuelve, rodea su mesa y se deja caer pesadamente en la silla.

—He olvidado darte las gracias por el juego para el ordenador —dice con una sonrisa—. Johan está encantado.

Le devuelve la sonrisa con un gesto de modestia.

—¿Le gusta?

—Sí, está completamente enganchado.

—Bien.

Se miran en silencio.

—¿Qué sabemos de Dinamarca? —pregunta ella—. ¿Qué cuentan de Madeleine Silfverberg?

—Mi danés no es muy fluido. —Sonríe—. He hablado con un médico del centro donde fue internada después de la investigación sobre la violación: durante todos los años de su tratamiento no dejó de repetir que Peo Silfverberg abusó de ella. Habría también otros hombres implicados, y todo habría ocurrido con la bendición de su madre, Charlotte.

—Pero ¿nadie la creyó?

—No, se consideró que era psicótica y que padecía graves delirios, y la noquearon a base de medicamentos.

—¿Sigue internada?

—No, salió hace dos años y parece que se instaló en Francia. —Hojea sus papeles—. En Blaron. He puesto a Schwarz y a Åhlund a trabajar en ello, pero creo que podemos olvidarnos de ella.

—Es posible, pero por lo menos tenemos que comprobarlo.

—Sobre todo porque es ambidiestra.

—Sí, ¿qué es esa historia? ¿Por qué nunca me lo habías dicho?

Hurtig sonríe irónico.

—Soy zurdo de nacimiento y era el único en el colegio. Los otros chavales se burlaban de mí, me trataban de minusválido, así que aprendí a valerme de la mano derecha, y hoy puedo utilizar las dos.

Jeanette piensa en todos los comentarios que a ella misma se le pueden haber escapado a la ligera, sin pensar en sus consecuencias. Asiente con la cabeza.

—Pero volviendo a Madeleine Silfverberg, ¿le has preguntado al médico si se la considera violenta?

—Claro, pero me dijo que la única persona a la que le había hecho daño durante su estancia en la clínica era a ella misma.

—Sí, a menudo es lo que hacen —suspira Jeanette pensando en Ulrika Wendin y Linnea Lundström.

—Joder, empiezo a estar harto de remover toda esta mierda.

Jeanette advierte sus torpes esfuerzos para ocultar su acento de Norrland. Por lo general, lo consigue sin gran dificultad, pero en cuanto se enciende se delata de inmediato.

Se miran de uno a otro lado de la mesa, y Jeanette se identifica con el súbito desánimo de Hurtig.

—No podemos abandonar, Jens —aventura ella para consolarlo, pero suena falso.

Hurtig se incorpora y trata de sonreír.

—Resumamos —comienza Jeanette—. Tenemos dos víctimas, Peo Silfverberg y Fredrika Grünewald. Se trata de crímenes de inusitada brutalidad. Charlotte Silfverberg fue compañera de clase de Grünewald y, como el mundo es un pañuelo, cabe suponer que estamos ante un doble asesinato. Eventualmente en tándem.

Hurtig parece escéptico.

—¿Eventualmente? ¿En qué medida estás segura de que se trata de dos asesinos? ¿Quieres decir que es nuestra hipótesis de partida?

—No, pero debemos tenerlo presente. Recuerda lo que Charlotte Silfverberg nos contó de esa novatada en el internado.

Hurtig asiente con la cabeza.

—Victoria Bergman.

—Claro, tenemos que dar con ella, pero no solo con ella. ¿Qué más dijo Charlotte Silfverberg?

Hurtig mira por la ventana y en sus labios se dibuja una sonrisa cuando comprende lo que quiere decir Jeanette.

—Ya veo. Las otras dos chicas que sufrieron la novatada, las que desaparecieron de la circulación. Silfverberg no recordaba sus nombres.

—Ponte en contacto con el internado de Sigtuna y pide las listas de alumnas de esos años. Y también los anuarios de la escuela, si es posible. Tenemos algunos nombres interesantes. Fredrika Grünewald y Charlotte Silfverberg. Las dos amigas, Henrietta Nordlund y Regina Ceder. Pero la que más me intriga es esa Victoria Bergman, que se ha evaporado. ¿Qué aspecto tiene? ¿Te lo has preguntado?

—Por supuesto —responde, pero Jeanette se da cuenta de que no es así.

—Sería muy interesante oír lo que Regina Ceder y Henrietta Nordlund tienen que decirnos acerca de Victoria Bergman y Fredrika Grünewald. Y también de Charlotte Silfverberg. Convocaré una reunión esta tarde, para repartir las tareas.

Hurtig asiente de nuevo con la cabeza y Jeanette le nota algo raro. Parece estar pensando en otra cosa.

—¿De acuerdo?

—Sí, sí. —Hurtig se aclara la voz.

—Hay otro factor que tener en cuenta antes de continuar, pero no quiero abordar el tema en la reunión, ¿me entiendes? —Un brillo aparece de nuevo en los ojos de Hurtig y le hace señas de que prosiga—. Tenemos a Bengt Bergman, Viggo Dürer y Karl Lundström. Dado que los tres, así como Per-Ola Silfverberg, eran miembros de esa fundación, Sihtunum Diaspora, tal vez tenga algo que ver con todo esto. Y además Billing me ha contado una cosa interesante. El antiguo jefe de policía, Gert Berglind, conocía a Karl Lundström.

Al oírlo, Hurtig se anima.

—¿Qué quieres decir? ¿Se relacionaban en privado?

—Sí, y no solo eso. Se conocían a través de una fundación. Hasta un tonto adivinaría cuál. Todo esto huele muy mal, ¿verdad?

—¡Joder, y que lo digas!

Hurtig vuelve a estar en forma, y Jeanette lo celebra con una sonrisa.

—Dime —dice ella—, he visto que tenías la cabeza en otro sitio. ¿Ha ocurrido algo?

—Bah, nada grave. Tonterías, digamos.

—Cuéntame.

—Oh, es mi padre. Me temo que se le han acabado la ebanistería y el violín. Primero, le curaron mal después de su accidente con la astilladora de leña. La buena noticia es que el hospital lo ha reconocido y le indemnizará. La mala es que tiene gangrena y van a amputarle los dedos. Además, le ha dado un Ferrari GF en la cabeza. —Jeanette se queda boquiabierta—. Ya veo que no sabes qué es un Ferrari GF. Es su cortacésped, un cacharro muy grande.

Sin la sonrisa de Hurtig, Jeanette hubiera pensado en algo muy grave.

—¿Qué le ha pasado?

—Bah… Quería limpiar algunas ramas que se habían quedado entre las cuchillas, así que ha puesto el cortacésped sobre unas cuñas y se ha metido debajo para ver mejor y evidentemente la cuña se ha caído. Mi madre lo ha afeitado y el vecino le ha cosido el cuero cabelludo. Quince puntos de sutura. En lo alto del cráneo.

Jeanette se queda pasmada. Le vienen a la cabeza dos nombres: Jacques Tati y su primo sueco Carl Gunnar Papphammar.

—Siempre sale de todas. —Hurtig hace un gesto con la mano para cambiar de tema—. ¿Qué crees que tengo que hacer después de lo de Sigtuna? Aún quedan unas horas antes de la reunión.

—Fredrika Grünewald. Comprueba su historia. Empieza por buscar cómo acabó en la calle y sigue a partir de ahí. Hay que partir de esa idea de venganza y buscar en su entorno personas a las que haya podido herir o con las que de una u otra manera haya podido tener diferencias.

—La gente como ella tiene muchos enemigos, supongo. En la alta sociedad no hay más que estafas, líos y chanchullos. No dudan en pisotear a los cadáveres y son capaces de traicionar a sus amigos por un buen negocio.

—¡Qué prejuicios tienes, Jens! De todas formas, sé que eres socialista.

Jeanette se echa a reír.

—Comunista —dice Jens.

—¿Qué?

—Sí, comunista. Hay una diferencia de la hostia.

# Las partes impuras

se tocan y hay que desconfiar de las manos de los extraños o de las manos que ofrecen dinero por tocar. Las únicas manos que pueden tocar a Gao Lian son las de la mujer rubia.

Ella le peina el cabello, que le ha crecido. Le parece que lo tiene también más claro, quizá porque ha pasado mucho tiempo en la oscuridad. Como si el recuerdo de la luz se hubiera depositado en su cabeza y le hubiera decolorado el cabello, como los rayos del sol.

Ahora todo es blanco en la habitación y a sus ojos les cuesta ver. Ella ha dejado la puerta abierta y ha traído un barreño de agua para lavarle. Disfruta de sus caricias.

Cuando lo está secando, se oye un timbre en el recibidor.

las manos

roban si uno no se anda con cuidado y ella le ha enseñado a tener un control absoluto sobre las mismas. Todo cuanto hacen debe tener un sentido.

Ejercita sus manos dibujando.

Si logra capturar el mundo, hacerlo entrar dentro de él y luego restituirlo mediante las manos, ya no deberá temer nada. Entonces tendrá el poder de cambiar el mundo.

los pies

van a lugares prohibidos. Lo sabe, puesto que una vez la dejó para ir a visitar la ciudad, fuera de la habitación. Fue un error, ahora lo comprende. Fuera no hay nada bueno. Fuera de su habitación el mundo es malo y por esa razón ella le protege.

La ciudad parecía muy limpia y pura, pero ahora sabe que, bajo tierra y en el agua, se acumula desde hace miles de años el polvo de los cadáveres y que en las casas y en el interior de los vivos no hay más que muerte.

Si el corazón está enfermo, todo el cuerpo enferma y muere. Gao Lian, de Wuhan, piensa en la tenebrosidad del corazón humano. Sabe que el mal se manifiesta ahí como una mancha negra y que hay siete entradas al corazón.

Primero dos, luego otras dos y finalmente tres.

Dos, dos, tres. Como el año de la fundación de Wuhan, su ciudad natal. En el año 223.

La primera entrada hacia la mancha negra pasa por la lengua que miente y maldice, la segunda por los ojos que ven lo que está prohibido.

La tercera es por los oídos que escuchan las mentiras, la cuarta por el vientre que digiere las mentiras.

La quinta es por las partes impuras que se dejan tocar, la sexta por las manos que roban y la séptima por los pies que van a lugares prohibidos.

Se dice que en el momento de la muerte el hombre ve cuanto hay en su corazón, y Gao se pregunta qué verá.

Pájaros, quizá.

Una mano que consuela.

Dibuja y escribe. Llena hoja tras hoja. Ese trabajo lo calma y olvida su miedo a la mancha negra.

Se oye de nuevo el timbre.

# Gamla Enskede

Todo encaja, piensa Jeanette Kihlberg al bajar a por su coche en el aparcamiento de la comisaría. Aunque su jornada laboral haya acabado, no puede dejar de pensar en todas esas extrañas coincidencias.

Dos chicas, Madeleine Silfverberg y Linnea Lundström. Sus respectivos padres, Per-Ola Silfverberg y Karl Lundström. Ambos sospechosos de pederastia. Lundström también de la violación de Ulrika Wendin. Y la mujer del pederasta, Charlotte Silfverberg, antigua compañera de clase en Sigtuna de Fredrika Grünewald, hallada asesinada.

Conduce hacia la salida y saluda con la mano al vigilante. Este le devuelve el saludo y alza la barrera. La violenta luz del sol la deslumbra y, por un instante, no ve nada.

Un abogado común, Viggo Dürer, que también tuvo como cliente a Bengt Bergman. La hija desaparecida de Bergman, Victoria, también estudió en Sigtuna.

El antiguo jefe de policía, Gert Berglind, ya fallecido, que dirigió los interrogatorios de Silfverberg y Lundström. ¿Y el fiscal Von Kwist? No, se dice Jeanette. No está involucrado. No es más que el tonto de turno.

Per-Ola Silfverberg y Fredrika Grünewald, asesinados. Quizá por la misma persona.

Karl Lundström, fallecido en el hospital. Bengt Bergman, muerto junto a su esposa en un incendio, al igual que Viggo.

¿Se trata de simples accidentes? Según los informes, todo parece indicar que así es.

Pero Jeanette tiene dudas. Alguien les desea mal a esas personas y eso está relacionado con la fundación.

Al entrar en el túnel sur, Jeanette se da cuenta de que no tiene noticias de Sofia desde hace varios días: la investigación y el futuro de Johan la han absorbido por completo.

Al bajar del coche, frente a su casa, Jeanette se da cuenta de que necesita ayuda. Y pronto, alguien de confianza con quien pueda hablar abiertamente de sus problemas personales. De momento, Sofia es la única que cumple esos criterios.

El viento hace restallar el follaje del alto abedul y luego azota la fachada de la casa. Es un viento ingrato, húmedo. Jeanette respira hondo, como si oliera una flor. Si por lo menos dejara de llover, piensa al contemplar cómo se enrojece el cielo contaminado hacia el oeste.

La casa está desierta. Sobre la mesa de la cocina, una nota de Johan: va a dormir en casa de su amigo David para hacer *lanning*.

¿*Lanning*?, se dice, con la certeza de que ya debe de haberle explicado en qué consiste. ¿Es tan mala madre como para no conocer las aficiones de su hijo? Seguramente será algo del ordenador.

Para calmar su mala conciencia, baja al sótano a poner una lavadora y luego friega los platos.

Al acabar, cuando el fregadero está resplandeciente, se sirve una cerveza y se sienta a la mesa.

Aunque trate de relajarse, le cuesta no pensar en los problemas ligados al divorcio y, sobre todo, a su trabajo.

A lo largo de todo el día ha revisado con Hurtig cuanto sabían o más bien cuanto ignoraban.

Primero, el caso archivado de los muchachos asesinados.

La investigación de Hurtig entre los médicos que se ocupaban de los sin papeles no había dado ningún fruto, y los interlocutores de Jeanette en el ACNUR en Ginebra no tenían gran cosa que ofrecer para identificar a las víctimas.

Luego el asesinato de Per-Ola Silfverberg, uno de los más brutales que jamás habían visto.

La utilización de un rodillo de pintor para manchar de sangre las paredes del apartamento era absurda. Y como si eso no bastara, la ejecución de Fredrika Grünewald bajo la iglesia de San Juan. Tenían mucho trabajo por delante.

Hurtig estaba desanimado, a pesar de los vanos intentos de Jeanette de levantarle la moral. Acabó preguntándole qué había averiguado de Sigtuna, pero él se limitó a negar con la cabeza y a decir que aguardaba una respuesta.

¡Joder con los pijos de Sigtuna!, maldice ella bebiéndose su cerveza.

Coge el teléfono y marca el número de Sofia Zetterlund. Al cabo de unos diez tonos, Sofia responde. Su voz es ronca, forzada.

—Hola, ¿cómo estás? —Jeanette se apoya en la pared—. Pareces resfriada.

A Sofia le lleva un tiempo responder. Se aclara la voz.

—No creo. Estoy en plena forma.

Jeanette está sorprendida. No reconoce la voz de Sofia.

—¿Puedes hablar un rato?

Nuevo largo silencio de Sofia.

—No lo sé —acaba diciéndole—. ¿Es importante?

Jeanette se pregunta si ha elegido el mejor momento para llamar. Pero adopta un tono despreocupado para camelar un poco a Sofia.

—Importante, importante… —Se ríe—. Åke y Johan, como de costumbre. Problemas. Solo necesito a alguien con quien hablar… Gracias por la última vez, por cierto. ¿Cómo llevas eso que ya sabes?

—¿Qué? ¿De qué estás hablando?

Parece que Sofia se ría sarcásticamente, pero Jeanette supone que debe de haberla oído mal.

—Sí, eso de lo que hablamos la última vez, en mi casa. El perfil del asesino.

No hay respuesta. Jeanette tiene la impresión de que Sofia arrastra una silla. Luego el ruido de un vaso al dejarlo sobre una mesa.

—¿Hola? ¿Estás ahí?

Unos segundos más de silencio antes de la respuesta de Sofia. Su voz suena ahora mucho más próxima, y Jeanette la oye respirar.

Sofia habla más deprisa.

—En menos de un minuto me has hecho cinco preguntas —empieza—. Hola, ¿cómo estás? ¿Puedes hablar un rato? ¿Cómo llevas eso que ya sabes? ¿Hola? ¿Estás ahí? –Sofia suspira–. Aquí tienes las respuestas: Bien. No lo sé. Aún no he empezado. Hola. Aquí estoy, ¿adónde quieres que haya ido?

Jeanette no sabe cómo reaccionar. ¿Está Sofia borracha?

–Perdona si te he molestado… Ya hablaremos en otra ocasión. –Se ríe, titubeante–. ¿Has bebido?

Sofia desaparece de nuevo. Un golpe, como si dejara el teléfono sobre una mesa. Luego unos pasos ligeros y una puerta que se cierra.

–¿Hola?

–Sí, hola, perdóname.

Sofia se ríe, Jeanette suspira aliviada.

–¿Me estabas tomando el pelo?

Nuevo suspiro de Sofia.

–Tres preguntas más. ¿Has bebido? ¿Hola? ¿Me estabas tomando el pelo? Respuestas: No. Hola. No.

–Estás borracha –se ríe Jeanette–. ¿Te he molestado?

La voz es exageradamente grave y seria.

–Novena pregunta. Respuesta: Sí.

Me está tomando el pelo, se dice Jeanette.

–¿Te apetece que nos veamos?

–Sí, me apetece. Pero tengo que acabar algo. ¿Te va bien mañana por la noche?

–Sí, perfecto.

Después de colgar, Jeanette va a por otra cerveza a la nevera. Se instala en el sofá y abre la botella con su encendedor.

Desde hace mucho tiempo ha comprendido que Sofia es una persona complicada, pero esto ya es el colmo. Jeanette se ve obligada a reconocer que Sofia Zetterlund ejerce sobre ella una fascinación malsana.

Conocer a Sofia llevará tiempo, piensa Jeanette bebiendo un trago de cerveza.

Pero, mierda, merece la pena intentarlo.

# Tvålpalatset

Sofia está sentada, con el teléfono sobre sus rodillas. Se levanta y se dirige tambaleándose a la cocina a por otra botella de vino. La deja delante de ella sobre la mesa y empuña el sacacorchos. Al segundo intento, el corcho se rompe: con el pulgar hunde el trozo que queda en el cuello de la botella y regresa a la sala.

Tiene la garganta seca y bebe unos tragos largos a morro. Afuera es de noche y ve su reflejo en los cristales.

—Eres una puta vieja y amargada —se dice a sí misma—. Una puta vieja asquerosa y alcohólica. No me sorprende que nadie te quiera. Ni yo misma te querría.

Se sienta en el suelo. La corroe el desprecio hacia sí misma y el odio, y no sabe cómo resolverlo.


Al llegar a la consulta al día siguiente a las ocho, se arrepiente de las dos botellas de la noche anterior.

Perdió el control y luego llamó Jeanette. De eso se acuerda. ¿Y después?

Sofia no recuerda qué le dijo, pero tiene la impresión de que Jeanette se sintió herida. Le habló Victoria, pero ¿qué le dijo?

¿Y qué pasó luego?

Al salir de casa ha visto que sus zapatos volvían a estar sucios, su abrigo estaba empapado y olía a humo.

Sofia levanta el índice frente a ella y le imprime un movimiento de péndulo que sigue con la mirada.

Murmura sola y deja que las imágenes de la víspera broten de su inconsciente.

Lentamente, a retazos, le viene a la cabeza el recuerdo de la conversación.

Fue Victoria quien habló con Jeanette y estuvo muy insolente.

Sofia comprende que su personalidad está hecha a partes iguales de masoquismo y disociación. Sigue haciéndose daño enfundándose las características de su alma maldita y reviviendo así su propio infierno.

Pero al mismo tiempo disocia y aparta ese infierno.

Hay también otra dimensión en Victoria. A veces parece que entienda mejor a Sofia que la propia Sofia.

Quiere hablar con Jeanette. Abrirse.

Sofia se hunde en unas tinieblas grises en las que el tiempo no existe y donde el mundo exterior está inmóvil. No hay ni un ruido, ni un movimiento. Solo inmovilidad.

En ese silencio completo, su pulso resuena regularmente como un martillo pilón en su cabeza. Sus sinapsis chirrían, su cráneo cruje y la sangre transportada a través de su cuerpo es un torrente de cólera.

Al mismo tiempo, el proceso de curación está en curso.

Detrás de sus ojos cerrados, ve cerrarse las heridas. Los bordes nítidos se cierran sobre el pasado punzante y doloroso. Sofia se frota los ojos, se levanta y va a la ventana para ventilar un poco.

Siente una picazón en el pecho. Algo está cicatrizando.

Sofia decide ocuparse de lo que le ha pedido Jeanette. Establecer el perfil del asesino.

Al instalarse a su mesa, se descalza y constata que tiene los calcetines manchados de sangre.

# Gamla Enskede

Jeanette se cruza con Johan en la puerta. Va a dormir a casa de un amigo, a jugar a videojuegos y ver películas. Ella le pide que no se acueste muy tarde.

Johan coge su bicicleta y desciende el camino. En cuanto dobla la esquina de la casa, ella vuelve a entrar y, desde la ventana de la sala, le ve montarse en la bicicleta y pedalear cuesta abajo.

Jeanette exhala un suspiro de alivio. Por fin sola.

Se siente feliz y, al pensar que Sofia va a venir, su impaciencia adquiere incluso tintes pecaminosos.

Va a la cocina y se sirve un whisky. Alza el vaso y bebe lentamente. Saborea el líquido amarillo que le arde en la lengua y el paladar. Traga despacio, siente la quemazón en la garganta, el calor en el pecho.

Se lleva el vaso al primer piso para darse una ducha.

Luego, se envuelve en una toalla de baño grande y se contempla en el espejo. Saca del armario su neceser de maquillaje, cubierto de una fina capa de polvo.

Subraya minuciosamente sus pestañas.

Tiene más dificultades con el lápiz de labios. Se le escapa un poco de bermellón, lo limpia con la punta de la toalla y vuelve a empezar. Al acabar, muerde una hoja de papel higiénico para eliminar el exceso.

Alisa con cuidado su falda y se acaricia las caderas. Esta es su noche.

A las siete y cuarto, llama a Johan para saber si todo va bien. Le responde con el tono lacónico y algo brusco que ha adoptado últimamente.

Cuando Jeanette le dice que le quiere, se limita a responder sí, sí, y cuelga.

Inmediatamente, se siente muy sola.

Todo está silencioso, aparte del débil ronroneo de la lavadora, en el sótano. Piensa en Sofia y en su última conversación telefónica. Sofia estaba rara, casi esquiva: Jeanette decide llamarla para asegurarse de que sigue teniendo ganas de ir.

Siente un gran alivio cuando le responde alegremente que está en camino.


Sofia parece sorprendida y luego se echa a reír.

—¿En serio?

Se hallan sentadas a la mesa de la cocina frente a frente y Jeanette acaba de descorchar una botella de vino. Aún tiene en la lengua el sabor dulzón del whisky.

—¿Martin? ¿Le llamé Martin? —Sofia parece primero divertida, pero su sonrisa pronto se desvanece—. Fue un ataque de pánico —dice entonces—. Igual que le ocurrió a Johan, en mi opinión. Tuvo un ataque de pánico al verte allí abajo recibir el botellazo en la cabeza.

—¿Quieres decir que es un trauma? Pero ¿cómo explica eso la laguna en su memoria?

—Los traumas provocan agujeros en la memoria. Y es habitual que ese agujero comprenda también el instante previo al trauma. Un motorista que se estrella en carretera no recuerda generalmente lo que sucedió antes del accidente. A veces puede tratarse de un agujero de varias horas.

Jeanette comprende. Un ataque de pánico. Hormonas adolescentes. Por descontado, todo tiene una explicación química.

—¿Y esos nuevos asesinatos? —Sofia parece curiosa—. Cuéntame. ¿Cómo están las cosas?

Durante veinte minutos, Jeanette explica los dos últimos casos. Con todo detalle, sin ser interrumpida ni una sola vez. Sofia escucha atentamente y asiente con la cabeza.

—Lo primero que me llama la atención, en lo que concierne a Fredrika Grünewald —comienza Sofia cuando Jeanette concluye su resumen—, es la presencia de materias fecales. La caca, vamos.

−¿Y…?

−Pues parece simbólico. Casi ritual. Como si el asesino tratara de decir algo.

Jeanette recuerda las flores halladas en la barraca junto al cadáver.

A Karl Lundström también le obsequiaron unas flores amarillas, pero podía tratarse de una casualidad.

−¿Tenéis algún sospechoso?

−No, nada concreto de momento −comienza Jeanette−, pero tenemos un vínculo con una fundación, Sihtunum Diaspora. Tanto Lundström como Silfverberg tenían intereses en la misma. También está implicado un abogado, Viggo Dürer. Pero también está muerto, y podemos olvidarnos de él.

−¿Muerto?

−Sí, hace unas semanas. Falleció en el incendio de su barco.

Sofia la mira fijamente y Jeanette cree ver algo en sus ojos.

Una reacción. Apenas perceptible, pero que ahí está.

−Hace poco recibí una extraña llamada telefónica −dice acto seguido Sofia.

Jeanette ve que vacila sobre si debe proseguir.

−¿Ah, sí? ¿Por qué extraña?

−Me llamó el fiscal Kenneth von Kwist para sugerir que Karl Lundström mintió, que todo lo dijo bajo los efectos de la medicación.

−¡Oh, mierda! ¿Y quería saber qué pensabas?

−Sí, pero no entendí adónde quería ir a parar.

−Es fácil. Quiere salvar su culo. Tendría que haberse asegurado de que Lundström no estaba medicado durante el interrogatorio. Si lo pasó por alto, tiene un problema gordo.

−Creo que cometí un error.

−¿Cómo?

−Sí, mencioné el nombre de uno de los hombres a los que Linnea acusa de abusos sexuales, y me dio la impresión de que lo reconocía. De golpe, no dijo nada más.

−¿Puedo preguntarte de quién se trata?

−Acabas de decir su nombre. Viggo Dürer.

Jeanette se explica en el acto el tono extraño del fiscal Kenneth von Kwist. No sabe si alegrarse, pues ese Dürer parece que fue un cabrón, o entristecerse por el hecho de que visiblemente abusó de una niña.

Se serena.

—Pondría la mano en el fuego por que Von Kwist tratará de tapar todo esto. Es fácil imaginar el daño que le haría que se revelaran sus tratos con pederastas y violadores.

Jeanette toma la botella de vino.

—Pero ¿quién es ese Von Kwist?

Sofia tiende su copa vacía para que Jeanette le sirva de nuevo.

—Es fiscal desde hace más de veinte años, y la instrucción no solo fracasó en el caso de Ulrika Wendin. Pero no es de extrañar: si ha acabado trabajando con nosotros es porque su carrera no era precisamente meteórica. —Jeanette se ríe al ver la expresión de perplejidad de Sofia y precisa—: No es ningún secreto que los juristas peor cualificados acaban en la policía, en Hacienda o en la Seguridad Social.

—¿Y por qué?

—Es fácil. No son lo bastante buenos para ser abogados de una gran empresa de exportación, ni lo bastante listos para tener su propio bufete y así multiplicar su salario. Von Kwist sueña quizá con convertirse en una estrella de los tribunales, pero es demasiado estúpido para lograrlo.

Jeanette piensa en su gran jefe, director regional de la policía, uno de los policías más mediáticos del país. Nunca está ahí para hablar en serio sobre la criminalidad, pero es el primero en aparecer en la prensa del corazón con sus trajes de lujo en las fiestas de gala.

—Linnea me ha enseñado una carta en la que Karl Lundström alude al hecho de que Dürer abusó de ella —dice Sofia golpeando el vaso con el índice—. Y Annette Lundström me dejó fotografiar unos dibujos de Linnea de niña. Unas escenas que describen agresiones sexuales. Lo tengo todo aquí. ¿Quieres verlo?

Jeanette asiente con la cabeza sin decir nada, mientras Sofia saca de su bolso las tres fotos de los dibujos de Linnea y una fotocopia de la carta de Karl Lundström.

—Gracias —dice—. Seguramente nos será de utilidad. Pero me temo que son más unos indicios que otra cosa.

—Lo entiendo —dice Sofia. Se quedan un momento en silencio, y luego prosigue—: Aparte de Von Kwist y Dürer, ¿tienes otros nombres?

Jeanette reflexiona.

—Sí, hay otro nombre.

—¿Cuál?

—Bengt Bergman.

Sofia se sobresalta.

—¿Bengt Bergman?

—Fue acusado de agresión sexual contra un niño y una niña de Eritrea. Unas criaturas sin papeles, que no existen. La denuncia se desestimó. Firmado: Kenneth von Kwist. El abogado de Bergman era Viggo Dürer. ¿Ves la relación? —Jeanette se repantiga en su asiento y bebe un buen trago de vino—. Hay otra Bergman. Se llamaba Victoria Bergman, la hija de Bengt Bergman.

—¿Se llamaba?

—Sí. Dejó de existir hará unos veinte años. Desde noviembre de 1988, no hay nada. Sin embargo, he hablado con ella por teléfono, y no fue especialmente discreta acerca de su relación con su padre. Creo que abusó de ella y que por eso desapareció. La única pista que tenemos es un número de móvil que se acaba de dar de baja. Y el matrimonio Bergman tampoco existe ya: murieron recientemente en un incendio. ¡De golpe y porrazo, también han desaparecido!

La sonrisa de Sofia es vacilante.

—Discúlpame, pero no entiendo nada.

—La ausencia de existencia —dice Jeanette—. El denominador común de las familias Bergman y Lundström es la ausencia de existencia. Su historia ha sido borrada. Y creo que Dürer y Von Kwist fueron los artífices de ese camuflaje.

—¿Y Ulrika Wendin?

—A ella la conoces: fue violada por varios hombres, entre ellos Karl Lundström, en una habitación de hotel hace siete años. Le inyectaron un anestésico. Caso archivado por Kenneth von Kwist. Otro camuflaje.

—¿Un anestésico? ¿Como en los casos de los muchachos asesinados?

—No sabemos si se trata del mismo producto. No se llevó a cabo ningún examen médico.

Sofia parece irritada.

—¿Y por qué no?

—Porque Ulrika esperó más de dos semanas para denunciar a Karl Lundström.

Sofia parece pensativa. Jeanette comprende que duda. Aguarda.

—Creo que Viggo Dürer quizá trató de comprarla —dice al cabo de un momento.

—¿Y qué te lo hace pensar?

—Cuando vino a la consulta, Ulrika tenía un smartphone nuevo y mucho dinero en efectivo. Le cayeron del bolsillo dos billetes de quinientas coronas. Y luego vio una foto de Viggo Dürer que yo había impreso y dejado sobre mi mesa. Se sobresaltó al verla y luego negó conocerle, pero estoy casi segura de que mentía.

# Gamla Enskede

La urbanización Gamla Enskede se construyó a principios del siglo XX para permitir que la gente corriente pudiera adquirir una casa de dos habitaciones con jardín al precio de un apartamento de dos habitaciones en el centro de la ciudad.

Cae la noche y las nubes se acumulan, amenazadoras. Un crepúsculo gris se abate sobre el barrio y el gran arce verde se vuelve negro. La bruma que flota por encima de la hierba es casi de un gris acero.

*Ella sabe quién eres.*

No. Para. No puede saberlo. Es imposible.

No quiere reconocerlo, pero Sofia tiene la impresión de que Jeanette Kihlberg oculta una segunda intención que la implica en el caso.

Sofia Zetterlund traga, con la garganta seca.

Jeanette hace girar el vino que le queda en su copa y luego se la lleva a los labios y lo bebe.

—Creo que Victoria Bergman es la clave —dice—. Si damos con ella, el caso estará resuelto.

*Calma. Respira.*

Sofia inspira profundamente.

—¿Qué te lo hace pensar?

—Es una intuición, nada más —dice Jeanette rascándose la cabeza—. Bengt Bergman trabajó para la Agencia Sueca para el Desarrollo y la Cooperación Internacional, entre otros lugares en Sierra Leona. La familia Bergman pasó allí una temporada en la segunda mitad de los años ochenta. Otra coincidencia.

—Eso no lo entiendo.

Jeanette se ríe.

—Claro que sí, Victoria Bergman estuvo en Sierra Leona en su juventud y Samuel Bai era de allí. ¡Y mira por dónde, tú también has estado allí! Decididamente, el mundo es un pañuelo.

¿Cómo? ¿Acaso está insinuando algo?

—Tal vez —dice Sofia pensativa, mientras hierve en ella la inquietud.

—Uno o varios de los individuos que investigamos conoce al asesino. Karl Lundström, Viggo Dürer, Silfverberg. Alguien de las familias Bergman o Lundström. El asesino puede formar parte o no de la constelación. Puede ser cualquiera. Pero creo que Victoria Bergman sabe quién es.

—¿En qué te basas?

Jeanette se ríe de nuevo.

—Instinto.

—¿Instinto?

—Sí, por mis venas corre sangre de tres generaciones de policías. Mi instinto rara vez se equivoca y, en este caso, en cuanto pienso en Victoria Bergman siento que la sangre corre con más fuerza. Llámalo olfato, si lo prefieres.

—He hecho un primer esbozo del perfil psicológico del asesino, ¿quieres verlo?

Tiende la mano hacia su bolso, pero Jeanette la detiene.

—Me encantará, pero primero me gustaría saber qué puedes decirme de Linnea Lundström.

—La he visto hace poco. En la terapia. Y, como te decía, creo que otros hombres abusaron de ella, además de su padre.

Jeanette la mira a los ojos.

—¿Y la crees?

—Absolutamente. —Sofia reflexiona. Es la ocasión de desnudarse y desvelar partes de ella que hasta entonces ha ocultado—. Yo también hice terapia en mi juventud y sé la liberación que supone poderlo explicar todo por fin. Poder decir sin reservas y sin interrupciones lo que has vivido, contar con alguien que escucha y deja hablar. Alguien que tal vez no haya vivido lo mismo, pero que ha dedicado mucho tiempo y dinero a comprender la psique humana, que se toma tu historia en serio y se toma la molestia de analizarla, aunque solo puedas ofrecerle un dibujo o una carta, y que no está solo preocupado por saber qué medicamento te va a administrar, y que no se pasa el tiempo buscando el error o el chivo expiatorio aunque…

—¡Eh, oye! —Jeanette la interrumpe—. ¿Qué pasa, Sofia?

—¿Qué?

Sofia abre los ojos y ve a Jeanette delante de ella.

—Has desaparecido un instante. —Jeanette se inclina sobre la mesa y le toma las manos y se las acaricia suavemente—. ¿Te cuesta hablar de ello?

Sofia siente que le escuecen los ojos y se le agolpan las lágrimas, y quisiera dejarse ir. Pero no es el momento y menea la cabeza.

—No, solo quería decir que creo que Viggo Dürer estaba implicado.

—Sí, eso explicaría muchas cosas.

Jeanette hace una pausa, como si paladeara sus palabras.

*Espera, déjala continuar.*

—Continúa.

Sofia oye su propia voz como si fuera exterior a ella. Sabe qué va a decir Jeanette.

—Peo Silfverberg vivió en Dinamarca. Como Viggo Dürer. Dürer defendió a Silfverberg cuando fue sospechoso de abusos sexuales contra su hija adoptiva. Defendió a Lundström cuando este fue a su vez sospechoso de la violación de Ulrika Wendin.

—¿Hija adoptiva?

A Sofia le cuesta respirar, agarra su copa para disimular y no delatar su inquietud, y se la lleva a los labios. Ve que le tiembla la mano.

*Se llama Madeleine, es rubia y le gusta que le hagan cosquillas en el vientre.*

*Chilló y lloró cuando la acogieron en este mundo tomándole una muestra de sangre.*

*La manita que agarra el índice por acto reflejo.*

# Estocolmo, 1988

*Ella no necesitaba forzarse, las historias surgían por sí solas y a veces era como si precedieran a la verdad. Llegaba a mentir sobre algo que luego se producía. Le parecía que tenía un poder muy curioso, como si pudiera influir en su entorno con sus mentiras y finalmente obtener lo que quería.*

El dinero le basta para regresar de Copenhague a Estocolmo. La caja de música del XVIII robada en la granja de Struer se la da a un borracho frente a la estación central. Son las ocho y cuarto cuando Victoria sube a un autobús de Gullmarsplan a Tyresö, se sienta al fondo y abre el periódico.

La carretera es mala debido a las obras, el conductor circula a demasiada velocidad y le cuesta escribir. Las letras se deforman.

Así pues, se adentra en la lectura de sus entrevistas con la vieja psicóloga. Lo ha anotado todo en su diario, después de cada sesión. Guarda el bolígrafo y empieza a leer.

*3 de marzo*

Los Ojos me comprenden, es tranquilizador. Hablamos de incubación. Eso quiere decir esperar alguna cosa, ¿y podría ser que mi tiempo de incubación se acabe pronto?

¿Acaso podría estar enferma?

Los Ojos me piden que hable de Solace y explico que ahora ya ha salido del armario. Ahora dormimos en la misma cama. La pestilencia de la sauna me ha seguido hasta la cama. ¿Acaso ya estoy enferma? Le digo que la incubación comenzó en Sierra Leona. Allí cogí la enfermedad, pero no me libré de ella al regresar aquí.

La infección ha seguido viviendo en mí y me vuelve loca.
Su infección.

Victoria prefiere no llamar a la psicóloga por su nombre. Le gusta pensar en los ojos tranquilizadores de la anciana. La terapeuta se confunde con sus ojos, y por eso la llama así. En ellos, Victoria también puede ser ella misma.

*10 de marzo*

He hablado a los Ojos de la mañana de invierno que cruje. Asfalto negro y bosques blancos, los árboles como esqueletos erizados. Blanco y negro y los abedules vestidos de escarcha. Esos abetos negros que sostienen el peso de la nieve fresca y una luz blanca en el cielo nuboso. ¡Todo es blanco y negro!

El autobús se detiene en una parada y el conductor baja para abrir una compuerta lateral. Seguramente hay algún problema. Aprovecha para sacar su bolígrafo y escribe:

*25 de mayo*

Alemania y Dinamarca son iguales. Frisia del Norte, Schleswig-Holstein. Violada por unos chicos alemanes en el Festival de Roskilde y luego por el hijo de un alemán. Dos países en rojo, blanco y negro. Las águilas sobrevuelan los campos llanos, cagan sobre el patchwork gris y aterrizan en Helgoland, una isla de Frisia septentrional adonde huyeron las ratas cuando Drácula llevó la peste a Bremen. La isla parece la bandera danesa, las rocas son de un rojo óxido y el mar está cubierto de espuma blanca.

El autobús se pone de nuevo en marcha.
–Disculpen la parada. Seguimos camino de Tyresö.
Durante los veinte minutos que dura el final del viaje, Victoria tiene tiempo de leer todo el diario, página a página, y, una vez llegada a destino, se sienta en el banco de madera de la parada de autobús y se pone a escribir.

En la maternidad se traen al mundo a los bebés, BB como Bengt Bergman, y si se pone la letra B frente a un espejo parece un ocho.

Ocho es el número de Hitler, puesto que la H es la octava letra del alfabeto.

Estamos en 1988. Ochenta y ocho. Ocho ocho.

¡Heil, Hitler!

¡Heil, Helgoland!

¡Heil, Bergman!

Guarda sus cosas en su bolso y baja hasta la casa de los Ojos.

La sala de la casa de Tyresö es luminosa, el sol brilla a través de las cortinas de tul blanco que se mecen suavemente al viento y por la puerta abierta de la veranda entran los gorjeos de los pájaros, los graznidos de las gaviotas y el ruido del cortacésped de un vecino.

Está tumbada boca arriba en el sofá calentado por el sol, con la anciana frente a ella.

Absolución. El tiempo de incubación de Victoria ha acabado. Nunca ha existido. La enfermedad, por el contrario, no era imaginaria, siempre la ha llevado dentro y por fin puede hablar de ella.

Va a contarlo todo, y es como si no hubiera fin a cuanto había que decir.

Victoria Bergman debe morir.

Empieza hablando del viaje en tren, un año antes. De un hombre sin nombre en París en una habitación con las paredes tapizadas de moqueta, con cucarachas en el techo y tuberías agujereadas. De un hotel de cuatro estrellas en el paseo de los Ingleses en Niza. Del hombre acostado a su lado que era agente inmobiliario y olía a sudor. De Zurich, pero no tiene ningún recuerdo de la ciudad, solo la nieve, las discotecas, y que le hizo una paja a un hombre en un banco en medio de un parque.

Dice a los Ojos que está convencida de que el dolor exterior puede aniquilar el dolor interior. La anciana no la interrumpe, la deja hablar libremente y, cuando necesita reflexionar, permanecen en silencio mientras la terapeuta toma notas. Las cortinas se mecen con la brisa y le sirve café y pastel a Victoria. Es lo primero que come desde que salió de Copenhague.

Victoria le habla de un hombre, Nikos, al que conoció al llegar a Grecia el año anterior. Recuerda el caro Rolex que lucía en la muñeca equivocada, una uña casi negra en el índice izquierdo y que olía a ajo y a loción para después del afeitado, pero no recuerda su rostro ni su voz.

Trata de ser honesta. Pero al explicar lo que ocurrió en Grecia le cuesta ceñirse a los hechos. Ella misma oye lo tonto que parece todo.

Se despertó en casa de Nikos y fue a por un vaso de agua a la cocina.

—Sentadas a la mesa de la cocina, Hannah y Jessica me gritan que tengo que contenerme. Que huelo mal, que tengo unas uñas rotas que duelen a la vista, michelines y varices. Y que he sido mala con Nikos.

Victoria hace una pausa y mira a la terapeuta. La anciana le sonríe, como de costumbre, pero no sus ojos. Están inquietos. Se quita las gafas y las deja sobre la mesa baja.

—¿De verdad dijeron eso?

Victoria asiente con la cabeza.

—De hecho, Hannah y Jessica no son dos personas —dice, y es como si de repente se comprendiera a sí misma—. Son tres personas. —La terapeuta la mira, interesada—. Tres personas —continúa Victoria—. Una que trabaja, cumple con su deber… Sí, obediente y moral. Y una que analiza, inteligente, que comprende lo que debo hacer para estar mejor. Luego una que siempre se lamenta, una quejica. Me hace tener mala conciencia al recordarme lo que he hecho.

—Una trabajadora, una analista y una quejica. ¿Quiere decir que Hannah y Jessica son dos personas que poseen varias características?

—Sí —responde Victoria—, son dos personas que son tres personas. —Se ríe, un poco vacilante—. ¿Es un poco confuso?

—En absoluto. Me parece que lo entiendo.

Calla un momento y luego le pregunta a Victoria si le apetece describir a Solace.

Victoria reflexiona, pero le parece que no tiene ninguna buena respuesta.

—La necesitaba —acaba diciendo.

—¿Y de Nikos? ¿Quiere hablar de él?

Victoria ríe.

—Quería casarse conmigo. ¿Se da cuenta de lo ridículo que era?

La mujer no dice nada, cambia de posición y se repantiga en su sillón. Parece buscar qué decir.

Victoria se siente de repente adormilada y cansada. Ve al hijo del vecino jugar con una cometa, un triángulo rojo que va de un lado a otro en el cielo.

No es muy fácil de explicar, pero siente que le apetece. Sus palabras le parecen laboriosas y falsas, tiene que hacer esfuerzos para no mentir. Tiene vergüenza delante de los Ojos.

—Quería hacerle sufrir —dice al cabo de un momento, invadida entonces por una gran serenidad.

Victoria no puede evitar echarse a reír, pero cuando ve que la anciana no parece encontrarlo divertido en absoluto, esconde la boca detrás de su mano. De nuevo siente vergüenza y tiene que hacer un esfuerzo para recuperar la voz que la ayuda a contar las cosas.

Un instante más tarde, cuando la psicóloga abandona la estancia para ir al baño, Victoria no puede evitar mirar lo que ha escrito y en cuanto se queda sola abre su cuaderno.

Objeto transicional.

Máscara fetiche africana, símbolo para Solace.

Perro de peluche, Luffaren, símbolo de un vínculo con la infancia que infunde seguridad.

¿Quién? Ni el padre ni la madre. Quizá un pariente o un compañero de la infancia. Más verosímilmente una persona adulta. ¿Tía Elsa?

Agujeros de memoria. Recuerda TPM/TDI.

No lo entiende y unos pasos en el vestíbulo la interrumpen.

—¿Qué es un objeto transicional?

Victoria se siente traicionada, porque la terapeuta escribe cosas de las que no han hablado.

La anciana se sienta.

—Un objeto transicional es un objeto que representa a alguien o algo de lo que duele separarse.

—¿Como qué? —replica rápidamente Victoria.

—Por ejemplo, en ausencia de la madre, una muñeca o un peluche pueden consolar al niño porque ese objeto simboliza la presencia de la madre. Cuando ella está ausente, el objeto la sustituye y ayuda al niño a pasar de la dependencia de su madre a la autonomía.

Victoria sigue sin comprender. No es una niña, sino una adulta.

¿Echa de menos a Solace? ¿La máscara de madera era un objeto transicional?

Luffaren, el perrito de piel de conejo auténtica, no sabe de dónde venía.

—¿Qué es TPM/TDI?

La anciana sonríe. A Victoria le parece que tiene un aire triste.

—Veo que has leído mi cuaderno. Pero no son verdades absolutas. —Señala el cuaderno con la cabeza—. Son solo mis reflexiones acerca de nuestra entrevista.

—Pero ¿qué quiere decir, TPM/TDI?

—Significa que alguien tiene varias personalidades. Es… —Calla y adopta un aspecto grave—. No se trata de su diagnóstico —prosigue—. Quiero que le quede muy claro. Es más como un rasgo de carácter.

—¿Qué quiere decir?

—TDI significa trastorno disociativo de la identidad. Es un mecanismo lógico de autodefensa, una manera que tiene el cerebro de adaptarse a las dificultades. Se desarrollan varias personalidades que actúan de forma independiente, distintas las unas de las otras, para hacer frente a situaciones diferentes de la manera óptima.

¿Qué quiere decir eso?, piensa Victoria. Independiente, disociativa.

¿Está disociada e independiente de sí misma gracias a las otras que están dentro de ella?

Eso parece sencillamente absurdo.

—Perdón —dice Victoria—. ¿Podemos continuar más tarde? Siento que necesito descansar un poco.

Se echa en el sofá y duerme varias horas.

Al despertar, aún es de día, las cortinas están inmóviles, la luz es más pálida y todo está en silencio. La vieja hace punto en su sillón.

Victoria interroga a la terapeuta acerca de Solace. ¿Es real? La anciana afirma que quizá sea una adopción, pero ¿qué quiere decir?

Hannah y Jessica existen de verdad, son antiguas compañeras de clase de Sigtuna, pero también están dentro de ella. Son la Trabajadora, la Analista y la Quejica.

Solace también existe, pero es una niña que vive en Sierra Leona y en realidad tiene otro nombre. Y Solace Aim Nut también existe dentro de Victoria y es la Sirvienta.

Ella misma es el Reptil, que no hace más que lo que le viene en gana, y la Sonámbula, que ve pasar ante ella la vida sin hacer nada. El Reptil come y duerme y la Sonámbula se queda fuera contemplando lo que hacen las diversas partes de Victoria, sin intervenir. La Sonámbula es la que menos le gusta, pero al mismo tiempo sabe que es la que tiene mayores posibilidades de sobrevivir, que esa es la parte de ella que tiene que cultivar. Las otras tienen que ser erradicadas.

Luego está la Chica Cuervo, y Victoria sabe que es imposible extirparla.

La Chica Cuervo no se deja controlar.


El lunes van a Nacka. La terapeuta ha concertado una cita con un médico que podrá certificar que Victoria efectivamente sufrió abusos sexuales en su infancia. No tiene ninguna intención de denunciar a su padre, pero la terapeuta dice que el médico muy probablemente lo hará.

Luego posiblemente la enviarán al Instituto de Medicina Legal de Solna para un examen más minucioso.

Victoria le ha explicado a la mujer por qué no quería presentar una denuncia. Considera que Bengt Bergman está muerto y no soportaría volver a verlo en un tribunal. Si quiere que sus secuelas físicas queden atestadas, es por otra razón.

Quiere empezar de cero, obtener una nueva identidad, un nuevo nombre y una nueva vida.

La terapeuta le dice que obtendrá una nueva identidad si hay elementos suficientes para ello. Por eso debe someterse al examen.

Cuando llegan al aparcamiento del hospital de Nacka, Victoria ya ha empezado a hacer planes de futuro.

Antes, el futuro no existía, puesto que Bengt Bergman se lo había robado.

Pero ahora tendrá una segunda oportunidad. Un nuevo nombre, un nuevo número de la seguridad social protegido, se ocupará de sí misma, estudiará y encontrará un trabajo en otra ciudad.

Ganará dinero y las cosas le irán bien, quizá se casará y tendrá hijos.

Será normal, como cualquier persona.

# Gamla Enskede

Jeanette y Sofia están sentadas en la sala.

El barrio está oscuro y casi silencioso, solo se oyen las voces de algunos jóvenes en la calle. Un resplandor azulado llega del salón de los vecinos a través del escuálido, desnudo y casi trágico seto de madreselva: como la mayoría de la gente, a esa hora están ante el televisor.

Jeanette se levanta y baja las persianas, rodea el sofá y vuelve a sentarse al lado de Sofia.

Aguarda, en silencio. La decisión está en manos de Sofia: seguir hablando de trabajo, cosa que era el pretexto de su visita, o pasar a temas más íntimos.

A lo que está ocurriendo entre ellas.

Sofia ha parecido un poco ausente, pero le recuerda a Jeanette el perfil que ha establecido.

—¿Le echamos un vistazo? —Sofia se agacha para coger un cuaderno de su bolso—. Justamente, he venido por eso.

—Vale, de acuerdo —responde Jeanette, un poco decepcionada porque Sofia haya preferido hablar de trabajo.

No es muy tarde, se dice. Y Johan no duerme en casa. Ya tendremos tiempo para otras cosas. Se echa hacia atrás y escucha.

—Todo hace pensar que nos hallamos ante un perfil borderline.

Sofia hojea su cuaderno, como si buscara algo.

—¿Y eso cómo se manifiesta?

—No percibe claramente la frontera entre él y los demás.

—¿Un poco como un esquizofrénico?

Jeanette sabe perfectamente qué es un borderline, pero quiere oír a Sofia desarrollarlo.

—No, no, en absoluto. Es algo muy diferente. Aquí tenemos a una persona que lo ve todo blanco o negro. Bien y mal. Amigo y enemigo.

—¿Quieres decir que todos los que no son sus amigos se convierten en el acto en enemigos? ¿Un poco como lo que decía George W. Bush antes de invadir Irak? —sonríe Jeanette.

—Sí, algo así —responde Sofia sonriendo a su vez.

—¿Y qué puedes decir de esas muertes tan violentas?

—Hay que ver el acto, en este caso el crimen, como un lenguaje en sí. La expresión de alguna cosa.

—¿Ah?

Jeanette piensa en lo que ha visto.

—Bueno. El criminal pone en escena su propio drama interior en el exterior de sí mismo, y debemos intentar hallar lo que esa persona trata de decir con sus actos en apariencia tan irracionales.

—Es decididamente más fácil comprender a un ladrón corriente, a uno que roba porque necesita dinero para drogarse.

—Evidentemente. Aunque en ese caso también cabe interpretar… Pero algunas cosas me dejan perpleja.

—¿Qué, por ejemplo?

—De entrada, creo que los asesinatos fueron premeditados.

—También yo estoy convencida de ello.

—Pero al mismo tiempo ese desencadenamiento de violencia sugiere que el asesinato ha tenido lugar en una explosión de cólera pasajera.

—¿De qué puede tratarse? ¿De poder?

—Absolutamente. Una enorme necesidad de tener un control total sobre otra persona. Las víctimas son elegidas cuidadosamente, pero al mismo tiempo de forma arbitraria. Unos muchachos, sin identidad.

—Parece sádico, ¿verdad?

—El asesino siente una intensa satisfacción al infligir sufrimiento a la víctima. Goza con su impotencia y su angustia. Quizá incluso ejerce sobre él una carga erótica. El verdadero sádico no puede gozar sexualmente de otra manera. A veces, la víctima es retenida como prisionera y la agresión se prolonga durante un largo período.

No es raro que esas agresiones acaben en asesinato. Esos actos a menudo están cuidadosamente planificados y no son impulsivos.

—Pero ¿por qué tanta violencia?

—Como te decía, para una parte de los agresores hacer sufrir constituye una satisfacción. Puede ser un preliminar necesario para otras formas de sexualidad.

—¿Y el embalsamamiento del muchacho que hallamos en Danvikstull?

—Creo que se trata de un experimento. Un capricho pasajero.

—¿Y qué ha podido forjar a una persona con ese perfil?

—Para esa pregunta hay tantas respuestas como asesinos, y también, por ende, como psicólogos. Y hablo en general, no de los asesinatos de esos niños inmigrados en concreto.

—¿Y en tu opinión?

—En mi opinión, ese comportamiento procede de trastornos precoces durante el desarrollo de la personalidad, causados por maltrato físico y psíquico regular.

—¿La víctima se convierte a su vez en agresor?

—Sí. Por lo general, el agresor ha crecido en un entorno fuertemente autoritario, violento en ciertos aspectos, y en el que la madre era pasiva y huidiza. De pequeño, quizá vivió bajo la amenaza permanente de un divorcio de sus padres y se sintió culpable de ello. Pronto aprendió a mentir para evitar los castigos, sirvió de intermediario entre el padre y la madre, o tuvo que ocuparse de uno de sus progenitores en situaciones degradantes. Se vio obligado a consolar a sus padres, en lugar de ser consolado por ellos. Quizá asistió a tentativas de suicidio dramáticas. Muy pronto, empezó a pelearse, a beber y a robar sin hallar reacción alguna por parte de los adultos. En resumidas cuentas, siempre se ha sentido no deseado e inoportuno.

—¿Crees que todos los asesinos han tenido una infancia horrible?

—Pienso como Alice Miller.

—¿Quién es?

—Una psicóloga que afirma que una persona que ha crecido rodeada de franqueza, respeto y calor es absolutamente imposible que pueda desear alguna vez hacer sufrir a alguien más débil y herirle de por vida.

—Hay parte de verdad en ello, pero no estoy convencida.

—Yo también lo dudo a veces. Se ha establecido una relación directa entre la sobreproducción de hormonas masculinas y la tendencia a cometer agresiones sexuales. Acabo de leer un estudio sobre la castración química que demuestra que las personas castradas no reinciden. También puede considerarse la violencia física y sexual dirigida contra las mujeres y niños como una manera que tiene el hombre de constituir su virilidad. El hombre obtiene mediante la violencia el poder y el control a los que le da derecho la estructura de los roles sexuales y del poder en la sociedad tradicional.

—Resulta complicado…

—Existe además una relación entre el nivel de las normas sociales y el grado de perversión: esquemáticamente, la doble moral crea el caldo de cultivo de las transgresiones.

Jeanette tiene la sensación de estar hablando con una enciclopedia. Los hechos fríos y las explicaciones diáfanas se apilan unos sobre otros.

—Ya que hablamos de criminales en general, podríamos volver sobre Karl y Linnea Lundström —aventura Jeanette—. ¿Una persona víctima de abusos sexuales en la infancia puede haberlos olvidado completamente?

La respuesta de Sofia es inmediata.

—Sí. La práctica clínica y la investigación sobre la memoria apoyan la idea de que los acontecimientos traumáticos de la infancia pueden ser almacenados y a la vez ser inaccesibles. Desde el punto de vista jurídico, cuando se presenta una denuncia puede haber un problema si se manejan recuerdos de ese tipo para probar que la presunta agresión ocurrió. Pero tampoco hay que descartar el riesgo trágico de que se acuse erróneamente a un inocente y sea condenado.

Jeanette comienza a tomar el ritmo y ya tiene lista una nueva pregunta.

—¿Es posible que un niño, en el curso de un interrogatorio, pueda explicar abusos sexuales que no han ocurrido?

Sofia la mira muy seria.

—Los niños a veces tienen problemas con el tiempo, por ejemplo, para decir cuándo ocurrió una cosa o cuántas veces. Para ellos, no hay nada que explicar que los adultos no sepan ya, y más bien tienen tendencia a obviar los detalles sexuales antes que a exagerarlos. Nuestra memoria está íntimamente ligada a nuestras percepciones.

—¿Puedes ponerme un ejemplo?

—Tengo el caso clínico de una adolescente que, al oler el esperma de su novio, comprendió que no era la primera vez que estaba en contacto con ese olor. Y esa revelación fue el inicio de un proceso que la llevaría a recordar los abusos sexuales de su padre.

—¿Y cómo explicas que Karl Lundström se volviera pederasta?

—Algunas personas pueden pronunciar palabras, pero les falta el lenguaje. Se puede pronunciar la palabra «empatía», deletrearla, pero para algunos carece de sustancia alguna. Y quien no puede pronunciar la palabra es capaz de lo peor.

—Pero ¿cómo pudo disimularlo?

—En una familia incestuosa, las fronteras entre niños y adultos son muy borrosas. Todas las necesidades se satisfacen en el seno familiar. La hija cambia a menudo de papel con la madre y la sustituye, por ejemplo, en la cocina, y también en la cama. La familia lo hace todo junta y, vista desde fuera, parece funcionar de una manera ideal. Sin embargo, las relaciones están fuertemente alteradas y el hijo debe satisfacer las necesidades de los adultos. Los hijos se ocupan más de los padres que a la inversa. La familia vive aislada, aunque pueda simular una vida social. Para huir de las miradas, la familia se muda regularmente. Karl Lundström fue seguramente también una víctima. Citando a Miller, es trágico herir al propio hijo para evitar pensar en lo que nuestros propios padres nos hicieron.

—Y, en tu opinión, ¿qué será de Linnea?

—Al menos el cincuenta por ciento de las mujeres víctimas de incesto lleva a cabo tentativas de suicidio, a menudo ya en la adolescencia.

—Como decía aquel, hay varias maneras de llorar: fuerte, en silencio o para nada.

—¿Quién dijo eso?

—Ya no me acuerdo.

—¿Y ahora?

Sin que Jeanette se haya dado cuenta Sofia la ha abrazado, y cuando se inclina para besarla ya no es más que la prolongación de ese abrazo.

Jeanette siente el mismo cosquilleo en el vientre que las otras veces.

Quiere más. Quiere a Sofia entera.

—Johan no duerme hoy en casa y tú has bebido. ¿Quieres quedarte a dormir?

—Sí —responde Sofia, tomando a Jeanette de la mano para levantarla del sofá...

# Barrio de Kronoberg

Estocolmo puede ser un lugar horroroso. En el invierno inclemente sopla un viento hostil, el frío penetra por todas partes y es prácticamente imposible protegerse de él.

La mitad del año es de noche cuando los habitantes de la ciudad despiertan y de noche cuando regresan a sus casas por la tarde. Durante meses, la gente vive en una carencia de luz continua, asfixiante, a la espera de la liberación primaveral. Se encierran en su esfera privada, evitan cruzarse inútilmente con la mirada de sus semejantes y se aíslan de cuanto podría molestarles con ayuda de sus iPod, reproductores de MP3 y teléfonos móviles.

En el metro, el silencio es aterrador. El menor ruido, la más mínima conversación ruidosa atraen miradas hostiles y comentarios severos. Vista desde fuera, la capital real parece una ciudad fantasma donde el sol no tiene energía suficiente para atravesar con sus rayos el cielo de un gris acero y resplandecer sobre esos hombres abandonados por los dioses, aunque solo sea durante una hora.

A la par, Estocolmo puede ser increíblemente bello con sus galas de otoño. En la orilla sur del Mälar, las gabarras amarradas se mecen tranquilamente con la marejadilla y se balancean estoicamente con las olas provocadas al paso de las vulgares motoras, de los yates perfectamente alineados en Skeppsholmen o los ferris de camino hacia el castillo de Drottningholm o el pueblo vikingo de Björkö. El agua pura y clara baña las rocas escarpadas grises o de color óxido de las islas en el corazón de la ciudad, donde los árboles lucen su paleta amarilla, roja y verde.

Cuando Jeanette Kihlberg se marcha al trabajo, el cielo está despejado y de un azul claro por primera vez desde hace varias semanas y da un largo rodeo por la orilla del Mälar.

Está fascinada.

Ha sido una noche fantástica, y le parece oler el perfume de Sofia como si aún estuviera muy cerca.

Es casi eléctrico, piensa Jeanette.

Han hablado con ternura y se han amado hasta las cuatro de la madrugada, cuando Jeanette, empapada de sudor, sin resuello, ha dicho riéndose que se sentía como una adolescente que acaba de enamorarse, pero que tenía que pensar en la mañana siguiente.

Y se ha dormido acurrucada como una criatura en brazos de Sofia.


Al entrar en el despacho de Hurtig, lo encuentra limpiando su arma reglamentaria. Una Sig Sauer 9 mm. No parece muy contento.

—¿Qué, sacándole brillo a la pistola?

—Sí, ya puedes reírte —refunfuña—. Tú también tendrás que bajar a tirar esta tarde. ¿No has visto la circular?

Mete el cargador, pone el seguro y enfunda el arma.

—No. ¿Esta tarde?

—Eso mismo, tenemos que estar los dos a las tres en punto en la sala de tiro.

—En ese caso limpia también la mía. Lo haces mucho mejor que yo. —Se apresura a ir a por su pistola, que guarda en el cajón de su mesa—. Bueno, ¿y qué sabemos acerca de Fredrika Grünewald? —pregunta Jeanette tendiéndole el arma a Hurtig.

—Nació aquí, en Estocolmo —dice desenfundando la pistola—. Sus padres viven cerca de Stocksund y no han tenido contacto con ella en estos últimos diez años. —Desmonta rápidamente el arma reglamentaria y continúa—: Aparentemente, dilapidó buena parte de la fortuna familiar especulando.

—¿Qué hizo?

—A espaldas de sus padres, invirtió casi todo cuanto tenían, alrededor de cuarenta millones, en unas startup. ¿Te acuerdas de wardrobe.com?

Jeanette piensa.

—Uf, vagamente. ¿No es una de esas empresas de comercio on-line que todos elogiaban hasta que se desplomaron en la Bolsa?

Hurtig asiente, pone un poco de grasa en un paño y empieza a sacarle brillo a la pistola.

—Exacto. La idea era vender ropa por internet, pero la empresa quebró y dejó una deuda de varios cientos de millones. La familia Grünewald fue una de las más duramente afectadas.

—¿Y todo por culpa de Fredrika?

—Eso dicen sus padres, yo no lo sé. En todo caso, en la actualidad no parecen pasar apuros. Siguen viviendo en una gran casa y los coches que he visto aparcados delante deben de valer por lo menos un millón cada uno.

—¿Tenían alguna razón para desear deshacerse de Fredrika?

—No lo creo. Tras la quiebra bursátil, ella cortó todos los víncu-los con sus padres. Creen que fue por vergüenza.

—Pero ¿de qué vivía? Me refiero a que, aunque no tuviera do-micilio, parecía contar con algo de dinero.

—Su padre me ha dicho que a pesar de todo sentía compasión por ella y que todos los meses le ingresaba quince mil coronas en su cuenta. Eso lo explica.

—Nada raro en ese sentido, pues.

—Me parece que no. Una infancia protegida. Buenas notas y luego los estudios en el internado.

—¿No hay marido ni hijos?

Hurtig sigue sacándole brillo a la pistola con expresión ausente. Jeanette intuye que debe de encontrarle algo de meditativo a la limpieza de armas.

—No hay hijos, y según los padres tampoco tenía ninguna rela-ción. No que ellos supieran, en todo caso.

—Quizá fuera muy mojigata, pero eso me parece un poco raro. Debe de haber por lo menos un tío en algún lado.

—Tal vez era bollera y no se lo quería decir a sus padres. En esos ambientes son bastante carcas.

Coloca en su lugar las últimas piezas de la pistola y la deja sobre la mesa.

—Es una posibilidad, pero no un motivo para asesinarla, ¿no?

Jeanette observa a Hurtig y sorprende por un momento la expresión traviesa que siempre adopta cuando tiene un as en la manga. Siempre se guarda algo para el final y lo suelta como de pasada.

—¡Vamos, suéltalo! ¿Qué estás rumiando? Te conozco —le dice con una sonrisa.

—¿Adivinas quién iba a la misma clase que Fredrika Grünewald?

Saca del cajón un fajo de papeles que deja sobre sus rodillas mirando por la ventana con aire despreocupado.

—Tengo mis sospechas. Dime.

Le tiende unas hojas.

—Estas son las listas de las alumnas del internado de Sigtuna de la época en que estuvo Fredrika.

—Vale, ¿quién es? ¿Alguien que ya figura en nuestros expedientes?

Empieza a hojear las listas.

—Annette Lundström.

—¿Annette Lundström?

Jeanette Kihlberg mira a Hurtig, a quien le divierte su expresión atónita.

Es como si alguien abriera la ventana para dejar entrar aire fresco.


El sol brilla en la ventana del despacho de Jeanette cuando se sume en la lectura de los documentos que Hurtig le ha proporcionado.

Son las listas de alumnos de los años en que Charlotte Silfverberg, Annette Lundström, Henrietta Nordlund, Fredrika Grünewald y Victoria Bergman estudiaron en el internado de Sigtuna.

Lee las listas y ve que Annette Lundström no tenía otro apellido en esa época, cosa que significa que Annette y Karl eligieron el apellido de ella al casarse.

Annette y Fredrika eran, por lo tanto, compañeras de clase.

Annette tiene el cabello rubio: varios de los habitantes del refugio subterráneo de la iglesia de San Juan declararon haber visto a una mujer guapa y rubia cerca de la barraca de Fredrika.

Por otra parte, aún no han localizado a Börje, el hombre que le indicó el camino a esa mujer y que se confía en que pueda reconocerla.

¿Citará a Annette Lundström para interrogarla? ¿Verificará su coartada y quizá incluso organizará un careo con los testigos? De esta manera, sin embargo, desvelará sus sospechas ante Annette y complicará el desarrollo de la investigación. Cualquier abogado obtendría su liberación antes de haber podido pronunciar «sin techo».

No, será mejor aguardar y dejar a Annette sumida en la incertidumbre, al menos hasta que reaparezca Börje. Pero siempre puede citar a Annette con la excusa de hablar de los abusos sufridos por Linnea.

Podría mentir fingiendo actuar a petición de Lars Mikkelsen. Pretextando que este se encuentra muy ocupado y le ha pedido a Jeanette que le eche una mano. Podría funcionar.

Así lo haremos, se dice, sin ser consciente de que su entusiasmo retrasará la resolución del caso en lugar de acelerarla, y causará sufrimientos inútiles a numerosas personas.


El ejercicio de tiro termina medianamente bien. Jeanette obtiene una nota justo por encima de la media, mientras que Hurtig está brillante y da casi siempre en el blanco.

Se burla de ella: por fortuna no tienen que utilizar sus armas reglamentarias muy a menudo. Encontrarse con ella en un tiroteo supondría estar en peligro de muerte.

# Lago Klara

Kenneth von Kwist se pasa las manos por la cara. Un pequeño problema se ha convertido en uno gordo, quizá incluso irresoluble.

Ha acabado comprendiendo la larga lista de errores que ha cometido.

Había sido un estúpido al sacrificarse por Peo Silfverberg y Karl Lundström. Había sido un estúpido al ofuscarse con su carrera y meterse en los asuntos de los demás. ¿Qué había ganado con ello?

El destino había acabado con Dürer, pero ¿y si Karl Lundström y Peo Silfverberg eran realmente culpables? Comienza a sospecharlo.

Con el jefe de policía anterior, Gert Berglind, todo era más fácil. Todo el mundo conocía a todo el mundo y bastaba con frecuentar a las personas apropiadas para obtener los mejores casos y ascender en la escala jerárquica.

Lundström y Silfverberg eran amigos muy próximos tanto de Gert Berglind como de Viggo Dürer.

Cuando Dennis Billing tomó el relevo, empezaron los roces.

En todo caso, en lo relativo a Kihlberg, tiene un plan bien urdido para mejorar sus relaciones y a la vez distraer su atención, al menos provisionalmente, y así disponer de tiempo para resolver el problema de la familia Lundström.

Eso es matar dos pájaros de un tiro, se dice. Es hora de empezar a reparar sus errores.

Dentro de la comisaría es un secreto a voces que Jeanette Kihlberg está investigando con su ayudante Jens Hurtig de forma no oficial los casos archivados de los jóvenes inmigrantes asesinados. El rumor ha llegado hasta sus oídos.

Sabe igualmente que hay en curso una búsqueda oficiosa para localizar a la hija de Bengt Bergman, que todos los documentos relativos a Victoria Bergman son confidenciales y que Kihlberg solo ha recibido una carpeta vacía del tribunal de Nacka.

Esa es su baza, puesto que sabe como dar con esa información y para qué podría utilizarla.

Marca el número de su colega del tribunal de Nacka. Hacía tiempo que no estaba de tan buen humor. Su idea es tan sencilla como astuta: las normas judiciales se pueden dejar de lado si las partes implicadas guardan silencio. Su colega de Nacka callará como una tumba y Jeanette Kihlberg comerá de su mano.

Cinco minutos después, Kenneth von Kwist se repantiga en su sillón, satisfecho, entrelaza las manos detrás de la cabeza y pone los pies sobre la mesa. Ya está. Solo quedan Ulrika Wendin y Linnea Lundström.

¿Qué habrán explicado a la policía y a los psicólogos?

No tiene la menor idea, por lo menos en lo que concierne a Ulrika Wendin. Linnea Lundström evidentemente ha dicho cosas comprometedoras acerca de Viggo Dürer, y aunque aún no sabe de qué se trata se teme lo peor.

—Menuda guarra —refunfuña pensando en Ulrika Wendin.

Sabe que la chica se ha visto con Jeanette Kihlberg y con Sofia Zetterlund, rompiendo así los términos de su contrato. Las cincuenta mil coronas que deberían haberla hecho callar no han bastado. Tendría que poner a Ulrika Wendin contra la pared para hacerle comprender con quién se las veía. Quita los pies de la mesa, se ajusta el traje y se incorpora en su asiento.

De una manera u otra, tiene que hacer callar a Ulrika Wendin y a Linnea Lundström.

A cualquier precio.

# Plaza Greta Garbo

El antiguo empresario Ralf Börje Persson, fundador de la empresa Persson BTP, no tiene domicilio fijo desde hace cuatro años. Su destino no es diferente del de muchos otros. Todo empezó bien: una empresa floreciente, una buena agenda de contactos, una casa nueva, un nuevo coche y cada vez más trabajo. Tenía una mujer guapa y una hija de la que estaba muy orgulloso. La vida le sonreía. Pero cuando la competencia se volvió más dura y entraron grupos mafiosos en el mercado con unas tarifas imbatibles gracias al trabajo en negro de obreros polacos o bálticos, todo empezó a ir de mal en peor. El dinero dejó de fluir al mismo ritmo y la pila de facturas impagadas fue finalmente tan alta que ya no pudo mantener el coche ni la casa.

Su mujer acabó marchándose con su hija y Börje se encontró solo en un pequeño estudio de Hagsätra.

Su teléfono, que antaño echaba humo, permanecía en silencio: aquellos a los que llamaba sus amigos habían desaparecido o simplemente no querían tener nada que ver con él.

Una noche, cuatro años atrás, Börje salió de compras y no regresó más. Lo que debía ser solo una vuelta a la plaza de Hagsätra se convirtió en un largo paseo que aún dura.

Ahora se encuentra en Folkungagatan delante de la tienda estatal de licores, son unos minutos más de las diez y sostiene una bolsa de color violeta oscuro que contiene seis cervezas. Unas Norrland Guld de siete grados. Abre la primera cerveza repitiéndose que es la última vez que bebe a la hora de desayunar, que retomará el control de su vida, en cuanto se haya liberado de sus temblores. Una cerveza para el equilibrio, eso es todo lo que necesita. Quien se engaña a sí mismo se recompensa: se merece una cerveza. Porque empezará de cero.

Dicho y hecho.

Lo primero que hará cuando se haya bebido esa cerveza y la vida se haya simplificado un poco será tomar el metro hasta la comisaría de Berggatan para contar lo ocurrido en el subterráneo bajo la iglesia de San Juan.

Por supuesto, ha visto los titulares de los periódicos sobre el asesinato de la Condesa, y ha comprendido que fue él quien le indicó el camino a la asesina. Pero esa mujer rubia, no mucho mayor que su propia hija, ¿podía realmente haber cometido la bestial ejecución de su hermana de infortunio? Así parecía, desgraciadamente. Tan joven y ya tan llena de odio.

La cerveza está caliente, pero cumple con su función. Vacía la lata de un único trago largo.

Se pone lentamente en camino hacia el este, toma a la derecha en Södermannagatan frente al restaurante de los hermanos Olsson y continúa hacia la plaza Greta Garbo, cerca de la escuela a la que asistió en su infancia la huidiza actriz.

La plaza circular pavimentada está bordeada de carpes y castaños.

Ralf Börje Persson encuentra un banco a la sombra y se sienta a pensar en qué dirá a la policía.

Por más vueltas que le ha dado a la cuestión, ha acabado comprendiendo que es el único que ha visto a la asesina de Fredrika Grünewald.

Puede describir el abrigo que llevaba.

Hablar de su voz grave. De su extraño dialecto.

De sus ojos azules que parecían ser de mayor edad.

Al haber leído todos los periódicos que han hablado del asesinato, sabe que Jeanette Kihlberg se encuentra al mando de la investigación y preguntará por ella en la recepción de la comisaría. Pero empieza a no tenerlo tan claro. Sus años en la calle le han hecho desarrollar una gran desconfianza hacia la policía.

¿Será mejor quizá que escriba una carta?

Saca su agenda del bolsillo interior, arranca una página en blanco y la deja sobre la cubierta de cuero del cuaderno. Toma un bolígrafo y piensa en lo que va a escribir. ¿Cómo formular las cosas? ¿Qué es lo más importante?

La mujer le ofreció dinero por indicarle el camino. Al sacar su billetera, le llamó la atención un detalle de capital importancia para la policía, pues permite reducir enormemente el número de sospechosos.

Escribe, con los detalles necesarios para que no quepan malentendidos.

Ralf Börje Persson se agacha para tomar otra cerveza, nota que su vientre se comprime contra el cinturón y agarra finalmente una esquina de la bolsa de plástico en el momento en que siente un golpe en el pecho.

Ve un resplandor violento frente a sus ojos. Cae de costado, resbala del banco y aterriza de espaldas, con el papel aún en la mano.

El frío del suelo se extiende por su cabeza y se encuentra con el calor de la ebriedad. Se estremece y luego todo estalla.

Como si un tren pasara por su cráneo a toda velocidad.

# Barrio de Kronoberg

Annette Lundström se traga la mentira y se presenta al día siguiente.

Cuando Jeanette la llamó para pedirle si aceptaría mantener una entrevista complementaria acerca de las relaciones de Karl con su hija Linnea pareció a la vez sorprendida y reticente.

Jeanette la saluda y le ofrece una silla.

—¿Le apetece un café?

Annette Lundström declina con la cabeza y se sienta.

A Jeanette le parece que está estresada.

—¿No se ha abandonado la investigación, ahora que Karl ha muerto? ¿Y por qué no es Mikkelsen quien…?

—Se lo explicaré —la interrumpe Jeanette—. Sofia Zetterlund ha contactado conmigo. Como sabe, es ella quien se ocupa de Linnea.

—Lo sé. Linnea fue a verla hace unos días y antes de eso pasó a verme.

—¿Sofia fue a su casa?

—Sí. Estuvimos charlando y mirando unos dibujos de Linnea.

—Sí, sí, claro… Supongo que era parte de la terapia.

Jeanette reflexiona. En un primer momento había pensado en esperar para interrogarla acerca de su relación con Fredrika Grünewald, pero, de repente, siente que es el momento adecuado.

—Quería hablarle también de otra cosa. Conoce a Fredrika Grünewald, ¿verdad?

Observa la reacción de Annette.

Annette Lundström frunce el ceño y menea la cabeza.

—¿Fredrika?

Su sorpresa parece sincera.

—¿Por qué? ¿Qué tiene que ver con Karl y Linnea?

Annette Lundström se hunde en su asiento, con los brazos cruzados, contrariada.

Jeanette asiente con la cabeza y aguarda a que continúe.

—¿Y qué quiere que le cuente? Fuimos tres años a la misma clase y desde entonces no he vuelto a verla.

—¿Nunca?

—No, no que recuerde. Hubo una reunión de nuestra promoción el año pasado, pero ella no estuvo y la verdad es que no tengo la menor idea de…

Calla.

—Por lo que he entendido, tampoco sabe dónde se encuentra en la actualidad, ¿no?

—No, no lo sé. ¿Debería saberlo?

—Eso depende de si lee la prensa. ¿Qué puede contarme acerca de ella?

—¿Qué quiere que le cuente? ¿Cómo era en el instituto? ¡Vamos, pero si de eso hace veinticinco años!

—Inténtelo, por favor —insiste Jeanette—. ¿De verdad no le apetece un café?

Annette Lundström acepta con la cabeza. Jeanette pulsa el interfono y pide a Hurtig que les traiga dos cafés.

—Bueno, no nos relacionábamos mucho. Estábamos en grupos diferentes y Fredrika andaba con las chicas enrolladas. La pandilla de las liberadas, ¿me entiende? —Jeannette asiente con la cabeza y le indica con un gesto que siga—. Por lo que recuerdo, Fredrika era la cabecilla de una panda de peleles.

Annette se calla al ver que Jeanette saca un cuaderno para anotar los nombres.

—¿Es un interrogatorio?

—No, en absoluto, pero necesito su ayuda y…

Hurtig entra sin llamar y deposita dos tazas de café humeante sobre la mesa.

—Gracias. ¿Hemos recibido los anuarios de la escuela?

—Los tendrás en tu mesa mañana por la mañana.

Jeanette ve que está de mal humor: no le gusta que le traten como al chico de los recados.

—¿Quiere saber qué pienso de Fredrika Grünewald? —espeta Annette en cuanto Hurtig se marcha y cierra la puerta tras él. De repente parece agresiva—. Fredrika era una asquerosa que siempre obtenía lo que quería, rodeada de una corte de criadas dispuestas a hacer cualquier cosa por ella.

—¿Y recuerda el nombre de esas criadas?

Jeanette sirve un poco de leche en su taza y le ofrece el resto a Annette.

—Iban y venían, pero las más fieles eran Regina, Henrietta y Charlotte.

Annette se sirve leche en su café, toma una cucharilla y lo remueve.

—¿Recuerda sus apellidos?

—Espere. Henrietta Nordlund y Charlotte… —Annette bebe un poco de café mirando al techo—. Un apellido corriente. Hansson, Larsson o Karlsson. No, no me acuerdo.

—¿Y Regina? ¿Recuerda cómo se apellidaba?

Jeanette se inclina sobre la mesa. No quiere parecer muy insistente, pero tiene la impresión de que es importante.

—¡Ceder! —exclama Annette, sonriendo por primera vez—. Eso es. Regina Ceder…

Sin apartar la vista de su cuaderno, Jeanette pregunta, simulando cierta indiferencia:

—Acaba de decir que Fredrika era una asquerosa. ¿Qué quiere decir con ello?

Jeanette mira a Annette de reojo, tratando de sorprender su reacción, pero Annette permanece impasible.

—No encuentro un ejemplo concreto, pero eran malas, y todo el mundo temía ser blanco de sus burlas.

—¿Burlas? Eso no me parece muy malvado.

—No, la mayoría de las veces no lo eran. De hecho, solo en una ocasión se pasaron de la raya.

—¿Qué ocurrió?

—Se trataba de una novatada a dos o tres chicas, he olvidado sus nombres, y la cosa se les fue de las manos. Pero no conozco los detalles. —Annette Lundström calla, mira por la ventana y se retoca el peinado–. Pero ¿por qué me hace tantas preguntas acerca de Fredrika?

–Porque ha muerto asesinada y tenemos que investigar su vida.

Annette Lundström parece absolutamente perpleja.

–¿Asesinada? ¡Qué atrocidad! ¿Quién podría hacer una cosa así? –dice, mientras en su mirada se trasluce algo que calla.

Jeanette tiene una impresión muy viva de que Annette sabe más de lo que pretende, pero la deja marcharse después de unas cuantas preguntas más.

La mujer que responde parece fatigada.

–Ha llamado a los Ceder, le habla Beatrice.

La mujer farfulla como si hubiera bebido o estuviera bajo el efecto de una fuerte medicación.

–Buenos días, soy Jeanette Kihlberg, quisiera hablar con Regina.

Silencio durante unos segundos, luego la mujer responde.

–Lo siento, Regina no está, pero quizá yo pueda ayudarle. ¿Qué desea?

De fondo se oye un televisor o una radio mezclados con lo que Jeanette supone que debe ser un cortacésped.

–Soy comisaria de la policía de Estocolmo. Necesito ponerme en contacto con Regina. ¿Cuándo regresará?

–Sí. Verá… Jonathan se ahogó hace… –Se interrumpe. Jeanette aguarda a que continúe–: Pero no llama por ese motivo. ¿Qué desea?

Jeanette respira profundamente y continúa.

–La verdad es que quería hablar con Regina, pero ya que no hay manera de localizarla… ¿Es cierto que Regina estudió en el internado de Sigtuna?

–Exacto. Como toda la familia. Es una institución excelente, famosa por sus tradiciones.

–Sí, eso creo. –Jeanette se pregunta si la mujer ha captado su tono inútilmente irónico–. He oído hablar de un incidente bastante desagradable que ocurrió cuando estudiaba tercero.

–Ah ¿y qué le han contado?

Jeanette tiene la impresión de que la mujer se ha serenado.

—Eso es lo que me hubiera gustado hablar con Regina, pero quizá usted podrá ayudarme.

—Imagino que se refiere a lo que ocurrió con aquellas chicas. A lo que les hizo Fredrika Grünewald.

—Eso es. ¿Qué ocurrió realmente?

—Es indignante y no debería haberse tapado como se hizo. Pero si no me equivoco, el padre de Fredrika era un amigo muy próximo de la directora y uno de los principales donantes de la escuela. Eso lo explica. —Beatrice Ceder suspira—. Bueno, pero todo esto seguramente ya lo sabe.

—Por supuesto —miente Jeanette—, pero de todas formas me gustaría que me contara lo que ocurrió. Si se siente con ánimos, claro.

Jeanette se inclina hacia delante para poner en funcionamiento el magnetófono.

El relato de Beatrice Ceder es una historia de humillación. Cómo unas adolescentes, animadas por una líder despótica, se obligan mutuamente a hacer algo que solas jamás habrían hecho. Durante la primera semana del nuevo curso escolar, Fredrika Grünewald y sus acólitas sometieron a tres chicas a una novatada de muy mal gusto. Vestidas con túnicas negras, luciendo unas máscaras de cerdo que ellas mismas se habían hecho, condujeron a las tres chicas a un cobertizo y las rociaron con agua helada.

—Mi Regina participó en ello al principio, pero lo que siguió fue enteramente idea de Fredrika Grünewald.

—¿Y qué ocurrió?

La voz de Beatrice Ceder tiembla.

—Las obligaron a comer caca de perro.

Jeanette se siente completamente vacía.

—Un momento… ¿qué me está diciendo?

Un silencio.

—Excrementos —dice entonces la mujer con voz más firme—. Me siento mal solo de pensar en ello.

Jeanette nota que su cerebro se reinicia, se actualiza y arranca de nuevo.

Caca de perro. Charlotte Silfverberg no había dicho nada acerca de eso. No le sorprendía.

—Continúe, la escucho.

—No hay mucho más que decir. Dos de las chicas se desmayaron y la tercera por lo visto se la comió y vomitó.

Beatrice Ceder prosigue y Jeanette la escucha con repugnancia. Victoria Bergman, piensa. Y otras dos muchachas aún anónimas.

—Fredrika Grünewald, Henrietta Nordlund y Charlotte Hansson cargaron con el muerto junto con mi Regina. —Beatrice emite un profundo suspiro—. Pero hubo otras muchachas implicadas, y Regina no fue una de las instigadoras.

—¿Ha dicho Charlotte Hansson?

—Sí, pero en la actualidad ya no se llama así. Se casó hará quince o veinte años…

La mujer calla.

—¿Sí?

—Se casó con Silfverberg, ese al que asesinaron. Es de locos…

—¿Y Henrietta? —la interrumpe Jeanette, para no tener que entrar en los detalles de ese caso.

La respuesta llega de inmediato, como de pasada.

—Se casó con un tal Viggo Dürer —dice Beatrice Ceder.

Dos informaciones de golpe, piensa Jeanette.

Otra vez Dürer.

Y su esposa muerta era esa Henrietta.

Las piezas del rompecabezas empiezan a encajar y las cosas comienzan a iluminarse lentamente.

Jeanette está segura de que la persona que ha asesinado a Per-Ola Silfverberg y a Fredrika Grünewald se encuentra en esa constelación a la que se han sumado dos nombres. Mira su cuaderno.

Charlotte Hansson, en la actualidad Charlotte Silfverberg. Esposa/viuda de Per-Ola Silfverberg.

Henrietta Nordlund, luego Dürer. Esposa de Viggo Dürer. Muerta.

Fredrika, Regina, Henrietta y Charlotte. Menuda pandilla de malas pécoras.

Y ahora lo más importante.

—¿Recuerda cómo se llamaban las tres víctimas?

—No, lo siento… Fue hace mucho tiempo.

Antes de colgar, Beatrice Ceder promete ponerse en contacto con ella si recuerda algo más y decirle a su hija Regina que llame a Jeanette en cuanto regrese de vacaciones.

Jeanette cuelga el teléfono y apaga el magnetófono en el momento en que se abre la puerta y Hurtig asoma la cabeza.

—¿Molesto? —dice muy serio.

—En absoluto.

Jeanette vuelve su sillón hacia él.

—¿Qué importancia tiene el último testigo en una investigación criminal?

—¿Qué quieres decir?

—Börje Persson, el hombre al que vieron en el subterráneo antes de que asesinaran a Fredrika Grünewald, ha muerto.

—¿Qué?

—Un infarto, esta mañana. Han llamado del hospital sur en cuanto han sabido que lo buscábamos. Tenía un papel en la mano y he enviado a Åhlund y a Schwarz a recogerlo. Acaban de regresar.

—¿Cómo, un papel?

Hurtig se acerca a la mesa.

—Aquí está —dice, depositando ante ella una página arrancada de una agenda.

La caligrafía es pulcra:

A Jeanette Kihlberg, policía de Estocolmo.

Creo saber quién asesinó a Fredrika Grünewald, también conocida como la Condesa, debajo de la iglesia de San Juan.

Hago uso, sin embargo, de mi derecho al anonimato, pues no deseo tener que vérmelas con las fuerzas del orden.

La persona que buscan es una mujer de cabello largo y rubio que, en el momento del asesinato, vestía un abrigo azul. Es de estatura media, tiene los ojos azules y figura esbelta.

Estimo inútil extenderme acerca de su apariencia, en la medida en que dicha descripción se basaría más en juicios personales que en hechos.

Sin embargo, tiene una marca distintiva que a buen seguro le interesará.

Le falta el anular derecho.

# Vita Bergen

Perdonar es grande, piensa ella. Pero comprender sin perdonar es aún más grande.

Cuando no solo se ve el porqué, sino que se comprende toda la secuencia de acontecimientos que conducen a la enfermedad definitiva, es vertiginoso. Algunos llaman a eso atavismo, y otros predestinación, pero en el fondo no es más que una consecuencia gélida y privada de sentimentalismo.

Una avalancha o los círculos en el agua después de arrojar una piedra. Un alambre tendido de un lado a otro de la parte más oscura del carril bici, una palabra precipitada y una bofetada en el acaloramiento del momento.

A veces de trata de un acto preparado y consciente, cuya consecuencia no es más que un parámetro y procura una satisfacción personal muy diferente. En ese estado carente de sentimientos, en el que la empatía no es más que una palabra vana, siete letras vacías de sentido, nos aproximamos al mal.

Renunciamos a cualquier humanidad y nos convertimos en bestias salvajes. La voz se vuelve más grave, nos movemos de forma diferente, la mirada muere.

Camina de un lado a otro de la sala, inquieta, y luego va a por la caja de calmantes en el armario del baño. Llena de agua su vaso de lavarse los dientes, toma dos paroxetinas y se las traga de golpe echando hacia atrás la nuca. Pronto habrá acabado, piensa. Viggo Dürer ha muerto y Jeanette Kihlberg sabe que Victoria Bergman es una asesina.

—No, no lo sabe —dice entonces en voz alta—. Y Victoria Bergman no existe.

Pero es inútil cubrirse la cara. La voz está ahí, más fuerte que nunca.

*… finalmente basta con cerrar los ojos, retener el aliento y hacer como si no estuviera ahí, fuera, exactamente como el frío que está ahí aunque la puerta le impida entrar y entonces puedes acurrucarte bien caliente en el sofá de la sala de juegos con palomitas de maíz y jarabe, un Rose's Lime que en verdad sirve para hacer los grogs…*

Regresa a la sala y continúa hasta la cocina. Sus ojos se enturbian como al principio de una migraña.

El piloto rojo está encendido, el pequeño dictáfono está grabando.

Lo sostiene delante de ella, las manos le tiemblan, está empapada de sudor y, como de pie al lado de su cuerpo, delante de la mesa, se contempla a sí misma, desde el exterior.

*… pero funciona si se le añade un poco de azúcar y se les dice a los amigos que ese es el sabor que tiene que tener el auténtico jarabe, aunque sepas que saben que mientes y que al día siguiente te lo echarán en cara. Pero de momento eso no tiene importancia, pues se está bien y pondrán una buena película en la tele y todo el mundo está contento por que la guerra no sea aquí sino en la lúgubre África. Y la comida está servida en la mesa, aunque tiene un sabor extraño si se piensa en ello, pero no hay que hacerlo puesto que entonces duele el vientre y hay que recorrer treinta kilómetros en coche hasta llegar a urgencias…*

Sofia tiene la sensación de estar en dos lugares al mismo tiempo.

De pie al lado de la mesa y dentro de la cabeza de la chica. La voz es ronca y monótona y resuena dentro de ella al mismo tiempo que entre las paredes de la cocina.

*… duele el vientre y hay que recorrer treinta kilómetros en coche hasta llegar a urgencias, donde no encuentran ningún problema y te envían de vuelta a casa en el asiento trasero de un coche helado. Maldita melindrosa incapaz de ser valiente, tiene que andarse con remilgos incluso cuando tienen visita, y ahora se habrá formado piel sobre el grog y los invitados se preguntarán qué pasa, pero eso es precisamente lo que se pretende que se pregunten. Mierda con esta chiquilla que siempre tiene esos dolores de vientre y no hace más que llorar y llorar, hasta que el coche se marcha y se promete estar de vuelta muy pronto porque por lo general es pasajero, solo está un poco nerviosa y tensa, pero la fiesta*

*debe seguir, eso se va a arreglar, como el estreñimiento se resuelve con*
*un poco de aceite de ricino…*

Durante la labor realizada para comprender a Victoria Bergman, esos monólogos grabados sirvieron de catalizadores, pero ahora es al revés.

Los recuerdos contienen explicaciones y respuestas. Forman un manual, unas instrucciones de uso de la existencia.

*… y todo va bien y la fiesta puede continuar con guitarras y violines y un jodido saludo dándose palmadas en el culo y deja de estar de morros y luego piscolabis cuando el sol se levanta detrás de las letrinas de Sjöblom y los lucios juegan en la bahía y el cuchillo que sostienes en la mano está muy afilado. Todo el mundo grita y pregunta qué hace esa niña asquerosa cuando se corta el brazo y la sangre brota roja y fresca y se siente algo que significa más que una victoria aplastante en salto de longitud cuando el único adversario tenía tres años menos y labio leporino pero no lo sabía y solo decía que era normal, y como se sabía que él sabía que el jarabe no era jarabe sino cordial de grog calló y saltó como si en ello le fuera la vida cuando no había más que seguir el juego, hacer lo que a los adultos les gusta ver, contemplar a esos pequeños tan monos, tan dotados y con tanto futuro…*

A Sofia la interrumpe un estruendo en la calle y la voz desaparece. Se siente aturdida de sueño, apaga el magnetófono y mira en derredor.

Un blíster vacío de paroxetina arrugado sobre la mesa de la cocina, el suelo sucio, cubierto de pisadas de barro. Se levanta y va a la entrada, donde encuentra sus zapatos mojados y sucios de tierra y gravilla.

Ha salido de nuevo.

De regreso en la cocina, se da cuenta de que alguien, probablemente ella, ha puesto la mesa para cinco personas y ve que incluso ha indicado dónde sentarse.

Se acerca a la mesa para leer las tarjetas. A la izquierda, Solace estará al lado de Hannah; enfrente, Sofia tendrá de vecina a Jessica. En la cabecera de la mesa ha colocado a Victoria.

¿Hannah y Jessica? Pero ¿qué hacen ahí? Hannah y Jessica, a las que no ha vuelto a ver desde que las dejó en el tren, más de veinte años atrás.

Sofia se deja resbalar hasta el suelo y ve que sostiene un rotulador negro. Se tumba de lado y alza la vista hacia el techo blanco. Oye el débil timbre del teléfono en la entrada, pero ni le pasa por la cabeza ir a responder y cierra los ojos.

Lo último que hace antes de que el alarido en su cabeza ahogue todos los demás sonidos es encender el magnetófono.

*… con tanto futuro, que serán ingenieros e investigadores y no acabarán de cajeros en el Konsum, eso no, allí solo iban los comunistas a hacer las compras, era mejor ir en coche al supermercado ICA porque allí era donde hacía la compra la gente que sabía lo que votaba, que no votaba rojo, y con un poco de gusto y delicadeza. Que no colgaban en las paredes mierdas baratas compradas en Ikea sino dibujos auténticos y cuadros auténticos que eran difíciles de hacer, porque es arte cuando cuesta comprender cómo está hecho, no solo pintura arrojada sobre el lienzo como aquel americano, que además se paseaba sobre la tela fumando y explicando lo genial que era. Pero de genial, nada, no era más que una fantasmada, eso era la raíz del mal, divertirse arrojando colores, fumar, beber y darse la gran vida, con poco dinero quizá, pensar que las mujeres tienen que ser independientes y poder decir no, y no parecerle divertido follarse a su hija como hacía el sueco en Copenhague…*

Luego oscuridad y silencio. El alarido cesa, se calma y puede descansar mientras las pastillas comienzan a hacer efecto.

Se sume más y más profundamente en el sueño, y los recuerdos de Victoria afluyen en capas fluctuantes, primero sonidos y olores, luego imágenes.

Lo último que ve antes de que se apague su conciencia es a una chica con un anorak rojo de pie en una playa, en Dinamarca, y entonces comprende quién es esa chica.

# Barrio de Kronoberg

—A la asesina le falta el anular derecho —repite Jeanette enviando con el pensamiento un agradecimiento póstumo a ese tal Ralf Börje Persson.

—No es un detalle nimio —ironiza Hurtig.

—Es absolutamente decisivo —dice Jeanette sonriendo a su vez—. Solo es trágico que nuestra mejor pista nos llegue de un testigo al que no podemos interrogar. Es lo último que habrá hecho Börje en su vida, y quizá lo más importante.

—Bueno, ¿y ahora qué hacemos?

Hurtig consulta su reloj.

—Nos ponemos manos a la obra. Billing ha puesto a mi disposición a un grupo de jóvenes de la escuela de policía para repasar las listas de las clases de Sigtuna, de todos los cursos. Ya han empezado a llamar a antiguas alumnas y a profesores, y de aquí a esta noche espero ver aparecer tres nombres.

Hurtig parece reflexionar.

—Ya sé, hablas de las víctimas de la novatada. Victoria Bergman y las otras dos que se han desvanecido.

—Eso es. Luego hay que hacer una llamada importante. Es lo más importante y lo dejo en tus manos, Hurtig. —Le tiende el teléfono—. Por lo que Beatrice Ceder nos ha dicho, no será difícil identificar a las dos anónimas. Sus nombres deben faltar en las listas, puesto que abandonaron la escuela al cabo de solo dos semanas, pero hay alguien que seguramente sabe quiénes son, y no me refiero a Victoria Bergman.

—Eh… ¿quién es Beatrice Ceder?

Va demasiado deprisa para Hurtig.

Solo ha salido de su despacho media hora, durante la cual ella ha tenido tiempo de interrogar a Annette Lundström y de hablar por teléfono con la madre de Regina Ceder.

—Luego. La persona a quien debes llamar era directora de la escuela y ahora está retirada en Uppsala. Aparentemente, supo lo que sucedió y obró activamente para tapar el asunto. En cualquier caso, puede ayudarnos con los nombres: si no los recuerda directamente, nos permitirá encontrar los documentos de la matrícula. Llámala tú, yo ya no puedo más, tengo hipoglucemia, voy a bajar a la cafetería a por un café y algo dulce. ¿Quieres algo?

—No, gracias —dice Hurtig riendo—. No te preocupes. Ya llamo yo a la directora y tú vete a tomar un café.

Jeanette compra una porción de pastel y un café grande.

Al subir, calma enseguida su gazuza comiéndose la capa de pasta de almendras de su tarta de pie en el ascensor, dándose cuenta de que se está haciendo tarde y que quizá no llegará a tiempo para prepararle la cena a Johan.

Entra en su despacho en el mismo instante en que Hurtig cuelga el teléfono.

—¿Qué? ¿Cómo ha ido? ¿Qué te ha dicho?

—Las chicas se llaman Hannah Östlund y Jessica Friberg. Esta tarde tendremos sus direcciones.

—Buen trabajo, Hurtig. ¿Crees que alguna de ellas habrá perdido un anular?

—¿Friberg, Östlund o Bergman? ¿Y por qué no Madeleine Silfverberg?

Jeanette lo mira, divertida.

—Está claro que tendría un móvil tratándose de su padre adoptivo, pero no veo ninguna relación con Fredrika Grünewald, aparte de que fue al mismo colegio que Charlotte Silfverberg.

—Sí, pero eso no basta. ¿Qué más ha dicho Ceder?

—Que Henrietta Nordlund se casó con el abogado Viggo Dürer. —Hurtig menea la cabeza en silencio—. Y lo más importante: en la novatada en Sigtuna, Fredrika Grünewald dio de comer caca de perro a Hannah Östlund, Jessica Friberg y Victoria Bergman. ¿Tengo que insistir?

De repente, Hurtig suspira profundamente, cansado.

—No, gracias, de momento ya basta.

El día ha sido largo, ella aún no ha acabado y Hurtig le da un poco de pena.

Qué importa la sobrecarga de trabajo, piensa. No va a soltar su presa.

—Por cierto, ¿cómo está tu padre?

—¿Mi padre? —Hurtig se frota los ojos, divertido—. Aparte de su accidente con el cortacésped, le han amputado varios dedos de la mano derecha. Le están curando con sanguijuelas.

—¿Sanguijuelas?

—Sí, impiden que la sangre se coagule después de una amputación. Y esos animalillos incluso le han permitido salvar un dedo. ¿Adivinas cuál?

Ahora es Jeanette la que no le sigue.

Hurtig sonríe a la vez que bosteza y responde:

—El anular derecho.

# Gamla Enskede

Jeanette Kihlberg se ha llevado trabajo a casa.

Ya se sabe de memoria los números de la Seguridad Social de Hannah Östlund y Jessica Friberg, así como las declaraciones obtenidas esa tarde por los aspirantes a policía. Al cruzar el umbral de su casa está tan cansada que al principio no nota el olor a grasa quemada en la cocina.

Hannah y Jessica, piensa. Dos chicas tímidas de las que nadie se acuerda.

Y Victoria Bergman, a la que todo el mundo conoce, sin conocerla de verdad.

Al día siguiente, si los anuarios de la escuela llegan como está previsto, espera poder por fin ponerle cara a Victoria Bergman. La chica que tenía las mejores notas en todo salvo en comportamiento.

Se quita el abrigo, entra en la cocina y constata que en la encimera que por la mañana al irse a trabajar había dejado reluciente reina ahora el caos. Una vaga neblina flota en la sala, señal de que algo se ha quemado, y sobre la mesa de la cocina hay un paquete abierto de pescado empanado y un troncho de lechuga.

—¿Johan? ¿Estás aquí?

Mira al pasillo y ve luz en su habitación.

De nuevo, se preocupa por él.

Durante la semana, según su tutor, ha faltado a varias clases y el resto del tiempo parecía ausente y desmotivado. Taciturno e introvertido.

Se ha metido en varias peleas con compañeros de clase, cosa que nunca había ocurrido.

Al salir al pasillo, se tropieza con la bolsa que llevó a su ejercicio de tiro del día anterior.

¡Mierda!, se dice para sus adentros. Ahí está su arma reglamentaria y es una falta imperdonable no haberla guardado bajo llave.

Preparada para lo peor, se apresura a abrir la bolsa y saca la pistolera.

La pistola está en su lugar. Con la sangre tamborileando en las sienes, la toca.

Helada.

Cuenta las balas. No falta ninguna, y suspira maldiciéndose.

¡Qué mierda de negligencia! ¡Qué puta mierda de negligencia mortal! Imperdonable.

La víspera regresó a casa como hoy, hecha polvo, dejó la bolsa en la entrada y la olvidó allí. Por la mañana tenía prisa y no se había percatado.

No puede volver a ocurrir, se dice llevándose el arma bajo el brazo para guardarla bajo llave en el armario de su mesa de trabajo.

Luego vuelve a salir al pasillo delante del cuarto de Johan.

—Toc, toc. —Entreabre la puerta y lo ve tumbado boca abajo—. ¿Cómo estás, cariño? —pregunta al sentarse en el borde de la cama.

—Te he preparado la cena —murmura él—. La tienes en la sala.

Ella le acaricia la espalda, se vuelve y por el marco de la puerta ve que ha puesto la mesa para ella. Le da un beso en la frente y sale.

Sobre la mesa, un plato con varitas de pescado empanado muy chamuscadas, fideos y unas hojas de lechuga primorosamente dispuestas con una copiosa ración de kétchup. Los cubiertos están sobre una servilleta al lado, y hay una copa de vino medio llena y una vela encendida.

No sabe cómo reaccionar.

Le ha preparado la cena, es la primera vez, y además lo ha hecho con esmero.

El estropicio en la cocina no importa, se dice. Lo ha hecho para complacerme.

—¿Johan? —No hay reacción—. No sabes la ilusión que me hace. ¿Vas a comer tú también?

—Ya he cenado —dice con voz irritada.

De repente siente un vértigo y un cansancio infinitos. No lo entiende. Si quería complacerla, ¿por qué la rechaza?

—¿Johan? —repite.

El silencio se alarga. Sin duda está resentido porque ha llegado muy tarde. Ella mira su reloj. Tenía que llegar a las ocho y media, y son las nueve y diez.

Echa un vistazo por el marco de la puerta.

—Perdona que haya llegado tan tarde, había mucho tráfico…

Dios mío, piensa. ¿No se me ocurre nada mejor?

Se sienta un momento en el borde de la cama. Cuando Johan se duerme, apaga la luz, cierra despacio la puerta y regresa a la sala.

Frente a la mesa que él le ha preparado, está a punto de echarse a llorar.

Empieza a cenar. Está frío, pero no está tan malo como parece. Bebe un trago de vino, aparta casi todo el kétchup de las hojas de lechuga, come la pasta con un poco de pescado churrascado y constata que se estaba muriendo de hambre.

Johan, cariño, piensa.

En cuanto acaba, recoge la mesa, ordena la cocina y regresa a la sala. De pronto, decide llamar a Åke, pero tiene el teléfono apagado. Al tratar de hablar con él a través de Alexandra, le sale el contestador y, como no tiene ganas de extenderse acerca de los problemas de Johan, solo deja un breve mensaje pidiéndole que le diga a Åke que la llame cuanto antes.

Espera que en la tele haya algún programa entretenido para distraerse, pero solo funcionan las cadenas analógicas.

Después de zapear para ver dos documentales deprimentes en las cadenas públicas y un programa tonto en la Cuatro, se da cuenta de que aún no ha pagado la cuota de su servidor.

Suspira al recordar las veladas pasadas con Åke viendo la tele y comiendo patatas fritas riéndose con una película mediocre, pero pronto se da cuenta de que lo que añora no es en absoluto un período de su vida. Era la espera hueca de algo mejor, una existencia árida en el plano sentimental que engullía despiadadamente noche tras noche, luego meses y años.

La vida es demasiado valiosa para desperdiciarla esperando que pase alguna cosa. Que se produzca un acontecimiento y nos haga avanzar.

No alcanza a recordar lo que esperaba entonces, ni con qué soñaba.

Åke fantaseaba con su éxito futuro, que les permitiría llevar a cabo sus sueños comunes. Le dijo que entonces podría dejar la policía si le apetecía, y se enfadó cuando ella le respondió que era su vida y que ni por todo el dinero del mundo iba a renunciar a ser policía. Åke despreció su idea de que los sueños tenían que ser justamente sueños para no desaparecer, como si fuera filosofía de tres al cuarto sacada de las revistas femeninas frívolas.

Después de esa discusión, no se hablaron durante varios días. Esa época quizá no fue decisiva, pero en cualquier caso fue el principio del fin.

# Vita Bergen

Sofia se despierta en el suelo en la sala. Afuera está oscuro. Son las siete, pero no tiene ni idea de si es por la mañana o por la tarde. Se levanta, va a la entrada y ve que alguien ha escrito con rotulador en el espejo, con caligrafía infantil, UNA KAM O!, y Sofia reconoce de inmediato la mala letra de Solace. La criada africana no sabe escribir correctamente.

UNA KAM O, piensa Sofia. Es krio, comprende las palabras. Solace pide ayuda.

Mientras borra el rotulador con el dorso de la manga, ve más abajo en el espejo otra inscripción, en mayúsculas, con el mismo rotulador, pero con una caligrafía diminuta, casi enfermizamente concienzuda.

FAM. SILFVERBERG, AVENIDA DUNTZFELT, HELLERUP, COPENHAGUE.

Va a la cocina y encuentra cinco platos sucios sobre la mesa y otros tantos vasos.

Hay dos bolsas de basura llenas delante del fregadero. Las inspecciona para ver qué han comido. Tres bolsas de patatas fritas, cinco tabletas de chocolate, dos bandejas de costilla de cerdo, tres botellas de soda, un pollo asado y cuatro tarrinas de helado.

Siente sabor a vómito en la boca y no tiene valor para examinar la otra bolsa de basura porque sabe lo que contiene.

Su diafragma se contrae dolorosamente, pero el vértigo disminuye poco a poco. Decide limpiar y olvidar lo que ha pasado. Que se le haya ido la olla y se haya atiborrado de comida y chucherías.

Coge una botella de vino medio llena y se dirige al frigorífico.

Se detiene al ver las notas, los recortes de prensa, los folletos publicitarios y sus propias anotaciones pegadas a la puerta. Centenares que se tapan unos a otros, pegados con cinta adhesiva o con imanes.

Un largo artículo sobre Natascha Kampusch, aquella chica que estuvo ocho años prisionera en un sótano en los alrededores de Viena.

Un plano detallado del zulo que Wolfgang Přiklopil le había preparado.

A la derecha, una lista de la compra, de su puño y letra. Poliestireno. Cola. Cinta adhesiva. Lona. Clavos. Tornillos.

A la izquierda, la foto de un taser.

Una pistola eléctrica.

Varias notas están firmadas UNSOCIAL MATE.

Amigo asocial.

Lentamente, se deja resbalar hasta el suelo.

# Barrio de Kronoberg

Cuando Jeanette Kihlberg le acompaña al colegio, Johan parece estar de buen humor, así que de qué serviría rememorar los acontecimientos de la víspera. Al desayunar, ha vuelto a agradecerle la cena y él incluso le ha dirigido una sonrisa. Eso basta por el momento.

Al llegar a Kungsholmen, y cuando acaba de aparcar el coche debajo de la comisaría de policía, aprovecha para llamar a Åke, que esta vez sí responde.

—Hola, soy yo —dice ella, por costumbre.

—¿Qué?

Åke parece sorprendido y Jeanette comprende que ya no es en su vida aquella que se da por supuesta. La única que ahora puede dirigirse a él así es Alexandra Kowalska.

—Soy yo, Jeanette —dice saliendo del coche—. Sobre el papel aún soy tu mujer, puesto que tenemos un hijo menor de edad y por lo tanto estamos obligados a un período de reflexión de seis meses antes del divorcio. Pero ¿quizá nos has olvidado? Tu hijo se llama Johan y va por mal camino.

Da un portazo, cierra el coche y se dirige a los ascensores.

—Perdona. —La voz de Åke es dulce—. En estos momentos estoy ocupado y he respondido sin mirar quién llamaba. No he querido parecer indiferente. ¡Mierda!, pienso en ti y en Johan a diario y me pregunto cómo estáis.

—En tal caso, no tienes más que descolgar el teléfono y llamar

—dice pulsando el botón del ascensor—. He dejado un mensaje en el contestador de tu nueva mujer, ¿no te lo ha dicho?

—¿Alexandra? No, no me ha dicho nada de tu llamada. Ha debido de olvidarlo. ¿Qué pasa? ¿Cómo estás?

—Estoy tan bien como puedo estarlo. He encontrado un amante que tiene veinte años menos que yo, pero tu hijo no está bien. Además, creo que el coche está a punto de dejarme tirada, y no tengo con qué pagar la reparación.

La invade una amargura muy familiar.

El ascensor llega y suena una campanilla, se abren las puertas y entra.

—Acabo de vender dos cuadros, puedo hacerte una transferencia.

—¡Qué amable! Aprovecho para recordarte que la mitad de esos cuadros me pertenece. Quiero decir que he sido yo quien durante todos estos años te ha comprado lienzos y pinturas y te ha permitido quedarte en casa dedicándote al arte.

—Mierda, Jeanette, cómo eres… No se puede hablar contigo. Trato de ser amable y tú…

—¡Vale, vale! —Jeanette le interrumpe—. Me he convertido en una pobre gilipollas amargada y patética. Perdóname. Me alegro por ti, y yo estoy muy bien, la verdad. Solo me cuesta comprender tu manera de actuar. Alexandra no me importa, no la conozco, qué más da, pero contigo es diferente. Quieras o no hemos pasado veinte años juntos y creo que merezco un poco más de respeto.

—Ya te he pedido perdón. Tampoco para mí ha sido fácil. ¿Cómo debería haberlo hecho?

—Sí, sí, has hecho cuanto estaba en tu mano —responde con acritud al salir del ascensor.

—Regresaremos mañana. Puedo ir a buscar a Johan después de la escuela, si te parece bien. Puede dormir en nuestra casa, si quieres tener un respiro.

¿Un respiro?, piensa Jeanette. ¿Así es como ve las cosas?

—¿No os marchabais un mes entero?

—Hemos cambiado de planes. Hemos parado en Boston porque pasa algo gordo en Estocolmo. Ya te explicaré más adelante. Pero solo estaremos unos días en la ciudad antes de regresar a Cracovia.

–Tengo que dejarte, pero puedes llamar a Johan para decirle que le echas de menos. Y que mañana iréis a buscarle.

–De acuerdo. Te lo prometo.

Cuelgan. Jeanette se guarda el teléfono en el bolso y va a la máquina a por un café, que se lleva a su despacho.

Lo primero que ve al entrar es un voluminoso paquete sobre su mesa. Entra, cierra la puerta y se acomoda. Moja los labios en el café muy caliente antes de abrir el paquete.

Tres anuarios del internado de Sigtuna.

En un par de minutos, la encuentra.

Victoria Bergman.

Lee la leyenda, sigue con el dedo las hileras de futuras estudiantes con idénticos uniformes y encuentra a Victoria Bergman en la fila central, la penúltima a la derecha: un poco más pequeña que las demás, con unos rasgos más infantiles.

Es una muchacha delgada, rubia, sin duda de ojos azules, y lo que llama la atención de Jeanette es su aspecto serio y que, a diferencia de las otras chicas, no tiene pecho.

Jeanette le encuentra un aire familiar a esa muchacha de rostro serio.

Reconoce algo en su mirada.

También la sorprende su aspecto banal: no es en absoluto como la imaginaba. El hecho de que no esté maquillada le da una tez casi gris, comparada con las otras muchachas de la foto que parecen haber hecho grandes esfuerzos para ofrecer su mejor aspecto. Es la única que no sonríe.

Jeanette abre el anuario del año siguiente y localiza a Victoria Bergman en la lista de las ausentes. Lo mismo en el del último curso. La muchacha no aparece tampoco en ninguna de las fotos de las fiestas o de las actividades sociales.

Jeanette se dice que ya en esa época Victoria Bergman estaba dotada para el camuflaje. Retoma el primer anuario y contempla la cubierta.

La foto tiene casi veinticinco años y sin duda es inutilizable para una eventual identificación.

¿O no?

A pesar de todo, ve algo en esa mirada. Una expresión huidiza.

Jeanette Kihlberg está profundamente absorta en la fotografía y se sobresalta cuando suena el teléfono.

Mira la hora. ¿Hurtig? Debería estar allí desde hacía ya un buen rato. ¿Habrá ocurrido algo?

Para su decepción, es el fiscal Kenneth von Kwist y se presenta con su voz más obsequiosa, y eso ya irrita de entrada a Jeanette.

—Ah, es usted. ¿Qué quiere?

Von Kwist se aclara la voz.

—No sea tan arisca. Tengo algo para usted que le gustará. Procure estar sola dentro de diez minutos en su despacho y vigile el fax.

—¿El fax?

Inmediatamente en guardia, no comprende adónde pretende ir a parar el fiscal.

—Eso es. Un pajarito me ha dicho que buscan a Victoria Bergman.

Jeanette se queda atónita y su mirada se dirige de inmediato a la fotografía.

—Pronto recibirá información confidencial —continúa—. El fax que le llegará dentro de diez minutos es un documento procedente del tribunal de Nacka, fechado en otoño de 1988, y, aparte de mí, será la única que lo habrá visto desde entonces. Supongo que sabe de qué se trata.

Jeanette se queda muda.

—Comprendo —acaba diciendo—. Puede contar conmigo.

—Perfecto. Haga buen uso de él y buena suerte. Confío en usted para que esto sea confidencial.

Un momento, piensa ella. Es una trampa.

—Espere, no cuelgue. ¿Por qué hace esto?

—Digamos que… —reflexiona un momento y se aclara de nuevo la voz— es mi forma de disculparme por haber tenido que ponerle palos en las ruedas en el pasado. Quería que me perdonara y, como a buen seguro sabe, tengo contactos.

Jeanette sigue sin saber qué pensar. Se está disculpando, pero, como siempre, parece muy pagado de sí mismo.

Resulta bastante turbio, piensa. Pero ¿a qué me arriesgo, aparte de a una bronca de Billing?

—Disculpas aceptadas.

Cuando cuelgan, se repantiga en su sillón y observa de nuevo el anuario escolar. Victoria Bergman sigue teniendo esa mirada huidiza, y Jeanette no logra saber si solo es víctima de una broma malintencionada, o si se halla frente a un verdadero deus ex máchina.

Llaman y entra Hurtig, con el pelo mojado y la chaqueta empapada.

—Perdona la tardanza. ¡Qué mierda de tiempo hace!


El fax parece que no va a parar de escupir papel. Jeanette recoge las hojas del suelo a medida que van saliendo. Cuando la máquina calla por fin, las apila sobre su mesa.

El primer documento, de casi sesenta páginas, se titula «Solicitud de identidad protegida».

Luego sigue la resolución del tribunal relativa a esa solicitud, otras cuarenta páginas.

Le llevará por lo menos una hora leerlo todo: Jeanette le pide a Hurtig que vaya a por dos cafés.

La solicitud hace referencia a Victoria Bergman, nacida el 7 de junio de 1970, y está acompañada de los informes de tres instancias: la agencia médico-forense, la policía de Estocolmo y el departamento de psiquiatría del hospital de Nacka. La resolución es del tribunal de Nacka. El caso está resumido al final del documento.

En septiembre de 1988, la agencia médico-forense consignó en su informe que Victoria Bergman había sufrido graves agresiones sexuales antes de alcanzar su desarrollo físico completo, y por ello el tribunal de Nacka consintió que se le atribuyera una identidad protegida.

La frialdad de la jerga jurídica desagrada a Jeanette. ¿Qué quiere decir desarrollo físico completo?

Encuentra la explicación más adelante. Según la agencia médico-forense, la muchacha, Victoria Bergman, fue sometida a graves agresiones sexuales desde los cero a los catorce años. Un ginecólogo y un forense llevaron a cabo un examen exhaustivo del cuerpo de Victoria Bergman y constataron serios estragos.

Sí, esa era la expresión utilizada. Serios estragos.

La identidad del autor de esas agresiones no pudo establecerse.

Jeanette está estupefacta. Esa niña delgada, rubia, seria y de mirada huidiza había elegido no denunciar a su padre.

Piensa en las otras denuncias contra Bengt Bergman de las que tiene conocimiento. Dos niños eritreos víctimas de latigazos y de agresión sexual, y aquella prostituta maltratada, azotada con un cinturón y sodomizada con un objeto. Jeanette cree recordar que se trataba de una botella.

El segundo informe, de la policía de Estocolmo, afirma que los interrogatorios permitieron establecer que la candidata, Victoria Bergman, había sufrido agresiones al menos desde los cinco o seis años de edad.

Sí, y de antes uno no se acuerda, ¿verdad?, piensa Jeanette.

Siempre es difícil estimar la credibilidad de semejante testimonio. Pero si las agresiones comenzaron cuando era muy pequeña, cabe suponer que ya se trataba de abusos sexuales.

Joder, tiene que mostrar esos documentos a Sofia Zetterlund, a pesar de su promesa a Von Kwist. Sofia debería poderle explicar en qué se convierte desde un punto de vista psíquico una niña maltratada de esa manera.

El policía responsable estimaba finalmente que las amenazas que se cernían sobre la candidata eran de una naturaleza lo suficientemente grave como para justificar la atribución de una identidad protegida.

Por ese lado, tampoco habían podido establecer la autoría de las agresiones.

Jeanette comprende que debe ponerse inmediatamente en contacto con los responsables de la investigación en su momento. Por supuesto, tuvo lugar veinte años atrás, pero con un poco de suerte las personas en cuestión seguirían en servicio.

Jeanette se aproxima a la pequeña ventana entreabierta. Enciende un cigarrillo y aspira una calada.

Si alguien se queja del olor a tabaco, le obligará a leer esos informes. Y luego le ofrecerá el paquete de cigarrillos.

De nuevo ante su mesa, comienza a leer el informe del departamento de psiquiatría del hospital de Nacka. El contenido es más o menos idéntico al de los otros documentos: la solicitud debe ser aprobada, a la vista de los resultados de una cincuentena de entrevistas terapéuticas concernientes por una parte a los abusos sexuales sufridos antes de cumplir catorce años y, por otra, a los abusos sufridos después.

Cerdo asqueroso, piensa Jeanette. Lástima que estés muerto.

Hurtig regresa con los cafés. Jeanette le pide que lea la resolución del tribunal desde el principio, y por su parte ella se pone a leer el expediente de la solicitud.

Apila el fajo de papeles y echa un vistazo a la última página, movida por la curiosidad de saber el nombre del policía que en su momento se ocupó del caso.

Al ver los nombres de los firmantes que recomendaron que se le ofreciera una identidad protegida a Victoria Bergman, a punto está de atragantarse con el café.

Al pie del documento hay tres firmas:

Hans Sjöquist, forense
Lars Mikkelsen, inspector de policía
Sofia Zetterlund, psicóloga

# Vita Bergen

*Podría haber sido de otra manera.*

El linóleo frío se pega al hombro desnudo de Sofia Zetterlund. Afuera es de noche.

Las luces de los faros en el techo, y el rumor seco del follaje otoñal del parque vecino.

Tendida en el suelo de la cocina, al lado de dos bolsas de basura que contienen restos de comida y vómito, mira fijamente el frigorífico. En el techo, una pequeña telaraña. La ventilación de la cocina y la ventana entreabierta de la sala crean una corriente de aire que agita los papeles pegados a la puerta de la nevera. Entornando los ojos, parecen alas de insectos asustados contra una mosquitera.

Desde abajo, diríase que hay cientos.

Al lado de ella, una mesa de fiesta, cubierta ahora de platos y cubiertos sucios.

*Naturaleza muerta.*

De las velas encendidas solo queda la parafina derretida.

Sofia sabe que al día siguiente no se acordará de nada.

Como aquella vez que dio con aquel claro cerca del lago, en Dala-Floda, donde el tiempo estaba suspendido, y luego pasó semanas tratando de volver a encontrarlo, en vano. Desde su más tierna infancia ha vivido con agujeros de memoria.

Piensa en Gröna Lund y en lo que ocurrió la noche en que Johan desapareció. Las imágenes tratan de aferrarse a ella.

Algo quiere expresarse.

Sofia cierra los ojos y mira dentro de sí misma.

Trata de dar con el punto de vista desde donde mirar hacia atrás con la necesaria perspectiva.

Johan estaba sentado a su lado en la góndola de la Caída Libre, Jeanette les contemplaba, al otro lado de la valla. Luego se elevaron lentamente, metro a metro.

A medio camino tuvo miedo y, pasados los cincuenta metros, el vértigo se apoderó de ella. Lo irracional había surgido de la nada.

Un terror incontrolable. La sensación de no controlar la situación.

No se atrevía a moverse, ni siquiera a respirar. Pero Johan se reía y balanceaba las piernas. Le pidió que parara, pero él se echó a reír y continuó.

Sofia recuerda que se imaginó que los tornillos que fijaban la góndola iban a ceder bajo la carga anormalmente pesada. Iban a estrellarse contra el suelo.

La góndola se columpiaba, le suplicó que dejara de reír, pero no le hizo caso. Arrogante y altivo respondió a sus súplicas balanceando las piernas con más ímpetu.

Y de repente allí estaba Victoria.

Su miedo desapareció, tenía las ideas más claras, se calmó.

Luego de nuevo la oscuridad.

Un silbido en su cabeza, se esfuerza en concentrarse, pero lentamente, muy lentamente, el ruido de fondo calla y poco a poco le vuelve la memoria.

Estaba tumbada de costado. La gravilla se había clavado en su abrigo y su jersey y le había arañado la cadera a través del tejido.

Unas voces desconocidas, a lo lejos.

Un olor que reconocía. Una mano fresca sobre su frente ardiente.

Entornó los ojos y, detrás del muro de piernas y zapatos, vio un banco, y cerca del banco se vio a sí misma, de espaldas.

Sí, era eso. Había visto a Victoria Bergman.

¿Había tenido una alucinación?

Sofia se pasa una mano por los ojos, luego por la boca. Nota cómo le cae la saliva por la comisura de los labios. Se palpa el diente roto.

No lo soñó. Se vio a sí misma. Su cabello rubio, su abrigo y su bolso.

Era ella. Era Victoria.

Tumbada en el suelo, se vio veinte metros más allá.

Victoria se acercó a Johan y lo tomó del brazo.

Trató de gritar a Johan que tuviera cuidado, pero de su boca no surgió sonido alguno.

Siente una opresión en el pecho, tiene la sensación de estar ahogándose. Es un ataque de pánico, se dice tratando de respirar más lentamente.

Sofia Zetterlund recuerda haberse visto a sí misma ponerle una máscara rosa a Johan.

Un coche toca el claxon en la calle y abre los ojos. Apoyándose en los codos, lentamente, empieza a ponerse en pie.

Sofia Zetterlund está tendida en el suelo de su cocina en la calle Borgmästargatan y sabe que, al cabo de doce horas, no tendrá el menor recuerdo de haber estado tendida en el suelo de su cocina en la calle Borgmästargatan y haber pensado que se despertaría al cabo de doce horas para ir a trabajar.

Pero entonces Sofia Zetterlund comprende que tiene una hija en Dinamarca.

Una hija que se llama Madeleine.

Y entonces recuerda que una vez trató de encontrarla.

Pero Sofia Zetterlund no sabe si se acordará de eso al día siguiente.

# Dinamarca, 1988

*Podría haber estado bien.*
*Podría haber sido bueno.*

Victoria no sabe si está en la dirección correcta, se siente confusa y decide dar la vuelta a la manzana para aclarar sus ideas.

Se ha guiado por el nombre de una familia y sabe que la familia vive en Hellerup, uno de los barrios más selectos de Copenhague. El hombre es director general de una fábrica de juguetes y vive con su esposa en la avenida Duntzfelt.

Victoria saca su walkman y pone en marcha la cinta. Un nuevo álbum de Joy Division. Mientras camina junto a los senderos de acceso a las casas, oye a través de los auriculares la pulsación monótona de «Incubation».

Incubación. Empollar, hacer eclosión. Los polluelos robados.

Ella había sido una incubadora.

Todo lo que sabe es que quiere ver a su hija. ¿Y luego?

A la mierda, qué más da si todo se tuerce, se dice al tomar a la izquierda en la calle paralela, otra avenida bordeada de árboles.

Se sienta sobre un armario de suministro eléctrico, al lado de un cubo de la basura, enciende un cigarrillo y decide esperar a que acabe la cinta.

«She's Lost Control», «Dead Souls», «Love Will Tear Us Apart». La casete cambia de cara automáticamente: «No Love Lost», «Failures»…

La gente pasa por delante de ella y se pregunta por qué la miran de esa manera.

Un coche grande y negro se detiene y un hombre trajeado y con una barbita baja la ventanilla y le pregunta si quiere ir a algún sitio.

—A la avenida Duntzfelt —responde sin quitarse los auriculares.

—Aquí es. —Sonríe, seguro de sí mismo—. ¿Qué estás escuchando? —pregunta con marcado acento.

—La misa.

Él ríe.

Ella aparta la mirada y le da una patada al armario de suministro eléctrico.

—¡Que te den por el culo, gilipollas!

Ella le hace la peineta y el coche se aleja lentamente.

Al ver que se detiene diez metros más allá, salta al suelo y se marcha en dirección contraria. Mira por encima del hombro y, cuando ve que se abre la puerta y que el tipo se dispone a salir del coche, echa a correr.

No se vuelve hasta llegar a la calle de la que partió: el hombre ya no está.

De regreso delante de la mansión, ve una gran placa de latón en el muro de piedra junto a la verja: es la dirección correcta.

El señor y la señora Silfverberg y su hija Madeleine.

¿Así es como se llama?

Sonríe. Qué ridículo. Victoria y Madeleine, como las princesas de Suecia.

La casa es enorme, el jardín está impecablemente cuidado, con un césped muy verde segado como un campo de golf.

Detrás del muro de piedra, altos arbustos de lilas y tres robles robustos.

El portal está cerrado con una cancela electrónica. En una esquina del muro hay un árbol achaparrado.

Se asegura de que nadie la vea, se encarama y salta al otro lado. En la planta baja hay luz y los dos pisos superiores están a oscuras. La puerta del balcón del segundo piso está abierta.

Una tubería le sirve de escalera y entreabre la puerta.

Un despacho lleno de libros. En el suelo, una gran alfombra.

Se descalza y se dirige de puntillas hasta un amplio pasillo. A la derecha, dos puertas, y tres a la izquierda, una de ellas abierta. En el extremo del pasillo, una escalera que conduce a los otros pisos. De abajo llega el sonido de un partido de fútbol en la televisión.

Mira por la puerta abierta. Otro despacho, con una mesa y estanterías llenas de juguetes. Muñequitas de madera y de porcelana, maquetas de coches y aviones y, en el suelo, tres cochecitos de muñecas. No examina las otras habitaciones porque ¿quién iba a dejar a un recién nacido detrás de una puerta cerrada?

Se dirige de puntillas hacia la escalera y empieza a bajar. Gira en U. Se detiene en el rellano intermedio, desde donde ve abajo una gran sala enlosada y, al fondo, una puerta cerrada, sin duda la salida.

En el techo, una enorme lámpara de cristal y, contra la pared de la izquierda, un cochecito con la capota alzada.

Actúa por instinto. Sin pensar en las consecuencias, solo en el momento presente, aquí y ahora.

Victoria baja las escaleras y deja sus zapatos en el último peldaño. Ya no trata de ser discreta. El sonido de la televisión está tan alto que puede oír al locutor.

«Semifinal, Italia contra la Unión Soviética, cero a cero, Neckarstadion, Stuttgart.»

Al lado del cochecito, una doble puerta acristalada abierta. Allí, el señor y la señora Silfverberg están viendo la televisión. En el cochecito, su hija.

Incubación. Incubadora.

Ella no es un ave rapaz, solo recupera lo que es suyo.

Victoria se aproxima al cochecito y se inclina sobre la criatura. Su rostro está sereno, pero no la reconoce. En el hospital de Ålborg, la niña era diferente. Su cabello era más oscuro, su rostro más delgado y los labios más finos. Ahora parece un querubín.

El bebé duerme y siguen cero a cero en el Neckarstadion de Stuttgart.

Victoria aparta la mantita. Su bebé lleva un pijama azul, tiene los brazos doblados y los puños descansan firmemente sobre sus hombros.

Victoria la toma en brazos. El sonido de la televisión aumenta y eso la tranquiliza. La niña sigue durmiendo, calentita contra su hombro.

«Protasov, Aleinikov y Litovchenko. Y de nuevo Litovchenko.»

El volumen aumenta y del salón sale una maldición.

Uno a cero para la Unión Soviética en el Neckarstadion de Stuttgart.

Levanta al bebé delante de ella. La niña se ha vuelto más lisa y también más pálida. Su cabeza parece casi un huevo.

De repente, Per-Ola Silfverberg aparece de pie ante ella y, durante unos segundos, ella lo observa en silencio.

No lo puede creer.

El sueco.

Gafas, cabello rubio muy corto. Una camisa de lujo como las que llevan los banqueros. Siempre lo ha visto en ropa de trabajo sucia, y nunca con gafas.

Ve en ellas su propio reflejo. Su bebé reposa contra su hombro en las gafas del sueco.

Parece un idiota, con la cara pálida, relajada, sin expresión.

—¡Ánimo, soviéticos! —dice ella, acunando al bebé en sus brazos.

El color le vuelve al hombre a la cara.

—¡Joder! ¿Qué haces aquí?

Retrocede cuando él da un paso hacia ella tendiendo los brazos hacia el bebé.

Incubación. Tiempo entre la contaminación y la aparición de la enfermedad. Pero también el tiempo de empollar. La espera de la eclosión. ¿Cómo la misma palabra puede designar a la vez la espera de un nacimiento y la de una enfermedad? ¿Es lo mismo?

El ataque del sueco le hace soltar al bebé.

La cabeza es más pesada que el resto del cuerpo: ve a la niña dar media vuelta al caer hacia las losas de piedra.

La cabeza es como un huevo que estalla.

La camisa de lujo se agita hacia todos los lados. Se le suma un vestido negro y un teléfono móvil. La mujer es presa de un ataque de pánico y Victoria se ríe porque ya nadie le presta atención.

«Litovchenko, uno a cero», recuerda la televisión.

Repiten la jugada varias veces a cámara lenta.

—¡Ánimo, soviéticos! —repite dejándose resbalar contra la pared.

El bebé es un extraño, y decide no preocuparse más por él.

A partir de ese momento ya no es más que un huevo con un pijama azul.

# Barrio de Kronoberg

Joder, menudo lío, piensa Jeanette Kihlberg mientras una desagradable sensación le invade el cuerpo.

¿Es víctima de una broma? ¿De una conspiración? No hace más que darle vueltas.

Que Lars Mikkelsen apareciera tiempo atrás en una investigación relativa a Victoria Bergman no es raro, pero que llegara a la conclusión de que ella necesitaba una identidad protegida resulta curioso, dado que no se dictó ninguna condena.

Pero lo más extraño es que una psicóloga llamada Sofia Zetterlund hubiera redactado el informe psiquiátrico. Era absolutamente imposible que se tratara de su Sofia, pues en esa época no tenía ni veinte años.

Curiosa coincidencia.

A Hurtig parece hacerle gracia.

—Extraña casualidad… ¡Llámala ahora mismo!

Es casi demasiado extraño, piensa Jeanette.

—Voy a llamar a Sofia y tú llama a Mikkelsen. Dile que venga a vernos, si es posible hoy mismo.

Cuando Hurtig se marcha, marca el número de Sofia. No contesta en su número privado y en la consulta su secretaria le dice que Sofia está enferma.

Sofia Zetterlund, piensa. ¿Qué probabilidad hay de que una Sofia Zetterlund, psicóloga en los años ochenta, se llame igual que la Sofia a la que conoce y que también es psicóloga?

Una búsqueda en el ordenador la informa de que en Suecia hay quince Sofia Zetterlund. Dos de ellas son psicólogas, y las dos domiciliadas en Estocolmo. Una es su Sofia y la otra, jubilada desde hace varios años, vive en una residencia de Midsommarkransen.

Debe de ser ella, piensa Jeanette.

Parece todo preparado. Como si alguien se burlara de ella y lo hubiera maquinado. Jeanette no cree en el azar, cree en la lógica, y la lógica le dice que hay una relación. Solo que es incapaz de verla.

De nuevo el holismo. Los detalles parecen increíbles, incomprensibles. Pero siempre hay una explicación natural. Un contexto lógico.

Hurtig aparece en el umbral de la puerta.

—Mikkelsen está aquí. Te espera en la máquina de café. ¿Cómo hacemos con Hannah Östlund y Jessica Friberg? Åhlund acaba de informarme de que las dos son solteras y viven en la misma zona residencial. Las dos son juristas de la administración local del mismo municipio de los suburbios del oeste.

—Dos mujeres que han quedado unidas de por vida —dice Jeanette—. Sigue buscando. Mira si el seguimiento telefónico ha dado algún resultado y envía a Schwarz a investigar los archivos y los periódicos locales. Esperaremos un poco antes de ir a verlas. No quiero meter la pata y necesitamos más material. De momento, Victoria Bergman es más interesante.

—¿Y Madeleine Silfverberg?

—Las autoridades francesas no tienen gran cosa que decirnos, y está claro que es una cuestión burocrática. Todo lo que tenemos es una dirección en Provenza y de momento no contamos con medios para ir hasta allí. Pero habrá que dar ese paso si lo demás no da resultados.

Hurtig asiente con la cabeza, salen del despacho y Jeanette va al encuentro de Mikkelsen en la máquina de café. Sostiene dos vasitos en las manos y le sonríe.

—¿Te gusta solo y sin azúcar? —Le tiende uno de los vasos—. El mío tiene que llevar tanto azúcar que la cucharilla se aguante sola. —Se ríe—. Mi mujer me dice que bebo azúcar con café.

Jeanette toma la taza.

—Qué bien que hayas podido venir. ¿Vamos a mi despacho?

Lars Mikkelsen se queda casi una hora. Le cuenta que le confiaron el caso de Victoria Bergman cuando aún no tenía experiencia.

Adentrarse en el destino de Victoria Bergman fue agotador, pero también le confirmó que había acertado en su elección profesional.

Quería ayudar a las chicas como ella, y también a los chicos, aunque estos siempre tuvieran un menor peso estadístico.

—Recibimos una media de novecientas denuncias de abusos sexuales al año. —Mikkelsen suspira y aplasta su vaso vacío—. En el ochenta por ciento de los casos, el agresor es un hombre, a menudo alguien a quien la víctima conoce.

—¿Ocurre a menudo?

—En los años noventa, una amplia investigación sobre las chicas de diecisiete años puso en evidencia que una de cada ocho había sufrido abusos.

Jeanette calcula rápidamente.

—Eso significa que en una clase normal por lo menos hay una, incluso dos niñas que guardan un secreto siniestro.

Piensa en las niñas de la clase de Johan y se dice que probablemente él conozca a una que sufre abusos sexuales.

—Sí, eso es. Entre los chicos, se estima que las víctimas son uno de cada veinticinco.

Se quedan un momento en silencio considerando esa funesta estadística.

Jeanette retoma la palabra.

—¿Así que tuviste que ocuparte de Victoria?

—Sí, una psicóloga del hospital de Nacka se puso en contacto conmigo, preocupada por una de sus pacientes. Pero no recuerdo cómo se llamaba.

—Sofia Zetterlund —apunta Jeanette.

—Sí, me suena. Debía de llamarse así.

—¿Y ese nombre no te dice nada más?

Lars Mikkelsen parece desconcertado.

—No. ¿Por qué? ¿Debería?

—La psicóloga con la que estabas en contacto en el caso de Karl Lundström también se llamaba así.

—Ah, mierda… Ahora que lo dices… —Mikkelsen se frota el mentón—. Sí, es curioso, pero solo hablé con ella una o dos veces por teléfono y me cuesta retener los nombres.

—Y no es más que otra coincidencia en este caso. —Jeanette pasa la mano sobre las carpetas que se apilan en su mesa—. Esto empieza a complicarse. Sin embargo, sé que todo está relacionado de una manera o de otra. Y por todas partes aparece el nombre de Victoria Bergman. ¿Qué pasó con ella, finalmente?

Mikkelsen reflexiona.

—Me llamó Sofia Zetterlund, quien después de varias entrevistas con esa chica había llegado a la conclusión de que necesitaba un cambio radical en su vida. Había que tomar medidas drásticas.

—¿Como una identidad protegida? Pero ¿de quién había que protegerla?

—De su padre. —Mikkelsen respira profundamente y prosigue—: Recuerda que los abusos empezaron cuando ella era muy pequeña, a principios de los años setenta, y la legislación entonces era muy diferente. En esa época eso se denominaba «conducta sexual indebida con descendientes», y la ley no fue modificada hasta 1984.

—En mis documentos nunca se mencionan esos abusos. ¿Por qué no denunció a su padre?

—Simplemente ella se negó. Tuve varias conversaciones sobre esa cuestión con la psicóloga, en vano. Victoria decía que si presentábamos denuncia en su lugar lo negaría todo. Lo único que teníamos era el informe pericial de sus secuelas físicas. El resto no eran más que indicios, y en aquellos tiempos no servían como prueba.

—Si Bengt Bergman fuese juzgado hoy, ¿a qué pena se enfrentaría?

—Entre cuatro y cinco años de cárcel. Y a unos daños y perjuicios de, pongamos, medio millón.

—Los tiempos cambian —dice amargamente Jeanette.

—Sí, y hoy se ha comprendido cuánto traumatizan a la víctima esos abusos. La autodestrucción y los intentos de suicidio están a la orden del día. De adultas, todas las víctimas sin excepción sufren angustia y trastornos del sueño, y si a eso le sumas una presión psíquica que hace difícil una relación amorosa normal, comprenderás por qué se reclaman unos daños y perjuicios tan elevados. El acto del adulto perseguirá al niño a lo largo de toda su vida.

—Vamos, que se ha ganado el dinero. —Tal vez suene irónico, pero

Jeanette no tiene valor para explicarse. Mikkelsen debe comprender lo que quiere decir–. ¿Y qué hicisteis?

–La psicóloga Sofia Zetterberg...

–Zetterlund –corrige Jeanette, constatando que Mikkelsen no ha exagerado su dificultad de retención de los nombres.

–Sí, eso es. Consideraba muy importante que se separara a Victoria de su padre y pudiera comenzar de cero en otro lugar, bajo un nuevo nombre.

–¿E hicisteis los trámites?

–Sí, con la ayuda del forense Hasse Sjöquist.

–Lo he visto en el expediente. ¿Cómo era hablar con Victoria Bergman?

–A la larga, nos hicimos muy allegados y desarrolló una cierta confianza. Quizá no tanta como con su psicóloga, pero algo a fin de cuentas.

Jeanette observa a Mikkelsen y comprende por qué Victoria pudo sentirse segura a su lado. Infunde valor y debe de saber tratar con los niños. Como el hermano mayor que te protege cuando los otros niños te molestan. En los ojos de Mikkelsen se lee su seriedad, pero también brillan de curiosidad, y adivina que su trabajo le apasiona.

A veces ella también siente algo semejante. La voluntad de hacer que la vida sea un poco mejor, aunque solo sea en su pequeño mundo.

–¿Y conseguisteis una nueva identidad para Victoria Bergman?

–Sí. El tribunal de Nacka atendió nuestras recomendaciones y decidió considerarlo un caso confidencial. Así es el procedimiento, y no tengo ni idea de cómo se llama hoy, ni dónde vive, pero espero que esté bien. Aunque debo confesar que lo dudo. –Mikkelsen parece muy serio.

–Tengo un problema muy gordo: Victoria Bergman es sin duda la persona que estoy buscando.

Mikkelsen mira a Jeanette sin comprender.

Le resume las conclusiones a las que Hurtig y ella han llegado, insistiendo en la urgencia de localizar a Victoria Bergman. Como mínimo para descartarla.

Mikkelesen le promete que le dirá si encuentra algo más y se despide.

Jeanette mira la hora: son casi las cinco, y la Sofia Zetterlund de más edad tendrá que esperar al día siguiente. Primero quiere hablar con su Sofia.

Recoge sus cosas y va a buscar su coche para regresar a casa. Marca el número, sostiene el teléfono contra su hombro y da marcha atrás.

Nadie responde.

# Victoria Bergman, Vita Bergen

*Podría haber sido de otra manera. Podría haber estado bien.*
*Podría haber sido bueno.*
*Si él hubiera sido diferente. Si él se hubiera comportado bien.*


Sofia está sentada en el suelo de la cocina.

Murmura sola balanceándose hacia delante y hacia atrás.

—Yo soy el camino, la verdad y la vida. Nadie llega al Padre sin pasar por mí.

Al ver la puerta del frigorífico cubierta de notas y artículos recortados de periódicos, se echa a reír. Escupe perdigones.

Conoce el fenómeno psíquico del hombre de los papelitos.

La manía de anotarlo todo.

Llenar sus bolsillos de notas arrugadas y de artículos de prensa interesantes.

Tener siempre a mano un cuaderno.


Amigo asocial.
*Unsocial mate.*
Solace Aim Nut.


En Sierra Leona hizo una nueva amiga. Una amiga asocial a la que bautizó Solace Aim Nut.

Un anagrama de *unsocial mate.*

Era un juego de palabras, pero un juego muy serio. Crear personajes imaginarios que podían tomar el relevo cuando las exigencias de su padre eran demasiado penosas para Victoria era una estrategia de supervivencia.

Volcó su culpabilidad en esas personalidades.

Se tomaba cualquier mirada, cualquier reprobación o cualquier gesto sobreentendido como una acusación de indignidad.

Siempre estuvo sucia.

—Si confesamos nuestros pecados, Él es fiel y justo para perdonarnos los pecados y para limpiarnos de toda maldad.

Perdida en su laberinto interior, derrama un poco de vino sobre la mesa.

—Él fortalece al cansado y acrecienta las fuerzas del débil.

Se sirve otra copa de vino y la vacía antes de entrar en el baño.

—Vosotros, los que ponéis la mesa para la Fortuna y suministráis libaciones para el Destino, yo también os destinaré a la espada y todos vosotros os arrodillaréis para ser degollados.

Fuego hambriento, piensa.

Si el fuego hambriento se apaga, es la muerte.

Escucha lo que ruge en ella, la sangre que arde en sus venas. El fuego acabará apagándose y el corazón carbonizado será entonces una gran mancha negra.

Se sirve más vino, se lava la cara, bebe entre hipidos, pero se obliga a acabar la copa, se sienta en la taza del váter, se limpia con una toallita, se levanta y se maquilla.

Al acabar, se mira.

Tiene buen aspecto.

Dará el pego.

Sabe que acomodada en la barra con aire de estar aburrida nunca tiene que esperar mucho.

Lo ha hecho muchas veces.

Casi todas las noches.

Durante varios años.

El sentimiento de culpabilidad la ha consolado porque en la culpabilidad está segura de sí misma. Se ha anestesiado antes de ir a buscar una confirmación entre unos hombres que solo se ven a sí mismos y por lo tanto no pueden confirmar nada. La vergüenza se convierte en liberación.

Pero no quiere que vean más que la superficie. Nunca dentro de ella.

Por eso a veces su ropa está sucia y desgarrada, con manchas de hierba después de haberse tendido de espaldas en un parque.

Una vez lista regresa a la cocina, toma la botella de vino y va al dormitorio. Bebe a morro mientras rebusca en el armario hasta que encuentra un vestido negro. Se lo pone, tropieza, resopla y se mira finalmente en el espejo. Sabe que ese instante será al día siguiente un agujero en su memoria. Por mucho que trate de recordar lo que piensa en ese instante, esos pensamientos no regresarán jamás.

Como moscas sobre un terrón de azúcar.

Se pelearán para ver quién la invita a la copa más cara. El vencedor recibirá una leve caricia en la palma de la mano y, después de la tercera copa, le restregará el muslo en la entrepierna. Es real y su sonrisa siempre sincera.

Sabe lo que quiere que le hagan y siempre lo pide claramente.

Pero para poder sonreír necesita aún más vino, piensa bebiendo un trago de la botella.

Siente que llora, pero es solo su mejilla mojada, y enjuga cuidadosamente el líquido con la yema del pulgar. No quiere estropear la apariencia.

De repente le suena el teléfono en el bolsillo de su chaqueta y titubea hasta la entrada.

El timbre es estridente, como un taladro en sus tímpanos. Al décimo tono, al final lo coge.

Es Jeanette, pulsa RECHAZAR y acto seguido apaga el móvil. Va a la sala y se deja caer pesadamente en el sofá. Empieza a hojear una revista sobre la mesa baja, hasta las páginas centrales.

Tanto tiempo pasado y, sin embargo, sigue siendo la misma vida, con las mismas necesidades.

La foto de colores vivos de una torre octogonal.

Entorna los ojos en su ebriedad y fija la mirada: es una pagoda junto a un templo budista. Es un artículo sobre un viaje a Wuhan, la capital de la provincia de Hubei, en la orilla oriental del Yangtsé.

«Wuhan.»

Al lado, un reportaje sobre Gao Xingjian, premio Nobel de Literatura, y, en grande, una foto de su novela *El libro de un hombre solo*.

«Gao.»

Deja la revista y se acerca a la estantería, busca algo, le cuesta distinguir la letra pequeña, respira hondo para que su cuerpo deje de vacilar, se apoya en un estante y acaba encontrándolo.

Saca cuidadosamente el libro de maltrecha cubierta de piel.

*Ocho tratados sobre el arte de vivir*, de Gao Lian, 1591.

Ve el dispositivo que mantiene la estantería cerrada.

«Gao Lian.»

«Gao Lian, de Wuhan.»

Primero titubea, luego abre el pestillo y, con un imperceptible chirrido, la puerta se abre.

## *Bella vita*, Victoria Bergman, Vita Bergen

Bella vita. *Bella vida.*
*Podría haber sido de otra manera. Podría haber estado bien.*
*Podría haber sido bueno.*
*Si él hubiera sido diferente. Si él se hubiera comportado bien.*
*Si hubiera sido bueno.*


Hay dibujos por todas partes. Cientos, quizá miles de dibujos infantiles, ingenuos, esparcidos por el suelo o pegados en las paredes.

Todos muy detallistas, pero realizados por un niño.

Ve la casa de Grisslinge, antes y después del incendio, y eso de ahí es la granja de Dala-Floda.

Un pájaro en su nido con sus polluelos. Antes y después de los bastonazos de Victoria.

Una niña junto a un faro. Madeleine, la hijita que le robaron.

Recuerda la tarde en que le dijo a Bengt que estaba embarazada.

Bengt se levantó de golpe de su sillón, aterrorizado. Se precipitó sobre ella gritándole:

—¡Levántate!

Luego la cogió del brazo y la arrancó del sofá.

—¡Salta, joder!

Estaban cara a cara y él le echaba el aliento a la nariz. Olía a ajo.

—¡Salta! —repitió.

Recuerda que negó con la cabeza. Nunca, pensó. Nunca me harás hacer eso.

Entonces la agarró por debajo de los brazos y la levantó. Ella se resistió, pero él era demasiado fuerte. La llevó hasta la escalera del sótano.

Ella lloraba.

Pataleaba a un lado y a otro, muerta de miedo de que la tirara por las escaleras.

Pero antes de llegar al rellano, la soltó y ella se arrimó a la pared.

—¡No me toques!

Recuerda que él también lloraba cuando volvió a sentarse en su sillón dándole la espalda.

Mira en derredor en la habitación que le ha servido de refugio. Entre todos los dibujos y los papeles pegados en las paredes ve un artículo sobre los niños chinos que llegan al aeropuerto de Arlanda con pasaporte falso, un móvil y cincuenta dólares. Y luego desaparecen. Cientos, cada año.

Un destacado sobre el sistema del *hukou*.

En un rincón, la bicicleta estática que ella misma ha utilizado, pedaleando durante horas y luego untándose de aceites perfumados.

Recuerda cómo Bengt tiró de su muñeca con fuerza.

—¡Súbete a la mesa! —sollozó sin mirarla—. ¡Súbete a la mesa, coño!

Como si habitara otro cuerpo. Acabó subiéndose a la mesa, ante él.

—Salta…

Saltó. Se subió de nuevo a la mesa para volver a saltar. Una y otra vez.

Después de unos minutos, él se marchó de la habitación pero ella siguió saltando, como en trance, hasta que la pequeña africana bajó la escalera. Llevaba la máscara. Su rostro era frío e inexpresivo. Unas órbitas negras, vacías, sin nada detrás.

No está muerta, piensa Sofia.

Madeleine vive.

# El Girasol

Al día siguiente, Jeanette va directamente a Midsommarkransen a visitar a Sofia Zetterlund, la anciana. Acaba encontrando dónde aparcar cerca de la boca del metro y apaga el motor de su viejo Audi.

A pesar de las diversas reparaciones a lo largo del año, siempre tiene problemas. Como si los mecánicos le implantasen un nuevo problema cada vez que le reparan uno. Cuando no es el radiador, la culata o la correa del ventilador, son los neumáticos, un agujero en el tubo de escape o el cambio de marchas. Cuando quita el contacto el coche parece ahogarse y exhala un estertor húmedo seguido de un suspiro: el tiempo lluvioso de los últimos días se nota.

La residencia donde Sofia Zetterlund está empadronada es uno de los edificios amarillos de estilo funcional cerca del parque de Svandamm.

A Jeanette siempre le han gustado los barrios de Aspudden y Midsommarkransen, edificados en los años treinta, como pueblecitos dentro de la ciudad. Seguramente es un bonito lugar para pasar los últimos años de la vida.

Pero también sabe que ese lugar idílico se resquebraja. Hasta hace solo unos años, una banda de gamberros motorizados, los Bandidos, tenía su cuartel general a una manzana de allí.

Jeanette pasa frente al cine Tellus, continúa y luego toma a la derecha en una calle más estrecha. Sobre la primera puerta en la acera izquierda, una placa da la bienvenida a la residencia de la tercera edad El Girasol.

Antes de entrar, se fuma un cigarrillo pensando en la Sofia Zetterlund joven.

¿Vuelve a fumar tanto por culpa de Sofia? Fuma casi un paquete diario y en varias ocasiones se ha escondido de Johan, como una adolescente que fuma en secreto. Pero la nicotina la ayuda a pensar más claramente. Más libremente, más rápidamente. Y ahora piensa en Sofia Zetterlund, la Sofia de la que está enamorada.

¿Enamorada? ¿Y eso qué es?

Habló de ello una vez con Sofia y le descubrió una manera nueva de considerar la cuestión. Para Sofia el amor no es un cosquilleo en el estómago, algo misterioso y agradable, como lo siente Jeanette.

Sofia afirma que estar enamorado es como ser psicótico.

El objeto del amor no es más que una imagen ideal que no corresponde a la realidad y la persona enamorada solo está enamorada del sentimiento de estar enamorada. Como un niño que atribuye a un animal doméstico características que no posee. Jeanette vio lo que quería decir, pero no por ello dejó de sentirse herida, ya que acababa de confesarle a Sofia que estaba enamorada de ella.

Sofia Zetterlund. Qué raro es esto, se dice. ¿Cómo diablos me encuentro aquí para ver a otra Sofia Zetterlund?

La Sofia joven la ha ayudado en la investigación sobre el padre de Victoria Bergman. Y ahora se dispone a conocer a la Sofia anciana, también psicóloga, que quizá podrá proporcionarle información sobre la principal sospechosa de su investigación en curso, la propia Victoria Bergman.

Apaga su cigarrillo y llama a la puerta de la residencia El Girasol.

Tras una breve conversación con la directora, la conducen a la sala común.

En la televisión, con el volumen muy alto, emiten una serie norteamericana de los años ochenta. En los sofás se sientan dos hombres y tres mujeres, pero ninguno de ellos parece especialmente interesado en la programación.

En el otro extremo de la sala, junto a la puerta del balcón, una mujer en silla de ruedas mira fijamente al exterior.

Es muy delgada, con un vestido azul que le cubre hasta los dedos de los pies y el cabello muy blanco hasta la cintura. Un maquillaje chillón, azul en los ojos y con un lápiz de labios de un rojo muy vivo.

—¿Sofia? —La directora se acerca a la mujer en la silla de ruedas y le pone una mano sobre el hombro—. Tienes visita. Es Jeanette Kihlberg, de la policía de Estocolmo, que quiere hablar contigo de una antigua paciente.

—Se dice cliente.

La respuesta de la anciana tiene un deje de desprecio.

Jeanette toma una silla y se sienta al lado de Sofia Zetterlund.

Se presenta y le expone la situación, pero la anciana ni siquiera la mira.

—He venido para hacerle unas preguntas acerca de una de sus antiguas clientes. Una joven a la que conoció hace veinte años.

No hay respuesta.

La mujer mira algo en el exterior. Sus ojos parecen nublados.

Sufre sin duda cataratas, se dice Jeanette. ¿Quizá sea ciega?

—La chica tenía diecisiete años cuando la trató —prueba Jeanette—. Se llamaba Victoria Bergman. ¿Ese nombre le dice algo?

La mujer vuelve por fin la cabeza y Jeanette discierne una sonrisa en el rostro avejentado. Parece dulcificarse un poco.

—Victoria. Claro que la recuerdo.

Uf. Jeanette decide ir directa al grano y aproxima un poco su silla.

—Tengo aquí una foto de Victoria. No sé si ve usted bien, pero ¿cree que puede identificarla?

Amplia sonrisa de Sofia.

—Eso no. Estoy ciega desde hace dos años. Pero puedo describirla. Cabello rubio, ojos azules, un poco desviados. Guapa de cara, nariz recta y estrecha, labios carnosos. Su rostro tenía algo especial. Tenía una sonrisa forzada y una mirada intensa, presente.

Jeanette observa la foto de la joven seria del anuario escolar. La apariencia corresponde a la descripción.

—¿Qué fue de ella después del tratamiento?

Sofia se ríe de nuevo.

—¿De quién?

Jeanette comienza a inquietarse.

—Victoria Bergman. —El rostro de Sofia recobra la expresión ausente y, al cabo de unos minutos, Jeanette repite la pregunta—: ¿Sabe qué fue de Victoria Bergman después de acabar la terapia con usted?

Sofia vuelve a sonreír ampliamente.

—¿Victoria? Sí, me acuerdo de ella. —Luego su sonrisa se extingue y la anciana se pasa la mano por la mejilla—. ¿Está bien mi pintalabios? ¿No se ha corrido?

—No, no, está bien —responde Jeanette. Está claro que Sofia Zetterlund tiene problemas de memoria inmediata. Alzheimer, probablemente—. A Victoria Bergman se le concedió una identidad protegida. ¿La vio después de eso?

Sofia parece desamparada.

—Victoria Bergman —dice en voz alta.

Uno de los viejos sentados frente al televisor se vuelve.

—Victoria Bergman es una cantante de jazz —grazna—. Salió ayer en la tele.

Jeanette le sonríe, y él asiente con la cabeza, satisfecho.

—Victoria Bergman —repite Sofia—. Una historia singular. Pero no era cantante de jazz y no la he visto nunca en la televisión. Huele usted a tabaco... ¿me invita a un cigarrillo?

Jeanette está un poco desconcertada ante el giro que toma la conversación. A Sofia Zetterlund seguramente le cuesta seguir el hilo de una conversación en curso, pero eso no quiere decir que su memoria lejana ya no funcione.

—Desgraciadamente, aquí está prohibido fumar —dice Jeanette.

—¡Qué va, en mi habitación no! Lléveme allí y nos fumaremos uno.

Jeanette se levanta y hace girar despacio la silla de Sofia.

—De acuerdo, vamos a su habitación. ¿Dónde está?

—La última puerta del pasillo a la derecha.

Sofia parece revigorizada. ¿Será por la perspectiva de fumar o por la compañía?

Con un gesto de la cabeza, Jeanette indica a la directora que se retiran un momento.

Una vez en el dormitorio, Sofia insiste en acomodarse en su sillón. Jeanette la ayuda a instalarse y se sienta a su vez junto a un velador cerca de la ventana.

—Y ahora, a fumar —dice Sofia.

Jeanette le ofrece el mechero y el paquete. Sofia se enciende un cigarrillo, con satisfacción.

—Hay un cenicero en la estantería, al lado de Freud.

¿Freud? Jeanette se vuelve.

Detrás de ella, encuentra en efecto un cenicero, uno grande de cristal, al lado de una bola de nieve.

En lugar de unos niños con un trineo, un muñeco de nieve u otra escena invernal, dentro de la esfera hay una efigie de Freud, muy serio.

Jeanette va a por el cenicero y no puede evitar agitar la bola.

Freud bajo la nieve, se dice. En cualquier caso, Sofia Zetterlund tiene sentido del humor.

Jeanette le tiende el cenicero y repite su pregunta.

—¿Ha vuelto a ver a Victoria Bergman desde que le concedieron una nueva identidad?

La anciana parece más espabilada con un cigarrillo en la mano.

—No, nunca. Hubo una nueva ley sobre las identidades protegidas, y ahora ya nadie sabe cómo podría llamarse en la actualidad.

De momento nada nuevo, aparte de que la memoria remota de la anciana está intacta.

—¿Tenía algún rasgo distintivo? Parece que la recuerda muy bien.

—Oh, sí —dice Sofia—. Era muy guapa.

Jeanette aguarda la continuación, pero al no llegar repite la pregunta.

—Era una chica muy inteligente. Demasiado, para su desgracia, no sé si me entiende…

—No. ¿Qué quiere decir?

La respuesta de Sofia no tiene mucho que ver con la pregunta.

—No he vuelto a verla personalmente desde otoño de 1988, pero diez años después recibí una carta suya.

Paciencia, piensa Jeanette.

—¿Recuerda el contenido de la carta?

Sofia tose y busca el cenicero a tientas. Jeanette lo empuja hacia ella. El rostro de la anciana recupera su expresión ausente.

—¡Cómo se pelean esos dos! —dice mirando a través de Jeanette.

Se vuelve maquinalmente, pero comprende de inmediato que la mujer habla de algo imperceptible, imaginario o surgido del pasado.

—¿Recuerda la carta de Victoria Bergman? —aventura de nuevo Jeanette—. ¿La que le escribió después de obtener su nueva identidad?

—La carta de Victoria. Sí, la recuerdo muy bien.

La sonrisa maquillada de rojo de Sofia reaparece.

—¿Recuerda lo que escribió?

—La verdad es que no, pero puedo ir a ver…

¿Qué? ¿La tiene allí?

Sofia trata de levantarse, pero hace una mueca de dolor.

—Espere, le echaré una mano.

Jeanette la ayuda a volver a sentarse en la silla de ruedas y le pregunta adónde quiere ir.

—La carta está en mi despacho. La puerta de la derecha al entrar en la cocina. Lléveme hasta el armario, pero luego le ruego que salga. Se abre con un código y el contenido es confidencial.

El dormitorio en el que se encuentran cuenta con varios armarios, pero nada más. Un cuarto con baño.

Jeanette comprende que Sofia ha regresado en pensamiento a su antigua casa.

—No hace falta que me enseñe la carta —dice Jeanette—. ¿Recuerda el contenido?

—No a pies juntillas, claro, pero hablaba principalmente de su hija.

—¿Su hija? —La curiosidad de Jeanette se aguza.

—Sí, tuvo una hija que dejó en adopción. Era bastante discreta al respecto, pero sé que a principios del verano de 1988 fue en busca de esa niña. En esa época vivió en mi casa durante casi dos meses.

—¿Vivía en su casa?

La anciana parece de repente muy seria. Como si su piel se tensara y sus numerosas arrugas se borraran.

—Sí, tenía tendencias suicidas y era mi deber velar por ella. No habría dejado que Victoria se marchara si no hubiera comprendido que para ella era absolutamente necesario volver a ver a su hija.

—¿Y adónde fue?

Sofia Zetterlund menea la cabeza.

—Se negó a decírmelo, pero cuando regresó parecía más fuerte.

—¿Más fuerte?

—Sí, como si se hubiera librado de un peso. Pero lo que le hicieron en Dinamarca estuvo mal. No hay derecho a tratar a la gente así.

## Estocolmo, 1988

*Si hubiera sido bueno.*

«¡Habéis muerto por mí!», escribe Victoria en la parte inferior de la postal que echa al correo en la estación central de Estocolmo. Es una foto de los reyes: Carlos XVI Gustavo está sentado en un sillón dorado, y la reina, de pie a su lado, sonríe haciendo gala del orgullo que siente por su marido, sumisa, y de su fiel obediencia a su pareja.

Exactamente como mamá, se dice al bajar al metro.

A Victoria la sonrisa de la reina Silvia le recuerda la del Joker, con su boca roja de oreja a oreja. Recuerda haber oído que en privado el rey era un cerdo y que, cuando en sus discursos no confundía a los habitantes de Arboga con los de Örebro, se divertía provocando a la reina.

Es la noche de San Juan y, por lo tanto, es viernes. Esa tradición, ligada al solsticio de verano, cae ahora siempre el tercer viernes de junio, independientemente de la posición del sol.

Sois esclavos, piensa Victoria contemplando con desprecio a los pasajeros borrachos que se suben al vagón con sus pesadas bolsas de provisiones. Unos sirvientes obedientes. Sonámbulos. Por su parte, no tiene nada que celebrar. Solo va de camino a casa de Sofia en Tyresö.

Ha hecho bien regresando a Copenhague, así ahora sabe que no le importa.

Si el bebé se hubiera muerto, hubiese sido igual.

Pero no murió cuando lo dejó caer.

361

No recuerda muy bien lo que ocurrió cuando llegó la ambulancia, pero la criatura no murió, lo sabe.

El huevo se había resquebrajado pero no echado a perder, y no se presentó denuncia a la policía.

La dejaron que se marchara.

Y sabe muy bien el porqué.

Pasado el casco antiguo, mientras el metro atraviesa la bahía de Riddarfjärden, contempla los ferris que unen la ciudad con Djurgården y, más allá, las montañas rusas de Gröna Lund, diciéndose que hace tres años que no ha ido a una feria. No ha vuelto nunca desde la desaparición de Martin. No sabe realmente qué le ocurrió, pero cree que se cayó al agua.

Al cruzar el portal, se encuentra a Sofia en su tumbona delante de la casita roja y blanca. Está sentada a la sombra de un cerezo y, al acercarse, Victoria ve que la anciana duerme. Su cabello rubio, casi blanco, le cae como un chal sobre los hombros y se ha maquillado. Tiene los labios rojos y se ha pintado de azul los ojos.

Hace fresco, Victoria cubre a Sofia con la manta que tiene a los pies.

Entra en la casa y, después de buscar un momento, encuentra el bolso de Sofia. En el bolsillo exterior, un billetero de piel gastada. Ve tres billetes de cien y decide dejar uno. Dobla los otros dos y se los guarda en el bolsillo trasero de sus vaqueros.

Deja el billetero en su lugar y va al despacho de Sofia. En uno de los cajones encuentra su cuaderno.

Victoria se acomoda y comienza a leerlo.

Ve que Sofia ha anotado todo lo que Victoria ha dicho, a veces al pie de la letra. Y se queda estupefacta al comprobar que Sofia tiene también tiempo para describir sus gestos y el tono de su voz.

Victoria supone que Sofia domina la estenografía y pasa en limpio las entrevistas. Lee lentamente pensando en lo que se ha dicho.

Se han visto por lo menos cincuenta veces.

Coge un bolígrafo y enmienda los nombres. Si está escrito que Victoria ha hecho algo cuando en realidad lo ha hecho Solace, lo corrige. Hay que poner los puntos sobre las íes: no quiere cargar con el muerto de lo que ha hecho Solace.

Victoria trabaja sin descanso, sin darse cuenta de cómo pasa el tiempo. Al leer, se pone en el lugar de Sofia. Frunce el ceño e intenta diagnosticar a su cliente.

En el margen, anota sus propios comentarios y análisis.

Resume lo que le parece que Victoria tendría que hacer, qué pistas habría que seguir.

Cuando Sofia no ha comprendido de qué hablaba Solace, Victoria lo explica al margen con letra pequeña y muy clara.

La verdad es que no entiende cómo Sofia ha podido equivocarse tantas veces.

La cliente es muy clara.

Victoria está absorta en su trabajo. Solo deja el cuaderno al oír a Sofia en la cocina.

Mira por la ventana. Al otro lado de la carretera, a orillas del lago, hay gente de picnic. Se han instalado cerca del embarcadero para celebrar San Juan.

De la cocina llega olor a eneldo.

—¡Bienvenida, Victoria! —le grita Sofia—. ¿Qué tal ha ido el viaje?

Responde brevemente que todo ha ido bien.

El bebé no es más que un huevo con pijama azul. Nada más. Todo eso ya queda atrás, ha pasado página.


La tarde clara se transforma en una noche igualmente clara, y cuando Sofia dice que va a acostarse Victoria se queda en las escaleras de la entrada escuchando a los pájaros. Un ruiseñor se lamenta en un árbol de los vecinos y oye el ruido de los que celebran la fiesta junto al embarcadero. Recuerda las celebraciones de San Juan en Dalecarlia.

Empezaban bajando a orillas del Dalälven para ver pasar las grandes barcas decoradas y luego iban al bosque a cortar unas ramas de abedul que clavarían alrededor de la puerta, a la espera de que llegara la hora de ir a bailar alrededor del mástil que los chicos alzaban a pulso. Las señoronas entradas en años y coronadas de flores reían como no se habían reído desde hacía mucho, pero esa alegría no duraba demasiado, ya que en cuanto empezaba a hacer efecto el aguardiente y las mujeres de los demás les parecían a todos mejores que las propias, se les encendían las mejillas cuando les espeteban a sus esposas que eran unas vacaburras. Que menuda suerte tenían los demás de tener por mujer a una buena zorra, satisfecha y agradecida, en lugar de a una fea enfurruñada. Así que al final no había más remedio que arrimarse a ella y meterle mano, aunque ella dijera que le dolía la tripa y él dijera que habían comido demasiadas chucherías cuando apenas habían tenido con que pagarse un refresco y habían visto a los demás atiborrarse de algodón de azúcar hasta las orejas…

Victoria mira en derredor. Junto al lago se ha hecho el silencio y se adivina el sol detrás del horizonte. Desaparecerá solo una hora antes de volver a salir.

No se hará de noche.

Se levanta, un poco entumecida después de haber estado sentada en los peldaños de piedra.

Tiene un poco de frío y piensa en regresar, pero prefiere dar un paseo para entrar en calor.

No está cansada, aunque sea ya casi de madrugada.

La gravilla puntiaguda le hace daño en los pies descalzos y camina junto al borde del césped. Cerca de la verja, un arbusto de lilas se doblega bajo el peso de las flores, aparentemente marchitas pero aún olorosas.

La carretera está desierta. Solo se oye el ruido de un barco a lo lejos. Desciende hacia el embarcadero.

Unas golondrinas se dan un banquete con los restos del festín, esparcido alrededor de un cubo de basura rebosante. Se marchan a desgana graznando.

Ella avanza hacia el embarcadero y se arrodilla.

El agua es negra y fría, unos peces acechan a los insectos que sobrevuelan la superficie para zampárselos.

Se tumba boca abajo y mira fijamente la oscuridad.

Los surcos en la superficie del agua hacen que su imagen sea borrosa, pero le gusta verse así.

Está más guapa.

Lamer sus labios y que le metieran sus lenguas en la boca, que debía de saber a vómito porque dos botellas de vino de cereza colocan muy rápido pero luego se devuelven. Había por lo menos quince tíos que se excitaban entre ellos, y el cobertizo de las obras no era muy grande, sobre todo cuando llovía y no podían salir. Solían jugarse a las cartas quién iría con ella a la otra habitación. Cuando estaban fuera, era a veces en el talud de detrás de la escuela, por el que se podía descender y caer en un confuso montón a solo unos metros de la avenida, y las miradas se apartaban cuando les veían desde abajo y le recordaba a gritos al chaval que había dicho que quería bañarse después de la noria. Y hacía frío, así que no había más remedio que echarse al agua en lugar de repetir machaconamente que la nueva canguro sería muy amable…

En el agua, Victoria ve a Martin hundirse lentamente y desaparecer.

El lunes por la mañana, la despierta Sofia y le dice que son las once y que enseguida se irán en coche a la ciudad.

Al levantarse, Victoria ve que tiene los pies sucios, las rodillas despellejadas y el cabello aún mojado, pero no recuerda qué ha hecho durante la noche.

Sofia ha servido el desayuno en el jardín. Mientras comen, Sofia le explica que van a ir a ver a un médico, Hans, que la examinará y hará un informe. Luego, si les da tiempo, irán a ver a un policía, Lars.

—¿Lars? —Victoria se carcajea—. ¡Odio a los polis! —exclama apartando su taza con un gesto expresivo—. Soy inocente.

—Aparte de haberme robado doscientas coronas del billetero. Te lo aviso, cuando paremos a poner gasolina, vas a pagar tú.

Victoria no sabe qué siente, pero es como si tuviera pena por Sofia.

Nunca ha experimentado algo así.

Hans es médico en el Instituto de Medicina Legal de Solna y examina a Victoria. Es el segundo examen, después del efectuado en el hospital de Nacka, una semana antes.

Cuando la toca, le abre las piernas y la mira, ella se dice que hubiera preferido estar en Nacka, donde la atendió una doctora.

Anita o Annika.

No lo recuerda.

Hans le explica que el examen puede parecerle desagradable, pero que está allí para ayudarla. ¿No es eso lo que siempre le han dicho? ¿Que le parecerá raro, pero que es por su bien?

Hans examina su cuerpo desde todos los ángulos y graba sus comentarios en un pequeño dictáfono.

Ilumina el interior de su boca con una linterna de bolsillo. Su voz es objetiva y monótona.

—Boca. Lesión de las mucosas.

Y el resto de su cuerpo.

—Bajo vientre. Órganos sexuales internos y externos, cicatrices debidas a una dilatación forzada a una edad prematura. Ano, cicatrices prematuras, lesiones cerradas, dilatación forzada, estiramiento de los vasos, fisuras del esfínter anal, fibroma… Cicatrices de cortes en el torso y abdomen, muslos y brazos, un tercio de ellas prematuras. Señales de hemorragias…

Cierra los ojos y piensa que hizo eso para poder empezar de cero, para convertirse en otra y olvidar.

A las cuatro del mismo día, conoce a Lars, el policía con el que tiene que hablar.

Parece atento, por ejemplo ha comprendido que no quiere que le den la mano para saludarla, y no la toca.

La primera entrevista con Lars Mikkelsen tiene lugar en el despacho de este y le explica lo mismo que a Sofia Zetterlund.

Parece apenado al oír sus respuestas, pero no pierde la compostura y Victoria se siente sorprendentemente distendida. Al cabo de un rato, movida por la curiosidad de saber quién es realmente Lars Mikkelsen, le pregunta por qué se dedica a ese oficio.

Piensa y tarda en responder.

—Considero que esos crímenes son los más repugnantes. Hay muy pocas víctimas que obtienen justicia y muy pocos autores de los mismos son castigados —dice al cabo de un rato, y Victoria se conmueve.

—Sabe que no tengo intención de denunciar a nadie, ¿verdad?

La mira muy serio.

—Sí, lo sé, y es una lástima, aunque es algo habitual.

—¿Y a qué se debe, en su opinión?

Sonríe prudentemente, sin exagerar su tono desenvuelto.

—Me parece que me están interrogando a mí, pero voy a responder. Creo sencillamente que aún vivimos en la Edad Media.

—¿En la Edad Media?

—Sí, totalmente. ¿Ha oído hablar del rapto?

Victoria niega con la cabeza.

—En la Edad Media era posible contraer matrimonio secuestrando y violando a una mujer. El abuso sexual la obligaba a casarse y el hombre obtenía así derecho de propiedad sobre ella y sus bienes.

—¿Y…?

—Se trataba de propiedad y de dependencia. En el origen, la violación no se consideraba una ofensa directa a la mujer que era víctima de la misma, sino como un robo. Las leyes sobre la violación se instituyeron para proteger la propiedad sexual de los hombres. La mujer no era una parte concernida. Solo el objeto de una negociación entre hombres. Actualmente, en los casos de violación, aún hay ecos de esa visión medieval de la mujer. Habría podido decir que no, o bien ella decía que no, pero eso quería decir que sí. Iba vestida muy provocativa. Lo único que busca es vengarse del hombre.

Victoria se interesa.

—Y, de la misma manera, aún perdura en parte una visión medieval del niño —continúa el inspector—. Hasta muy avanzado el siglo XIX se consideró a los niños como pequeños adultos con un entendimiento limitado. Los niños eran castigados, incluso ejecutados, en buena medida en las mismas condiciones que los adultos. Una parte de esa manera de ver las cosas aún existe. Incluso en Occidente, se sigue encarcelando a los menores. Se trata a los niños como a adultos, sin tener como estos el derecho a disponer de su destino. Menor, pero punible. Propiedad del adulto.

El discurso sorprende a Victoria. Nunca hubiera imaginado que un hombre fuera capaz de razonar así.

—Eso es lo más importante —concluye Lars Mikkelsen—, el hecho de que los adultos de hoy consideren al niño como su propiedad. Le castigan y lo crían siguiendo sus propias leyes. —Mira a Victoria—. ¿Mi respuesta la satisface?

Parece sincero y un apasionado de su trabajo. Ella detesta a los polis, pero ese no se comporta como tal.

—Sí —responde ella.

—Perfecto. ¿Podemos volver a hablar de usted?

—De acuerdo.

Media hora más tarde, la primera entrevista ha terminado.

Es de noche y Sofia duerme. Victoria se desliza en su despacho y cierra bien la puerta tras ella. Sofia no ha hecho ningún comentario acerca de lo que Victoria ha escrito en su cuaderno: probablemente aún no se ha dado cuenta de ello.

Retoma la labor donde la dejó.

Le parece que Sofia tiene una letra muy bonita.

Victoria muestra una tendencia a olvidar lo que ha dicho, ya sea diez minutos o una semana antes. ¿Esas lagunas son banales agujeros de memoria o síntoma de un TDI?

Aún no lo sé, pero esas lagunas combinadas con otros síntomas de Victoria corresponden al cuadro clínico.

He observado que cuando tiene esas lagunas aborda temas de los que por lo general es incapaz de hablar: su infancia, sus primeros recuerdos.

El discurso es asociativo y un recuerdo lleva al siguiente. ¿Es el relato de una personalidad parcial? ¿Victoria adopta una actitud infantil para hablar más fácilmente de los recuerdos de sus doce o trece años? ¿Esos recuerdos son auténticos o están entremezclados con las reflexiones de la Victoria actual? ¿Quién es esa Chica Cuervo que aparece a menudo?

Victoria suspira y escribe al margen:

La Chica Cuervo es una mezcla de todas las demás, aparte de la Sonámbula, que no ha comprendido la existencia de la Chica Cuervo.

Victoria trabaja toda la noche. Hacia las seis de la mañana, empieza a inquietarse por si Sofia se despierta. Antes de guardar el cuaderno en el cajón, lo hojea, sobre todo porque le cuesta separarse de él. Advierte entonces que Sofía ha descubierto sus comentarios.

Victoria lee el texto original en la primera página del cuaderno.

Mi primera impresión de Victoria es que es muy inteligente. Conoce bien mi oficio y sabe qué significa una terapia. Cuando al acabar nuestra hora se lo he hecho ver, ha ocurrido algo inesperado que me ha hecho ver que además de inteligencia tiene un temperamento ardiente. Me ha espetado que «no tenía ni idea» y que era una «inútil». Hacía tiempo que no había visto a nadie tan enfadado. Esa brutal erupción suya me preocupa.

Dos días antes, Victoria ha comentado ese pasaje.

No estaba enfadada contigo. Debió de ser un malentendido. Dije que era yo quien no tenía ni idea. Era yo quien era una inútil. ¡Yo, no tú!

Y Sofía ha leído el comentario y ha respondido al mismo.

Victoria, me disculpo si no entendí la situación. Pero estabas tan enfadada que apenas podía comprender lo que decías y dabas la impresión de estar encolerizada conmigo.

Solo me preocupa tu cólera.

He leído todo lo que has escrito en este cuaderno y me parece muy interesante. Sin exagerar para nada, puedo decir que tus análisis son a menudo tan certeros que superan los míos.

Tienes madera de psicóloga. ¡Matricúlate en la universidad!

Como no queda margen en la página, Sofía ha dibujado una flecha que invita a volver la hoja y allí ha añadido:

Sin embargo, hubiera sido de agradecer que me pidieras permiso antes de coger el cuaderno. Quizá tú y yo, cuando te sientas dispuesta, podamos hablar acerca de lo que has escrito.

Besos de Sofía.

# Lago Klara

La mentira es blanca como la nieve y ningún inocente sufre perjuicio alguno.

El fiscal Kenneth von Kwist está satisfecho con su arreglo, convencido de haber resuelto los problemas de una manera ejemplar. Todo el mundo ha quedado contento.

Después de la jugada táctica del tribunal de Nacka, Jeanette Kihlberg se centrará enteramente en Victoria Bergman.

El fiscal Kenneth von Kwist trata de persuadirse de que se han resuelto todos los problemas, por lo menos provisionalmente. Solo teme que aparezca uno nuevo.

No es un problema real. De hecho, es el único que lo sabe y, mientras esté al mando, nadie más lo sabrá.

Por ello no hay motivo de inquietud.

Pero ese problema le da náuseas, una sensación que no ha vuelto a sentir desde los trece años, cuando traicionó a su mejor amigo.

Más de cuarenta años atrás, dos chavales robaron algunos recambios de ciclomotor en un taller y, cuando los pillaron, uno de ellos cargó todas las culpas a su compañero, al que los tres hijos del mecánico le propinaron tal paliza que tuvo que guardar cama varias semanas.

Kenneth von Kwist siente en ese momento lo mismo.

El nuevo problema es su conciencia.

Piensa en los documentos que ha destruido. Unas actas que habrían sido útiles a Ulrika Wendin, pero claramente perjudiciales para el abogado Viggo Dürer, el antiguo jefe de policía Gert Berglind y a la larga para él mismo.

¿He obrado bien?, piensa el fiscal.

Kenneth von Kwist no tiene respuesta a sus preguntas: sus náuseas se transforman en un reflujo ácido que le quema la garganta.

La úlcera del fiscal da sabor a su conciencia.

## El Girasol

—¿Qué le hicieron a Victoria en Copenhague? —pregunta Jeanette—. ¿Y recuerda el contenido de esa carta?

—Deme otro cigarrillo y quizá así me vendrá a la memoria.

Jeanette ofrece el paquete a Sofia Zetterlund.

—Bueno, ¿de qué estábamos hablando? —dice después de dos caladas.

Jeanette empieza a impacientarse.

—Copenhague, la carta de Victoria hace diez años. ¿Lo recuerda?

—De Copenhague, desgraciadamente, no puedo decirle nada, y no me acuerdo de la carta al pie de la letra, pero sí sé que ella estaba bien. Había conocido a un hombre que le gustaba, había estudiado y trabajaba en lo que quería. En el extranjero, creo... —Sofia tose—. Perdóneme, no había fumado desde hace mucho tiempo...

—¿Trabajaba en el extranjero?

—Sí, eso es. Pero no era su actividad principal, creo, tenía otro trabajo en Estocolmo.

—¿Le contó lo que hacía?

Sofia suspira, con desconfianza.

—Pero ¿quién es usted, a fin de cuentas? Sabe que no puedo violar mi deber de confidencialidad, ¿verdad?

Deja a Jeanette de una pieza. Sonríe al recordar que Sofia también invocó el deber de confidencialidad. Le repite quién es, que es muy importante, que todo aquello está relacionado con varios asesinatos.

—No puedo decirle nada más —dice Sofia—. Esa chica obtuvo una identidad protegida e infringiría la ley.

Jeanette reacciona instintivamente.

—La ley ha cambiado —miente—. ¿No lo sabía? El nuevo gobierno la ha cambiado y han añadido un apartado que contempla algunas excepciones. Por ejemplo, en caso de asesinato.

—¿Ah, sí? —Sofia parece de nuevo ausente—. ¿Qué quiere decir?

—Que justamente es al revés, que si no me ayuda infringirá la ley. No pretendo presionarla, pero le agradecería que por lo menos me diera un indicio.

—¿Un indicio? ¿De qué?

—Si sabe de qué trabajaba Victoria o cualquier otra cosa que permita avanzar en la investigación, una pista.

Para sorpresa de Jeanette, Sofia se echa de nuevo a reír y le pide otro cigarrillo.

—De todas formas, ya no tiene importancia —dice—. ¿Puede pasarme a Freud, por favor?

—¿A Freud?

—Sí, lo ha toqueteado al ir a por el cenicero. Puedo ser ciega, pero aún no estoy sorda.

Jeanette coge de la estantería la bola de nieve con la efigie de Freud mientras la anciana se enciende otro cigarrillo.

—Victoria Bergman era muy especial —comienza Sofia volteando despacio la bola de nieve. El humo de su cigarrillo forma volutas alrededor de su vestido azul mientras la nieve se arremolina en la bola—. Ya ha leído mis conclusiones en el expediente de solicitud de identidad protegida, así que ya sabe el porqué. Victoria sufrió desde su infancia y hasta la edad adulta abusos sexuales de su padre y probablemente de otros hombres.

Sofia hace una pausa. Jeanette está estupefacta al ver a la anciana oscilar de esa manera entre la agilidad intelectual y las confusiones de vieja chocha.

—Pero a buen seguro no sabe que Victoria padecía también un trastorno de personalidad múltiple, o trastorno disociativo de la identidad. ¿Sabe qué es?

Ahora es Sofia Zetterlund quien lleva la voz cantante.

Jeanette sabe vagamente de qué se trata. Sofia –la joven– le explicó un día que Samuel Bai padecía un trastorno de la personalidad de ese género.

–Aunque parezca muy raro, en el fondo no es tan complicado –continúa Sofia, la mayor–. Victoria simplemente se vio obligada a inventar varias versiones de sí misma para sobrevivir y enfrentarse al recuerdo de lo vivido. Cuando le dimos una nueva identidad, recibió un documento que probaba que una parte de ella existía realmente. Era la parte seria, la parte capaz de estudiar, trabajar, etcétera, en resumidas cuentas, de vivir una vida normal.

Sofia sonríe de nuevo, le hace un guiño a ciegas a Jeanette y sacude la bola de nieve.

–Freud habló de masoquismo moral –añade Sofia–. El masoquismo de una persona disociativa puede consistir en revivir las agresiones sufridas dejando que una de sus personalidades las haga sufrir a otros. Sospeché de esa tendencia en Victoria: si no ha sido atendida en la edad adulta, hay un riesgo elevado de que esa personalidad siga viva en ella. Actúa como su padre para hacerse daño, para castigarse.

Sofia apaga su cigarrillo en el jarrón del centro de la mesa y se repantiga en su sillón. La expresión ausente reaparece en su rostro.


Abandona El Girasol diez minutos y una discusión más tarde. Sofia y ella se han fumado cinco cigarrillos durante su conversación y las han sorprendido la directora y una enfermera que había ido a llevarle su medicación a Sofia.

Han puesto verde a Jeanette y la han conminado a abandonar la residencia. Afortunadamente, lo que ha averiguado le permitirá avanzar en la investigación.

Se sienta al volante y le da a la llave de contacto. El motor tose, pero se niega a arrancar.

–¡Mierda! –maldice.

Después de una decena de intentos, renuncia y decide ir a tomar un café en los alrededores y llamar a Hurtig para que vaya a buscarla. Será la ocasión para ponerle al corriente de lo que le ha explicado Sofia Zetterlund.

Baja hacia el centro de Midsommarkransen y el bar de los Tres Amigos frente al metro. El local está medio lleno. Encuentra una mesa con vistas al parque, pide un café y un agua con gas y marca el número de Hurtig.

# Tvålpalatset

¿Acaso la saciedad no es uno de los mayores síntomas de insatisfacción? Sofia Zetterlund camina por Hornsgatan, ensimismada. ¿Y la insatisfacción no es el punto en que se abre una brecha para el cambio?

Se siente perseguida, acosada, no por una persona física sino por sus recuerdos. El pasado surge sin previo aviso cuando piensa en sus compras o en otras cosas prácticas.

Un perfume familiar hace que de repente se sienta mal, oye un ruido y súbitamente su vientre se retuerce en convulsiones.

Sabe que tarde o temprano tendrá que decirle a Jeanette quién es en realidad. Explicarle que estuvo enferma pero que ahora se encuentra bien. ¿Es así de fácil? ¿Bastará con decirlo? ¿Y cómo reaccionará Jeanette?

Cuando trató de ayudar a Jeanette a establecer el perfil del asesino, en el fondo se limitó a hablar de sí misma, fríamente y sin emoción. No tuvo necesidad de leer la descripción de los escenarios del crimen puesto que sabía cómo eran. Cómo habían debido de ser.

Las piezas del rompecabezas encajaban y había comprendido.

Fredrika Grünewald y Per-Ola Silfverberg.

¿Quién más? Regina Ceder, por supuesto.

Y finalmente ella misma. A la fuerza.

Eso era lo que ocurriría.

Causa y efecto. Ella sería la guinda. La inevitable apoteosis final.

Lo más fácil sería explicárselo todo a Jeanette y acabar con esa locura, pero algo se lo impide.

Por otro lado, quizá ya sea demasiado tarde. La avalancha ya se ha desencadenado, y ahora no hay nada en el mundo que pueda frenarla.

Ataja por la plaza Mariatorget y llega a su consulta.

En la recepción, Ann-Britt la llama. Tiene que decirle algo importante.

Sofia Zetterlund se queda primero sorprendida y luego se enfada al enterarse de las llamadas de Ulrika Wendin y de Annette Lundström esa misma mañana.

Han sido canceladas todas las sesiones programadas de Ulrika y Linnea.

—¿Todas? ¿Tienen un buen motivo?

Sofia se inclina sobre el mostrador de la recepción.

—No, la verdad es que no. La madre de Linnea ha dicho que ella ya se encontraba mejor y que Linnea había vuelto a casa. —Ann-Britt dobla su periódico y continúa—: Al parecer, ha recuperado la custodia de su hija. Su internamiento ha sido provisional y, como ahora todo va de maravilla, no cree que Linnea tenga que seguir con las sesiones.

—¡Menuda idiota! —A Sofia le hierve la sangre—. ¿Así que, de golpe y porrazo, se imagina que es capaz de decidir el tratamiento que su hija necesita?

Ann-Britt se levanta y se dirige a la fuente de agua.

—Quizá no lo ha dicho con esas palabras, pero venía a ser eso.

—¿Y cuáles son los motivos de Ulrika?

Ann-Britt se llena un vaso de agua.

—Ha sido muy breve. Solo ha dicho que ya no quería venir más.

—¡Qué raro! —Sofia se vuelve y se dirige a su consulta—. Eso quiere decir que tengo el día libre, ¿verdad?

Ann-Britt aparta el vaso de sus labios y sonríe.

—Sí, y te conviene. —Se llena de nuevo el vaso—. Haz como yo cuando me aburro: crucigramas.

Sofia vuelve sobre sus pasos, baja en ascensor, sale a la calle y toma Sankt Paulsgatan hacia el este.

A la altura de Bellmansgatan, gira a la izquierda y pasa frente al cementerio de María Magdalena.

Cincuenta metros delante de ella ve a una mujer de espaldas. Algo le es familiar en esas caderas anchas que se contonean y esos pies un poco hacia fuera.

La mujer camina cabizbaja, como aplastada por un peso interior. Lleva el cabello gris recogido en un moño.

Sofia siente un nudo en el vientre, le entran sudores fríos y, al detenerse, ve a la mujer doblar la esquina de Hornsgatan.

Unos recuerdos difíciles de reconstruir. Fragmentarios.

Durante más de treinta años, los recuerdos de su antiguo yo quedaron profundamente hundidos en ella como cascos de vidrio cortantes, los pedazos rotos de otros tiempos, en otro lugar.

Se pone de nuevo en marcha, acelera el paso y corre hasta la esquina, pero la mujer ha desaparecido.

# Svavelsö

El vuelo procedente de Saint-Tropez aterriza puntual. Regina Ceder baja del avión con su ropa demasiado ligera. En Suecia hace frío y la lluvia deprimente le hace arrepentirse por un momento de haber interrumpido sus vacaciones.

Sin embargo, cuando su madre la llamó para decirle que la policía la buscaba le pareció que había llegado el momento de regresar. A pesar de todo, tenía que seguir adelante y tratar de conseguir ese destino en Bruselas.

Sabe que trabajar duro es una buena manera de superar las crisis, ya lo ha experimentado antes. A otros podría parecerles insensible, pero ella se considera racional. Solo los perdedores se compadecen de su suerte y eso es lo último que quiere ser.

Atraviesa el vestíbulo de llegadas, recoge su equipaje y va a tomar un taxi. Al abrir la puerta, le suena el teléfono. Antes de responder, deja su maleta en el asiento trasero y se sube al vehículo.

—A Svavelsö, Åkersberga.

Es un número oculto: supone que debe de ser esa policía que, unos días atrás, llamó a Beatrice. Hablaron de Sigtuna y de las compañeras de clase de Regina.

—¿Diga? Regina al habla.

Se oyen unos ruidos y luego una especie de gorgoteo en el agua, cosa que hace que en el acto acudan a su mente Jonathan y el accidente en la piscina.

—¿Diga? ¿Quién es?

Oye unas risas y luego cuelgan. Se habrán equivocado, se dice guardando el teléfono en el bolso.

El taxi estaciona frente a la casa. Paga, coge su maleta y recorre el camino de gravilla. Se detiene al pie de la escalera y mira fijamente la casa.

Cuántos recuerdos. Recuerdos de una vida que ya no existe. ¿Venderá la casa y se marchará para siempre?

En el fondo, ya nada la retiene aquí, y además residir en Suecia no es ventajoso desde un punto de vista estrictamente económico, y eso a pesar del nuevo gobierno. Si obtiene la plaza en Bruselas, se podrá comprar una casa en Luxemburgo y transferir allí todo su dinero.

Saca las llaves, abre y entra. Sabe que Beatrice juega a bridge y que llegará más tarde, y por eso se inquieta al encender la luz de la entrada.

El suelo está mojado y embarrado, como si hubiera entrado alguien sin descalzarse.

También hay un fuerte olor a cloro.

Beatrice ha apilado su correo en la mesa de la cocina. Encima, un pequeño sobre blanco. Sin franquear. Alguien ha escrito en él A QUIEN CORRESPONDA en unas torpes mayúsculas, casi infantiles.

Lo abre. El sobre contiene una foto.

Una foto en la que se ve a una mujer encuadrada por debajo del pecho, de pie en una piscina, con el agua hasta la cintura.

Regina observa más detalladamente y ve algo bajo el agua.

A la izquierda de la mujer, un rostro borroso bajo la superficie del agua, con la mirada extraviada, muerta, y la boca formando un grito.

En el instante en que ve a su hijo y la mano derecha de la mujer, comprende.

Al oír a alguien entrar en la habitación, suelta la foto y se vuelve, luego siente un dolor en el cuello y cae.

# Barrio de Kronoberg

A media tarde, Jeanette se encuentra en su despacho ante una hoja A3 en la que están escritos todos los nombres que han aparecido a lo largo de la investigación.

Y en ese momento todo ocurre a la vez.

Ha agrupado los nombres, marcado las relaciones y, justo cuando coge el bolígrafo para trazar una línea de un nombre a otro, Hurtig irrumpe en el despacho y empieza a sonarle el teléfono.

Es Åke. Con un gesto, Jeanette indica a Hurtig que espere.

—Tienes que venir a buscar a Johan. —Åke parece desquiciado—. Esto no funciona.

Hurtig hierve de impaciencia.

—Cuelga. Tenemos que marcharnos.

—¿Qué es lo que no funciona? —Jeanette mira a Hurtig alzando dos dedos—. ¡Joder, por lo menos deberías ser capaz de ocuparte de tu hijo! Y además estoy trabajando y no tengo tiempo.

—Da igual. Tenemos que hablar de…

—Ahora no —lo interrumpe ella—. Tengo que marcharme. Si Johan no puede quedarse en tu casa, no tienes más que traérmelo. Estaré en casa dentro de una hora, más o menos.

Hurtig niega con la cabeza.

—No, no, no —dice en voz baja—. No llegarás antes de medianoche. Un nuevo asesinato. En Åkersberga.

—Åke, no cuelgues. —Se vuelve hacia Hurtig—. ¿Qué? ¿Åkersberga?

—Sí, Regina Ceder ha muerto. Le han disparado. Tenemos que…

—Un minuto. —Se pone de nuevo al teléfono—. Te lo repetiré: ahora no puedo hablar.

—Como de costumbre. —Åke suspira—. ¿Ahora entiendes por qué me hartado de vivir contigo…?

—¡Cállate! —grita ella—. Lo único que tienes que hacer es traer a Johan de vuelta a casa. Serás capaz, ¿verdad? ¡Ya hablaremos en otro momento!

Silencio al otro lado de la línea. Åke ha colgado y Jeanette siente que le caen lágrimas por sus mejillas ardientes.

Hurtig le sostiene la chaqueta.

—Perdona, no quería…

—No te preocupes. —Se pone la chaqueta mientras empuja a Hurtig afuera. Apaga la luz y cierra la puerta—. Es el efecto kétchup.

Mientras bajan al aparcamiento a la carrera, Hurtig la pone al corriente.

Beatrice Ceder ha encontrado a su hija Regina muerta en el suelo de la cocina.

Hurtig salta los tres últimos peldaños.

Jeanette aún está agitada por la conversación con Åke y le cuesta concentrarse. ¿Qué pasa ahora con Johan? Se supone que Åke y Alexandra lo han recogido a la salida de la escuela hace menos de una hora, ¿y ya hay problemas?

Hurtig conduce deprisa. Primero la autovía de Essinge, a la derecha antes del túnel Eugenia, luego Norrtull y dirección Sveaplan. Zigzaguea entre los carriles y hace sonar el claxon con insistencia a los coches que no se apartan a pesar de las luces giratorias y la sirena.

—Dime que estará Ivo Andrić —dice Jeanette asiéndose de la agarradera de la puerta.

—No lo sé. En principio, Schwarz y Åhlund ya deberían de estar allí.

Hurtig frena en seco detrás de un autobús que se detiene en una parada.

Después de la rotonda de Roslagstull, el tráfico se vuelve menos denso y toman la autopista E18.

—¿Åke te hace la vida imposible?

El carril izquierdo está despejado y Hurtig acelera. Van a más de ciento cincuenta.

—No, no. Es Johan que…

Siente que le brotan de nuevo las lágrimas, pero ahora ya no de cólera, sino por la tristeza de no estar a la altura.

—No pasa nada. Johan también está bien.

Jeanette advierte que Hurtig la mira de reojo esforzándose por ser discreto. Jens Hurtig puede ser rudo y lacónico, pero Jeanette sabe que en el fondo es una persona sensible que de verdad se preocupa por ella.

—Está en la edad más ingrata —continúa Hurtig—. Las hormonas y todas esas tonterías. Y encima el divorcio… —Se interrumpe al darse cuenta de que su comentario está fuera de lugar—. Es raro, en todo caso.

—¿Qué es raro?

—Esa edad. Pensaba en lo que sucedió en Sigtuna. Hannah Östlund, Jessica Friberg y Victoria Bergman. Quiero decir que a esa edad todo se magnifica enseguida. Como la primera vez que te enamoras.

Hurtig sonríe, tímidamente.

Lo que comprendió entonces Jeanette es uno de los mayores misterios del intelecto humano. La chispa. El destello genial.

El momento en que todo se sostiene, cuando aparecen vínculos insospechados, cuando las disonancias se armonizan y el sinsentido cobra un nuevo significado.

# Svavelsö

Las heridas de bala, *vulnera sclopetaria*, son resultado de un asesinato, un accidente o un suicidio. En tiempos de paz, el último caso es con diferencia el más frecuente y son sobre todo los hombres quienes se matan de esta manera.

Ivo Andrić ve enseguida que Regina Ceder no se ha pegado un tiro. Clarísimamente, esa mujer ha sido asesinada.

El cuerpo ha caído hacia delante en el suelo de la cocina, con el rostro sobre un gran charco de sangre. La han alcanzado tres balas, una en el cuello y dos en la espalda. De momento es imposible decir en qué orden ni cuál ha sido mortal, pero la ausencia de pólvora sobre el cuerpo indica que han sido disparadas a más de un metro. En los agujeros de entrada no hay más señales que las del proyectil, y la piel ha sido tironeada violentamente hacia el interior allí donde ha penetrado la bala.

Por experiencia, Ivo Andrić sabe que dentro de unas horas esos agujeros adquirirán un aspecto de cuero, entre rojo y marrón.

Abandona la cocina, cruza el recibidor y sale al camino de gravilla. Mientras los técnicos de la policía recogen las huellas y los restos de ADN, ya no tiene nada que hacer y no quiere entorpecer su trabajo.

En ese momento, lo que más le gustaría es estar en su casa.

# Svavelsö

Recorren los últimos kilómetros en silencio.

Ahora que todo cobra forma, Jeanette quiere ver a Beatrice Ceder lo antes posible para confirmar sus sospechas.

La lógica es una roca que se alza en pleno mar y contra la que las olas de la estupidez son impotentes.

Todo estaba ante sus ojos desde el principio, pero a veces los árboles no dejan ver el bosque. No es un error profesional, más bien se trata de un mal trabajo policial.

Al tomar el camino de entrada, Jeanette ve a Ivo Andrić de pie en las escaleras de acceso a la gran mansión. Se le ve encorvado y parece cansado.

Ese jodido trabajo le hace envejecer a uno deprisa. Dentro de unos años, ella también tendrá ese aspecto.

Castigada, desanimada, abatida por las preocupaciones.

¿O ya está así ahora?

Hay una ambulancia aparcada, con las puertas traseras abiertas. Jeanette espera encontrar allí a Beatrice Ceder envuelta en mantas, en estado de shock y vigilada por enfermeros, pero el vehículo está vacío.

Ivo Andrić va a su encuentro.

–Hola, Ivo. ¿Todo controlado?

–Por supuesto. Solo hay que esperar a que acaben ahí dentro. –Su aspecto es muy serio–. Asesinada de tres disparos, desde bastante cerca. Tres metros, máximo. Murió en el acto.

–¡Nenette! –Schwarz está en el umbral de la puerta–. Ven enseguida a hablar con la madre, parece que tiene algo que contar.

—Ya voy. —Se vuelve hacia Hurtig—. Ve a ver a los técnicos y en cuanto hayan acabado reúnete con Ivo. ¿De acuerdo?

Hurtig asiente con la cabeza.

Dos enfermeros salen de la casa. Jeanette los detiene para preguntarles acerca del estado de Beatrice Ceder.

—Lo peor ya ha pasado. Estamos aquí por si acaso. Un trauma es algo muy serio.

—Muy bien —dice Jeanette, y entra.

Beatrice Ceder se halla en la biblioteca, en la primera planta. Está derrengada en un sillón de cuero rojo oscuro. Jeanette abarca la estancia con la mirada. Las paredes están forradas de estanterías repletas de libros, la mayoría encuadernados en piel, pero también algunas ediciones de bolsillo corrientes.

Sobre la mesa, una botella de coñac junto a un cenicero lleno de colillas. Beatrice Ceder da ávidas caladas a un cigarrillo y la atmósfera de la habitación es asfixiante.

—Todo es culpa mía. Debería haberlo contado antes.

La mujer tiene una voz monocorde: su aspecto apático no es solo fruto del alcohol. Deben de haberle administrado un calmante.

Jeanette acerca un sillón.

—¿Puedo coger uno? —Señala el paquete de cigarrillos.

La mujer mira fijamente al frente y asiente con la cabeza.

—¿Qué tendría que haber contado?

Jeanette enciende el cigarrillo y, con la primera calada, se da cuenta de que es un mentolado.

—La vi allí en la piscina y debería haberlo contado antes. Pero no sabía quién era. Hacía tanto tiempo y además… —La mujer calla y Jeanette aguarda la continuación—. No fue un accidente. Ella lo mató.

—¿A quién mató? —Jeanette no sigue su razonamiento.

—A Jonathan. El hijo de Regina. Dije que se había ahogado.

Jeanette recuerda su conversación telefónica. Beatrice le dijo que Regina se había marchado de vacaciones para tratar de superar la muerte de su hijo.

—Así que está diciendo que Jonathan fue…

—¡Jonathan fue asesinado! —Beatrice Ceder se echa a llorar—. ¡Y ahora ella también ha asesinado a Regina!

—¿Quién es ella?

A pesar de la trágica situación, con esa mujer asesinada en la planta baja y esta otra en el primer piso que, en un breve lapso de tiempo, ha perdido a su hija y a su nieto, Jeanette siente algo parecido al alivio.

—Es ella, la de la foto.

¿La foto? ¿Jonathan asesinado? Todo va demasiado deprisa, y a la vez Jeanette tiene la impresión de que se trata de una película a cámara lenta.

—¿Dónde está la foto?

—Se la ha llevado el policía.

Jeanette comprende que habla de Schwarz o de Åhlund. Se levanta y se asoma a la escalera, gritando:

—¡Åhlund!

Unos segundos más tarde, el policía alza la vista hacia ella.

—¡Dime!

—Al parecer, tú o Schwarz os habéis llevado una foto. ¿Puedes enseñármela?

—Un instante, tengo que…

—¡Ahora mismo!

Jeanette vuelve a sentarse al lado de Beatrice Ceder.

—¿Por qué cree que han matado a Regina?

Jeanette observa sus ojos enrojecidos por las lágrimas. Tiene la mirada perdida y le lleva mucho tiempo responder.

—No tengo la menor idea, pero creo que es algo del pasado. Regina es buena, no tiene enemigos… Es… o mejor dicho era…

Calla, como si se hubiera quedado sin resuello. Jeanette espera que no vaya a hiperventilar o sufrir un ataque de histeria.

Åhlund entra discretamente. Sostiene una bolsita de plástico que entrega a Jeanette.

—Tendríamos que haberte dado esto inmediatamente, pero Schwarz…

—Ya hablaremos de eso luego.

Jeanette mira la foto y Beatrice Ceder se inclina para verla.

—¡Es ella!

En la foto se ve a una mujer de pie en una piscina.

La imagen está cortada a la altura del biquini, el agua le llega a la cintura y por debajo de la superficie se ve una carita con la boca muy abierta y la mirada extraviada.

Cualquiera, podría ser cualquiera. Pero eso no importa. Lo esencial es que le falta el anular derecho.

—Es Hannah Östlund —dice Beatrice Ceder, y Jeanette comprende en ese momento que llevaba razón.

# Barrio de Kronoberg

Beatrice Ceder ha confirmado las sospechas de Jeanette, los cabos se atan y forman un todo. Pronto sabrá si ese todo es sólido.

Lo intuye, pero sabe que el olfato puede jugar malas pasadas. En una investigación policial, el olfato es importante, pero no hay que darle todo el protagonismo ni permitir que oculte lo demás. Últimamente, por miedo a dejarse llevar por sus sentimientos, ha hecho oídos sordos y se ha ceñido ciegamente a los hechos.

Jeanette piensa en los cursos de dibujo nocturnos que siguió durante sus primeros años con Åke. El profesor explicó cómo el cerebro engaña siempre al ojo, que a su vez engaña a la mano que sostiene el carboncillo. Vemos lo que creemos que debemos ver, sin ver cómo es realmente la realidad.

Una imagen con dos motivos, según la manera de mirarla.

No todo el mundo tiene la misma capacidad para ver en tres dimensiones.

La frase inocente de Hurtig en el coche de camino a Åkersberga le había hecho bajar la guardia y ver simplemente lo que había que ver.

Comprender lo que había que comprender, prescindiendo de lo que hubieran debido ser las cosas.

Si lleva razón, solo habrá hecho su trabajo y se habrá ganado el sueldo. Nada más.

Por el contrario, si se equivoca, la criticarán y pondrán en cuestión su competencia. No dirán en voz alta que su error viene del hecho de ser una mujer, y por lo tanto incapaz por definición de dirigir una investigación, pero lo insinuarán entre líneas.

Por la mañana, se encierra en su despacho, dice a Hurtig que no quiere que la molesten y envía las solicitudes de comprobación de huellas digitales y de ADN.

Ivo Andrić trabaja en su informe sobre Regina Ceder, y ella lo recibirá en cuanto esté listo.

Tendrá la respuesta en el transcurso del día.

De momento, lo importante es localizar a Victoria Bergman. Mientras, relee las notas tomadas durante su entrevista con la anciana psicóloga y se interroga de nuevo acerca del destino de la joven Victoria.

Violada y víctima de abusos sexuales por parte de su padre durante toda su infancia.

Su nueva identidad secreta le ha permitido empezar una nueva vida en otro lugar, lejos de sus padres.

Pero ¿dónde se instaló? ¿Qué ha sido de ella? ¿Y qué quería decir la anciana psicóloga acerca del daño que le habían hecho en Copenhague? ¿Qué le hicieron en Dinamarca?

¿Está relacionada con los asesinatos de Silfverberg, Grünewald y Ceder?

No lo cree. Lo único que ahora sabe con certeza es que Hannah Östlund ahogó a Jonathan Ceder. Que Jessica Friberg sostuviera la cámara es de momento solo una hipótesis, ya que, en teoría, la foto podría haberse tomado con un disparador automático.

¿Qué dijo Sofia acerca del asesino? Que se trataba de una persona con una imagen de sí misma disociada. Un perfil borderline, con una percepción borrosa de la frontera entre uno mismo y los demás. ¿Sería cierto? El futuro lo diría. De momento, era algo secundario.

Sofia también explicó que el comportamiento destructivo a menudo está causado por maltratos físicos y psíquicos durante la infancia.

Sin el asesinato del marido de Charlotte, Peo Silfverberg, lo habría comprendido mucho antes.

De hecho, era Charlotte quien debería haber sido asesinada. Había recibido una carta de amenaza. ¿Por qué su marido? Solo cabía especular, pero innegablemente se trataba de una espantosa venganza.

Todo es muy evidente, piensa Jeanette. Es una ley de la naturaleza humana: lo que se esconde en el fondo del alma lucha por salir a la luz.

Debería haberse centrado en Fredrika Grünewald y sus compañeras de clase en Sigtuna, en aquel incidente del que todo el mundo hablaba.

Llaman a la puerta y entra Hurtig.

—¿Qué tal?

Se apoya en la pared a la izquierda de la puerta, como si no fuera a quedarse mucho rato.

—Bien. Estoy esperando algunas informaciones, que deberían llegar a lo largo del día. De un momento a otro, espero. En cuanto las tenga, podremos dictar una orden de búsqueda.

—¿Crees que son ellas? —Hurtig se sienta frente a ella.

—Probablemente.

Jeanette levanta la vista de su cuaderno, echa hacia atrás su sillón y cruza los brazos detrás de la nuca.

—¿Qué quería Åke ayer? —pregunta Hurtig con aparente preocupación.

—Al parecer, a Johan le cuesta aceptar a Alexandra.

Hurtig frunce el ceño.

—¿La nueva mujer de Åke?

—Sí, así es. Johan la llamó puta y a partir de ahí todo fue de mal en peor.

Jens Hurtig se ríe.

—Ese chaval tiene un carácter fuerte, por lo que veo.

# Swedenborgsgatan

Sofia Zetterlund se dispone a regresar a su casa. Se siente completamente vacía.

Afuera, el sol del veranillo de San Martín colorea la calle con una luz naranja y el viento que sacudía la ventana se ha calmado.

Se siente el invierno en el aire.

En la plaza Mariatorget, los cuervos se reúnen para migrar al sur.

Sofia pasa junto al metro y el pub escocés de enfrente y luego sigue bajando por la calle, donde el sol se refleja en los escaparates.

Delante de la estación de Estocolmo sur, ve de nuevo a esa mujer.

Reconoce sus andares, el balanceo de sus anchas caderas, los pies hacia fuera, la cabeza curvada y el moño gris.

La mujer entra en la estación. Sofia la sigue rápidamente. Las dos pesadas puertas batientes la frenan y, cuando llega al vestíbulo, la mujer ha desaparecido.

El vestíbulo tiene la forma de una calle bordeada de farolas. La entrada de la estación de cercanías está en el otro extremo.

A la izquierda un estanco, a la derecha el restaurante Lilla Wien.

Sofia corre hacia los tornos de acceso.

La mujer no está allí, pero no ha tenido tiempo de franquear el control y bajar la escalera mecánica.

Sofia da media vuelta. Mira en el restaurante y en el estanco.

La mujer no está en ningún sitio.

El sol poniente arroja reflejos anaranjados en las ventanas y las fachadas del exterior.

Fuego, se dice. Restos carbonizados de vidas, de cuerpos y de pensamientos.

# Barrio de Kronoberg

El sol atraviesa las nubes y la comisaria Jeanette Kihlberg se levanta de su mesa de trabajo. Se acerca a la ventana y contempla los tejados de Kungsholmen. Se estira y respira hondo. Llena sus pulmones, retiene el aire un poco más de lo necesario y luego lo espira con un profundo suspiro liberador.

Hannah Östlund y Jessica Friberg, compañeras de escuela de Charlotte Silfverberg, Fredrika Grünewald, Regina Ceder, Henrietta Dürer, Annette Lundström y Victoria Bergman en el internado de Sigtuna.

El pasado siempre nos atrapa.

El efecto bumerán.

Como sospechaba, Hannah Östlund y Jessica Friberg han desaparecido. Después de presentarle las pruebas al fiscal Von Kwist, este aceptó lanzar una orden de búsqueda de las dos como sospechosas de los asesinatos de Fredrika Grünewald y de Jonathan y Regina Ceder.

Jeanette y Von Kwist convinieron de mutuo acuerdo que las circunstancias podían conducir razonablemente a considerarlas también sospechosas del asesinato de Per-Ola Silfverberg, aunque en menor grado.

El fiscal Von Kwist dudaba de que hubiera pruebas suficientes para detenerlas, pero Jeanette no cedió en su empeño.

Naturalmente, se necesitarían más pruebas materiales, pero estaba convencida de que todo se arreglaría una vez que detuvieran a las dos mujeres.

Se cotejarían las huellas digitales y el ADN hallados en los lugares del crimen.

Luego las interrogarían, y era posible que confesaran.

Ahora no hay más que esperar el curso de los acontecimientos y tomárselo con paciencia.

La pregunta del millón, sin embargo, es la de cuál es el móvil. ¿Por qué? ¿Se trata solo de una venganza?

Jeanette cuenta con una teoría de causa y efecto, pero el problema es que cuando trata de formular cómo se sostiene todo, el conjunto parece completamente inverosímil.

¿Puede que asesinaran también a los matrimonios Bergman y Dürer? ¿Y haber provocado los incendios? ¿Y Karl Lundström?

Pero, en tal caso, ¿por qué tratar de hacer creer que se trataba de accidentes?

El interfono interrumpe sus pensamientos.

—¿Sí?

—Soy yo —dice Jens Hurtig—. Ven a mi despacho, quiero que veas algo interesante.

Jeanette sale al pasillo y se dirige al despacho de Hurtig.

Ya he tenido una buena dosis de cosas extrañas. Ya basta.

La puerta de Hurtig está abierta de par en par. Al entrar, ve que Åhlund y Schwarz también están allí. Schwarz se ríe y menea la cabeza.

—Escucha esto —dice Åhlund señalando a Hurtig.

Jeanette se abre paso entre ellos, se acerca una silla y se sienta.

—A ver...

—Polcirkeln —empieza Hurtig—, en el distrito de Nattavaara, archivo parroquial. Annette Lundström, de soltera Lundström, y Karl Lundström. Son primos.

—¿Primos? —Jeanette no alcanza a comprenderlo.

—Sí, primos —repite—. Nacidos a trescientos metros uno de la otra. Los padres de Karl y de Annette son hermanos. Dos casas en una localidad de Laponia que se llama Polcirkeln. Apasionante, ¿verdad?

Jeanette no sabe si es la palabra más adecuada.

—Inesperado, más bien —responde ella.

—Pero hay más.

Jeanette tiene la impresión de que Hurtig se va a echar a reír.

—El abogado Viggo Dürer vivió en Vuollerim. Está a treinta o cuarenta kilómetros de Polcirkeln. Nada por ese lado. Un vecino. Pero tengo otra cosa acerca de Polcirkeln.

—Y esa es buena —añade Schwarz.

Hurtig le hace callar con un gesto.

—En los años ochenta hubo un caso que fue portada de todos los periódicos. Una secta con ramificaciones en todo el norte de Laponia y de Norrbotten, y con sede en Polcirkeln. Unos adeptos del laestadianismo a los que se les fue la mano. ¿Conoces el movimiento Korpela?

—No, la verdad es que no, pero supongo que nos lo explicarás.

—Años treinta —comienza Hurtig con un tono dramático—. Una secta apocalíptica en el este de Norrbotten. Profecías sobre el fin del mundo y un barco de plata que supuestamente debería ir a buscar a los fieles. Se entregaban a orgías en las que, sobre el fondo de citas bíblicas, todos liberaban al niño que llevaban dentro, trepaban por las cortinas, se paseaban en pelotas y otras gracias bautizadas Salmos del Cordero. Se produjeron abusos infantiles. Se tomó declaración a ciento dieciocho personas y cuarenta fueron condenadas, algunas por relaciones sexuales con menores.

—¿Y qué pasó en Polcirkeln?

—Algo parecido. Empezó con una denuncia contra un movimiento que precisamente se hacía llamar Cofradía de los Salmos del Cordero. La denuncia era por agresiones sexuales a menores, pero era anónima y no iba dirigida contra nadie en particular. Los artículos de prensa que he leído son muy especulativos, basados en rumores, como por ejemplo que el ochenta por ciento de la población de los pueblos de alrededor de Polcirkeln serían miembros activos. A Annette y Karl Lundström los señalaron, así como a sus padres, pero no se pudo probar nada. La investigación policial fue abandonada.

—Estoy alucinada —dice Jeanette.

—Yo también. Annette Lundström solo tenía trece años. Karl diecinueve. Sus padres debían de rondar la cincuentena.

—¿Y luego?

—Pues nada. Esa historia de la secta quedó en el olvido. Karl y Annette se trasladaron más al sur y se casaron unos años más tarde.

Karl continuó con la empresa de construcción de su padre, compró parte de un grupo de obra pública y luego fue director general de una empresa en Umeå. Después la familia se trasladó por todo el país, al ritmo de la carrera de Karl. Cuando nació Linnea, estaban instalados en Escania, pero eso ya lo sabes.

—¿Y Viggo Dürer?

—Aparece citado en uno de los artículos publicados en su momento. Trabajaba en un aserradero e hizo unas declaraciones en el periódico. Cito: «La familia Lundström es inocente. La Cofradía de los Salmos del Cordero no ha existido jamás, es una invención de la prensa».

—¿Y la denuncia?

—Dürer afirmaba que debió de presentarla un periodista.

—¿Por qué le entrevistaron? ¿También estaba imputado?

—No, pero supongo que quiso hacerse el gallito en el periódico. Ya debía de tener ambiciones.

Jeanette piensa en Annette Lundström.

Nacida en un pueblo remoto de Norrland. Quizá metida, desde muy pequeña, en una secta en la que se producían abusos sexuales a menores. Casada con su primo Karl. Las agresiones sexuales continúan, se propagan como un veneno de una generación a otra. Las familias se desintegran. Estallan. Se desarraigan.

—¿Estás preparada para lo que viene ahora?

—Claro.

—He comprobado la cuenta bancaria de Annette Lundström y…

—¿Qué has hecho? —le interrumpe Jeanette.

—Ha sido una idea repentina. —Hurtig calla un instante y reflexiona antes de proseguir—: Siempre dices que hay que actuar por olfato, y eso he hecho. Y he descubierto que alguien acaba de ingresarle medio millón de coronas en su cuenta.

Mierda, piensa Jeanette. Alguien quiere ocultar lo que ha sufrido Linnea.

El precio de la traición.

# Johan Printz Väg

Ulrika Wendin apaga su móvil y baja al metro en Skanstull. Se siente aliviada de que la haya atendido la secretaria y no Sofia Zetterlund en persona cuando ha telefoneado para decir que no tenía intención de volver.

Ulrika Wendin se avergüenza de haberse dejado reducir al silencio.

Cincuenta mil no es mucho dinero, pero ha podido pagar por adelantado seis meses de alquiler y comprarse un nuevo ordenador portátil.

Pasa la pierna por debajo de la barrera metálica para activar los sensores que permiten entreabrir la compuerta lo suficiente para colarse.

Von Kwist se puso de un humor de perros al saber que había visto a Sofia. Sin duda temía que en el curso de la terapia revelara lo que le habían hecho padecer Viggo Dürer y Karl Lundström.

Dos minutos de espera para el metro de la línea verde dirección Skarpnäck.

El vagón está medio lleno y encuentra asiento.

Ulrika Wendin piensa en Jeanette Kihlberg. Aunque sea policía, parece buena persona.

¿Debería habérselo contado todo?

No, claro que no. No tiene agallas para volver de nuevo sobre todo aquello, y además duda de que la crean. Es mejor mantener la boca cerrada: quien la abre se arriesga a salir malparado.

Nueve minutos más tarde, se apea en el andén de Hammarbyhöjden y franquea sin problemas el torno.

No había revisor ni en el vagón ni a la salida.

Toma la calle Finn Malmgren, pasa la escuela y cruza el bosquecillo entre las casas. Johan Printz Väg. Atraviesa el porche, sube la escalera, abre la puerta y entra.

Un montón de correo.

Publicidad y prensa gratuita.

Cierra tras ella y pone la cadena de seguridad.

Se echa a llorar y se deja deslizar hasta el suelo del recibidor. La pila de correo forma un colchón blando y se tumba de costado.

Durante todos esos años pasados con novios que le pegaban, nunca ha llorado.

El día en que, al volver del colegio, se encontró a su madre tendida en el sofá, no lloró.

Su abuela materna la describió como una niña bien educada. Una cría silenciosa que nunca lloraba.

Pero ahora llora y, al mismo tiempo, oye ruido en la cocina.

Ulrika Wendin se pone en pie y se dirige hacia allí.

En la cocina la espera un desconocido y, antes de que pueda reaccionar, la golpea en la nariz.

Oye crujir el hueso.

# Edsviken

Linnea Lundström tira de la cadena del váter, contempla desaparecer los restos carbonizados de las cartas de su padre y regresa a su habitación. La ropa que ya no va a necesitar está cuidadosamente doblada sobre la cama hecha. Su maleta roja aguarda en el suelo.

Todo está listo.

Piensa en su psicóloga, Sofia Zetterlund, que una vez le contó cómo se le había ocurrido a Charles Darwin la idea de su libro *El origen de las especie*s: una visión instantánea, que luego desarrolló a lo largo del resto de su vida.

Lo mismo ocurrió con la teoría de la relatividad de Einstein, nacida en su cerebro en un abrir y cerrar de ojos.

Linnea Lundström lo comprende absolutamente, porque contempla ahora su existencia con la misma claridad.

La vida que antaño era un misterio ahora no es más que una burda realidad y ella misma no es más que un caparazón.

A diferencia de Darwin no tiene que buscar pruebas, y a diferencia de Einstein no necesita teoría alguna. Algunas pruebas están dentro de ella, como cicatrices rosadas sobre su conciencia. Otras son visibles en su cuerpo, lesiones en el bajo vientre, desgarros.

Más concretamente, las pruebas están allí al despertar por la mañana en una cama empapada de orina, o cuando se pone nerviosa y es incapaz de contenerse.

La tesis la formuló su padre mucho tiempo atrás. En una época en que ella no sabía decir más que unas pocas palabras. Llevó su tesis a la práctica en una piscinita hinchable en el jardín de Kristianstad y se convirtió para siempre en una verdad.

Recuerda las palabras que le decía para que se durmiera junto a la cama.

Sus manos sobre su cuerpo.

Su oración común de la noche.

«Deseo tocarte y satisfacerte. Para mí es una satisfacción verte gozar.»

Linnea Lundström coge la silla que hay junto a la mesa y la coloca debajo del gancho del techo. Conoce los versículos de memoria.

«Quiero hacer el amor contigo y darte todo el amor que mereces. Quiero acariciarte tiernamente por todas partes, como solo yo sé hacer.»

Se quita el cinturón de sus vaqueros. Cuero negro. Ojetes.

«Gozo cuando te veo, todo en ti me proporciona deseo y placer.»

Un nudo corredizo. Subirse a la silla, colgar la hebilla del gancho.

«Conocerás un grado mucho mayor de satisfacción y de placer.»

El cinturón alrededor del cuello. El sonido de la televisión en la sala.

Annette con una caja de bombones y una copa de vino.

Semifinales de *Operación Triunfo*.

Mañana examen de mates. Ha estado empollando toda la semana. Sabe que hubiera sacado una buena nota.

Un paso en el aire. El público aplaude con entusiasmo cuando el regidor del plató muestra un rótulo.


Un pasito y la silla cae a la derecha.

«Es en verdad una exhalación de gloria.»

# Hammarbyhöjden

Ulrika no sabe cómo pero aún se tiene en pie. Con el rostro entumecido, mira fijamente a los ojos al desconocido. Por un breve instante cree distinguir en ellos algo parecido a la compasión. Un destello de piedad.

Vuelve entonces a la realidad y retrocede tambaleándose hacia el recibidor, bajo la mirada del desconocido.

Luego todo pasa muy deprisa, pero a Ulrika le parece una eternidad.

Se abalanza a un lado, resbala con unos folletos pero logra recuperar el equilibrio y se precipita hacia el picaporte de la puerta.

Mierda, piensa al oír los pasos rápidos detrás de ella.

El cerrojo y la cadena.

Sus manos están acostumbradas, y sin embargo tiene la sensación de que se mueven a tientas largos minutos. En el momento en que empuja la puerta para salir, siente una mano en la espalda.

Algo le aprieta el cuello. Le oye jadear muy cerca y comprende que la ha agarrado de la capucha.

Ni siquiera se detiene a pensar. No dispone de tiempo para tener miedo. Actúa movida por la adrenalina.

Se libera con una torsión, se vuelve y asesta una patada a bote-pronto, con todas sus fuerzas.

Le alcanza entre las piernas.

Corre, corre, joder, pero sus piernas no la obedecen.

Se queda allí plantada, contemplando el gran cuerpo del desconocido desplomarse sobre las baldosas del rellano. Cuando alza hacia ella su rostro deformado en una mueca de dolor, se da cuenta de que su propio cuerpo tiembla como una hoja.

El desconocido farfulla una maldición incomprensible y trata de ponerse en pie.

Entonces ella echa a correr.

Baja la escalera. Cruza la puerta y huye como alma que lleva el diablo. Pasa junto al local de bicicletas. Rodea los árboles a lo largo del carril bici y se adentra en las sombras del bosque. Corre sin girarse a mirar.

Nadie a la vista. No se atreve a volver sobre sus pasos. Delante de ella, una pequeña colina cubierta de arbustos y al otro lado se adivinan las luces de un edificio.

Crepúsculo. Altos abetos, un terreno pedregoso, accidentado, ¡mierda!, ¿cómo se le ha ocurrido huir por el bosque?

Entonces lo ve.

A diez metros. La mira y se ríe, cree ver un cuchillo en su mano. Tiene el brazo extendido, tieso, como si sostuviera algo, pero no ve la hoja. Avanza tranquilamente hacia ella y enseguida comprende la razón. Su única salida es la colina a su espalda, cubierta de espesos arbustos.

Lo intenta. Se vuelve y se lanza en la oscuridad entre las ramas y las espinas.

Grita cuanto puede, sin atreverse a volverse.

Trepa, y las ramas le arañan el rostro y los brazos.

Cree oír su respiración, pero tal vez sea la de ella misma.

Grita de nuevo, pero es un grito ahogado, ronco, y la deja sin resuello. Atraviesa los arbustos. Unos abetos bajos y la colina empieza a descender. Corre.

La parte trasera de una casa. La escalera de un sótano. Se le hace un nudo en el estómago al ver la puerta abierta y luz en el interior.

Si hay luz, significa que hay alguien. Alguien que podrá ayudarla.

Aparta las últimas ramas y baja la escalera, entra en el sótano.

—¡Socorro! —Su voz no es más que un estertor. Un pasillo con puertas de trasteros–. ¡Socorro! —repite.

La puerta. Cierra la puerta.

Se vuelve y oye la respiración jadeante de su perseguidor, que se acerca a la escalera. Haciendo acopio de sus últimas fuerzas, se precipita hasta la puerta y cierra.

Dos segundos. Tiene tiempo de ver algunas cajas de mudanzas en el pasillo, sobre una de las alfombras apiladas. Una de las puertas de los trasteros está cerrada con una cuña de madera.

—¿Hay alguien?

No hay respuesta. Tiene la frente empapada de sudor y respira entrecortadamente. Su corazón late desbocado. No hay nadie.

El picaporte. Lo empuja. Dos veces. Luego oye ruido en la cerradura.

¿Unas llaves?

¿Cómo ha logado entrar en su casa, por cierto? ¿Tiene llaves?

Poco importa.

Se vuelve para continuar por el pasillo cuando se apaga la luz. Se sigue oyendo ruido en la cerradura. Al lado de la puerta brilla el interruptor, un punto rojo en la oscuridad, pero ella retrocede. No se atreve a acercarse a la puerta.

Se mete en el edificio. Pasa junto a una de las paredes y entonces le llega el olor.

Dulzón, asfixiante. ¿Cloacas, excrementos? No lo sabe.

El pasillo gira a la izquierda y dobla la esquina, pero no hay interruptor y avanza a oscuras. Los trasteros son jaulas con rejas. Sabe exactamente qué aspecto tienen, pues aunque no pueda verla siente la malla metálica bajo sus dedos.

Luego ve la luz roja de un interruptor a solo unos pocos metros.

Oye entonces la puerta exterior al abrirse, y él enciende la luz.

Delante de ella, a cinco metros, una puerta cerrada. No hay picaporte, solo una cerradura.

A la izquierda, un hueco en la pared con un gran depósito metálico y muchos tubos.

Detrás hay espacio suficiente para esconderse.

Rápidamente se mete allí, pasa entre los tubos y se pega a la pared. De allí viene el olor.

Azufre. La cisterna es un separador de grasas, y cree recordar que en ese edificio hay una pizzería.

Lo oye acercarse. Sus pasos se detienen muy cerca. Continúan.

Cierra los ojos. Solo espera que no oiga su pesada respiración ni los latidos de su corazón.

Sobre todo, no tiene que sorberse los mocos. Ha recibido un fuerte golpe en la nariz. Está sangrando y le cuesta respirar. Le escuece el labio superior.

Comprende que lo tiene muy negro.

Muy negro, joder.

Entrevé sus zapatos a través de una grieta entre el separador de grasas y uno de los gruesos tubos. Está ahí, a menos de un metro. Procura no hacer ningún ruido.

Se queda sentada, atrapada entre la pared y la cisterna. Pasan los segundos y transcurre por lo menos un minuto antes de que él comience a golpear el tubo.

Cling, cling, cling. Unos golpes ligeros, sabe que los da con la empuñadura del cuchillo.

Tiene un sabor agrio en la boca, náuseas.

Va de un lado a otro. Sus zapatos rechinan y golpea cada vez con más fuerza el tubo metálico, como si perdiera la paciencia.

Ve entonces lo que hay en el rincón, al alcance de su mano. Unos finos tubos de cobre, cortados al bies, con los que se puede hacer mucho daño si se apunta bien.

Alarga el brazo, pero titubea.

Su mano abierta tiembla, comprende que eso no tiene sentido.

No tiene fuerzas para ello. ¡Ya no tiene fuerzas, joder!

Mátame, vamos, piensa. ¡Mátame!

# Tantoberget

Ve llegar el coche y se esconde detrás de un arbusto.

A su espalda se extiende el parque de Tantolunden. El sol que acaba de desaparecer detrás del horizonte ya no es más que una franja de luz sobre los tejados. La fina aguja de la iglesia de Essingen traza una línea entre Smedslätten y Ålsten.

Al pie, sobre el vasto césped del parque, algunas personas tratan de aprovechar hasta el último momento desafiando el frío, sentadas sobre mantas, bebiendo vino. Hay quienes juegan al frisbee, a pesar de que ya casi es de noche. En la zona de baño, ve a alguien lanzarse al agua.

El coche se detiene, se apagan el motor y los faros, se instala el silencio.

Durante todos esos años en instituciones danesas ha tratado de olvidar, sin conseguirlo nunca. Ahora va a acabar lo que decidió hacer hace ya una eternidad.

Acabar lo insoslayable.

Esas mujeres del coche son las que le permitirán regresar.

Hannah Östlund y Jessica Friberg deben ser sacrificadas. Sumirse en el olvido con los otros nombres.

Aparte del muchacho en Gröna Lund, todas eran personas enfermas. Llevarse al muchacho fue un error y, en cuanto se dio cuenta, le dejó vivir.

Cuando le inyectó alcohol puro, se desmayó y le puso la máscara de cerdo. Pasaron toda la noche en la punta de Waldemarsudde y, al comprender que no se trataba de su hermanastro, cambió de opinión.

El muchacho era inocente, pero no esas mujeres que la esperan en el coche.

La decepciona no sentir alegría alguna.

No siente una felicidad eufórica, ni siquiera alivio. Su visita a Värmdö fue una desilusión. La casa del abuelo y de la abuela se había incendiado y los dos habían muerto.

La expresión de su cara cuando le hubiera dicho quién era su padre.

Su padre y su abuelo, el cerdo de Bengt Bergman.

Su padre adoptivo Peo, por el contrario, lo había comprendido. Incluso le pidió perdón y le ofreció dinero. Como si fuera lo bastante rico como para compensar lo que había hecho.

Semejante suma no existe.

Al principio la patética Fredrika Grünewald no la reconoció, lo cual, de hecho, no era nada sorprendente, pues habían pasado más de diez años desde su último encuentro en la granja de Viggo Dürer en Struer.

La vez en que Fredrika habló de Sigtuna.

Regina Ceder también estaba allí. Con un embarazo muy avanzado y gorda como una vaca, ella y Fredrika se quedaron al margen la mar de contentas.

A veces hay que sacrificar vidas. La muerte de Jonathan cumplió su cometido y, al matarlo, le dio un sentido a su vida.

Recuerda los ojos brillantes de todos ellos, el sudor y la excitación colectiva que reinaba en la habitación.

Se ajusta su abrigo azul cobalto y decide aproximarse al coche y a esas dos mujeres de las que lo sabe todo.

Al llevarse las manos a los bolsillos para comprobar que no ha olvidado las polaroids, siente una punzada en la derecha.

Cortarse el anular fue un pequeño sacrificio.

El pasado siempre nos atrapa.

*Trauma,* de Erik Axl Sund
se terminó de imprimir en octubre de 2015
en los talleres de
Litográfica Ingramex S.A. de C.V.
Centeno 162-1, Col. Granjas Esmeralda, C.P. 09810 México, D.F.